LUCY ASTNER

Weil wir Schwestern sind

GOLDMANN
Lesen erleben

Lucy Astner

Weil wir Schwestern sind

Roman

GOLDMANN

MIX
Papier aus verantwortungsvollen Quellen
FSC® C014496

Penguin Random House Verlagsgruppe FSC® N001967

2. Auflage
Originalausgabe September 2021

Dieses Werk wurde vermittelt durch die
Michael Meller Literary Agency GmbH, München.
Umschlaggestaltung: UNO Werbeagentur GmbH
Umschlagmotiv: FinePic®, München
Redaktion: Anne Fröhlich
LS · Herstellung: kw
Satz: KompetenzCenter; Mönchengladbach
Druck und Bindung: GGP Media GmbH, Pößneck
Printed in Germany
ISBN: 978-3-442-48955-8
www.goldmann-verlag.de

Besuchen Sie den Goldmann Verlag im Netz

Für alle Frauen, die das Gefühl haben,
ganz alleine zu kämpfen.
Für alle Mütter, die täglich ihr Bestes geben und denken,
dass es trotzdem nie reicht.
Für alle, die sich danach sehnen,
dass jemand den Arm um sie legt.
Für jede von uns.

Und für meine Mama.
Ganz besonders für meine Mama.

Altes Land, Juni 1997

Der Brief lag warm in seiner Hand. So viele Jahre hatte er auf ein Lebenszeichen gewartet, so viele Nächte wachgelegen und auf eine Erklärung gehofft, ein einziges Wort nur, das er den Mädchen ausrichten konnte.

Jetzt war ihr Brief endlich gekommen, mit vielen Worten sogar. Doch das, was er sich davon erhofft hatte, blieb aus: Trost.

Natürlich, es war gut zu wissen, dass sie wohlauf war. Sie hatte ihr Leben in den Griff bekommen, hatte sich in der Ferne etwas Neues aufgebaut. Er war ihr nicht böse, im Grunde liebte er sie noch immer. Oft ertappte er sich dabei, wie er abends im Bett mit ihr sprach, als läge sie noch immer neben ihm. Doch wenn er zur Seite tastete, war ihr Teil des Lakens kalt. Ihr Fehlen tat immer noch weh.

Aber es ging hier nicht um ihn, sondern um die Mädchen. Er musste jetzt vor allem an die Kinder denken.

Die Zwillinge hatten den Vorfall gut verarbeitet. Judith stellte gelegentlich Fragen zu ihrer Narbe, und er hatte eine Art Spiel daraus gemacht, ihr jedes Mal eine andere Geschichte zu erzählen. Wenn sie nur oft genug ein Märchen hörte, würde ihr am Ende vielleicht auch die Wahrheit nichts mehr anhaben können. Eva hatte keine sichtbaren Narben davongetragen. Ihre Gehirnerschütterung war schnell abgeklungen und hatte alle Erinnerungen an den Unfall in den Strudel des Vergessens gezogen. Sie sehnte sich danach, dass ihre Mutter zurückkam, das wusste er. Sie sagte es zwar immer seltener, aber in ihren akribisch versiegelten Briefen an das Christkind stand jedes Jahr nur ein Wunsch, immer derselbe. Der einzige, den er ihr nicht erfüllen konnte.

Miriam erinnerte sich nicht an Hannah. Für sie war sie nur die Frau von den Fotos, die über dem Klavier in der Stube hingen. Manchmal ertappte er sich dabei, dass er die Kleine dafür am allermeisten liebte – dafür, dass sie keine Erinnerungen hatte.

Aber dann war da noch Katharina. Von allen vieren bereitete sie ihm die größten Sorgen. Auch wenn sie nie über diesen Maitag vor fünf Jahren sprach, war er sich sicher, dass ihre Erinnerung nicht verblasst war. Sie war damals schon zehn gewesen und hatte bis auf eine geprellte Rippe keine größeren Verletzungen erlitten. Doch er ahnte, dass sie das, was geschehen war, niemals vergessen würde – auch wenn er ihr das manchmal wünschte. Oder wünschte er es in Wirklichkeit seinetwegen? Wenn sie tatsächlich die Wahrheit kannte, dann wusste sie auch um seinen Anteil an der Schuld.

Eigentlich hatte er direkt nach dem Unfall mit Katharina reden wollen, aber dann hatte ihn die Scham überwältigt und der Mut verlassen, und er hatte es aufgeschoben. Immer wieder aufgeschoben, so lange, bis es sich nicht mehr richtig anfühlte, überhaupt darüber zu reden. So war das Schweigen zwischen sie getreten, zwischen ihn und seine Älteste.

Aus der Nähe betrachtet war die Wahrheit klein und

schmächtig wie eine Küchenmaus, aber aus der Ferne gesehen, nach all den Jahren, war ihr Schatten so groß wie der eines Riesen. Diesen Schatten zu überwinden schien nun schier unmöglich.

Dabei war es doch eigentlich ganz einfach: Er hatte die Anzeichen damals zu lange ignoriert, war davon ausgegangen, dass es nur eine Phase war. Hannah hatte diese Phasen schon früher gehabt, aber sie waren jedes Mal von alleine vorbeigegangen, waren weitergezogen wie Regenwolken, und er hatte fest damit gerechnet, dass es auch diesmal so sein würde.

Aber dann war alles anders gekommen. Noch heute erinnerte er sich an den Anruf, das hartnäckige Klingeln des Telefons im Vorzimmer. Und die alte Frau Böhm, die den Kopf mitten in einer Untersuchung durch die Tür steckte, den Blick von Tränen verschleiert …

»Auuaaaa!«

Vor dem Fenster seines Sprechzimmers schrie eines der Mädchen auf und riss ihn aus seinen Gedanken. Er durfte jetzt nicht wieder in der Erinnerung an sein Versagen versinken, das würde ihn nur unnötig lähmen. Er musste an die Mädchen denken, das war alles, was zählte.

Langsam fuhr er mit dem Finger über Hannahs Zeilen.

Ich möchte zurückkommen und die Mädchen sehen. Wäre das in Ordnung?

Ob es in Ordnung war? Woher in Teufels Namen sollte er das wissen? War es denn in Ordnung, dass eine Mutter ihre Kinder verließ? War es in Ordnung, dass er sie noch immer vermisste, noch immer liebte? War es in Ordnung, dass er sich manchmal dafür hasste?

»Papa!« Ohne anzuklopfen, platzte Judith herein, die runden Wangen gerötet und tränenüberströmt. »Mimi hat draußen am Gartentisch auf meine Hausaufgaben gekotzt!«

Für einen winzigen Moment verzog er das Gesicht, dann ließ er den Brief auf den Schreibtisch sinken und stand auf, um den Arm um seine elfjährige Tochter zu legen.

»Keine Sorge, ich kümmere mich darum«, murmelte er und drückte sie sanft an sich.

Natürlich kümmerte er sich darum. Er kümmerte sich um alles, dieses Versprechen hatte er sich selbst vor fünf Jahren gegeben. Die Mädchen sollten nichts und niemanden missen in ihrem Leben, solange es in seiner Hand lag.

Er würde sich jetzt erst um die Hausaufgaben und um Miriam kümmern, und später dann um den Brief.

Er würde Hannah antworten. Er würde den Kindern nichts davon erzählen, bis es wirklich ganz sicher war, aber er würde Hannah schreiben, dass es in Ordnung sei, wenn sie käme, mehr noch: dass sie sich auf sie freuen würden. Denn auf einmal verspürte er tatsächlich so etwas wie Freude – und die leise Hoffnung, dass alles wieder gut werden könnte. Nicht wie früher, aber doch immerhin irgendwie gut.

Als Theo mit Judith an der Hand das Sprechzimmer verließ, dachte er kurz darüber nach, den Brief wegzuräumen, dorthin, wo er auch Hannahs Abschiedszeilen von damals aufbewahrte.

Doch dann schluchzte Judith erneut auf, und er verwarf den Gedanken. Es waren ja nur ein paar Minuten.

In ein paar Minuten würde er sich darum kümmern.

1

Judith

Sie würde ganz sicher nicht ohne Begleitung zu dieser Taufe gehen, diesmal nicht. Mit klopfendem Herzen blickte Judith auf das vibrierende Telefon, das sie neben dem Waschbecken abgelegt hatte. Warum machte die ganze Angelegenheit sie nur derart nervös?

Eva hatte in den vergangenen Tagen mindestens siebzehn Mal angerufen und ihre Mailbox mit endlosen Nachrichten bombardiert. Fast konnte man meinen, es ginge hier um etwas Wichtiges. Um eine Privataudienz bei der Queen zum Beispiel, oder wenigstens um eine neue Wunderdiät aus Hollywood, eine, bei der man schon beim bloßen Gedanken an Sport einen Hintern wie Beyoncé bekam. Aber natürlich ging es Eva weder um einen gesellschaftlichen Ritterschlag noch um Knackärsche, sondern vor allem darum, den Finger in die Wunde ihrer Zwillingsschwester zu legen.

Unruhig schielte Judith auf das Display, das nun einen weiteren Anruf in Abwesenheit verzeichnete – und im nächsten Moment leuchtete auch schon eine Textnachricht auf.

Bringst du diesmal jemanden mit?

Judiths Magen krampfte sich unheilvoll zusammen. *Einatmen, ausatmen.* Wenn sie an den Tisch zurückkam, musste sie sich dringend ein zweites Glas Wein einschenken – selbst wenn Heiko sie dann für eine Schnapsnase hielt. Der erste Eindruck zählte, das wusste Judith nach zehn Jahren unzähliger erster Dates besser als jede andere. Aber sie wusste eben auch, dass ein kleines Alkoholproblem immer noch einfacher zu erklären war als das, was der Gedanke an ihre Zwillingsschwester mit ihr machte.

Als hätte sie es geahnt, ließ Eva in diesem Moment die nächste Textnachricht auf Judiths Handy aufleuchten.

Ich muss das dringend wissen. Wegen der Tischordnung!

Die Tischordnung, natürlich. Judith spürte, wie sich ihr Puls noch einmal beschleunigte. Hastig drehte sie den Hahn auf, ließ das kalte Wasser über ihre Handgelenke laufen und schloss die Augen.

»Sie meint es nicht böse. Sie meint es *nicht* böse …«

Geradezu fieberhaft versuchte sie an das Mantra zu glauben, das ihr Frau Doktor Hufschneider vor ein paar Jahren in der Therapiestunde mit auf den Weg gegeben hatte – aber vergebens. Im Grunde kannte diese Frau sie doch überhaupt nicht! Die hatte so viel Ahnung von Eva wie ein Hafenarbeiter von Rousseaus pädagogischem Spätwerk. Das Verhältnis zu ihrer Zwillingsschwester war nun mal kompliziert – und zwar seit stolzen dreiunddreißig Jahren. Man konnte es leider nicht einfach durch ein paar Kalendersprüche in ein Kuschel-Rock-Konzert verwandeln.

Bei der letzten Taufe vor zwei Jahren hatte Eva Judith an den Kindertisch gesetzt. »Weil du so gut mit Kindern kannst«, hatte sie gesagt und sich dann zu einer Freundin umgedreht, die trotz ihrer vierten Schwangerschaft aussah wie eine Brechbohne auf zwei Beinen. »Meine Schwester ist Lehrerin.«

»Für die *Mittelstufe*, Eva«, hatte Judith mit einem hilflosen Blick auf die glucksenden Kleinkinder an dem abgelegenen Tisch erwidert. »Meine Schüler rauchen Schnürsenkel und onanieren heimlich in ihre Sportsocken!«

Eva hatte nur schrill aufgelacht und ihrer perfekt frisierten Freundin zugezwinkert. »Den Lehrerjob hält man nur mit einer gehörigen Portion Humor durch.« Dann hatte sie Judith wortlos am Kindertisch stehen lassen.

Doch diesmal würde ihr das nicht passieren, o nein, diesmal würde sie garantiert nicht am Lätzchen-Tisch landen und sich mit halb durchgekautem Brokkoli bewerfen lassen. Sie würde in Begleitung kommen und in ihrer aller Mitte sitzen, und wenn sie sich dafür einen Mann kaufen musste!

Aber so weit würde es wohl glücklicherweise nicht kommen. Judith drehte den Hahn zu und hielt sich die Hände an die glühenden Wangen. Heiko da draußen am Tisch war vielleicht kein Volltreffer, aber zumindest auch kein Grund, sich zu schämen. Auf einer Skala von eins bis Jackpot war er mindestens eine passable Sechseinhalb, vielleicht sogar eine Sieben.

Natürlich würde Eva bei seinem Namen sofort an Heiko Holst aus dem Bio-Leistungskurs denken, den rothaarigen, grunzenden Sohn des Fleischers, an den Judith ihre Unschuld verloren hatte, nachdem Eva ihr Max ausgespannt hatte. Aber damit konnte Judith umgehen, sie war darüber hinweg. Und erfreulicherweise hatte dieser Heiko hier rein gar nichts mit dem Heiko von damals gemein. Selbstverständlich konnte sie nicht sagen, ob er beim Sex Schweinelaute von sich gab und seine Kuscheltiere als Zuschauer auf den umliegenden Schränken drapierte – aber wenn alles einigermaßen nach Plan lief, konnte sie diese Fragen vielleicht noch heute Nacht klären.

Konzentriert fuhr sie sich durch das dichte dunkelblonde Haar, damit es so aussah, als würde es ganz von alleine so lässig über ihre Schultern fallen, und zog sich die Lippen nach.

Das hier war ihr Abend. Nichts und niemand konnte ihr heute das Gefühl nehmen, eine Göttin zu sein – erst recht nicht Eva und ihre blöde Tischordnung!

»Dir hängt da ein Schwanz aus der Hose, Schätzchen.«

Erschrocken zuckte Judith zusammen. Sie hatte nicht bemerkt, dass jemand die Damentoilette betreten hatte, und sah jetzt ertappt in das aufgeschwemmte Gesicht der Putzfrau.

Offenbar machte sie dabei nicht den intelligentesten Eindruck, denn im nächsten Moment stieß die Frau ein ungeduldiges Stöhnen aus, klemmte sich ihren Mopp unter den Arm und deutete mit ihrem fleischigen Finger auf Judiths Hintern.

»Schwänzchen, da. An deinem Popo.«

Als Judith den Kopf drehte, sah sie, was gemeint war. Tatsächlich hing eine nicht unbedeutend lange Bahn Klopapier aus dem hochgeschlossenen Bund ihrer neuen Hose.

Solche Missgeschicke waren ihr früher ständig passiert – aber damals war sie ein ungelenkes Kind gewesen und keine Frau, die vorhatte, zum Dessert einen Mann zu vernaschen, den sie erst vor drei Tagen über ein Onlineportal kennengelernt hatte. Augenblicklich schrumpfte die Göttin, die eben noch in ihrem Inneren Salsa getanzt hatte, zu einem Meerschweinchen mit Silberblick und Hamsterbäckchen zusammen. Judith spürte, wie ihr das Blut in den Kopf schoss und ihr Gesicht die Farbe einer glühenden Herdplatte annahm.

Ungeschickt zupfte sie sich das Papier aus der Hose. »Ich … o Gott … danke …«, stammelte sie und versuchte dabei zu lächeln.

»Kein Problem«, murmelte die Putzfrau und hielt mit einem Grinsen die Hand auf. »Wir Ladys müssen doch zusammenhalten.«

»Ich hatte schon befürchtet, du wärst heimlich durch das Klofenster abgehauen.« Heiko lachte und tauchte ein Stück Brot in Olivenöl. »Normalerweise machen die Frauen das erst, wenn ich ihnen von meiner Vorliebe für Nacktgolf und Gunter Gabriel erzähle.« Er zwinkerte derart aufdringlich, dass Judith sich nicht sicher war, ob er wirklich nur einen Scherz machte.

Trotzdem ließ sie sich zurück auf den Stuhl sinken

und lachte, achtete dabei aber tunlichst darauf, den Mund nicht zu weit zu öffnen. Letztes Jahr hatte ihr ein Anwalt in einer schicken Yuppie-Bar gesagt, es sei vulgär, wenn die Frau beim Lachen zu viel Zahnfleisch zeigte. Es sei ein Zeichen dafür, dass sie leicht zu haben wäre und auch vor schmutzigen Ideen nicht zurückschreckte. Seitdem fiel es Judith schwer, sich beim Lachen so richtig fallen zu lassen. Sie wollte nicht, dass Heiko sie für vulgär hielt, und sie wollte auch nicht, dass er erkannte, wie leicht sie am Ende tatsächlich zu haben war.

»Du bist also Lehrerin?«

Judith nickte und war dankbar, als der Kellner die Vorspeisen brachte. »Stadtteilschule.«

Heiko hob die Augenbrauen. »Heißes Pflaster, oder?«

»Ich mag es, wenn es nicht langweilig wird.«

»Fächer?«

»Deutsch und Geschichte.«

Überrascht hielt er im Kauen inne. »Echt jetzt? Das hätte ich dir gar nicht zugetraut.«

Judith quittierte seinen Kommentar mit einem verunsicherten Stirnrunzeln.

»Na ja«, fuhr er fort. »Du siehst irgendwie viel … lebendiger aus. Nimm's mir nicht übel, aber Deutsch und Geschichte klingt nach Mottenkugeln und Gebissreiniger.« Er lachte auf.

Judith blieb vor Schreck ein Stück Rucola im Hals hängen. Sie hustete, aber das Salatblatt saß hartnäckig fest, bis sie es mit einem verzweifelt großen Schluck Weißwein hinunterspülte.

Mottenkugeln und Gebissreiniger! Für wen hielt sich der Kerl eigentlich? Am liebsten wäre Judith aufgestanden und gegangen – ein Abgang in Würde und Selbstachtung, wie Frau Hufschneider es damals genannt hatte –, aber in ihrer Handtasche an der Stuhllehne vibrierte schon wieder ihr Handy. Carlas Taufe fand in nicht einmal vier Wochen statt. Selbstachtung war also ein Luxus, den sie sich jetzt leider nicht leisten konnte.

Nach Ava und Bella war die kleine Carla bereits Evas drittes Kind in vier Jahren, und Judith hatte nicht vor zuzusehen, wie ihre Schwester ein ganzes Alphabet von Kindern in die Welt setzte, während sie selbst nicht mal in der Lage war, einen vernünftigen Mann kennenzulernen.

Also gab sie sich einen Ruck und Heiko noch eine Chance. »Und nach welchem Fach sehe ich deiner Meinung nach aus?«

Heiko musterte sie einen Augenblick, aber Judith hatte nicht das Gefühl, dass er dabei sonderlich nervös wirkte. Schließlich griff er sich die Weinflasche, füllte Judiths Glas ein weiteres Mal bis zum Rand und verzog den linken Mundwinkel zu einem schiefen Grinsen.

»Banküberfall«, flüsterte er und zwinkerte ihr verschwörerisch zu.

Judith klammerte sich vorsichtshalber an ihrem Weinglas fest. »Banküberfall ist kein Unterrichtsfach.«

»Na und?«, erwiderte Heiko und beugte sich über den Tisch zu ihr. »Dann müsste es für dich eben erfunden werden. Du bräuchtest nicht mal Waffen – weil du nämlich schärfer bist als jede Munition!«

Der Sex war in Ordnung, aber nach dem billigen Pistolenspruch hatte Judith auch nicht mehr allzu viel erwartet. Heiko war definitiv nicht der Richtige für einen gemeinsamen Bausparvertrag, aber jetzt war entscheidend, ob er zumindest dazu taugte, sie vor Evas Kindertisch zu bewahren.

Als er nach einer Weile schwer atmend neben ihr auf das Laken sank, schenkte Judith ihm ein bemühtes Lächeln, schlüpfte unter der Bettdecke hervor und verschwand im Badezimmer.

Sofort begannen ihre Augen, den kleinen Raum gründlich abzuscannen. Nirgendwo konnte man in so kurzer Zeit so viel über einen Mann lernen wie in seinem Bad. Zu wenig Pflegeprodukte über dem Waschbecken waren ebenso verdächtig wie zu viele. Wie viele Zahnbürsten standen im Becher neben dem Wasserhahn? Fanden sich noch Tampons in den Schubladenschränken und lieferten verdächtige Hinweise darauf, dass die Ex vielleicht doch nicht so *ex* war, wie behauptet?

In den letzten zehn Jahren der aktiven Partnersuche hatte Judith schon so ziemlich alles erlebt, und sie hatte ein feines Auge entwickelt. Heikos Bad war ein wenig altmodisch, aber sauber und unauffällig.

Mit einem erleichterten Aufatmen ließ sie sich auf die Klobrille sinken. *Keine bösen Überraschungen*, vermerkte sie auf der Checkliste in ihrem Kopf, bevor ihr Blick auf das Klopapier fiel. Es war mit Seesternen und kleinen türkisblauen Meerjungfrauen bedruckt, und auf einmal musste Judith an das Freundebuch denken, das ihr eine

Fünftklässlerin neulich in die Hand gedrückt hatte. Judith konnte nicht sagen, was sie mehr erstaunt hatte: dass das Mädchen in ihr eine potenzielle Freundin sah oder dass Kinder in diesem Alter sich noch immer für diese Art von Büchern interessierten. War das nicht eher etwas für den Kindergarten oder maximal für die Grundschule?

Am meisten aber hatte Judith überrascht, dass sie sich derart schwergetan hatte mit dem Ausfüllen. Denn beim genaueren Nachdenken hatte sie verblüfft festgestellt, dass sie nicht wusste, was ihre Lieblingsfarbe war, welche Musik sie am liebsten hörte und welcher Gute-Laune-Spruch sie am meisten motivierte. An welchem Punkt in ihrem Leben hatte sie vergessen, wer sie war?

Am schlimmsten aber war die Frage: *Was willst du werden, wenn du groß bist?* War sie nicht längst groß? Warum war sie dann immer noch nicht angekommen in ihrem Leben, hatte nicht das erreicht, wonach sie sich so sehr sehnte?

Was sie werden wollte? *Mutter,* hatte sie instinktiv schreiben wollen, oder *Ehefrau*. Vielleicht sogar *glücklich*?

Am Ende hatte sie sich einfach einen Spaß daraus gemacht und *Meerjungfrau* in das Buch geschrieben. Humor war immer ein guter Fluchtweg, das wusste sie. Manchmal war es so viel leichter, einen Witz zu machen, als etwas wirklich ernst zu meinen.

»Ich glaube, dein Telefon hat in deiner Tasche vibriert«, sagte Heiko, als sie endlich aus dem Badezimmer trat.

Judith biss sich auf die Unterlippe. Konnte Eva nicht

einfach mal Ruhe geben? Trotzig griff sie in ihre Tasche und schaltete das Handy aus, ohne einen Blick auf das Display zu werfen. Dann zuckte sie mit den Schultern und rollte so theatralisch wie möglich mit den Augen.

»Ist sicher nur mein Mann, der wissen will, ob ich noch Klopapier mitbringen kann.«

Diesmal war es Heiko, der den Kopf in den Nacken warf und lachte – und er scherte sich offenbar nicht darum, dass Judith dabei eine Menge Zahnfleisch sehen konnte.

Judith flüchtete sich zurück unter seine Decke und schmiegte ihre Wange an seine Schulter. Als sie ihren Arm auf seiner unrasierten Brust ablegte, entdeckte er die Narbe.

»Was ist da passiert?« Neugierig fuhr er mit dem Finger über die verblasste Linie, die sich von ihrem rechten Handballen bis zum Ellenbogen zog.

Judith zögerte. »Da bin ich als Kind vom Rad gefallen«, flüsterte sie schließlich, weil sie nicht das Gefühl hatte, dass Heiko der Typ für eine allzu außergewöhnliche Lüge war.

Auf einmal war sie unfassbar müde. Sie wünschte sich nichts sehnlicher, als einfach die Augen zu schließen und in den Armen dieses Mannes einzuschlafen, dieses Mannes, der sie morgen vermutlich nicht zurückrufen würde. Wie schon so viele Männer vor ihm …

2

Katharina

»Ich weiß noch nicht, ob ich es schaffe.« Katharina klemmte sich das Telefon zwischen Schulter und Ohr, warf einen letzten Kontrollblick auf die Monitore im Schwesternzimmer und trat hinaus auf den Flur.

Bei Eva schrie im Hintergrund irgendeines der Kinder, vermutlich das Baby, aber mit Sicherheit konnte Katharina das nicht sagen. Mit Kindern kannte sie sich nicht sonderlich gut aus, sie standen nur selten auf ihrem OP-Plan.

»Du hast die Einladung jetzt seit acht Wochen«, brüllte Eva gegen den Lärm an. »Wie schwer ist es bitte, einfach ja oder nein zu sagen?«

Katharina seufzte. »Dann eben nein.«

»Wie bitte?«

»Dann eben *nein*«, wiederholte Katharina laut und deutlich und rieb sich müde über das Nasenbein.

»Du brauchst nicht so zu brüllen«, zischte Eva. Mit einem Mal war das Geschrei im Hintergrund verstummt. »Ich hab dich schon verstanden.«

»Warum hast du dann nachgefragt?«

Katharina hörte, wie ihre Schwester einen Seufzer ausstieß. »Weil das nicht die Antwort war, die ich mir erhofft hatte. Wir sind doch eine Familie! Wie sieht das denn aus, wenn die eigene Schwester nicht zur Taufe deines Kindes kommt?«

»Ihr feiert doch jedes Jahr Taufe, und es wird sicher nicht die letzte sein«, witzelte Katharina, aber in Wirklichkeit war sie viel zu erschöpft, um auch nur ansatzweise heiter zu klingen. »In eurer Kollektion fehlen noch Dora, Elisabeth und Friederike, und dann hat das Alphabet ja immer noch ein paar Buchstaben.«

Evas kurzes, aber intensives Schweigen am anderen Ende der Leitung bestätigte Katharina, dass ihre kleine Schwester nicht amüsiert war.

»Fängst du etwa schon genauso an wie Judith?«

Vor Katharina öffnete sich die Aufzugtür. Wenn sie jetzt einfach einstieg, wäre die Verbindung in ein paar Sekunden unterbrochen und sie könnte endlich ihren längst überfälligen Feierabend genießen. Aber würde Eva sich damit zufriedengeben? Wohl kaum …

Katharina stöhnte und entschied sich für die Treppe. Sie hatte letzte Nacht zwei kritische Infarkte und eine aussichtslos anmutende Herzmuskelentzündung in den Griff bekommen, also würde sie das Gespräch mit ihrer Schwester jetzt vermutlich auch noch überstehen.

»Tut mir leid. Ich habe gerade eine Achtundzwanzig-Stunden-Schicht hinter mir, die dritte Nachtschicht diese Woche …«

»Ich habe *jede* Nacht Nachtschicht«, fiel Eva ihr gereizt

ins Wort, »jede einzelne Nacht seit vier Jahren. Und trotzdem schaffe ich es, mich zusammenzureißen und freundlich zu sein.« Mit einem Mal verfiel sie in ihren bekannten Jammerton. »Judith antwortet auch nicht. Ich habe sie gestern Abend mindestens sieben Mal angerufen und mehrere Nachrichten geschickt – und denkst du, sie hat auch nur auf eine einzige geantwortet?« Eva schluchzte auf. »Wir müssen doch zusammenhalten, jetzt, wo nicht mal mehr Papa dabei ist …«

Katharina seufzte resigniert. Sie hatte befürchtet, dass das Gespräch irgendwann an diesen Punkt kommen würde.

Von allen vier Schwestern war Eva schon immer diejenige gewesen, die am wenigsten auszuhalten hatte, aber am meisten Leid empfand. Theos Tod war für sie eine willkommene Berechtigung, ganz legitim zu jammern und eine Familie einzufordern, die sie in Wirklichkeit niemals gewesen waren.

Dabei war ausgerechnet Eva nicht einmal in Hamburg gewesen, als Theodor Albrecht am vierten Märzmorgen im letzten Jahr in seinem ehemaligen Sprechzimmer ganz überraschend und still an einem Herzinfarkt verstorben war. Katharina nahm ihm bis heute übel, dass es ausgerechnet das Herz hatte sein müssen. Hätte es nicht ein Schlaganfall sein können, ein Sturz oder eine verdammte Sepsis? Nicht dass sie gewollt hätte, dass ihr Vater starb, er hätte ruhig noch zehn bis fünfzehn Jahre weitermachen können – aber dass sein Körper ausgerechnet auf ihrem Fachgebiet versagt hatte, nahm sie irgendwie persönlich.

Sie hätte ihn retten können, wenn sie ihn zuvor nur ein einziges Mal untersucht hätte, nicht nur vermutlich, sondern ganz sicher. Theo war nicht einmal sechsundsiebzig gewesen, einen Stent hätte sie ihm mit verbundenen Augen setzen können, vielleicht hätte sogar eine einfache Medikation gereicht.

Aber sie hatte ihn nicht untersucht. Weihnachten hatten sie wie immer gemeinsam im Alten Land gefeiert, zum Jahreswechsel hatten sie das letzte Mal telefoniert. Und im März hatte dann Agnes angerufen.

Eva war zu dieser Zeit mit Thomas und den beiden großen Mädchen im Skiurlaub gewesen. Katharina war sich nicht einmal sicher, ob Ava und Bella zu diesem Zeitpunkt überhaupt schon auf eigenen Beinen stehen konnten, geschweige denn auf Brettern.

Agnes hatte ihn gefunden. Normalerweise kam sie jeden Tag vorbei und sah nach dem Rechten, aber südlich der Elbe hatte es noch einmal Bodenfrost gegeben. Und weil Agnes immer nur mit dem Rad fuhr und ihr das bei Glatteis zu gefährlich war, hatte sie einen Tag pausiert. Als sie Theo an seinem alten Schreibtisch vorgefunden hatte, war er schon mehr als vierundzwanzig Stunden tot gewesen.

Katharina und Judith hatten ihre Arbeit unterbrochen und waren gemeinsam nach Jork gefahren, um sich um die Formalitäten zu kümmern. Während Judith Agnes' Hand hielt, sprach Katharina mit dem Notarzt und rief das Bestattungsunternehmen an.

Eva kam erst kurz vor der Beerdigung zurück nach

Hamburg, ganz in Schwarz und mit einer Sonnenbrille auf der Nase, die so groß war, dass Jackie Kennedy vor Neid erblasst wäre. Außerdem hatte sie die süße Botschaft im Gepäck, dass ein drittes Kind unterwegs war. »Diesmal ein Junge, das spüre ich«, hatte sie an Theos Grab geschluchzt. »Es ist ganz sicher ein kleiner Junge.«

Mittlerweile war Carla sechs Monate alt.

Katharina hatte das Kellergeschoss erreicht. Erschöpft lehnte sie sich an die Tür zum Personalflur. Sie musste Eva irgendwas Nettes sagen – nicht weil das ihrem eigenen Bedürfnis entsprach, sondern weil dieses Gespräch garantiert noch Stunden dauern würde, wenn ihre Schwester erst richtig in Tränen ausbrach. Und dazu fehlte Katharina jetzt wirklich die Kraft.

»In ein paar Tagen kann ich vielleicht mehr sagen …«

Eva horchte auf und schniefte. »Du kommst also doch?«

»Vielleicht. Das hängt von meinem Dienstplan ab.«

»Kann nicht mal jemand anders die Welt retten?« Auf einmal schwang wieder Empörung in Evas Stimme mit, und Katharina wertete das als gutes Zeichen.

»Bestimmt«, sagte sie, lehnte die Stirn an die kalte Tür und schloss die Augen. »Aber keiner sieht dabei so gut aus wie ich.« Dann legte sie auf und ließ das Handy sinken.

Natürlich war das eine schamlose Lüge. Keiner hier konnte die Welt so gut retten wie sie. Katharina war nicht nur eine der jüngsten Herzchirurginnen im Land, sondern auch die beste – und trotz aller Missgunst, die ihr deswegen entgegenschlug, schämte sie sich nicht für ihren Erfolg.

Das Einzige, was sie als störend empfand, war, dass sie dabei tatsächlich ziemlich gut aussah. Vieles wäre einfacher gewesen, wenn sie ein paar Rettungsringe um den Bauch, einen Buckel oder eine Knollennase gehabt hätte, aber Hannahs Erbe hatte ihr einen Strich durch die Rechnung gemacht. Nicht einmal ihre haselnussbraunen Haare waren widerspenstig. Selbst wenn Katharina sie nur achtlos am Hinterkopf zusammenknotete, sah sie immer noch gut aus. Seit drei Jahren trug sie nun schon kein Make-up mehr, um es nicht noch schlimmer zu machen. Sie wollte ernst genommen werden, und dabei war es eben nicht besonders hilfreich, schön zu sein.

Natürlich, bei Männern war das kein Problem. Niemand nahm es einem Chefarzt übel, wenn er aussah wie George Clooney und sich unter seinem Kittel ein Sixpack wie das von Ryan Gosling in *Crazy, Stupid, Love* verbarg – im Gegenteil. Schönheit tat der männlichen Intelligenz keinen Abbruch.

Aber für Frauen galten nun mal andere Regeln, und Katharina hatte sich schon früh angewöhnt, nur solche Dinge ändern zu wollen, bei denen es eine Aussicht auf Erfolg gab. Sie war keine von denen, die gegen Windmühlen kämpften. Sie war diejenige, die auf dem Wind ritt, bis sie ganz vorne an der Spitze flog. Eine Frau konnte *Beute* oder *Biest* sein, das hatte sie in den vielen Berufsjahren unter erfolgreichen Männern gelernt, und obwohl Katharina diese Einteilung niemals selbst gewählt hätte, hatte sie sich schon vor langer Zeit für Letzteres entschieden.

Dabei war sie im Grunde gar kein Biest, sie war schließlich nicht bösartig. Aber sie konnte ihre Gefühle besser kontrollieren und wegschließen als die meisten anderen Frauen. Das hatte ihr im Leben schon oft geholfen, und nicht zuletzt hatte es ihr den Weg zu einer beispiellosen Karriere geebnet.

Morgen würde sie also mit ihrem Chef reden und ihn bitten, sie für Carlas Taufe freizustellen, wenn sie Evas Anrufe damit beenden konnte.

»Betest du etwa?«

Erschrocken rückte Katharina von der Tür ab und drehte sich zur Treppe um. Ein kleines Mädchen stand auf der dritten Stufe und blinzelte sie neugierig an. Unter dem Arm der Kleinen klemmte ein Regenschirm, und über ihrem Krankenhausnachthemd trug sie eine beinahe schmerzhaft bunte Strickjacke. Ihre Füße waren nackt – vermutlich war das der Grund, warum Katharina sie nicht hatte kommen hören.

»Du kannst dich doch nicht einfach so anschleichen!«

»Tut mir leid«, sagte die Kleine und hüpfte eine weitere Stufe hinab. »Ich wollte dich nicht stören.« Dann verzog sie mitleidig das Gesicht. »Aber wenn du wirklich gebetet hast, muss ich dich enttäuschen: Ich glaube, Gott hat gerade keine Zeit für uns – oder er hat einfach keine Lust, uns zu helfen.« Sie zuckte mit den Schultern und grinste so breit, dass Katharina die beiden Zahnlücken in ihrem Oberkiefer sehen konnte.

»Ich bete niemals.« Ihre Stimme klang mürrischer, als sie es beabsichtigt hatte.

»Gut so«, erwiderte das Mädchen zufrieden. »Wir Frauen sollten uns nicht für dumm verkaufen lassen. Wenn ein Kerl nicht zurückruft, ist er es nicht wert, dass wir unsere Zeit mit ihm verschwenden – selbst wenn sein Name *Gott* ist.«

Katharina runzelte verblüfft die Stirn. »Kann es sein, dass du zu viel fernsiehst?«

Die Kleine schüttelte den Kopf, sodass ihre kinnlangen Haare hin und her flogen. »Das hat mir meine Mama beigebracht.«

»Und wo ist deine Mama jetzt?«

»Wo sie genau ist, kann ich nicht sagen. Aber dass sie dort gerade mit meinem Papa streitet, ist so gut wie sicher.« Sie klemmte sich den Regenschirm unter den anderen Arm.

Katharina betrachtete sie irritiert. »Und was machst du hier im Treppenhaus?«

Die Kleine grinste schief und zuckte lässig mit den schmalen Schultern. »Ich wollte nur schnell eine rauchen.«

»Was?«

Als sie Katharinas verstörten Blick bemerkte, verdrehte sie die Augen und nahm eine weitere Stufe nach unten. »Es heißt *wie bitte*. Und außerdem war das nur ein Scherz.«

»Ein Scherz?«

»Ja, du weißt schon. Ein lustiger Spruch, um die Stimmung zwischen uns ein bisschen aufzulockern.«

Unbeabsichtigt stieß Katharina ein Schnauben aus. »Du musst die Stimmung zwischen uns nicht auflockern.«

»Doch«, erwiderte das Mädchen. »Weil du nämlich irgendwie fertig aussiehst und mir bestimmt eher einen Gefallen tust, wenn du wieder gut drauf bist.«

Jetzt musste Katharina tatsächlich lachen. »Erstens bin ich supergut drauf – und zweitens tue ich dir keinen Gefallen!«

»Du weißt ja noch gar nicht, worum es geht.«

»Das ist egal, wenn ich von vornherein nein sage.«

Die Kleine zog empört die Augenbrauen zusammen. »Das ist unfair!«

»Willkommen im Leben«, sagte Katharina und verschwand endlich durch die Tür in den Personalflur.

Unfassbar! Wie alt mochte das Mädchen gewesen sein? Vielleicht acht oder neun? Katharina schüttelte ungläubig den Kopf. Wenigstens hatte sie sie mit ihrem merkwürdigen Regenschirm nicht angegriffen!

Am Himmel, den man durch das schmale Fenster sehen konnte, war nicht eine einzige Wolke zu erkennen. Warum zum Teufel hatte die Kleine das Ding überhaupt dabeigehabt? Sie war nicht normal, das stand jedenfalls fest, dieses Kind war sicher nicht ganz richtig im Kopf. Aber das sollte nicht mehr Katharinas Problem sein. Sie hatte sich ihren Feierabend jetzt wirklich verdient.

Insgeheim hatte Katharina gehofft, ihm heute nicht mehr zu begegnen, aber Robin wartete vor ihrem Spind auf sie.

»Hey, Prinzessin«, flüsterte er und drückte ihr einen Kuss zwischen die Schulterblätter.

Katharina warf ihm einen strengen Blick zu.

»Was denn?«, fragte Robin mit einem frechen Grinsen. »Ist doch niemand hier außer uns.«

»Du sollst mich nicht *Prinzessin* nennen.« Mit einem Stöhnen drehte sie sich ihrem Schrank zu.

Robin lachte. »Wieso dürfen die anderen das und ich nicht?«

»Weil ich mit den anderen nicht schlafe!«, erwiderte Katharina. »Außerdem nennen sie mich *Eisprinzessin*, das ist ein Unterschied.«

Tatsächlich war das ihr Spitzname auf der Station. Wie lange schon, wusste sie nicht genau, aber dafür erinnerte sie sich noch sehr lebhaft an den Moment, als sie den Namen zum ersten Mal gehört hatte.

Es war vor etwa drei Jahren gewesen, Katharina hatte unter strenger chefärztlicher Anleitung gerade ihre erste Herztransplantation durchgeführt. Ihr Chef hatte hinterher eine Flasche Champagner geköpft, um sie zu feiern, und der Alkohol hatte sie schon bald auf die Toilette getrieben. Als sie sich die Hände wusch, waren zwei Kolleginnen ins Damenklo getreten. Laura, die als Assistenzärztin in der Kardiologie einen durchaus passablen Job machte, und Melanie, eine der jüngeren OP-Schwestern. Sie strahlten Katharina an und drückten sie überschwänglich an sich, um ihr zu gratulieren.

Erst als Katharina die Toilette verlassen hatte, stellte sie fest, dass sie ihren Schlüssel neben dem Waschbecken vergessen hatte. Sie eilte zurück. Ihr Schlüssel lag tatsächlich auf dem Seifenspender – aber nun wurde sie unfreiwillig Zeugin eines Gesprächs zwischen Laura und Melanie. Die beiden hatten offenbar nicht gehört, dass sich die Tür erneut geöffnet hatte, und unterhielten sich über die Kabinenwände hinweg über Katharina und ihren Chef.

»Der Alte steht auf sie, kein Zweifel. Vermutlich holt er sich in seinem Büro auf ihren OP-Bericht einen runter. Für mich hat es jedenfalls noch nie Champagner gegeben.«

»Vielleicht denkt er, der Alkohol würde ihr Herz zum Schmelzen bringen.«

»Unmöglich, sie ist eiskalt. Du könntest ihr Herz ins Höllenfeuer werfen, und dem Teufel würden vor Schreck die Klauen abfrieren. Sie heißt nicht umsonst die *Eisprinzessin*«, hatte Laura geheimnisvoll geflüstert, und dann hatten beide Frauen gelacht.

Eigentlich hatte Katharina vor den Kabinen warten und ihnen eine Ohrfeige verpassen wollen, aber dann hatte sie sich doch dagegen entschieden und war leise aus der Toilette geschlichen. Sie hatte schon früh im Leben gelernt, dass sie mehr Macht hatte, wenn die anderen nicht ahnten, was sie alles wusste.

Doch dieses Wissen machte auch sehr einsam. Katharina hatte kein Problem damit, allein zu sein, das hatte sie noch nie gehabt. Aber wie sollte sie das nur Robin beibringen?

Er war jung, dreizehn Jahre jünger als sie, und gerade das machte ihr ein bisschen Hoffnung, dass es nicht allzu schwer wäre, ihn irgendwann wieder loszuwerden. Vermutlich wollte er ohnehin nur vögeln, und dass sie in der Hierarchie weit über ihm stand, verschaffte ihm einen gewissen Nervenkitzel. Robin war Krankenpfleger auf der Kinderstation, und Katharina schätzte gutes Pflegepersonal. Aber sie wusste auch, dass Männer langfristig nicht damit klarkamen, wenn eine Frau im Job deutlich erfolgreicher war als sie selbst. Vor anderthalb Jahren hatte sie einen Zahnarzt gedatet, aber die Beziehung lief nur so lange gut, bis er erfuhr, dass sie Herzchirurgin war und nicht etwa Krankenschwester, wie sie bis dato behauptet hatte. Natürlich berief er sich beim Schlussmachen auf die Lüge, die sie ihm monatelang aufgetischt hatte, aber insgeheim wusste Katharina, dass ihr Status das eigentliche Problem war. Männer mochten Grundschullehrerinnen, Altenpflegerinnen und Stewardessen.

Nur weil sie sich sicher war, dass er sie irgendwann fallen lassen würde, hatte sie sich überhaupt auf die Sache mit Robin eingelassen. Aber es sah nicht danach aus, als wollte er sie schon heute ausmustern. Stattdessen half er ihr in die Jacke und massierte liebevoll ihre verspannten Schultern. Katharina musste sich zusammenreißen, die Berührung nicht allzu sehr zu genießen, und befreite sich schließlich aus seinem Griff.

Als sie ihre Tasche nahm und sich zur Tür drehen wollte, hielt Robin sie am Handgelenk zurück.

»Ich dachte, ich könnte vielleicht mit zu dir kommen.«

Katharina blieb für einen Moment die Luft weg. Mitkommen? Zu ihr nach Hause? Das war doch lächerlich.

Bisher hatten sie immer nur hier in der Klinik Sex gehabt – und sie hatte wirklich nicht vor, das zu ändern.

»Tut mir leid, ich bin hundemüde …« Sie versuchte krampfhaft zu gähnen, kam sich dabei aber ziemlich hilflos vor.

Robin nickte verständnisvoll, doch enttäuscht wirkte er trotzdem. »Ich würde dich ja zu mir einladen«, murmelte er und kratzte sich verlegen das unrasierte Kinn. »Aber meine Mitbewohnerin hat sich in den Kopf gesetzt, ihre Räucherstäbchen künftig selbst herzustellen. Um Export-Emissionen zu vermeiden. In unserer Küche riecht es wie auf einer indischen Müllkippe …«

Mit einem Mal tat er Katharina leid. Er meinte es wirklich gut, das konnte sie sehen. Sie musste nur irgendwie dafür sorgen, dass er es am Ende nicht *zu gut* meinte. Aber dafür brauchte sie Zeit und ein bisschen Ruhe, heute würde sie es jedenfalls nicht mehr hinkriegen.

»Wir holen das ein andermal nach, versprochen. Jetzt will ich einfach nur schlafen.« Zum Trost hauchte sie ihm einen flüchtigen Kuss auf die Lippen und griff nach der Türklinke.

»Katharina?« Robin hielt sie ein weiteres Mal zurück.

Als sie sich erneut zu ihm umdrehte, schob er verlegen die Hände in die Hosentaschen und kaute auf seiner Unterlippe herum wie ein Schuljunge, den man bei einem dummen Streich erwischt hatte.

»Was denn?«

»Nichts«, fuhr er unsicher fort. »Ich wollte nur sagen … Meine Schwester heiratet demnächst.«

Katharina runzelte verständnislos die Stirn, aber dann ahnte sie, worauf er hinauswollte. »Du kannst sicher mit deinem Chef reden. In solchen Fällen ist Sonderurlaub kein Problem …«

»Ich will keinen Sonderurlaub«, fiel Robin ihr ins Wort. »Ich hab mir gedacht … Also, ich hab mich gefragt, ob …« Er vergrub die Hände noch ein bisschen tiefer in seinen Hosentaschen und holte Luft, als könnte er dadurch Mut schöpfen. »Ich wollte wissen, ob du mich vielleicht begleiten möchtest.«

»Zu … der Hochzeit deiner Schwester?« Mit einem Mal hatte Katharina das Gefühl, dass der Boden unter ihren Füßen wegrutschte. Ihr Herz pochte so wild, dass sie husten musste.

Robin zog den Riemen seiner Kuriertasche über der Schulter stramm. »Sie heiratet am Freitag in drei Wochen. Es ist nur eine kleine Feier auf dem Standesamt, aber ich habe gesehen, dass du an dem Tag auch frei hast. Und ich fände es wirklich toll, wenn du meine Eltern kennenlernen würdest …« Er lächelte sie vorsichtig an. »Was meinst du?«

Was sie meinte? Katharina hatte beim besten Willen keine Ahnung, was sie meinen sollte – sie konnte ja nicht mal mehr mit Sicherheit sagen, ob sie noch zuverlässig atmete.

»Ich … ich …« Verdammt! Sie konnte doch jetzt nicht rumstammeln wie ein kleines Mädchen! Gefasst presste sie die Lippen zu einem schmalen Lächeln zusammen. »Ich kann leider nicht.«

Auf Robins Gesicht zeichnete sich im Bruchteil einer Sekunde Enttäuschung ab. »Nicht?«

Katharina schüttelte den Kopf. »An dem Freitag wird meine Nichte getauft, deshalb habe ich frei.«

»Das wusste ich nicht …« Robin wirkte für einen Moment überrascht, aber dann schlich sich das jungenhafte Grinsen zurück auf sein Gesicht. »Dann eben beim nächsten Mal.«

»Beim nächsten Mal«, wiederholte Katharina seine Worte und hoffte inständig, dass er nur diese eine Schwester hatte.

Sie lächelte und verschwand endlich zur Tür hinaus.

Im Grunde wusste sie genau, dass es kein nächstes Mal geben würde. Denn dass Robin sie seinen Eltern vorstellen wollte, war ein Problem. Und Probleme waren da, um gelöst zu werden.

3

Eva

Noch immer keine Nachricht von Judith! Eva zog die Schlafzimmertür hinter sich zu und blickte angespannt auf ihr Handy. Wenigstens hatte sie Katharina endlich erreicht. Warum verstanden ihre Schwestern nicht, dass das alles verdammt viel Arbeit war? Nur weil sie Hausfrau und Mutter war, hieß das noch lange nicht, dass sie den ganzen Tag Milch für ihren Cappuccino aufschäumte und auf ihre frisch manikürten Fingernägel blies. Das hier war ein Fulltime-Job!

Katharina und Judith arbeiteten zwar auch Vollzeit, aber im Gegensatz zu ihr konnten die beiden nach getaner Arbeit einfach nach Hause gehen und die Füße hochlegen – Judith hatte an manchen Tagen sogar schon am Vormittag Schulschluss! Ava, Bella und Carla hingegen kannten keinen Feierabend. Sie interessierten sich nicht dafür, ob Eva müde oder gar krank war, und in der Regel ließen sie sich auch von geschlossenen Türen nicht aufhalten. Dass Eva jetzt einen kurzen Moment Ruhe genießen konnte, hatte sie einzig und allein dem Kinderkanal und einer Tüte Dinkelcracker zu verdanken.

Hastig versah sie Katharinas Namen auf der Gästeliste mit einem Haken. So wie sie ihre älteste Schwester kannte, würde sie ohne Begleitung kommen, denn sie machte sich nicht viel aus Männern – nein, eigentlich machte sich Katharina nicht viel aus Menschen.

Judith hingegen würde sie vermutlich noch ein bisschen zappeln lassen. Obwohl Eva das wusste, ärgerte sie sich darüber. Sobald ihre Schwester auch nur ein bisschen Oberwasser hatte, nutzte sie das gnadenlos aus. So war es immer schon gewesen, ihr ganzes Leben lang. Dabei konnte Eva doch wirklich nichts dafür, dass sie neun Minuten vor Judith das Licht der Welt erblickt hatte! Sie hatte die hübsche Stupsnase ja nicht aus Bösartigkeit immer ein Stück weiter vorne gehabt als ihre eineiige Zwillingsschwester, das musste Judith mittlerweile doch verstanden haben, immerhin waren sie längst keine Kinder mehr.

Miriam hatte leider schon vor Wochen abgesagt. Eva hatte sie angerufen, um nach ihrer aktuellen Postanschrift zu fragen, aber Mimi hatte sie freundlich zurückgewiesen.

»Du kannst dir die Briefmarke sparen, Schwesterherz. Ich komme sowieso nicht.«

»Du kannst nur absagen, wenn du wenigstens eine Einladungskarte in den Händen gehalten hast«, hatte Eva geantwortet und versucht, ihre Empörung zu verbergen.

Aber Miriam hatte trotzdem nur glockenhell in den Hörer gelacht. »Ach, Evalein. Du weißt doch, dass ich mir aus solchen Dingen nichts mache, daran ändert auch ein gewöhnliches Stück Papier nichts. Aber mit dem Herzen bin ich jederzeit bei euch.«

Ein gewöhnliches Stück Papier? Eva musste sich auch jetzt, Wochen nach dem Telefonat, noch auf die Zunge beißen vor Ärger. Ihre Einladungen waren alles andere als *gewöhnlich*! Sie hatte extra eine Agentur mit dem Design beauftragt, der Schriftzug auf der Vorderseite war per Hand mit Blattgold aufgetragen worden. Sogar ihre Schwiegermutter hatte anerkennend genickt – und das bedeutete so ziemlich das Gegenteil von *gewöhnlich*!

Das Problem mit Miriam war, dass man ihr nicht böse sein konnte – gegen sie war selbst Eva machtlos.

Mimi war schon immer durch und durch das Nesthäkchen gewesen, fünf Jahre jünger als Eva und Judith, ein ausgelassenes Kind, das jeden Tag als neues Abenteuer wahrnahm. Daran hatte sich auch heute, da sie fast achtundzwanzig war, nichts geändert. Nur mit ihrem Handy bewaffnet reiste sie planlos durch die Welt und lebte von dem, was ihr Rucksack hergab – und von der Nächstenliebe wildfremder Menschen.

Eva konnte sich so ein Leben beim besten Willen nicht vorstellen. An irgendetwas musste man sich doch festhalten, und wenn es kein Mann war, dann doch wenigstens der eigene Kühlschrank. Beim Gedanken an Essen und das Frühstück, für das sie bisher keine Zeit gefunden hatte, fiel ihr ein, dass sie sich heute noch gar nicht gewogen hatte. Sie hatte gestern Abend nur eine Handvoll Rohkost gegessen, das musste sich auf jeden Fall bemerkbar machen.

Für einen Moment legte sie das Ohr an die Schlafzimmertür: immer noch alles still im Flur. In Windeseile zog Eva die Waage unter dem Ehebett hervor und schlüpfte hastig aus ihren Klamotten. Sie legte sogar ihre Armbanduhr und das Zopfgummi ab, bevor sie auf die Waage stieg.

Der Blick aufs Display versetzte ihr einen Schlag in die Magengrube. Das konnte doch nicht sein! Eva hielt die Luft an und zog verzweifelt den Bauch ein, aber auch das änderte nichts. Wie konnte sie denn bitte ein halbes Kilo zugenommen haben, wo sie seit gestern kaum etwas gegessen hatte?

Sie ließ sich aufs Bett sinken und blickte auf die wulstigen Ringe hinunter, die ihren Bauchnabel verschluckten. Vor sechs Monaten war Carla noch unter ihrer Bauchdecke gewachsen, und sie wusste, dass es eine Weile dauerte, bis sich der Körper von den Strapazen der Schwangerschaft und der Geburt erholte. Das Problem war nur, dass ihrer diesmal mehr Zeit brauchte, als sie zur Verfügung hatte.

Nach den Geburten von Ava und Bella hatte sie keine zwei Monate gebraucht, um wieder ihr Vorschwangerschaftsgewicht zu erreichen. Thomas' Schwester Cynthia hatte erst vor vier Wochen ihren zweiten Sohn zur Welt gebracht und sah schon wieder aus wie ein abgenagter Hühnerknochen – dabei stillte sie den Kleinen nicht mal! Eva hingegen legte Carla pausenlos an, und sie hatte auch Ava und Bella hingebungsvoll mit Muttermilch versorgt. Mutter zu *werden* war vielleicht nur ein biologischer Vorgang, aber Mutter zu *sein* – das war ein Schwur fürs

Leben. Eva hatte nicht vor, ihre Kinder jemals im Stich zu lassen.

Wenn nur der verfluchte Bauch nicht wäre! Wütend griff sie in ihre Speckröllchen und kniff zu, bis ihr Tränen in die Augen stiegen. Fünfundzwanzig Tage. So lange dauerte es noch, bis Carlas Taufe stattfand und sie sich den Blicken der kritischen Verwandtschaft stellen musste. Fünfundzwanzig Tage blieben ihr noch, um ihren Körper auf Vordermann zu bringen. Vielleicht konnte sie ja ein paar Tage auf feste Nahrung verzichten? Sie wusste, dass Fasten Auswirkungen auf die Qualität der Muttermilch hatte, aber sie hatte in den letzten Wochen so fleißig abgepumpt, dass Carla sicher auch eine Weile mit Reserven versorgt werden konnte.

Entschlossen schlüpfte Eva in ihre Unterwäsche und schnappte sich Jeans und Shirt, um ins Bad zu gehen und sich noch kurz frisch zu machen. Doch kaum hatte sie die Schlafzimmertür geöffnet, wich sie mit einem gellenden Schrei zurück.

»Bist du verrückt geworden?« Auch Maribelle taumelte einen halben Meter rückwärts und fasste sich schwer atmend ans Herz. »Du kannst mich doch nicht so anschreien!«

Eva starrte ihre Schwiegermutter sprachlos an und verdeckte ihren halbnackten Körper hilflos mit den Kleidungsstücken in ihrer Hand. »Ich … wusste nicht, dass du hier bist.«

Maribelle fächerte sich vorwurfsvoll Luft zu. »Bin erst vor zwei Minuten gekommen.«

Eva musste schlucken. »Aber wer hat dich reingelassen?«

»*Reingelassen?*« Maribelle schnaubte. »Das klingt ja, als wäre ich ein Hund, der an der Tür kratzt und um Einlass bettelt.« Sie lachte auf, aber Eva merkte genau, dass sie nicht amüsiert war. »Niemand hat mich *reingelassen*, Liebes. Thomas hat mir einen Schlüssel nachmachen lassen.«

»Er hat *was?*«

»Er meint, ich könnte dich vielleicht etwas unterstützen. Mit den Kindern und der Vorbereitung der Taufe …« Vielsagend blickte sie an Eva hinab. »Aber vielleicht ziehst du dir erst mal was über?«

Als Eva in die Küche kam, hatte ihre Schwiegermutter bereits Kaffee aufgesetzt.

»Ich bin übrigens gerade noch rechtzeitig gekommen«, erklärte sie ungefragt, während sie die Blumen am Fenster mit einem Zerstäuber befeuchtete. »Ava hatte sich ins Arbeitszimmer geschlichen und war gerade dabei, Thomas' Modellflieger aus dem Regal zu nehmen. Du weißt, wie sehr Thomas an seinen Modellen hängt.«

Natürlich wusste Eva das, jeder in dieser Familie wusste es. Genauso wie alle wussten, dass er die fragilen Flugzeuge und Sportwagen irgendwann seinem Sohn vermachen wollte – dem Sohn, den sie noch immer nicht zur Welt gebracht hatte. Angespannt ging Eva auf die Spüle zu, griff sich einen nassen Lappen und wischte einen eingetrockneten Milchfleck vom Frühstückstisch.

»Sie wollte sicher nur damit spielen.«

Maribelle drehte sich zu ihr um und hob die Augenbrauen. »Aber doch nicht mit Thomas' Modellen!« Seufzend stellte sie den Zerstäuber zurück in den Schrank und warf Eva einen mitfühlenden Blick zu. »Hast du mal über ein Kindermädchen nachgedacht?«

»Ich brauche kein Kindermädchen.« Eva bemühte sich krampfhaft um einen freundlichen Ton. »Ich bin ihre Mutter!«

»Natürlich, und du bist eine ganz wundervolle Mutter«, pflichtete Maribelle ihr bei. »Aber es würde dich sicher etwas entlasten, meine Liebe.«

»Danke, dass du dich derart um mich sorgst, aber ich brauche keine Entlastung.« Obwohl der Fleck längst verschwunden war, rieb Eva noch immer hartnäckig über die Stelle auf dem Tisch.

Entlastung? Das war ja wohl ein Scherz! Als ob ihre Töchter eine Last wären! Eher würde sie ihre Finger in die neue Küchenmaschine stecken, als ihre eigenen Kinder in die Obhut anderer Menschen abzuschieben. Diese Art von Mutter war sie nicht, diese Art von *Mensch* war sie nicht!

»Nun ja …« Maribelle stieß ein Seufzen aus und lehnte sich an die Kochinsel. »Ich habe Ava mit Thomas' Modellen erwischt und Bella mit einer Tüte Chips vor dem Fernseher aufgefunden, als ich kam. Und Carla lag in diesem Käfig …«

Eva richtete sich ruckartig auf und krallte die Finger in den feuchten Lappen. *Ruhig bleiben,* sie musste ruhig und vor allem freundlich bleiben, denn alles andere würde man ihr als Schwäche auslegen. Und schwach war sie ganz sicher nicht!

»Das waren keine Chips, sondern Cracker aus Dinkelmehl. Ohne Salz und Zucker.« Sie rang sich ein Lächeln ab und legte den Lappen zurück in die Spüle. »Und Carla liegt nicht in einem Käfig, sondern im Laufgitter. Ich habe die drei nur ganz kurz alleine gelassen.«

»Um nackt durchs Schlafzimmer zu tanzen?«

Eva hielt die Luft an und versuchte, ihr Lächeln noch einmal geradezurücken. »Um mir frische Wäsche zu holen. Das ist doch nicht verboten, oder?«

Maribelle war der schrille Unterton in ihrer Stimme wohl nicht entgangen. Mitfühlend legte sie den Kopf schief. »Natürlich, Liebes. Ich wollte dich nicht unter Druck setzen, es tut mir leid.« Sie schenkte eine große Tasse Kaffee ein und drückte sie Eva beinahe liebevoll in die Hand. »Was hältst du davon, wenn du gleich eine Runde joggen gehst?«

»Joggen?«

Maribelle lächelte. »Ich bin ja jetzt hier und kann mich um die Mädchen kümmern.«

»Eigentlich habe ich gar keine Zeit, joggen zu gehen ...« Eva klammerte sich an die warme Kaffeetasse wie an einen Rettungsring, doch Maribelle legte ihr bereits die Hände auf die Schultern.

»Lass dir einen Rat geben, von Frau zu Frau: Es ist niemals ratsam, sich allzu lange gehen zu lassen.« Der Blick, den sie an Evas Körper hinunterwandern ließ, sprach Bände.

Eva war viel zu perplex, um etwas zu erwidern – da zog Maribelle bereits die Hände weg und drehte sich zu ihrer Handtasche um.

»Ich hab dir was mitgebracht!« Schnell zog sie ein kleines Döschen aus der Tasche und drückte es Eva in die Hand. »Wenn es brennt, kannst du ruhig zwei Stück auf einmal nehmen. Glaub mir, Liebes: Die Pfunde purzeln schneller, als du ›Lifting‹ buchstabieren kannst.«

Diätpillen. Eva konnte nicht glauben, dass sie so tief gesunken war. Aber vielleicht meinte Maribelle es wirklich nur gut, wie Thomas immer behauptete? Vielleicht wollte sie tatsächlich nur das Beste für sie, wollte, dass sie endlich wieder mit sich zufrieden sein konnte? Aber warum fühlte sich dann jedes noch so nette Wort ihrer Schwiegermutter so furchtbar schlecht an, so schmerzhaft, beleidigend und bösartig?

Eva liebte Thomas, sehr sogar. Und obwohl sie in den letzten Monaten nicht viel Gelegenheit für Zweisamkeit gehabt hatten, war sie sich sicher, dass das noch immer auf Gegenseitigkeit beruhte. Er hatte sie immerhin geheiratet, obwohl sie weder den Namen noch den Abschluss mitgebracht hatte, der einem eigentlich die Türen zum inneren Kreis der Familie Metzler öffnete.

Vor fünf Jahren erst hatte Eva den Job als Rechtsanwaltsgehilfin in der traditionsreichen Kanzlei *Metzler & Söhne* angetreten. Hätte Wilhelm Metzler geahnt, dass sich sein ältester Sohn schon nach zwei Wochen in die neue Hilfskraft verlieben würde, hätte er Eva vermutlich niemals eingestellt, sondern direkt an der Tür abgewimmelt.

Eva hatte natürlich von Anfang an gespürt, dass sie Wilhelm und Maribelle nicht gut genug war für ihren geliebten Thronfolger, dass sie sich eine bessere Partie gewünscht hätten. Aber sie war erst achtundzwanzig gewesen und davon ausgegangen, dass sie Thomas' Familie mit der Zeit schon von ihren Qualitäten würde überzeugen können. Immerhin war sie bereit, alles zu geben – und vor allem hatte sie vor, alles richtig zu machen.

Aber sie hatte sich geirrt. Egal, wie sehr sie sich bemühte, das Richtige zu sagen und zu tun, für Thomas' Familie war sie doch immer nur die *Tippse* geblieben. Daran hatte nicht einmal die Geburt der Kinder etwas geändert. Noch immer ertappte Eva ihre Schwiegermutter gelegentlich dabei, wie sie Thomas auf Kanzlei-Events und Familienfeiern potenzielle Zweitfrauen vorstellte.

»Das ist doch Unsinn!«, hatte Thomas ein ums andere Mal gesagt, wenn Eva ihn hinterher mit ihren Gedanken konfrontiert hatte, und dann hatte er sie vorsorglich geküsst und mit ihr geschlafen. Aber Eva war sich sicher, dass sie richtiglag. Maribelle und Wilhelm würden sie, ohne mit der Wimper zu zucken, den Hunden vorwerfen, wenn sich ihnen nur die Gelegenheit dazu böte.

Deshalb musste Eva jetzt stark sein. Bei Carlas Taufe in dreieinhalb Wochen musste sie umwerfend aussehen! Keiner dieser Aasgeier sollte einen Grund haben, sich das Maul über sie zu zerreißen – vor allem aber sollte niemand Verständnis dafür haben, wenn Thomas sich tatsächlich in eine Affäre stürzte.

Entschlossen warf sie die Dose mit den verdammten Pillen in die Schublade ihres Nachttisches und zog die unbenutzten Turnschuhe aus dem Schrank. Sie hatte sie schon vor Monaten gekauft mit der Absicht, etwas für ihren Körper zu tun – und jetzt war der Moment gekommen, ihren guten Vorsatz in die Tat umzusetzen. Umständlich band Eva die Schuhe zu, schnappte sich ihr Handy und lief los.

Natürlich war sie nicht alleine unterwegs. Das Wetter war fabelhaft, und die Strecke rund um die Außenalster gehörte zu den beliebtesten Laufrouten Hamburgs. Eva hatte noch nicht einmal das Ende der Isestraße erreicht, als sie bereits das Gefühl hatte, ihr Herz würde ihr den Brustkorb zerreißen. Als sie auf den Leinpfad abbog, schnaufte sie wie eine Dampflok. Selbstverständlich hätte sie früher damit anfangen können, wieder Sport zu treiben, aber ihr Gynäkologe hatte ihr dringend davon abgeraten.

»Sie sollten Ihrem Beckenboden Zeit geben, sich gründlich zu erholen – sonst brauchen Sie am Ende nicht nur Windeln für Ihre Kleinen.« Er hatte gezwinkert und gelacht, und Eva hatte natürlich mit eingestimmt. Dabei hatte sie schon nach Bellas Geburt tunlichst darauf geachtet, nicht zu husten oder gar zu niesen, wenn sie unterwegs war.

Aber jetzt konnte sie auf ihren Beckenboden keine

Rücksicht mehr nehmen. Sie musste endlich diesen Bauch loswerden, selbst wenn sie hinterher auf wattierte Einwegschlüpfer angewiesen war.

Eva beschleunigte das Tempo, konnte aber nicht verhindern, von einer fünfköpfigen Seniorengruppe überholt zu werden. Mittlerweile hatte sie heftiges Seitenstechen und sah vermutlich nicht besonders glücklich aus.

»Benötigen Sie Hilfe?«, fragte ein besorgter Läufer mit gigantischen Kopfhörern auf den Ohren, während er leichtfüßig an ihr vorbeizog.

Eva schüttelte ächzend den Kopf. Der Kerl würde ihre Antwort unter den Riesendingern ohnehin nicht verstehen, und außerdem blieb ihr nicht genug Luft für Worte. Sie brauchte keine Hilfe, sie brauchte ein Fett-Weg-Wunder!

Auf Höhe der Sierichstraße vibrierte plötzlich das Handy in der Tasche ihrer Sporthose. Vielleicht hatte sich Judith endlich bequemt zu antworten? Eva schnaubte. Judith würde warten müssen, sie würde ihren Lauf jedenfalls ganz sicher nicht ihretwegen unterbrechen!

Doch dann wurde sie unsicher. Was, wenn es Maribelle war? Wenn die Mädchen sie vermissten oder – schlimmer noch – ihnen etwas zugestoßen war? Hektisch zerrte Eva an dem schmalen Reißverschluss. Als sie das Handy endlich in der Hand hielt und beim Laufen einen Blick darauf warf, hielt sie die ganze Sache zunächst für einen Irrtum. Die Nachricht, die auf dem Bildschirm aufleuchtete, kam nicht etwa von Judith, sondern von Miriam.

Eva las sie ein zweites und drittes Mal. Es waren nur

drei Worte, aber die konnten unmöglich wahr sein! Das musste ein Scherz sein, ein Missverständnis – vielleicht hatte Miriam sich vertippt?

Evas Herz stolperte derart aus dem ohnehin schon überhöhten Takt, dass sie vergaß, endlich stehen zu bleiben, und stattdessen blindlings in einen Radfahrer hineinrannte. Der Zusammenstoß warf sie zu Boden, während der Radler nur kurz schlingerte und dann schimpfend weiterfuhr.

Eva wimmerte und tastete atemlos nach ihrem Handy, das ihr beim Sturz aus der Hand gerutscht war. Sofort waren ein paar Fußgänger zur Stelle und boten ihre Hilfe an. Doch Eva wollte keine Hilfe, sie wollte nur ihr verdammtes Handy! Als sie es endlich zu fassen bekam, zuckte ein heftiger Schmerz durch ihr Handgelenk. Aber war das jetzt nicht nebensächlich? Waren Knochenbrüche nicht vollkommen egal angesichts der Nachricht, die Miriam ihr geschickt hatte?

Das konnte nicht sein, das *durfte* nicht wahr sein! Eva zog die schmerzenden Knie an und hielt sich das Telefon krampfhaft vors Gesicht. Sie zitterte und spürte, dass sie anfing zu hyperventilieren.

Ausatmen, einatmen, ausatmen!

»Geht es Ihnen gut?«

»Alles in Ordnung?«

Eva hörte die Stimmen der Passanten wie durch eine Wand. Ob es ihr gut ging? Sie blinzelte die Umstehenden mit leerem Blick an. Dann sah sie zurück auf ihr Handy und las die Nachricht ein weiteres Mal.

»Hannah kommt zurück …«, murmelte sie und ließ das Telefon ungläubig sinken.

Nein, es ging ihr nicht gut. Mit einem Mal war ihr speiübel.

Wie konnte nach dieser Nachricht noch irgendetwas in Ordnung sein?

4

Miriam

Miriam rutschte müde auf dem Beifahrersitz hin und her und versuchte, eine halbwegs bequeme Position zu finden, aber irgendwie wollte ihr das heute nicht gelingen.

»Hey, kein Grund nervös zu werden.« Leo grinste schief und setzte den Blinker, um die Spur zu wechseln. »Ich habe nicht vor, dich umzulegen und an der nächsten Tankstelle zu verscharren.«

Miriam rollte mit den Augen, konnte sich aber ein kleines Lächeln nicht verkneifen. Sie war schon unzählige Male per Anhalter gereist und wusste, vor welcher Art von Männern sie Angst haben musste. Leo gehörte definitiv nicht dazu.

»Schon mal darüber nachgedacht, dass ich *dich* umlegen und irgendwo vergraben könnte?« Miriam hob eine Augenbraue und blickte ihn vielsagend an.

Leo musterte sie einen Augenblick amüsiert und zuckte dann mit den Schultern. »Es gibt schlimmere Arten zu sterben.«

Miriam musste lachen. Leo war nicht ihr Typ, aber sie hätte ihm vermutlich trotzdem eine Chance gegeben, wenn die Umstände anders gewesen wären. Das Grübchen neben seinem Mundwinkel war auf jeden Fall ganz süß, und er bemühte sich sehr darum, dass sie sich wohlfühlte an seiner Seite. In den knapp fünf Stunden, die sie nun schon bei ihm im Auto saß, hatte er ihr schon drei Mal seine belegten Brote angeboten und dafür gesorgt, dass keine unangenehme Stille zwischen ihnen aufkam. Mit Sicherheit war er sogar einer von diesen Menschen, mit denen man hervorragend schweigen konnte, aber dafür kannten sie sich nicht gut genug.

»Du gibst mir ein Zeichen, wenn du auf die Toilette musst?«

»Keine Sorge, ich werde schon nicht auf deine Tigerfellimitate pinkeln.« Grinsend strich sie über die gestreiften Sitzbezüge.

Leos Mundwinkel zuckte. »Wer sagt denn, dass das Imitate sind? Ich habe das Ungetüm mit bloßen Händen erledigt – da darf ich doch wohl ein bisschen Respekt verlangen, oder etwa nicht?«

Er setzte zu einem Gebrüll an, das eher nach Katzenbaby als nach Raubtier klang, und wieder musste Miriam lachen.

»Spaß beiseite«, fuhr Leo fort und überholte einen Schwertransporter. »Wir können jederzeit anhalten und einen Kaffee trinken.«

Miriam ließ sich tiefer in den Sitz sinken. »Ich weiß. Aber mir wäre es lieber, wenn wir ein bisschen Strecke machen.«

»Verstehe. Zu Hause wartet jemand auf dich?«

Miriam drehte den Kopf und betrachtete Leo von der Seite. *Zu Hause*. Was für ein merkwürdiger Ausdruck … Nicht einmal zu Theos Beerdigung war sie nach Hamburg zurückgekehrt. Natürlich hatte sie um ihren Vater getrauert, aber eben auf ihre Art. Sie war zu der Zeit in Thailand gewesen und hatte am Strand von Koh Phi Phi eine Himmelslaterne für ihn steigen lassen. Ihre Schwestern hatten dafür kein Verständnis gehabt, aber Miriam hatte sich schon lange davon freigemacht, ihr Leben nach den Vorstellungen anderer auszurichten. Sie war frei, lebte von dem, was der Tag ihr vor die Füße warf, und damit war sie bisher immer gut durchgekommen.

Seit fast zehn Jahren lebte sie nun schon so. Eigentlich hatte sie sich nach dem Abitur nur ein Interrail-Ticket gekauft, um sich ein Jahr Auszeit zu nehmen und herauszufinden, was sie mit dem Rest ihres Lebens anfangen wollte. Aber im Laufe dieses Jahres hatte sie festgestellt, dass es eben genau das war, was sie tun wollte: leben.

Sie hatte nicht vor, irgendetwas zu verpassen, wollte sich nicht binden oder zum Opfer der Konsumgesellschaft machen. Sie war nur sich selbst Rechenschaft schuldig, sie lebte maximal – mit Minimalverbrauch. Vielleicht war das nicht der richtige Weg im Leben, aber es war ihrer.

Ihr einziger wunder Punkt war Theo. Sie hatte ihren Papa heiß und innig geliebt und fragte sich manchmal, ob er noch leben würde, wenn sie nicht fortgegangen wäre. Vielleicht hätte sie ihn rechtzeitig gefunden und ins Krankenhaus einliefern lassen können? Aber solche Fragen stellte sie sich nur in wenigen sentimentalen Momenten. An den allermeisten Tagen wusste sie, dass es nichts brachte, über ein »Was wäre wenn« nachzudenken. Die Vergangenheit war vorbei, die Zukunft nicht greifbar – es gab nur das Jetzt. Und *jetzt* fuhr sie eben zurück nach Hamburg, um mit ihren Schwestern zu reden.

Judith und Katharina hatte sie nicht persönlich erreicht, aber sie hatte ihnen eine Nachricht auf die Mailbox gesprochen. Auf Eva hatte sie irgendwie keine Lust gehabt und ihr deshalb nur eine Textnachricht geschickt – aber ausgerechnet sie hatte natürlich sofort zurückgerufen.

»Was soll das heißen, *Hannah kommt zurück?*« Eva hatte seltsam verstört geklungen, atemlos und überspannt.

»Abgefahren, oder?«, hatte Miriam gesagt, aber dann war die Verbindung abgebrochen, weil sie mit Leo durch einen Tunnel gefahren war.

Als sie endlich wieder Licht gesehen hatte und der Empfang zurück war, hatte sie Eva eine kurze Nachricht geschickt und ihr Handy vorsorglich ausgeschaltet.

Ich fahre gerade nach Hamburg, dann reden wir.

In den frühen Morgenstunden hatte sie sich am Stadtrand von Turin mit ihrem Schild an die Autobahnauffahrt gestellt und Glück gehabt, als schon nach einer Viertelstunde Leo angehalten hatte. Er war Deutscher mit italienischen Wurzeln und gerade auf dem Rückweg nach Hannover. Hannover war mehr, als Miriam sich erhofft hatte, von dort aus war es nur noch ein Katzensprung bis nach Hamburg.

Mittlerweile waren sie schon auf der A7 und hatten

Ulm hinter sich gelassen. Schuldbewusst blickte Miriam auf ihr Handy, das noch immer ausgeschaltet in der offenen Rucksacktasche steckte. Ob Eva wohl noch einmal angerufen hatte? Oder Katharina oder Judith?

Sie wusste, dass es feige war, einfach nicht mehr erreichbar zu sein, aber sie ahnte auch, dass ihre Schwestern viele Fragen stellen würden, und die konnte sie nicht beantworten. Sie brauchte einfach noch ein bisschen Zeit, um herauszufinden, wie sie selbst zu dieser Sache stand.

»Meine Mutter kommt zurück …« Sie zuckte zusammen, als sie merkte, dass sie die Worte einfach ausgespuckt hatte.

Leo sah sie überrascht von der Seite an. »Deine Mutter?«

Miriam zögerte einen Augenblick und nickte dann. »Deshalb will ich nach Hamburg.«

»Und von wo kommt deine Mutter zurück?« Leo schaltete das Radio aus, das bis jetzt leise im Hintergrund gelaufen war.

»Kathmandu.«

»Kathmandu? Ja klar!« Leo prustete los, bemerkte dann aber, dass Miriam ernst blieb. Er hustete verlegen. »Sorry, ich dachte, das wäre wieder ein Scherz.«

»Was ist so lustig an Kathmandu?«

»Na ja.« Leo kratzte sich unsicher am Ohr. »Meine Mutter verlässt nicht mal ihren Stadtteil, geschweige denn, dass sie in ein Flugzeug steigen würde, um Urlaub in Tibet zu machen.«

»Nepal.«

Leo runzelte verständnislos die Stirn.

»Kathmandu ist die Hauptstadt von Nepal und nicht von Tibet«, korrigierte Miriam ihn und richtete den Blick auf den Verkehr. »Und außerdem hat sie keinen Urlaub gemacht, sondern die letzten zwanzig Jahre dort gelebt.«

In Wirklichkeit waren es sogar siebenundzwanzig Jahre, aber Miriam hatte das Gefühl, dass das jetzt keine Rolle spielte.

»Wow …« Leo nahm den Fuß vom Gas und wechselte auf die rechte Spur. »Das klingt ziemlich aufregend.«

Miriam streifte ihre Schuhe von den Füßen und klemmte die Beine hinter das Armaturenbrett. »An Aufregung hat es ihr sicher nicht gemangelt. Sie hat dort ein Waisenhaus aufgebaut.«

Wieder hob Leo die Augenbrauen, aber Miriam war sich nicht sicher, ob er dabei überrascht oder anerkennend wirkte.

»Und was ist mit dir?«

Miriam zuckte mit den Schultern. »Was soll mit mir sein? Ich hab bisher noch kein Waisenhaus gegründet.«

»Hat sie dich einfach alleingelassen?«

Alleingelassen? Der unterschwellige Vorwurf, der in Leos Worten mitschwang, gefiel Miriam nicht. Hatte eine Frau nicht das Recht, ihr Leben so zu gestalten, wie es ihr am besten passte? Natürlich, Hannah hatte vier Kinder bekommen. Aber bedeutete das denn automatisch, dass sie für immer an den heimischen Herd gefesselt war?

Leo war ein Fremder, er hatte kein Recht darauf, sich eine Meinung zu bilden oder gar Hannah zu verurteilen.

Nicht einmal Miriam nahm ihr ihre Entscheidung übel. Außerdem hatte Hannah sie nicht alleingelassen. Schließlich war Miriam mit drei Schwestern aufgewachsen und mit dem wundervollsten Vater, den sich ein Kind nur vorstellen konnte. Jede von ihnen lebte das Leben, das ihr gefiel, und genau so sollte es doch sein, oder? Selbst wenn Miriam sich nicht mehr an Hannah erinnerte, hatte sie ihr doch auf ihre eigene Weise den Weg gezeigt – und mehr konnte man von einer Mutter doch gar nicht erwarten!

Aber sie hatte die Erfahrung gemacht, dass es schwer war, den Leuten das zu erklären. Die meisten hielten noch immer an alten Rollenbildern fest, auch wenn sie sich ansonsten noch so modern und fortschrittlich gaben. Sie klammerten sich an ein »Das macht man aber so!« und »So was geht doch nicht!«, dabei gab es im Grunde kein Richtig und Falsch. Jeder entschied für sich selbst, glücklich zu sein – oder eben nicht. Und kein Mensch hatte das Recht, einen anderen für seine Entscheidung zu verurteilen.

Miriam nahm die Füße vom Armaturenbrett, zog ihren Kapuzenpulli aus dem Rucksack und klemmte ihn zwischen Kopfstütze und Fenster. »Ich würde gern ein bisschen schlafen.«

Leo sah sie zerknirscht an. »Hab ich was Falsches gesagt?«

Miriam hielt inne und betrachtete ihn nachdenklich. Mit einem Mal war sie irgendwie froh, dass sie ihn nach dem heutigen Tag nicht wiedersehen würde.

»Nein«, murmelte sie und redete sich ein, dass sie es auch so meinte. Vielleicht hatte er tatsächlich nichts Falsches gesagt – vielleicht hatte sie nur etwas Falsches gehört?

Sie schloss die Augen und kuschelte sich in den Pullover. Doch obwohl sie wirklich müde war, gelang es ihr nicht, zu schlafen. Immer wieder geisterte die Privatnachricht von gestern Nachmittag durch ihren Kopf, gefolgt von den bunten nepalesischen Gebetsfahnen auf den Bildern. Irgendein Toni, von dem sie noch nie gehört hatte, hatte ihr über Instagram geschrieben. Miriams Account hatte mittlerweile fast hunderttausend Follower, die Leute liebten ihre Art zu leben, und sie teilte ihre Freiheit gerne mit den Menschen da draußen – vor allem, weil sie wusste, dass sich die wenigsten trauten, wirklich frei zu sein. Das hier, diese vielen Bilder im Quadrat, war ihr Beitrag für die Gesellschaft.

Es war nicht ungewöhnlich, dass jemand ihr eine Privatnachricht schickte. Doch das, was dieser Toni gestern Abend geschrieben hatte, war eben doch alles andere als gewöhnlich.

Hannah geht es nicht gut. Sie hatte einen Unfall. Es wäre besser, wenn wir sie nach Deutschland bringen könnten.

Niemals hätte Miriam gedacht, dass drei so unscheinbare Sätze sie derart aus dem Gleichgewicht bringen könnten.

Natürlich war sie sich zunächst unsicher gewesen, ob die Nachricht nur ein Fake war und dieser Toni irgendein Spinner, der versuchte, sie abzuzocken oder anzubaggern.

Doch dann hatte sie sich seinen Account angesehen und festgestellt, dass er die Wahrheit sagte. Genau so hatte sie sich das Leben ihrer Mutter in der Ferne all die Jahre vorgestellt: bunte Gebetswimpel im Wind. Kinderhände, die einander festhielten. Ein abgewetzter Fußball auf staubigem Grund. Und dazwischen eine Frau, die Katharina wie aus dem Gesicht geschnitten war: *Hannah*.

In Miriams Kopf war Hannah immer so jung geblieben wie auf den Fotos in ihrem Elternhaus. Ein fröhliches, elfengleiches Wesen mit einer schmalen Nase und großen dunklen Augen, in denen die ganze Welt versinken konnte.

Auf den Fotos auf Tonis Instagram-Account war Hannah älter. Natürlich wusste Miriam, dass sie inzwischen gealtert sein musste wie jeder normale Mensch, aber es überraschte sie dennoch. Trotzdem war die Frau auf diesen Bildern eindeutig Hannah. Ihre Mutter.

Miriam hatte keine Erinnerungen an sie. Sie war ja gerade erst ein Jahr alt gewesen, als Hannah verschwunden war, um am anderen Ende der Welt ein Waisenhaus zu eröffnen. Oft hatte sie wegen dieses Schicksals mitleidige Blicke geerntet, von Mitschülern, von deren Eltern oder von Lehrern. Aber Miriam wollte ihr Mitgefühl nicht, sie brauchte es nicht. Es war ihr immer gut gegangen, nie hatte es ihr an irgendetwas gefehlt – nicht an materiellen Dingen und erst recht nicht an Liebe. Sie brauchte nicht viel zum Glücklichsein, vor allem keine Mutter.

Und trotzdem war ihr gestern im Bruchteil einer

Sekunde klar geworden, dass sie jetzt nach Hamburg würde zurückkehren müssen. Sie musste sich mit Katharina, Judith und Eva beraten, wie sie die ganze Sache regeln konnten. Sie selbst kannte sich mit solchen Dingen nicht aus, aber Katharina wusste bestimmt Bescheid, sie war schließlich Ärztin. Vielleicht konnte sie mittelfristig sogar die Kommunikation mit Toni übernehmen? Miriam fand es zwar aufregend, mit diesem Typen zu chatten, aber im Grunde war es ihr lieber, wenn die Verantwortung auf anderen Schultern lastete. Ihre Schwestern waren stark, das wusste Miriam.

Und noch eine Sache wusste sie genau: Dass sie sich wahnsinnig darauf freute, Hannah endlich kennenzulernen.

5

Eva

Abgefahren, oder? Miriams Worte hallten wie ein Echo in ihren Ohren nach, während sie über der Kloschüssel hing und sich übergab.

Mittlerweile kam längst nur noch bitterer Magensaft, aber Eva konnte einfach nicht aufhören zu würgen. Ihr Magen krampfte, ihre Speiseröhre bebte, ihr ganzer Körper zitterte unter dem Brechreiz.

Sie hatte es nur mit Müh und Not nach Hause geschafft, war nicht gelaufen, sondern eher gestolpert. Kurz vor der Haustür war ihr der Gedanke gekommen, einfach draußen auf der Straße zu bleiben. Am liebsten hätte sie sich zwischen zwei parkenden SUVs verkrochen, sich wie ein Igel zusammengerollt und ihre Lügen in Tränen aufgelöst, bis nichts mehr von ihnen übrig war. Aber nein, die Mädchen brauchten sie natürlich. Wenn sie ihre Kinder länger als nötig alleine ließ, dann wäre sie keinen Deut besser als Hannah, das wusste sie. Also hatte sie sich einen Ruck gegeben und war durch die Haustür ins Treppenhaus getaumelt.

Maribelle hatte sofort gesehen, dass es ihr nicht gut

ging, und hatte sie tatsächlich unkommentiert ins Badezimmer verschwinden lassen. Und hier würgte und röchelte sie nun, als ginge es um ihr Leben. Aber es ging ja tatsächlich um nichts Geringeres: um das, was sie sich aufgebaut hatte.

Abgefahren? Miriam hatte ja keine Ahnung! Dass Hannah in Erwägung zog zurückzukehren, war nicht abgefahren, sondern eine Katastrophe!

Eva richtete sich vorsichtig auf. Als sie sich an der Wand abstützte, tat ihre Hand derart weh, dass sie stöhnend zurückzuckte. So ein Mist! Jetzt musste sie vermutlich auch noch zum Arzt, um das Handgelenk untersuchen zu lassen. Hatte sie nicht schon genug zu tun mit den Kindern und der Taufe? Konnte nicht einfach mal alles reibungslos verlaufen, und vor allem: Konnte diese verfluchte Nachricht nicht einfach ein großer, dummer Irrtum sein, einer, über den sie später gemeinsam lachen würden?

Umständlich fingerte Eva erneut ihr Handy aus der schmalen Tasche ihrer Sporthose. Ihre Finger zitterten, als sie das Display entsperrte und die App mit den Textnachrichten öffnete.

Aber nein, es war kein Irrtum, und deshalb war ihr auch nicht zum Lachen zumute.

Ich fahre gerade nach Hamburg, dann reden wir, stand da. Und in der Nachricht davor: *Hannah kommt zurück.*

Drei Worte, die alles veränderten.

Drei Worte, die alles zerstörten.

Eva wurde schwindelig. Die hübschen portugiesischen

Fliesen, die sie erst letztes Jahr hatten verlegen lassen, drehten sich vor ihren Augen. Selbst als sie sich mit dem Rücken gegen die kalte Wand lehnte, wurde es nicht besser.

Wieso in Teufels Namen war Miriam nicht mehr erreichbar? Eva hatte sie sofort angerufen, nachdem zwei Passanten ihr vom Boden aufgeholfen hatten, aber die Verbindung war schon nach wenigen Sekunden unterbrochen worden. Wieder und wieder hatte Eva es probiert, aber sie war nicht mehr zu ihrer Schwester durchgekommen. Irgendwann war dann diese lächerliche Textnachricht gekommen: *Ich fahre gerade nach Hamburg, dann reden wir.*

Eva wollte nicht irgendwann *dann* reden, sie wollte *jetzt* reden, jetzt sofort! Schließlich musste sie wissen, ob sie gerade auf einem Pulverfass saß. Dass Miriam auf dem Weg nach Hamburg war, beruhigte sie keinesfalls, im Gegenteil. Sie war nicht einmal zur Beerdigung ihres Vaters gekommen, und jetzt rückte sie an, weil Hannah sich ankündigte? Das klang alles andere als gut, es ließ sogar vermuten, dass die ganze Sache ernst gemeint war.

Hannah kommt zurück. Die Buchstaben verschwammen vor Evas Augen.

Konnte man denn überhaupt von Zurückkommen reden nach siebenundzwanzig Jahren? Hannahs Heimat war doch schon längst nicht mehr Hamburg oder das Haus im Alten Land. Warum konnte sie nicht einfach bleiben, wo sie war – immerhin hatte sie es sich dort viele Jahre lang gemütlich gemacht!

Evas Atem ging noch immer viel zu schnell und zu flach, als sie an der Wand auf den Boden glitt. Ihre Knie taten weh, die Sporthose war auf der linken Seite gerissen, und sie wollte gar nicht wissen, wie ihr Gesicht aussah. Es fühlte sich jedenfalls so an, als hätte sie ihren Kopf in einen Topf mit Reißzwecken gesteckt – und jetzt liefen auch noch Tränen über ihre glühenden Wangen.

Hannah kommt zurück. Wie lange hatte sie als Kind auf diese Worte gewartet? Wie viele Stunden hatte sie abends wach im Bett gelegen und heimlich gebetet, obwohl zu Hause niemand an Gott glaubte? Wie oft hatte sie sich nichts sehnlicher gewünscht?

Eva erinnerte sich an unzählige Wunschzettel, auf denen nichts anderes gestanden hatte als vier Buchstaben: *Mama.* Stattdessen hatten ihre Schwestern und sie Fahrräder bekommen, Rollschuhe und Puppenhäuser. Dinge, um die ihre Mitschülerinnen sie stets beneidet hatten. Doch dieser eine Wunsch, der wichtigste, war immer unerfüllt geblieben.

Erst nach dem Abitur hatte Eva innerlich einen Schlussstrich gezogen. Ihre Mutter würde nicht zurückkommen, und falls doch, dann sollte sie gefälligst nicht mehr an Evas Tür klopfen. Hannah war für sie gestorben.

Es war schon richtig, dass Katharina und Miriam sie niemals *Mama* nannten. Hannah hatte diesen Titel nicht verdient. Welche Mutter ließ schon freiwillig ihre vier Kinder zurück und verschwand ohne ein Wort, um irgendwo am Arsch der Welt ein Heim für fremde Waisenkinder aufzubauen? Mutter zu sein war ein Schwur –

und Hannah hatte ihn gebrochen. Sie konnte jetzt nicht einfach zurückkommen.

Eva spürte, wie ihre Eingeweide erneut zu beben begannen, und beugte sich vor, um den letzten Rest Magensäure in die Kloschüssel zu erbrechen.

Sie hob den Kopf, als es an der Tür klopfte.

»Eva, Liebes …« Maribelle flüsterte, aber es war laut genug, dass sie es auch hier drinnen problemlos hören konnte. »Ich habe gleich meinen Termin bei Jacques. Aber wenn es dir nicht gut geht, kann ich auch absagen und mich um die Kinder kümmern.«

»Nein!«, rief Eva und wischte sich die letzten Speichelfäden vom Mund. »Es geht mir gut, ich komme gleich.«

Maribelle musste kein Genie sein, um zu erkennen, dass das eine Lüge war. Es ging ihr nicht gut. Aber wenn Eva Glück hatte, führte ihre Schwiegermutter das auf die anstrengende Joggingrunde zurück. Eva warf einen Blick in den Spiegel. Sie sah tatsächlich so gruselig aus, wie sie befürchtet hatte. Ihre Augen waren gerötet und wirkten leer und stumpf. Das dunkelblonde Haar hatte sich aus dem Zopf gelöst und hing ihr wie so oft in widerspenstigen Strähnen ins Gesicht. Judith und sie hatten weder Hannahs Rehaugen noch ihr feines Haar geerbt, und das machte es in einem Moment wie diesem noch ein bisschen schwieriger, einigermaßen annehmbar auszusehen. Eva atmete tief durch. Mit ein bisschen kaltem Wasser und Make-up würde es schon gehen.

»Gib mir noch zwei Minuten!«, rief sie Maribelle zu und drehte den Wasserhahn auf.

Sie würde das schon hinkriegen. Sie würde sich jetzt beruhigen, das Handgelenk großzügig mit Schmerzsalbe einreiben und sich dann um ihre Kinder kümmern – so wie sie sich schon immer um die Kinder gekümmert hatte und wie sie es für den Rest ihres Lebens tun würde.

Jeden einzelnen Tag.

6

Katharina

Katharina tastete blind nach ihrem Wecker, stellte dann aber fest, dass es die Türklingel war, die sie aus dem Schlaf gerissen hatte. Sie hatte heute Mittag nicht daran gedacht, sie abzustellen, und jetzt war es schier unmöglich, sie zu ignorieren. Wer immer dort auf ihrer Fußmatte stand, klingelte im Staccato.

Müde schwang Katharina die Beine aus dem Bett und schlurfte an die Tür.

»Na endlich! In der Klinik haben sie gesagt, du hast gerade keinen Dienst.« Judith wartete nicht, bis Katharina die Tür ganz geöffnet hatte, sondern schob sich durch den schmalen Spalt an ihr vorbei. »Ich hab mir schon gedacht, dass du versuchst, mich zu ignorieren, aber so leicht lass ich mich nicht abwimmeln.« Beinahe heiter streifte sie sich die Schuhe von den Füßen, obwohl Katharina darauf überhaupt keinen Wert legte. »Neulich haben mich zwei Zehntklässler im Prüfungsraum eingeschlossen, aber ich bin einfach durchs Fenster rausgeklettert. Eine Judith Albrecht hält so schnell nichts auf!«

Katharina schloss die Tür und verschränkte die nackten Arme vor der Brust. »Ich wollte dich nicht abwimmeln. Aber heute Abend beginnt meine nächste Nachtschicht, ich muss dringend schlafen.«

»Schlafen?« Mit einem Mal hielt Judith in der Bewegung inne und sah sie verblüfft an. »Dann hast du es noch gar nicht gehört?«

»Was soll ich gehört haben?«, hakte Katharina nach.

»Dass Mama zurückkommt.«

Mit einem Mal war Katharina hellwach. Sie wollte schlucken, aber ihre Kehle war viel zu trocken. Ungläubig starrte sie ihre Schwester an.

»Du willst mich verarschen, oder?«

»Nein.« Judith kramte in ihrer Handtasche und zog ihr Handy hervor. »Mimi hat eine Nachricht auf meine Mailbox gequatscht. Ich war im Unterricht und hab sie eben erst abgehört.«

Sie hielt ihr das Telefon hin, aber Katharina schüttelte fassungslos den Kopf und stürzte ins abgedunkelte Schlafzimmer, um ihr eigenes Handy einzuschalten: eine Textnachricht von Robin und eine Sprachmitteilung von Miriam. Verdammt!

Ihr Puls beschleunigte sich. Atemlos ließ sie sich aufs Bett sinken und hörte die Nachricht ab. Judith hatte sie nicht auf den Arm genommen. Miriam verkündete tatsächlich, dass Hannah zurückkommen würde.

»Sie hatte einen Unfall«, rief ihre jüngste Schwester aufgeregt und unbekümmert in den Hörer. »Und jetzt braucht sie unsere Hilfe.«

Katharina löschte die Nachricht, bevor sie sie zu Ende

gehört hatte. Das war doch Unsinn, ganz großer Blödsinn! Hannah hatte seit über zwanzig Jahren kein Lebenszeichen von sich gegeben. Wieso sollte sie sich ausgerechnet jetzt melden – und dann auch noch bei Miriam?

Katharina begann zu frösteln. Sie spürte, wie sie eine Gänsehaut bekam und ihr ein eiskalter Schauer den Nacken hinunterlief.

»Alles gut bei dir?« Judith war ihr ins Schlafzimmer gefolgt und lehnte am Türrahmen.

Katharina rang sich ein kurzes Nicken ab, konnte aber trotz der zugezogenen Vorhänge erkennen, dass Judith es ihr nicht abnahm. Fürsorglich kam sie zu ihr herüber, setzte sich zu Katharina aufs Bett und strich ihr über den Arm. »Ist schon in Ordnung, wenn du durcheinander bist. Das ist schließlich für uns alle sehr aufregend.«

Aufregend? Katharina musste sich zusammenreißen, um Judiths Hand nicht wegzustoßen. Sie war nicht durcheinander, und sie war auch nicht aufgeregt. Das Einzige, was sie empfand, war Wut.

Als Miriam zwei Stunden später mit ihrem speckigen Rucksack bei ihr einfiel, trug Katharina noch immer ihr Schlafshirt.

»Ist das nicht von Papa?«, fragte Mimi, nachdem sie ihre älteste Schwester überschwänglich an sich gedrückt hatte.

»Ich zieh mich schnell um«, antwortete Katharina und umging damit nicht nur den Rest der Begrüßungszeremonie, sondern auch eine Erklärung.

Das alte Shirt hatte tatsächlich Theo gehört, und Katharina hatte es nach der Beerdigung heimlich mitgenommen. Sie konnte besser schlafen, wenn sie das schlabberige Ding trug, aber darüber zu reden war ihr unangenehm. Andere Leute schluckten Schlafmittel, sie hüllte sich eben in ein Stück Sicherheit.

Durch die Schlafzimmertür hörte sie, wie Judith und Miriam aufgeregt zu plappern anfingen.

»Hast du mit ihr gesprochen?«

»Nein, sie liegt im Koma.«

»Und woher hast du dann die ganzen Infos?«

»Die hat mir so ein Typ geschickt, Toni. Ich glaube, er arbeitet auch im Waisenhaus.«

»Ein Typ?«

»Keine Sorge, ich hab mir seinen Account sehr genau angesehen. Alle Bilder sprechen dafür, dass er die Wahrheit sagt. Er kennt Hannah!«

Katharina ließ sich wieder auf ihr Bett sinken und schloss die Augen. *Bitte lass sie nicht mehr aufwachen,* betete sie stumm und erschrak über ihre eigenen Gedanken. Sie wusste nicht einmal, an wen die Worte gerichtet waren. Sie glaubte nicht an Gott oder irgendwelche überirdischen Kräfte. Wenn sie etwas ändern wollte, musste sie es persönlich anpacken, das hatte sie längst gelernt. Aber das war in diesem Fall keine Option. Schließlich war sie Ärztin und rettete Leben.

Das Problem war, dass sie jetzt gerade nur ein einziges Bedürfnis hatte: ihr eigenes Leben zu retten, ihre eigene Seele. Und dabei war Hannah ein echtes Hindernis …

Als Katharina endlich umgezogen aus dem Schlafzimmer trat, war Miriam gerade dabei, in der Küche ungeniert eine Schranktür nach der anderen aufzureißen.

»Wo ist denn dein Kühlschrank?«, fragte sie.

»Ich hab keinen Kühlschrank.«

»Wie bitte?« Judith lachte auf. Sie hatte sich auf einen der Hocker am Küchentresen gesetzt und blätterte in dem *Ärzteblatt,* das Katharina nach der Nachtschicht aus ihrem Briefkasten gezogen hatte. »Jeder hat einen Kühlschrank.«

»Offensichtlich nicht«, korrigierte Mimi sie und lehnte sich mit einem leisen Stöhnen an einen der maßgefertigten Schränke.

Judith starrte Katharina an, hin- und hergerissen zwischen Belustigung und Fassungslosigkeit.

Katharina zuckte mit den Schultern. »Ich hab es noch nicht geschafft, mir einen zu besorgen.«

Judith hob die Augenbrauen. »Du wohnst hier seit über einem Jahr.«

»Vielen Dank für deine kompetente Zusammenfassung. Hast du in den letzten Monaten einen Abschluss in höherer Mathematik gemacht?«

»Hey, kein Grund zu streiten«, mischte sich Miriam versöhnlich ein. »Ich habe in meinem ganzen Leben noch keinen eigenen Kühlschrank besessen.«

Judith musste grinsen. »Du hast in deinem ganzen Leben auch noch keine eigene Wohnung gehabt. Aber Katharina ist Ärztin. Sie verdient Geld, *viel* Geld.« Wie zum Beweis streckte sie die Hand aus und deutete auf das große Panoramafenster, durch das man die Hafenlichter und die Elbphilharmonie sehen konnte.

»Es ist ja wohl keine Schande, Geld zu verdienen«, erwiderte Katharina schmallippig.

»Es ist aber sehr wohl eine Schande, die kleine Schwester verhungern zu lassen.« Miriam schnappte sich ihr Handy. »Ich hab seit Turin nichts Vernünftiges mehr gegessen. Der Lieferservice findet den Weg hier rauf, oder?«

Gerade als Miriam dem Pizzaboten die drei Kartons abnahm, stürmte Eva die Treppe herauf.

»Was ist mit deiner Hand passiert?«, wollte Katharina sofort wissen und deutete auf ihr Handgelenk, das unschön geschwollen und blau aussah, aber Eva rauschte einfach an ihr vorbei in die Wohnung.

»Nichts.«

»Das sieht aber nicht nach nichts aus, Schwesterherz«, schaltete sich nun auch Miriam ein, während sie Eva umständlich an sich drückte.

Doch Eva antwortete nicht. Stattdessen funkelte sie Judith an. »Hier steckst du also. Ich habe dich mindestens zweihundert Mal angerufen in den letzten Tagen!«

»Ach, du warst das.« Judith schlug das Fachmagazin zu und blinzelte Eva verblüfft an. »Und ich dachte schon, da will mir jemand ganz hartnäckig ein Abo für Hämorrhoiden-Salbe andrehen.«

»Mensch, Leute, könnt ihr vielleicht mal aufhören?« Miriam stellte die Pizzakartons auf den Tresen und trat energisch gegen einen der Küchenschränke.

Katharina zuckte zusammen – nicht etwa, weil ihr Mimis Auftreten Angst einflößte, sondern weil diese Schränke schmerzhaft teuer gewesen waren …

Doch bevor sie etwas sagen konnte, fuhr Miriam bereits mit ihrer Standpauke fort. »Ich komme doch nicht den ganzen Weg aus Italien, nur um euch beim Streiten zuzuhören! Wir setzen uns jetzt gemeinsam an den Tisch, schlagen uns den Bauch mit Pizza voll und besprechen dann die Sache mit Hannah, verstanden?«

»Das geht nicht«, murmelte Katharina zerknirscht.

Mimis Blick durchbohrte sie wie eine Pfeilspitze. »Wieso geht das nicht?«

Katharina seufzte und verzog das Gesicht. »Weil ich zwar einen Esstisch habe, aber immer noch keine Stühle …«

Sie setzten sich vor das Sofa auf den Boden und aßen die Pizza mit den Fingern. Katharina hatte beim besten Willen keinen Appetit, und auch Eva warf immer nur nervöse Blicke auf den Käse, der kleine fettige Pfützen auf dem Tomatensugo bildete. Aber Miriam und Judith aßen ungeniert und voller Leidenschaft, als hätten sie in ihrem Leben noch nie etwas Besseres bekommen.

»Du solltest da wirklich einen Arzt draufschauen lassen.« Katharina deutete auf Evas Handgelenk. »Wenn du willst, kann ich nachher einen Kollegen in der Klinik anrufen, der kann dich sicher kurzfristig dazwischenschieben.«

Eva warf müde den Kopf in den Nacken, nickte dann

aber dankbar. »Das ist lieb. Ich kann Thomas nicht so lange mit den Kindern alleine lassen.«

Judith wischte sich mit einer hauchdünnen Serviette den Mund ab. »Wieso nicht? Denkst du etwa, er steckt sie aus Versehen in die Waschmaschine oder versteigert sie ohne deine Zustimmung auf eBay?«

Miriam kicherte, verstummte aber, als sie Evas giftigen Blick sah.

»Falls es dich interessiert: Carla wird noch gestillt – und trotz aller Bemühungen sind Thomas leider noch keine Brüste gewachsen.«

Katharina lehnte sich zurück und beobachtete den eisigen Blickwechsel, der sich zwischen Eva und Judith abspielte. Es war ihr immer ein Rätsel gewesen, wie zwei Schwestern sich derart ähnlich sehen und trotzdem so wenig gemein haben konnten. Vor allem aber hatten sie nichts füreinander übrig.

Katharina war etwa viereinhalb gewesen, als Hannah die Zwillinge zur Welt brachte. Eva und Judith, Judith und Eva. Die unendliche Liebe, mit denen ihre Eltern diese beiden schrumpeligen Rosinen in ihrem Leben willkommen hießen, hatte bei Katharina nur eines ausgelöst: blanken Hass. Warum konnten es nicht wenigstens Brüder sein, die hätten ihr keine Konkurrenz gemacht. Katharina hatte sehr darunter gelitten, dass Hannah plötzlich nicht mehr nur ihr gehörte. Die Eifersucht hatte einen kleinen Giftzwerg aus ihr gemacht. Doch dann hatte sie irgendwann verstanden, dass sie Judith und Eva nicht hassen musste, weil die beiden das schon selbst erledigten. Wenn Judith an der Brust ihrer Mutter lag, schrie Eva, und wenn Eva auf Hannahs Arm gluckste, brüllte Judith das Haus zusammen. Die Ablehnung der Zwillingsschwester, so schien es, war den beiden Mädchen in die DNA gelegt worden.

»Wir sind nicht hier, um über Brüste zu reden«, wandte Katharina erschöpft ein. In drei Stunden musste sie schon wieder im Krankenhaus sein, und fit genug, ein paar Leben zu retten. Und dann war da auch noch Robin. Zu viele Probleme, um unausgeschlafen zu sein, fand sie. »Wir sollten endlich über die Sache reden.«

»Die Sache?« Judith lachte. »Du meinst Mama?«

Miriam stand auf und ging zum Spülbecken, um sich ein Glas Wasser einzuschenken. »Hannah kommt zurück!«, sagte sie aufgeregt. »Ist das nicht der helle Wahnsinn?«

»Wahnsinn trifft es ziemlich gut …« Eva stöhnte und lehnte sich gegen das Panoramafenster. »Wer sagt denn, dass dieser Sherpa die Wahrheit sagt? Vielleicht will der nur unser Geld?«

Miriam warf ihr einen strafenden Blick zu. »Erstens ist Toni ganz sicher kein Sherpa, zweitens hat er Fotos von Hannah auf seinem Account – und drittens besitze ich überhaupt kein Geld, das er wollen könnte.« Sie prostete Eva grinsend zu, bevor sie ihr Glas in einem Zug leerte.

»Fotos?« Katharina verschränkte angespannt die Arme vor der Brust.

Miriam zog ihr Handy aus der Hosentasche, entsperrte es und reichte es ihr über das Sofa.

Tatsächlich. Katharinas Brustkorb zog sich zusammen. Mimi hatte eine App mit vielen Fotos geöffnet – und da war sie: *Hannah*. Es waren nur zwei Bilder inmitten von vielen, und trotzdem zweifelte Katharina nicht eine Sekunde, dass sie ihre Mutter zeigten. Sofort stiegen ihr Tränen in die Augen, und ihr Atem ging flacher.

Verdammt! Sie hatte mit allem Möglichen gerechnet, aber sicher nicht damit, dass Hannahs Anblick sie noch immer so aus dem Gleichgewicht brachte! Hatte sie nicht lang genug daran gearbeitet, sie aus ihrem Leben und ihrem Herzen zu streichen? Sie hatte ihre Sehnsucht in Wut und Schweigen verpackt, und all das hatte sie stark werden lassen. Warum nur machte sie Hannahs Anblick dann jetzt so schwach?

Hastig reichte sie Mimis Handy an Eva und Judith weiter.

Eva musste schlucken. »Na gut, dann kennt dieser Toni Hannah also wirklich. Aber warum meint er, dass sie nach Deutschland kommen muss?«

Miriam griff sich ein weiteres Stück Pizza. »Sie hatte einen Unfall, und die medizinische Versorgung in Nepal ist nicht so gut wie hier bei uns.«

Katharina schüttelte ungläubig den Kopf, kam aber nicht dazu, etwas zu sagen, weil Eva bereits ein zynisches Lachen ausstieß. »Und was soll das für ein Unfall gewesen sein? Ist sie plötzlich von ihrer eigenen Erleuchtung erschlagen worden? Hat der Blitz der Erkenntnis sie getroffen und gegrillt wie ein Brathähnchen?«

»Sie ist von einer Leiter gestürzt«, sagte Miriam gereizt

und blickte Eva vorwurfsvoll an. »Einer der Halswirbel ist angeknackst, und sie hat wohl innere Blutungen.«

Ein Haushaltsunfall, der Klassiker. Katharina wusste, dass das nichts Ungewöhnliches war. Die meisten Menschen fürchteten sich, Opfer eines Terroranschlags oder eines Verkehrsunfalls zu werden, dabei war die Wahrscheinlichkeit, bei einer belanglosen Tätigkeit im eigenen Haushalt zu sterben, noch immer bedeutend höher. Trotzdem überraschte sie die Tatsache, dass der Tod auf derart banale Weise an Hannahs Tür geklopft hatte. Sie war immer davon ausgegangen, dass ihre Mutter irgendwann einen exotischen Abgang hinlegen würde, immerhin lebte sie seit vielen Jahren am Rande des Himalaya. Da starb man vielleicht, weil man von einer Horde wildgewordener Yaks überrannt wurde oder sich versehentlich an einer bunten Gebetsfahne strangulierte, aber doch nicht bei einem Sturz von einer stinknormalen Leiter!

»Toni schreibt, die Ärzte in Nepal hätten sie in ein künstliches Koma versetzt, um ihren Körper zu entlasten. Sie empfehlen aber, sie so schnell wie möglich nach Deutschland zu bringen, damit sie die bestmögliche Behandlung bekommen kann. Die Blutungen sind lebensbedrohlich, und in Nepal sind die medizinischen Mittel wohl begrenzt. Hier bei uns könnte man sie viel besser behandeln. Aber dafür brauchen wir entweder einen Krankentransport, oder Hannah muss irgendwie wieder so fit werden, dass man sie aus dem Koma holen kann.« Miriam nahm ihr Handy wieder an sich und warf selbst einen Blick auf die Bilder.

Dann herrschte erst einmal Stille. Katharina war Meisterin darin, hartnäckiges Schweigen zu ertragen, und sie würde den Teufel tun, ihren Schwestern die Situation nun durch einen harmlosen Kommentar zu erleichtern.

Judith knickte als Erste ein. »Und wie machen wir es jetzt?«

»Was meinst du genau?«, hakte Katharina nach.

»Na ja.« Judith zog unsicher die Beine in den Schneidersitz. »Wie organisieren wir diesen Krankentransport?«

Gar nicht, schoss es Katharina durch den Kopf, aber Eva kam ihr zuvor.

»Das meinst du doch nicht ernst, oder? Du willst sie nicht wirklich herholen?«

Miriam lachte auf, aber es klang eher fassungslos als amüsiert. »Welche Laus ist dir denn über die Leber gelaufen? Natürlich holen wir sie zurück!«

Zurückholen? Katharina musste sich schwer zusammenreißen, um ihre kleine Schwester nicht anzuschreien. Sie konnten Hannah gar nicht zurückholen, weil es dieses Zurück schon lange nicht mehr gab!

Eva verdrehte die Augen. »Jetzt guckt mich nicht so an, als wäre ich ein Unmensch. Wir können sie unmöglich nach Hause holen!«

»Aber sie ist unsere Mutter, und sie braucht uns!« Judiths Blick war beinahe angewidert.

Eva hob die Augenbrauen. »Und wo war sie, als wir sie gebraucht haben?«

»O Gott, darum geht es hier also«, stöhnte Miriam. »Du nimmst ihr das immer noch übel, oder?«

Eva rieb sich das geschwollene Handgelenk. »Dass sie ihre vier kleinen Töchter verlassen hat, um sich irgendwo am Arsch der Welt um fremde Kinder zu kümmern? Ja, das nehme ich ihr immer noch übel!«

»Ich fass es nicht.« Wieder stieß Miriam ein kleines Lachen aus.

»Was ist daran so lustig?«

»Im Grunde ist gar nichts daran lustig«, erwiderte Miriam und sah Eva ungläubig an. »Du hängst geistig immer noch in den Rollenklischees von 1960 fest. Jeden Tag verlässt irgendwo ein Vater seine Familie, und es ist völlig in Ordnung – aber eine Mutter darf das natürlich nicht, oder?«

»Papa hat uns nicht verlassen«, zischte Eva mit unterdrückter Wut.

»Aber dass ein Mann geht, ist durchaus gesellschaftsfähig, während eine Frau dafür als Monster abgestempelt wird!«

»Ich habe sie niemals als Monster bezeichnet, ich will sie nur nicht zurückholen«, erwiderte Eva angespannt.

Auch Miriam war das Lachen vergangen. »Weil du sie dafür verurteilst, dass sie gegangen ist, um ihr eigenes Glück zu finden. Weil du findest, dass das Frauen in unserer Gesellschaft nicht zusteht.«

»Schluss jetzt!« Ausgerechnet Judith war aufgestanden und hatte sich zwischen Eva und Mimi gestellt. »Es bringt doch nichts, wenn wir uns gegenseitig an den Kragen gehen. Wir sollten einen kühlen Kopf bewahren und an einer gemeinsamen Lösung arbeiten.«

Katharina merkte, dass Eva etwas auf der Zunge lag, aber offenbar riss sie sich zusammen und verkniff sich die Sticheleien gegen ihre Zwillingsschwester.

Judith atmete tief durch und sah reihum in die Gesichter ihrer Schwestern. »Hat eine von euch einen konstruktiven Ansatz?«

Wieder breitete sich Stille aus, aber diesmal konnte Katharina sich nicht lange genug zusammenreißen. »Eva hat recht. Wir können sie nicht zurückholen.«

»Was?« Sofort lasteten Miriams Blicke auf ihr. Auch Judith schien überrascht.

»Wie stellt ihr euch das denn vor? Es geht ja nicht nur um den Krankentransport. Sie hat seit Ewigkeiten keine Krankenkassenbeiträge mehr gezahlt, das heißt, sie ist in Deutschland nicht versichert. Nach dem, was Mimi erzählt hat, sind ihre Verletzungen schwerwiegend! Wisst ihr, was da finanziell auf uns zukommt, wenn sie ein paar Wochen oder gar Monate im Krankenhaus liegt?«

Miriam schüttelte fassungslos den Kopf. »Du willst jetzt über Geld reden? Hast du dich mal umgesehen, Schwesterherz? Mit der Kohle, die deine Wohnung gekostet hat, könntest du vermutlich ganz Nepal kaufen.«

»Es ist nicht die Frage, ob ich das kann, sondern ob ich das will.«

Katharina biss sich auf die Zunge. Mist! Die Worte waren ihr einfach rausgerutscht, dabei wäre es schlauer gewesen, sie runterzuschlucken. Aber jetzt gab es kein Zurück mehr.

Judith blinzelte sie verblüfft an. »Das heißt, du *willst* Mama nicht helfen?«

Katharina zögerte. »Das heißt, dass wir die Sache einfach gut abwägen müssen. Hannah ist ein wandelndes Pulverfass.«

»Sie ist die Frau, die uns das Leben geschenkt hat«, mischte sich Miriam ein. »Da gibt es doch nicht viel abzuwägen.«

»Heißt das etwa, dass du dich hinterher um die Pflege kümmern möchtest? Denn damit müssen wir rechnen, Mimi: dass Hannah selbst nach einer erfolgreichen Behandlung nie wieder ganz gesund wird.« Katharina funkelte sie erwartungsvoll an.

Mimi presste die Lippen zusammen und tat sich offenbar schwer, die richtige Antwort zu finden. Natürlich würde sie sich nicht um Hannahs Pflege kümmern, niemals, genauso wenig, wie sie ihre Freiheit aufgeben wollte. Miriam hatte nie gelernt, Verantwortung zu übernehmen, das wusste Katharina – sie hatte ja nicht einmal die drei Pizzen bezahlen können, die sie großzügig bestellt hatte. Also sollte sie jetzt verdammt noch mal keine großen Töne spucken.

»Wir … könnten vielleicht jemanden einstellen.«

Judith. Natürlich war es Judith, die jetzt mit einer konstruktiven Idee um die Ecke kam. Langsam ging es Katharina auf die Nerven, dass sie immer und überall die Lehrerin raushängen lassen musste. Konnte Judith ihr pädagogisch wertvolles Gehabe nicht in der Schule ausleben?

»Und wer soll das bezahlen?«, fragte sie.

»Ich jedenfalls nicht!« Endlich schnappte sich auch Eva ein Stück Pizza und biss wütend hinein.

»Ohne Pflegeversicherung kostet das alles ein Vermögen«, pflichtete Katharina ihr schnell bei.

Sie gab sich große Mühe, möglichst nüchtern zu wirken, aber es fiel ihr schwer, ihre Unruhe zu verbergen. In Wirklichkeit ging es um viel mehr als um Geld. Katharina hatte Angst – ja, Hannahs mögliche Rückkehr versetzte sie geradezu in Panik.

Jahrzehntelang hatte sie das, was damals geschehen war, erfolgreich vertuschen können. Sie hatte dafür gesorgt, dass ihre Schwestern die Wahrheit nicht erfuhren, und obwohl ihr Vater und sie nie darüber gesprochen hatten, hatte er sie dabei stillschweigend unterstützt. Wenn Hannah aber tatsächlich zurückkäme, hätte sie die Wahrheit im Gepäck, die ganze Wahrheit …

»Wir könnten uns ja erst mal abwechseln mit der Pflege«, riss Judith sie aus ihren Gedanken.

»Natürlich!« Eva lachte auf. »Wir wischen ihr den Hintern ab und füttern sie hingebungsvoll, nachdem sie es jahrelang nicht einmal für nötig gehalten hat, ihren Töchtern eine Karte zum Geburtstag zu schicken.«

»Und selbst wenn«, ging Katharina dazwischen, um ein neues Streitgespräch im Keim zu ersticken. »Wo sollte sie denn überhaupt hin? Denkt ihr, wir finden so schnell eine geeignete Unterkunft für sie, in der diese Pflege stattfinden könnte? Der Hamburger Wohnungsmarkt ist ein Haifischbecken.«

»Ganz genau«, pflichtete ihr Eva energisch kauend bei.

Miriam zögerte. »Und was ist mit dem Haus?«

Katharina stockte der Atem. Natürlich, das Haus im Alten Land gehörte ihnen noch immer. Sie hatten sich nach Theos Tod darauf geeinigt, es auszuräumen und anschließend zu verkaufen, aber bisher war dieser Plan an der Umsetzung gescheitert. Keine von ihnen hatte genug Zeit, nebenbei noch eine sieben Zimmer umfassende Vergangenheit auszumisten.

Katharina fehlte es zudem an Motivation. Viel Geld würde das kleine Backsteingebäude, das am Ende einer holperigen Zufahrt zwischen zwei Apfelhöfen lag, ohnehin nicht einbringen. Wer wollte schon so weit draußen wohnen, ohne direkte Nachbarn, nur von Apfelbäumen und Einsamkeit umgeben?

»Du willst Hannah ausgerechnet da unterbringen, wo sie sich ganz offensichtlich nicht zu Hause gefühlt hat?« Mit der unverletzten Hand griff Eva nach einem zweiten Stück Pizza. »Findest du das nicht irgendwie zynisch?«

»Ich finde es zynisch, sie einfach verrecken zu lassen«, platzte es aus Mimi heraus. »Vor allem, weil wir ihr hier doch problemlos helfen könnten!«

»Ich will ihr aber nicht helfen!«, schrie Eva plötzlich und pfefferte ihr Pizzastück zurück in den Karton. »Sie ist gegangen und hat uns einfach zurückgelassen! So was macht man nicht – weder als Mann noch als Frau!«

Miriam zuckte mit den Schultern. »Vielleicht hat sie ihre Gründe gehabt? Habt ihr euch das mal gefragt?«

Eva stieß ein Schnauben aus. »Und was sollten das für Gründe sein?«

»Keine Ahnung«, murmelte Mimi, jetzt deutlich versöhnlicher. »Vielleicht wird es Zeit, das herauszufinden.«

Wieder breitete sich Stille zwischen ihnen aus. Katharinas Herz schlug viel schneller, als es gesund war. Ihr Blick schweifte zur Uhr über der Küchenzeile. Nicht mehr lange, dann musste sie wieder in der Klinik sein, bereit für die nächsten Notfälle – dabei fühlte sie sich gerade selbst wie einer.

»Sie ist trotzdem noch unsere Mutter, auch wenn sie gegangen ist«, durchbrach Judith das Schweigen. »Wir können sie nicht einfach sterben lassen.«

Plötzlich kam es Katharina vor, als würde Eva am ganzen Körper zu zittern anfangen. »Bitte.« Sie bemühte sich merkbar um eine feste Stimme. »Ich bitte euch inständig darum, Hannah nicht zurückzuholen.«

Miriam runzelte die Stirn. »Weil du keinen Bock hast, ihr den Arsch abzuwischen?«

Eva schloss die Augen, und als sie sie wieder öffnete, glitzerten Tränen in ihren Augenwinkeln. »Ich bitte euch nicht oft um einen Gefallen, aber diesmal müsst ihr euch auf meine Seite stellen.«

»Was hat das alles mit irgendeiner Seite zu tun?«, fragte Judith, aber es klang eher neugierig als vorwurfsvoll. Offenbar hatte auch sie gemerkt, dass Eva drauf und dran war loszuheulen.

Im nächsten Moment liefen ihr tatsächlich Tränen über das Gesicht. »Wenn Hannah zurückkommt, bin ich verloren«, flüsterte sie und schnappte hilflos nach Luft.

Miriam verzog irritiert das Gesicht. »Ist das nicht ein bisschen übertrieben?«

Doch Eva schüttelte nur erschöpft den Kopf und ließ ihren Tränen endgültig freien Lauf. »Nein, ist es nicht.« Sie schluchzte, und ihre Worte waren kaum mehr als ein Wimmern. »Ich habe Thomas gesagt, sie wäre tot. Wenn wir Hannah jetzt zurückholen, wird er erfahren, dass ich gelogen habe.« Flehend blickte sie ihren Schwestern in die Augen. »Bitte tut mir das nicht an. Das wäre das Ende meiner Ehe …«

7

Judith

»Wie bitte?« Judith konnte es nicht fassen. Hatte Eva das gerade wirklich gesagt?

Auch Miriam schien nicht darüber hinwegzukommen. »Du hast ihm gesagt, sie wäre *tot?*«

Eva nickte wie ein Kind, das man dabei erwischt hat, sich in die Hose zu machen. Mehr als ein paar weitere Schluchzer brachte sie allerdings nicht hervor.

Judith schüttelte ungläubig den Kopf. »Aber sie ist nicht tot, Eva. Wie konntest du so etwas nur behaupten?«

Sie wusste schon lange, dass ihre Zwillingsschwester im Zweifelsfall über Leichen ging – aber dass sie jetzt auch welche erfand? Das war eindeutig zu viel für Judiths Geschmack …

»Es ist mir nicht leichtgefallen, das könnt ihr mir glauben.« Eva versuchte, sich zu beruhigen und ihr Schluchzen zu unterdrücken, doch es gelang ihr nur mittelmäßig. »Aber es war die einfachste Lösung in meiner Situation.«

Die einfachste Lösung. Judith hatte Thomas und seine Familie nicht oft gesehen, nicht öfter als nötig zumindest. Bei der Hochzeit natürlich, zu Geburtstagen und bei den zwei Taufen – aber tatsächlich fiel ihr nun auf, dass Hannah bei all diesen Anlässen kaum Erwähnung gefunden hatte. *Die Mutter der Braut kann heute leider nicht bei uns sein, aber wir tragen sie in unseren Herzen.* Mit einem Mal ergaben die Worte des Pfarrers bei Evas kirchlicher Trauung einen ganz neuen Sinn. Er hatte sich nicht darauf bezogen, dass Hannah in Nepal lebte. Nein, er war davon ausgegangen, sie sei gestorben! Und Eva hatte nicht nur ihn in diesem Glauben gelassen, sie hatte auch ihren Mann belogen und die Familie, in die sie einheiratete.

Judith sank wortlos in sich zusammen. Gern hätte sie jetzt Verachtung für Eva empfunden, aber erstaunlicherweise regte sich vor allem Mitleid in ihr. Wie schrecklich musste es sein, mit solch einer Lüge zu leben? Wie einsam musste Eva sich gefühlt haben, dass sie überhaupt die Notwendigkeit verspürt hatte, so eine Geschichte zu erfinden – und wie einsam musste sie sich noch immer fühlen? Natürlich hatte Eva nicht damit gerechnet, dass ihre Mutter jemals zurückkehren würde, keine von ihnen hatte das. Aber hatte diese Möglichkeit nicht trotzdem immer bestanden – oder, aus Evas Sicht: diese Gefahr?

Am liebsten wäre Judith aufgestanden und hätte den Arm um ihre weinende Zwillingschwester gelegt, aber sie widerstand diesem Bedürfnis. Sie war einfach nicht die Richtige, um Eva Trost zu spenden. Miriam und Katharina sahen allerdings offenbar keine Notwendigkeit dazu.

»Wie konntest du so was behaupten?« Miriam starrte Eva noch immer ungläubig an.

»Ist das nicht offensichtlich?« Eva schniefte und wischte sich mit dem Ärmel die Tränen aus dem Gesicht. »Was hätte die Wahrheit denn für ein Licht auf mich geworfen? Schon als Kind von der eigenen Mutter verlassen …«

Judith verlagerte ihr Gewicht von einer Pobacke auf die andere. »Denkst du etwa, sie ist deinetwegen gegangen?«

»Natürlich nicht«, erwiderte Eva, und es war nicht zu überhören, dass sie wieder wütend wurde. »Es geht eher darum, was das mit mir als Frau macht, mit einem Vorbild wie Hannah. Ohne Mutter aufgewachsen – wie sollte Thomas denn da glauben, dass ich selbst eine gute Mutter sein könnte?«

Jetzt konnte Judith sich ein verblüfftes Lachen nicht verkneifen. »Aber du *bist* eine gute Mutter!«

»Das bin ich, ja«, zischte Eva. Dann wurde sie wieder still und nachdenklich. »Aber hätte Thomas mir das zugetraut? Was hätte seine Familie gedacht, wenn sie gewusst hätte, dass meine eigene Mutter mir etwas ganz anderes vorgelebt hat? Die hätten mir doch unterstellt, dass ich das gar nicht kann! Jeden kleinen Fehler hätten sie mir unter die Nase gerieben und nur darauf gewartet, dass ich genauso versage wie Hannah. Es war das Einfachste zu sagen, sie wäre tot.«

Endlich mischte sich auch Katharina in das Gespräch ein. »Das klingt ja gerade so, als würdest du uns für irgendwie beschädigt halten, nur weil Hannah uns verlassen hat.«

Eva blickte sie aus ihren eisgrauen Augen an. »Sind wir das denn nicht?«

Das ungläubige Lächeln wich aus Katharinas Gesicht. »Ernsthaft? Du denkst wirklich, wir vier wären Mangelware?«

Evas Blick ließ keinen Zweifel daran, dass sie jedes Wort todernst meinte.

Judith schloss die Augen. Am liebsten hätte sie an dieser Stelle einfach zurückgespult und die letzten Minuten aus ihrem Gedächtnis gelöscht. Eva war selbstverständlich auf dem Holzweg. Sie konnten doch nichts dafür, dass ihre Mutter sie verlassen hatte! Natürlich hatte Hannahs Verschwinden Narben hinterlassen – eine davon zog sich seit siebenundzwanzig Jahren über Judiths Unterarm. Aber das bedeutete doch nicht, dass ihre Seelen beschädigt waren – oder etwa doch?

Auch wenn Judith der Gedanke widerstrebte, schlich sich ein leiser Zweifel in ihren Kopf. Was, wenn Eva recht hatte? Hatten sie am Ende wirklich Schaden genommen?

Miriam sprang auf und riss Judith damit aus ihren Gedanken. »Ich hatte niemals einen Nachteil davon, ohne Mutter aufzuwachsen. Wir hatten doch einen super Papa, uns hat es nie an irgendwas gefehlt.«

Judith betrachtete ihre jüngste Schwester nachdenklich. Sie wusste, dass Mimi es genau so meinte, wie sie es gesagt hatte. Sie hatte nichts vermisst und war immer ein ausgelassenes Kind gewesen, und Theo hatte sie dafür vergöttert. Er hatte auch die anderen drei Mädchen auf Händen getragen, aber sie hatten es ihm nicht ganz so leicht gemacht. Denn im Gegensatz zu Mimi hatten

Katharina, Eva und Judith etwas, das es ihnen schwerer machte, glücklich zu sein: Sie hatten Erinnerungen.

Erinnerungen an eine Mutter, die gegangen war und damit eine Lücke in ihr Leben gerissen hatte. Eine Lücke, die fortan immer bleiben würde. Ein kleiner schwarzer Fleck auf der Seele.

Miriam hatte keine Erinnerung an Hannah, und deshalb kannte sie auch diese Lücke nicht. Sie kannte nicht das permanente Gefühl, dass in ihrem Leben etwas Wesentliches fehlte. Sie hatte keinen Fleck auf der Seele.

Aber Judith, Eva und Katharina lebten seit siebenundzwanzig Jahren damit, und während Katharina ihn immer schon unter Arbeit, Fleiß und Disziplin verborgen hatte, hatte Eva ihn in den letzten Jahren eben mit einer Lüge überdeckt. War das denn wirklich so schlimm?

Judith zuckte zusammen, als sie sich bei dieser Frage ertappte. Natürlich war es schlimm, die eigene Mutter für tot zu erklären! Und genauso schlimm war es, ihr nun jegliche Hilfe zu versagen. Narben und Flecken hin oder her – solche Menschen waren sie nicht. Sie waren doch keine Monster!

»Es tut mir ehrlich leid, dass Mamas Rückkehr dich in so ein Dilemma bringt, Eva. Aber das heißt noch lange nicht, dass wir sie jetzt einfach hängen lassen dürfen.« Judith bemühte sich um möglichst viel Wohlwollen in der Stimme, aber Eva schnaubte trotzdem giftig.

»War ja klar, dass du mir in den Rücken fällst. Dir ist doch scheißegal, wie es mir geht.«

»Das stimmt nicht!« Judith war ernsthaft verblüfft

darüber, dass Eva das so sah. »Mir ist nicht egal, wie es dir geht. Aber ich kann auch nicht wegsehen, wenn unsere Mutter womöglich stirbt. Wir müssen ihr doch irgendwie helfen können.« Erwartungsvoll blickte sie in Katharinas Gesicht. »Du kennst die besten Ärzte im Land, du kannst doch bestimmt einen Kontakt zur Versicherung herstellen. Und du kriegst sicher raus, wie man so einen Krankentransport organisieren kann. Ich kümmere mich in der Zwischenzeit um die Wohnfrage und die Organisation der Pflege.«

»Judith …« Katharina senkte den Blick und schlang unsicher die Arme um ihren Oberkörper. Als sie wieder aufblickte, fühlte sich Judith, als hätte sie einen Schlag in die Magengrube bekommen.

»Du willst ihr nicht helfen, richtig?« Judiths Stimme klang plötzlich seltsam tonlos.

»Du hast ja keine Ahnung, was da auf uns zukommt …«

»Du willst sie also einfach in Nepal sterben lassen – obwohl du Ärztin bist?«

Katharina zögerte und stieß ein Seufzen aus. »Ich schlage vor, dass wir alle eine Nacht darüber schlafen.«

Nach der Krisensitzung hatte Judith keine Lust mehr, mit der U-Bahn nach Hause zu fahren, und bestellte kurzerhand ein Taxi.

Miriam hatte Katharina gefragt, ob sie bei ihr auf der Couch schlafen könne, aber das Schweigen, das einen entscheidenden Moment zu lange gedauert hatte, gepaart mit dem Unbehagen im Blick ihrer ältesten Schwester, hatte Judith dazu bewogen, Miriam ihr Arbeitszimmer anzubieten.

»Da steht ein Ausziehsofa drin, und ich kann dir einen Teil des Schrankes frei räumen.«

Mimi hatte den Blick sehnsüchtig über die schillernde Elbphilharmonie vor dem Panoramafenster schweifen lassen. »Hab ich bei dir denn auch so einen Ausblick?«

»Nein«, hatte Judith erwidert und müde gegrinst. »Aber dafür gibt es bei mir einen Kühlschrank.«

Das hatte ihre jüngste Schwester überzeugt.

Nun saß Mimi neben ihr auf dem Rücksitz des Taxis und legte den Arm über ihren speckigen Rucksack. »Danke, dass ich bei dir pennen kann.«

»Kein Problem«, sagte Judith und rang sich ein Lächeln ab.

Aus dem Radio drang leise Popmusik, der Fahrer schwieg. Normalerweise fühlte Judith sich in Taxen immer dazu verpflichtet, ein Gespräch am Laufen zu halten, egal, wie schwer es ihr der jeweilige Gesprächspartner machte. Gemeinsames Schweigen fand sie unangenehm, und mehr noch: irgendwie intim. Deshalb redete sie nicht selten belangloses oder gar dummes Zeug.

Diesmal aber hatte sie dieses Bedürfnis nicht. Hinter den Fenstern zog Hamburg an ihnen vorbei: zuerst die schicke, aber kalte Hafencity, dann die Altstadt mit ihren backsteinroten Speichergebäuden, die Innenstadt, die Alster, das Grindelviertel und schließlich Eimsbüttel.

Kurz bevor sie in die Osterstraße einbogen, sah Judith

zur Seite und merkte, dass Miriam eingeschlafen war. Sie zögerte, dann beugte sie sich vorsichtig zum Taxifahrer vor.

»Könnten Sie vielleicht noch einen kleinen Umweg fahren?«

»Wohin denn?«

Auf die Schnelle fiel Judith nur ein Ziel ein. »Ins Alte Land.«

Der Taxifahrer lachte heiser auf. »Das ist aber mehr als ein kleiner Umweg.«

»Bitte«, flüsterte Judith. »Meine Schwester hat eine lange Reise hinter sich. Ich möchte, dass sie noch ein bisschen weiterschlafen kann.«

Der Fahrer nickte und fuhr wortlos weiter, erst durch Eimsbüttel und dann bei Stellingen auf die Autobahn in Richtung Süden.

Judith lehnte sich im Sitz zurück. Dass sie Miriam schlafen lassen wollte, war nur ein Teil der Wahrheit. Sie brauchte noch ein bisschen Zeit, um nachzudenken. Das Gespräch mit Eva und Katharina hatte einiges in ihr aufgerüttelt, und an Schlaf war jetzt ohnehin nicht zu denken.

Unwillkürlich schob Judith ihren Ärmel hoch und strich über ihre Narbe. Sie wusste noch immer nicht so richtig, was damals passiert war, und manchmal fragte sie sich, ob es nicht besser so war. Ihr Vater hätte es sicher nicht verheimlicht, wenn die Wahrheit nicht schmerzhaft gewesen wäre. Und trotzdem klangen plötzlich Miriams Worte in ihr nach: Vielleicht war es tatsächlich an der Zeit herauszufinden, warum Hannah verschwunden war?

Vor dem Fenster zog der Freihafen an ihnen vorbei. Hier wurde noch immer gearbeitet, riesige Containerschiffe wurden gelöscht und beladen. Die beleuchteten Kräne blinkten wie Sternbilder über der Elbe. Als Kind hatte Judith es geliebt, wenn ihr Vater mit ihnen nach Hamburg gefahren war. Die Kräne an den Hafenbecken erinnerten sie jedes Mal an Heuschrecken, die sich auf die Hinterbeine stellten und stolz ihre Köpfe in den Himmel reckten. Es gefiel Judith, dass sie immer dort waren, verlässlich und treu, und Spalier standen für alle Reisenden, die an der Elbe entlangfuhren.

Links von ihnen lag die Köhlbrandbrücke, die schon bald abgerissen werden sollte. Für Judith war das kaum vorstellbar. Die taubenblaue Schrägseilkonstruktion gehörte zu Hamburg wie der Michel und die Elbe. *Nichts ist wirklich beständig,* dachte sie plötzlich, *nicht einmal der Hafen.*

Nicht einmal, dass man keine Mutter hat.

Hannah würde zurückkommen – oder eben nicht, wenn es nach Eva und Katharina ging.

Katharina war noch nie der Typ für große Gefühle gewesen, aber Judith wusste, dass ihr Herz längst nicht so hart war, wie alle vermuteten. Und Eva? Sie hatte Mist gebaut, indem sie Thomas und seine Familie belogen hatte. Aber wenn sie die ganze Sache erst mal in Ruhe hatte sacken lassen, würde sie sicher einsehen, dass es keinen anderen Weg gab, als ihm die Wahrheit zu sagen. Was sollte schon passieren? Thomas' Familie würde ihre Fähigkeiten als Mutter nicht mehr anzweifeln können, weil Eva längst bewiesen hatte, dass sie eine fabelhafte Mutter war! Und Thomas würde sicher Verständnis haben, wenn sie ihm alles erklärte.

Judith jedenfalls würde nicht zulassen, dass ihre Mutter in der Ferne starb, nur weil Katharina um ihr Geld fürchtete und Eva um ihre Ehe. Wegen einer Lüge konnte man doch kein Leben aufs Spiel setzen!

Erschöpft sah Judith zur Seite und betrachtete ihre jüngste Schwester. Miriams Kopf war an die Scheibe gesunken, ihr Brustkorb hob und senkte sich gleichmäßig. Wie erwachsen sie in den letzten zehn Jahren geworden war – und dennoch sah sie noch immer aus wie ein Kind. Ihr Gesicht hatte eine gesunde Farbe, und ihre Haare waren an den Schläfen beinahe weißblond. Sie kräuselten sich, als würde noch immer Meersalz darin festhängen.

Judith beneidete Mimi, nicht nur um ihren schönen Teint und die hellen Haare, sondern vor allem um ihr unabhängiges Herz. Ihre kleine Schwester hatte sich nie danach gesehnt, geliebt zu werden.

Sie fuhren durch Francop, an Cranz vorbei und schließlich durch Königreich und nach Jork hinein. Endlich sah Judith die alten Häuser und Felder. Sie atmete tief ein und stellte fest, dass es wie ein Seufzen klang. Die kahlen Apfelbäume standen wie knorrige Finger in Reih und Glied. Nicht mehr lange, dann würden sie blühen und den düsteren Anblick in ein rosafarbenes Märchen verwandeln. Die Apfelblüte war zweifelsohne die schönste

Zeit hier draußen, doch seit Hannah an einem Sonntag im Mai verschwunden war, hatte sie auch immer einen bitteren Beigeschmack. Es war seltsam, wie nah Schönheit und Schmerz manchmal beieinanderlagen.

Auch Judiths Großeltern hatten einst Äpfel angebaut, aber Theo hatte die Felder an zwei Nachbarn verkauft, nachdem seine Eltern gestorben waren. Er war ein Einzelkind und sah sich selbst nicht als Apfelbauer, sondern hatte Medizin studiert. Für seine Praxis brauchte er die Felder nicht, das alte Elternhaus genügte ihm vollkommen. Es lag zwar derart abgelegen zwischen den Feldern, dass man es von der Straße unmöglich sehen konnte, aber das spielte für Theo keine Rolle. Alle im Dorf wussten, wo sie den Doktor fanden, wenn sie ihn brauchten.

Seit der Beisetzung ihres Vaters vor etwa einem Jahr war Judith nicht mehr hier gewesen. Halb Jork hatte sich im März des letzten Jahres in der kleinen Stube seines Hauses versammelt und mit Apfelbrand auf Doktor Albrecht angestoßen.

Natürlich hatte Judith seitdem regelmäßig mit Agnes telefoniert, die im Haus noch immer nach dem Rechten sah. Agnes, diese gute Seele. Sie hatte niemals versucht, Hannah zu ersetzen, war den Mädchen aber immer eine Stütze gewesen, wenn Theo ihnen nicht weiterhelfen konnte.

Hannah hatte ihre vier Töchter zurückgelassen, ohne ein Wort und ohne ein Lebenszeichen in all den Jahren. Aber sollte deshalb gleich wahr sein, was Eva gesagt hatte? Waren sie dadurch in irgendeiner Weise »beschädigt«?

Wieder fuhr Judith mit dem Finger über ihre blasse Narbe. Das hatte letzte Nacht auch Heiko getan, fiel ihr ein. Er hatte sich heute nicht gemeldet, und obwohl Judith es geahnt hatte und er definitiv nicht der Richtige war, spürte sie einen Anflug von Enttäuschung.

Vorhin hatte sie Eva zugesagt, zur Taufe zu kommen, und zwar in Begleitung. Eva hatte es kommentarlos zur Kenntnis genommen. Wo sollte sie nur so schnell einen Mann herbekommen? Sicher, sie könnte jemanden buchen und bezahlen, aber so etwas war Neuland für sie. Und war es nicht außerdem ziemlich würdelos? War sie denn wirklich so wenig liebenswert, dass es keinen Mann gab, der freiwillig ihre Hand halten wollte?

Die Narbe, diese verdammte Narbe! Mit einem Mal hatte Judith das Gefühl, dass dieses Ding an allem schuld war, schuld daran, dass sie keinen Mann fand, schuld an ihrer Einsamkeit. Was genau war damals nur passiert?

Judith konzentrierte sich, aber da waren lediglich Bruchstücke in ihrem Kopf. Blühende Apfelbäume vor dem Fenster, Musik aus dem Autoradio, Stimmen und Streit, und dann dieser Ruck und ein Schrei – oder war der Schrei zuerst da gewesen? Und warum tat die Narbe immer noch weh, nicht an der Oberfläche, sondern irgendwo tief im Inneren?

Und auf einmal wusste Judith, was sie zu tun hatte. Das alles musste endlich ein Ende nehmen. Wenn sie glücklich werden wollte – nein, wenn sie alle endlich glücklich werden wollten –, dann mussten sie wissen, was damals passiert war.

Judith blickte zur Seite und strich Miriam behutsam eine Strähne aus der Stirn. Sie hatte recht gehabt. Bevor Hannah zurückkam, mussten sie erst einmal herausfinden, warum sie gegangen war.

8

Eva

»Eva?«

Sie zuckte erschrocken zusammen, als sie eine Stimme hinter sich hörte. Sie saß erst seit etwa fünf Minuten hier im Behandlungszimmer und hatte sich innerlich auf eine längere Wartezeit eingestellt.

Katharina und sie waren gemeinsam in die Klinik gefahren. Dort hatte ihre Schwester sie bei einer Kollegin in der Chirurgie angemeldet und sich dann in ihre eigene Nachtschicht verabschiedet.

Eigentlich hatte Eva einen Doktor Wagner erwartet – aber als sie sich nun zur Tür umdrehte, sah sie, dass dort jemand anders stand. Jemand, den sie nur allzu gut kannte.

»Max …?« Sie hatte keine Ahnung, ob er sie überhaupt hören konnte, weil ihr Hals plötzlich trocken und ihre Stimme beinahe tonlos war.

Es gab überhaupt keinen Zweifel: Der Mann vor ihr war eindeutig Max, der fröhliche Junge von nebenan, mit dem sie zwischen den Apfelbäumen Verstecken gespielt hatte, bevor Judith sich unsterblich in ihn verliebt hatte.

Jetzt war er kein kleiner Junge mehr, sondern ein groß gewachsener Mann, noch dazu in einem blütenweißen Arztkittel. Sein fröhliches Wesen aber zeichnete sich noch immer auf seinem Gesicht ab.

»Unfassbar!« Mit zwei großen Schritten durchquerte er den Raum und drückte Eva überschwänglich an sich. »Ich habe zuerst gedacht, dass ich mich irre, als ich deinen Namen auf dem Anmeldebogen gelesen habe: *Eva Albrecht*. Es ist so schön, dich zu sehen!«

Albrecht? Aber sie hieß doch schon lange nicht mehr so! Eva hielt die Luft an und schloss für einen Moment die Augen. Natürlich, Katharina hatte den Wisch für sie ausgefüllt. Sie musste dabei versehentlich ihren Mädchennamen eingetragen haben …

Eva lächelte Max unsicher an. »Ich … hatte eigentlich mit einem Doktor Wagner gerechnet.«

Max grinste zurück und zuckte mit den Schultern. »Der Chef hat einen Notfall reinbekommen. Wenn du nicht drei, vier Stunden warten möchtest, musst du mit mir vorliebnehmen.«

Drei, vier Stunden? Unmöglich, so viel Zeit hatte Eva nicht. Thomas wartete bestimmt schon auf sie, es war ja schon fast zehn Uhr! Sie war sich nicht einmal sicher, ob er es überhaupt schon geschafft hatte, die Mädchen zum Schlafen zu bringen. Undenkbar zu riskieren, dass sie bis weit nach Mitternacht wachblieben …

Eva rang sich ein weiteres Lächeln ab. »Du bist Arzt geworden?«

»Nein«, erwiderte Max. »Eigentlich putze ich nachts

die Klinikflure, aber gelegentlich schnappe ich mir ein Stethoskop und einen Arztkittel und tue so, als ob.«

Eva rutschte das Lächeln aus dem Gesicht, doch Max rollte nur mit den Augen und boxte sie kameradschaftlich in die Seite.

»Ja, ich bin Arzt geworden. Nach der Schule habe ich erst eine Sanitäterausbildung gemacht, um die Wartezeit auf einen Studienplatz zu überbrücken. Aber dann hatte ich irgendwann die Zusage im Briefkasten.« Er grinste, als könnte er es selbst noch immer nicht glauben. »Jetzt bin ich Assistenzarzt. Und wenn du keine Vorbehalte mehr hast, würde ich mir gerne dein Handgelenk ansehen.«

Erst als Eva nickte, zog er sich einen Rollhocker heran und fasste vorsichtig nach ihrer Hand. Behutsam drehte er sie in alle Richtungen, drückte und tastete und las an Evas Gesichtsausdruck ab, wo das Problem lag. Es tat erwartungsgemäß weh, aber dennoch war Eva überrascht, wie angenehm sich seine Berührung gleichzeitig anfühlte. Max' Fingerkuppen waren weich und warm, und mit einem Mal erinnerte sie sich daran, welche Stellen ihres Körpers diese Finger auch schon berührt hatten. Obwohl das viele Jahre zurücklag und zu einem anderen Leben gehörte, schoss ihr das Blut in den Kopf, und sie spürte, wie sie errötete.

»Wie ist das passiert?« Max rollte mit dem Hocker zurück und öffnete ein paar Schubladen, ohne den Blick von ihr zu wenden.

»Beim Joggen«, antwortete Eva wie aus der Pistole

geschossen und fand, dass sich diese Antwort sogar ganz gut anhörte, irgendwie sportlich.

Max zog trotzdem die Augenbrauen in die Höhe. »Beim Joggen?«

»Na ja.« Eva rutschte unsicher auf der Liege hin und her. »Ich bin in einen Radfahrer reingelaufen ...«

Ein Schmunzeln breitete sich in Max' Gesicht aus.

Eva versuchte, die Schultern zu straffen. »Lachst du mich etwa aus?«

»Das würde ich nie tun!« Wie zur Entschuldigung hob er die Hände. »Aber du warst schon immer ziemlich übereifrig. Weißt du noch, als wir das alte Schaf von den Eberhardts bemalt haben und von Benno erwischt wurden? Du bist gerannt wie der Blitz!«

Die Erinnerung entlockte auch Eva ein kleines Lächeln. Sie merkte, wie sie sich zunehmend entspannte. »Am Ende war es aber Judith, die uns gerettet hat.«

Max lachte auf. »Sie hat Benno mit einem Apfel beworfen, mitten auf die Stirn. *Bäm!* Das hätte sich keiner von uns getraut.« Mit einem Mal verebbte sein Lachen, und er blinzelte Eva unsicher an. »Wie geht es ihr?«

Eva hielt den Atem an. »Du meinst Judith? Gut, es geht ihr wirklich gut.« Sie rang sich ein weiteres Lächeln ab und versuchte damit zu überdecken, dass sie in Wirklichkeit keinen blassen Schimmer hatte, wie es ihrer Schwester ging. »Ich habe sie eben noch gesehen. Wir waren alle gemeinsam bei Katharina. Pizza essen, ein bisschen abhängen – was Schwestern halt so machen.«

Abhängen? Hatte sie das wirklich gerade gesagt? Seit

Jahren schon hatte sie dieses Wort nicht mehr benutzt. Max machte sie nervös, daran bestand spätestens jetzt kein Zweifel mehr.

Offenbar störte er sich aber nicht an ihrer Wortwahl. »Unglaublich. Alle vier Albrecht-Schwestern auf einem Haufen?«

»Sogar Mimi war dabei«, bestätigte Eva. »Sie war viele Jahre im Ausland und ist gerade aus Italien zurückgekommen.« Obwohl es ungewohnt war, fühlte es sich seltsam gut an, all das zu erzählen, so herrlich normal.

Wie würde es sich wohl anfühlen, wenn ihr Leben wirklich so aussähe? Pizzaessen mit ihren drei Schwestern, einfach so, ein bisschen Spaß haben und ganz viel tratschen. Das war es doch, was man in Filmen und Zeitschriften über Schwestern lernte, oder nicht?

Dabei sah die Wirklichkeit ganz anders aus. Eva schämte sich sogar, dass sie schwach geworden war und zwei Stücke Pizza verdrückt hatte. Diese Schwäche konnte sie sich nicht leisten, nicht jetzt, so kurz vor Carlas Taufe.

»Grüßt du sie von mir?«

Eva schrak aus ihren Gedanken auf. »Wen?«

»Judith natürlich, und meinetwegen auch Mimi. Katharina sehe ich ja gelegentlich auf dem Klinikflur.« Max verzog den Mund zu einem schiefen Grinsen. »Wenn du darüber hinaus auch Kontakt zu Shakira oder Jennifer Lopez hast, kannst du denen natürlich auch meine Grüße ausrichten.«

Eva erwiderte sein Lächeln, spürte aber, dass sie schon

wieder rot anlief, während sie in seine karamellbraunen Augen sah. Hastig richtete sie den Blick auf ihr Handgelenk.

»Ist es gebrochen?«

»Nein, aber verstaucht.« Max begann vorsichtig, eine Bandage um die Schwellung zu legen. »Regelmäßig kühlen tut gut. Und du musst es natürlich ein paar Tage schonen. Kriegst du das hin?«

Ein paar Tage? Eva schloss resigniert die Augen. Sie hatte mehr Punkte auf ihrer To-do-Liste als Heidi Klum Schuhe im Schrank. Dass sie beim Abarbeiten der Aufgaben ihr Handgelenk würde schonen können, war so wahrscheinlich wie Schneefall im August. Und dann war da ja auch noch diese verdammte Sache mit Hannah. Hatte sich heute etwa die ganze Welt gegen sie verschworen?

»Ich geb mir Mühe.« Sie seufzte leise und versuchte, tapfer zu nicken.

Max schenkte ihr ein mitfühlendes Lächeln. Als er fertig war mit seiner Arbeit, sah er ihr einen viel zu langen Moment unverhohlen in die Augen. »Du siehst toll aus, wirklich.«

Im Bruchteil einer Sekunde schoss die Hitze in Evas Gesicht. »Danke, ich …«

Irgendwie verspürte sie das starke Bedürfnis, ihm zu erklären, dass das, was er hier vor sich sah, im Grunde gar nicht der Wirklichkeit entsprach. Dass sie die Überreste ihrer letzten Schwangerschaft mit großer Gewissheit schon bald abstreifen würde wie eine zweite Haut, um dann wieder die alte, die echte Eva zu sein. Aber bevor sie die richtigen Worte fand, erklang ein schriller Alarmton von dem Gerät an Max' Hosenbund.

Er warf einen hastigen Blick auf seinen Pager und verzog das Gesicht. »Sorry, ich muss weiter. Am besten nimmst du ein paar Schmerztabletten, wenn es wehtut.«

Mit drei Schritten war er an der Tür und griff nach der Klinke. Doch im letzten Moment hielt er noch einmal inne. Er zögerte einen Augenblick, dann eilte er wieder zurück und drückte ihr eine Visitenkarte in die Hand.

»Wenn du Probleme hast, ruf gerne an – also Probleme mit der Hand.« Er lächelte und zuckte verlegen mit den Schultern. »Oder natürlich auch sonst ...«

Dann verschwand er mit quietschenden Schritten aus dem Behandlungszimmer.

Sie parkte im Halteverbot. Vermutlich würde schon morgen früh ein Strafzettel unter dem Scheibenwischer klemmen, den sie heimlich in bar begleichen würde, damit Thomas nicht dachte, sie gehe leichtsinnig mit seinem Einkommen um. Aber Eva hatte jetzt einfach keine Kraft mehr, noch nach einem richtigen Parkplatz Ausschau zu halten. Die Parksituation in Harvestehude war katastrophal. Hier wohnte das Geld und fuhr mindestens zwei Autos, gerne gigantische Geländewagen, die in der Stadt so viel Sinn machten wie Sonnencreme im Weinkeller. Die meisten der feudalen Altbauten hatten keine Garagen, und entsprechend groß war das Gedränge um die wenigen Plätze am Straßenrand.

Zum Glück hatte Eva für den Abstecher zu Katharina den Smart genommen. Nachdem sie ihn konzentriert zwischen zwei SUVs im absoluten Halteverbot geklemmt hatte, bewegte sie vorsichtig das bandagierte Handgelenk. Es war kompliziert gewesen, mit der steifen Hand Auto zu fahren, und vermutlich nicht gerade das, was Max sich unter »Schonen« vorgestellt hatte. Außerdem war sie sich nicht sicher, ob die ganze Sache rechtlich unverfänglich war. Würde die Versicherung zahlen, wenn sie in diesem Zustand einen Unfall baute?

Plötzlich musste Eva lachen und ließ sich in den Fahrersitz zurücksinken. *Dieser Zustand* war so viel mehr als ein geprelltes Handgelenk! Ihre Welt stand kopf. Alles, was sie sich in den letzten Jahren mühsam aufgebaut hatte, stand plötzlich auf wackeligen Füßen. Und warum? Weil Hannah im Himalaya von einer verdammten Leiter gefallen war! Hätte sie sich dabei nicht einfach das Genick brechen können? Das wäre sicherlich die einfachste Lösung gewesen, wenn auch nicht der netteste Gedanke. Aber mal ehrlich: War Hannah denn nett gewesen, als sie sie verlassen hatte, ohne ein einziges Wort?

Eva spürte, dass ihr wieder Tränen in die Augen stiegen. Es war sicher nicht ratsam, jetzt zu weinen. Thomas würde ihre roten Augen bemerken, ihr aufgequollenes Gesicht, und dann würde er womöglich Fragen stellen. Trotzdem kam sie nicht gegen ihre Gefühle an. Sie biss sich auf die Unterlippe, um sich mit dem Schmerz von der Verzweiflung abzulenken, aber die Tränen liefen ihr dennoch ungehemmt über das heiße Gesicht.

Warum musste das alles gerade jetzt passieren? Zu einem anderen Zeitpunkt hätte die Aussicht auf Hannahs Rückkehr ihr zwar auch nicht mehr Begeisterung entlockt, aber immerhin wäre sie vermutlich stabiler gewesen, souveräner. Jetzt jedoch, so kurz vor Carlas Taufe, erwischte das Schicksal sie eiskalt – und entpuppte sich als extramieses Arschloch.

Hannah konnte unmöglich zurückkommen, das durfte einfach nicht passieren! Es ging nicht nur darum, dass ausgerechnet ihre Mutter sie vor ihrer neuen Familie als Lügnerin entlarven würde, sondern auch um die Sache mit der Pflege.

Wenn Katharina recht hatte und Hannah nicht versichert war, was würde dann auf sie zukommen? Natürlich, sie hatten Geld, mehr als genug sogar. Aber es gehörte Thomas und nicht ihr. Seit der Schwangerschaft mit Ava hatte Eva nicht mehr gearbeitet und folglich nichts zum Haushaltseinkommen beigetragen. Würde das Sozialamt im Fall der Fälle bei Thomas anklopfen und sein Geld einfordern? Musste er am Ende die Pflege einer Frau bezahlen, die er bis dato für tot gehalten hatte?

Evas Magen zog sich zusammen. Nicht auszudenken, welchen Strick ihr Maribelle daraus drehen würde! Sie musste schleunigst herausfinden, wie die rechtliche Lage war. Thomas wusste das bestimmt, aber gerade ihn konnte sie nun leider nicht fragen.

Und dann war da noch der alberne Vorschlag, den Judith gemacht hatte. *Wir könnten uns abwechseln mit der Pflege*. Eva lachte bitter auf. Es war eine Sache, sich im

Alter um eine Mutter zu kümmern, die sich ihr Leben lang für ihre Kinder aufgeopfert hatte. Aber eine Frau zu pflegen, die ihre eigenen Töchter im Stich gelassen hatte? Eine Mutter, die einfach verschwunden war und sich einen Scheißdreck darum gekümmert hatte, wie es ihren Kindern erging? Das war etwas ganz anderes … Niemand und kein Gericht der Welt konnte so etwas von ihr verlangen!

Vor ein paar Monaten erst hatte sie sich auf einem Empfang mit Theresia unterhalten, der Frau eines Kollegen von Thomas. Sie hatte von ihrem Vater erzählt, der neuerdings pflegebedürftig war.

»Es ist eine Schande, dass man sich nicht von seinen Eltern scheiden lassen kann«, hatte sie gesagt, und alle Anwesenden hatten gelacht. »In den USA geht das.«

»Aber nur, wenn man noch nicht volljährig ist«, hatte Thomas sie grinsend korrigiert.

»Wer sagt denn, dass ich schon volljährig bin?«, hatte Theresia mit einem Augenzwinkern erwidert und alle noch mehr zum Lachen gebracht.

Eva hatte Frauen wie sie schon immer bewundert. Frauen, die einen ganzen Pulk Menschen problemlos unterhalten und zum Lachen bringen konnten. Für sie selbst waren solche Events immer eine Herausforderung. Egal, wie schön sie sich zurechtmachte, und egal, was sie sagte, sie fühlte sich immer wie ein Fremdkörper. Es war, als haftete irgendein Makel an ihr, ein kleiner Fehler, der wie eine Reklameleuchttafel darauf hinwies, dass sie hier eigentlich nicht hingehörte. Oft war sie froh, dass sie die

Kinder als Ausrede benutzen konnte. Niemand warf einer jungen Mutter vor, sich lieber hingebungsvoll um ihre Kinder zu kümmern, als in maßgeschneiderten Kleidern auf Partys zu tanzen.

Doch bei Carlas Taufe konnte sie sich natürlich nicht entschuldigen lassen. Sie musste dringend wieder in Form kommen – vor allem aber musste sie das Problem mit Hannah lösen.

Wenigstens wusste sie Katharina auf ihrer Seite. Und in Miriam sah sie auch keine große Gefahr. Ihre jüngste Schwester war nur ein Fähnchen im Wind, viel zu unbeständig, um irgendwo Wurzeln zu schlagen. Auch wenn sie sich jetzt noch für Hannah einsetzte, würde sie am Ende doch wieder in die Welt hinausfliegen und sich einen feuchten Dreck um sie scheren. Eva hatte keine Bedenken, dass Mimi sich in der Angelegenheit als Hindernis entpuppen würde.

Wirklich problematisch war nur Judith. Sie meinte es ernst, das hatte Eva ihr deutlich angemerkt. Ihre Zwillingsschwester hatte schon immer ein ausgeprägtes Helfersyndrom gehabt. Deshalb arbeitete sie auch an dieser furchteinflößenden Problemschule, anstatt sich auf ihrem Beamtenstatus auszuruhen wie jeder andere vernünftige Lehrer. Aber Judith hatte sich in den Kopf gesetzt, die Welt zu verändern – und dabei kam ihr Hannahs Rettung natürlich sehr gelegen. Vermutlich gefiel ihr die ganze Sache sogar noch besser, weil sie wusste, dass Eva dagegen war.

Judith war eine harte Nuss. Es würde sicher nicht

leicht werden, sich gegen sie durchzusetzen, aber bisher hatte Eva es noch immer geschafft. Sie würde diesmal ganz bestimmt keine Ausnahme machen.

»Du arbeitest noch?«, fragte Eva und blieb im Türrahmen stehen.

Thomas schloss hastig ein Fenster auf seinem Laptop und schenkte ihr ein müdes Lächeln. »Nicht mehr lange. Ist ein wichtiger Fall …« Er kommentierte weder die roten Ränder um Evas Augen noch den Verband an ihrem Handgelenk, bevor er sich wieder dem Bildschirm zuwandte.

»War alles gut mit den Kindern?«

Thomas nickte wortlos.

»Keine Probleme beim Einschlafen?«

»Meine Mutter hat sie ins Bett gebracht.«

Eva spürte, wie sich ihr Puls beschleunigte. »Maribelle war noch den ganzen Abend hier?« Eigentlich hatte sie ihre Schwiegermutter nur gebeten zu bleiben, bis Thomas aus der Kanzlei kam.

»Wir hatten noch etwas zu besprechen, und dabei ist es spät geworden. Sie hat ihre Hilfe angeboten. Dieser Fall hier ist wirklich nicht einfach«, murmelte er und trommelte im Staccato auf die Tastatur.

Eva atmete tief durch. Sie zögerte und wollte sich wieder zum Flur umdrehen, hielt dann aber doch inne. »Hast du ihr einen Wohnungsschlüssel nachmachen lassen?«

Noch immer war Thomas' Blick auf den Bildschirm gerichtet. »Genau genommen gehört die Wohnung ja ohnehin meinen Eltern. Und ich dachte, das würde die Sache vereinfachen. Dann kann meine Mutter dir ein bisschen zur Hand gehen.«

»Du hättest mich vorher fragen können.« Eva biss sich auf die Unterlippe.

Endlich drehte er sich auf seinem Stuhl zu ihr um. Er sah ernsthaft betroffen aus. »Tut mir leid. Ich wusste nicht, dass dich das stört.«

Eva zwang sich zu einem Lächeln und ging ein paar Schritte auf ihn zu. »Es stört mich ja nicht. Es wäre nur schön gewesen, Bescheid zu wissen, bevor ich nackt vor meiner Schwiegermutter im Flur stehe.«

Thomas antwortete mit einem schiefen Grinsen und zog sie völlig unerwartet auf seinen Schoß. »Ich hätte nichts dagegen, dich nackt im Flur stehen zu sehen …« Behutsam küsste er ihre Schulter.

Eva spürte, wie es in ihrem Unterleib zu kribbeln begann und ein wohliger Schauer ihren Rücken hinablief. Seit Carlas Geburt hatten sie keinen Sex mehr gehabt. Ein paar Mal schon hatte sie versucht, Thomas unter der Bettdecke zu überzeugen, aber er war in Gedanken immer bei irgendeinem Fall gewesen und hatte sie auf später vertröstet. *Später* hatte dann aber immer eines der Mädchen geschrien, oder Eva war irgendwann einfach eingeschlafen.

Jetzt aber war er hier und küsste ihren Nacken – und Eva hatte nicht vor, sich diese Chance entgehen zu lassen. Sie drehte sich auf seinem Schoß geschickt um, presste ihre Lippen auf seine und erkundete seine Zunge mit ihrer eigenen. Seit Wochen schon sehnte sie sich nach seiner Berührung, wünschte sich nichts mehr, als seine Haut auf ihrer zu spüren. Sie rückte noch ein Stück näher an ihn heran, so nah, dass kein Blatt Papier mehr zwischen sie gepasst hätte, und spannte die Oberschenkel an.

Thomas erwiderte ihren Kuss, erst vorsichtig, dann immer leidenschaftlicher. Doch als sie ein Stück abrückte und ihre rechte Hand in seinen Hosenbund schob, hielt er abrupt inne und griff irritiert nach ihrem Arm.

»Was ist denn da passiert?«

»Nicht so wild«, flüsterte sie. »Nur ein kleiner Sportunfall.«

Sie wollte jetzt auf keinen Fall aufhören. Zielstrebig versuchte sie, ihre linke Hand zwischen seine Beine zu schieben, aber Thomas schob sie auf seinem Schoß zurück und sah sie erwartungsvoll an.

»Ein Unfall?«

Mit einem Seufzen warf Eva den Kopf in den Nacken. »Ich komme gerade aus der Klinik. Ist nur verstaucht, keine große Sache.«

Thomas sah sie einen Augenblick an, dann nahm er ihr Gesicht liebevoll in die Hände. »Du hast zu viel zu tun. Wir sollten wirklich über eine andere Lösung nachdenken.«

Eva grinste. »Jetzt gerade sollten wir über rein gar nichts nachdenken«, flüsterte sie und startete einen neuen Versuch an seinem Hosenbund. Doch Thomas hielt sie am Unterarm zurück.

»Lass das, Eva. Bitte.«

»Aber wir haben …«

»Du solltest jetzt wirklich schlafen gehen.« Noch einmal schob er sie ein entschiedenes Stück von sich weg.

»Ich bin aber nicht müde.«

»Es ist fast Mitternacht, Eva. Du siehst furchtbar aus.«

Furchtbar? Das Wort bohrte sich wie ein Stachel in ihr Herz. Natürlich, sie sah furchtbar aus. Noch immer viel zu fett, die Haare lieblos zu einem Zopf gebunden, die Augen verheult, das Handgelenk verstaucht – ganz zu schweigen davon, wie es in ihrer Seele aussah. Er wollte sie nicht, er wollte sie so nicht, und sie konnte es im Grunde sogar verstehen – aber das änderte nichts daran, dass es wehtat.

Dass Thomas nun seine Hände an ihre glühenden Wangen legte und ihr vorsichtig einen Kuss auf die Stirn drückte, machte die Sache auch nicht besser. Am liebsten hätte Eva geheult, geschrien oder wie ein Kleinkind um sich geschlagen, aber mittlerweile fehlte ihr die Kraft zu alledem.

»Ich sehe mal nach den Mädchen«, murmelte sie tonlos und stand auf.

Thomas sagte nichts mehr, aber Eva hatte das Gefühl, dass er ihr nachsah, während sie durch die Tür und den langen Altbauflur ging.

Maribelle hatte Carla wieder Flaschenmilch gegeben, das konnte Eva an den Pulverrückständen in der leeren Flasche erkennen. Dabei hatte sie genug Muttermilch für die nächsten achtzehn Jahre abgepumpt! Die Beutelchen mit dem gefrorenen Brustgold standen fein säuberlich aufgereiht im Eisfach und in der Kühltruhe im Keller. Thomas hatte sich schon ein paar Mal beschwert, weil neuerdings nicht mal mehr Platz für eine Tiefkühlpizza war.

»Pizza kannst du essen, wenn alle Kinder aus dem Milchalter raus sind«, hatte Eva neckisch erwidert.

Thomas hatte gegrinst und ihr einen flüchtigen Kuss gegeben. »Alles klar. Also vermutlich in etwa fünfzehn Jahren.«

Doch obwohl offensichtlich mehr als genug da war, hatte Maribelle die Milch aus dem Kühlfach auch diesmal nicht angerührt und Carla stattdessen dieses Pulverzeug verabreicht. Wusste sie denn nicht, dass Muttermilch das Beste für ein Kind war, oder wollte sie es schlichtweg nicht wissen?

»Ich habe Thomas, Clemens und Cynthia auch nicht gestillt – und aus allen dreien ist etwas geworden«, pflegte sie zu sagen, wenn Eva sie darauf ansprach. Und jedes Mal versprach sie, nicht wieder auf die Fertigmilch zurückzugreifen. Nur um bei der nächsten Gelegenheit eine neue Packung ins Haus zu schleppen. »Die Mädchen schlafen mit der Pulvermilch viel besser …«

Am schlimmsten fand Eva, dass sie damit recht hatte. Tatsächlich schlief Carla fast durch, wenn sie die Milch aus der Packung bekam. Aber das war doch nicht gesund, das war doch nicht das, was die Natur vorgesehen hatte! Eine Mutter sollte ihr Kind mit dem, was ihr Körper hergab, satt bekommen und zufriedenstellen. Und mit was bitte sollte Eva sich in dieser weiteren einsamen Nacht ablenken, wenn sie nicht mal ein brüllendes Baby stillen konnte?

Ein letztes Mal sah sie nach den Mädchen, strich ihre kleinen Bettdecken glatt und gab jeder einen federleichten Kuss auf die Stirn. Diese drei hier waren bei Weitem das Beste, was sie in ihrem Leben hingekriegt hatte. Nie würde sie auf die Idee kommen, sie zu verlassen – welche Mutter tat das schon?

Plötzlich kam Eva ein Gedanke, der wehtat. Was, wenn sie nicht das Beste im Leben ihrer Mutter gewesen waren, sie und ihre Schwestern? Was, wenn es etwas Besseres, etwas Wichtigeres für Hannah gegeben hatte?

Ihr Vater hatte zeit seines Lebens über die Umstände von Hannahs Verschwinden geschwiegen, vor allem hatte er in all den Jahren niemals ein böses Wort über sie verloren. Agnes hatte den Mädchen irgendwann erzählt, dass Hannah nach Nepal gegangen sei und dort ein Waisenhaus aufgebaut habe. Eva erinnerte sich noch genau an den Schmerz, den diese Information damals in ihr ausgelöst hatte. Hannah hatte ihre eigenen Kinder verlassen, um sich um andere, um *fremde* Kinder zu kümmern?

Das Schlimmste war, dass man ihr dafür nicht böse sein durfte. Sie hatte die Familie ja nicht für einen anderen Mann verlassen, oder weil sie eine Bank überfallen hatte und nun eine Haftstrafe absitzen musste. Ein Waisenhaus zu gründen war eine gute Sache, nur selbstlose, großzügige Menschen taten so etwas. Selbst Agnes hatte den Schwestern untersagt, Hannah zu hassen. Sie sei eine wunderbare, liebevolle Frau – und die Mädchen sollten immer daran denken, dass sie sie lieben würde, egal, wo sie gerade sei.

Lieben? Eva presste die Lippen zusammen, um den aufkeimenden Zorn zu unterdrücken. Liebe hieß, für ein Kind da zu sein, wenn sein Knie blutete. Es zu tragen, wenn seine Füße nicht mehr mitmachten. Liebe hieß, Händchen zu halten, wenn das Herz schmerzte.

Aber Liebe hieß ganz sicher nicht, sich aus der Verantwortung zu stehlen und irgendwo im Nirgendwo ein Kinderheim aufzubauen, nur um den eigenen Töchtern am Ende durch einen blöden Leiterunfall auch noch den Rest des Lebens zu verderben!

Als Eva endlich unter die kalte Bettdecke kroch, lief ihr wieder eine Träne über das Gesicht. Thomas würde nicht ins Bett kommen, sosehr sie sich auch danach sehnte. Es gab immer einen Fall, der wichtiger war, immer einen Klienten, der mit absoluter Priorität behandelt werden musste, weil er ohne ihn verloren war. Sah Thomas denn nicht, wie verloren sie war, seine eigene Frau? Aber sie wollte ihm keine Vorwürfe machen. Er gab sein Bestes, ernährte die Familie. Und sie war schließlich noch immer nicht wieder die, die er vor fünf Jahren geheiratet hatte.

Mit dem Handrücken wischte Eva sich die Träne von der Wange. Dann schob sie die warmen Finger zwischen ihre Schenkel und schämte sich. Nicht dafür, dass sie es schon wieder alleine tat, sondern dafür, dass sie dabei zum ersten Mal nicht an Thomas dachte, sondern an Max.

9

Miriam

»Und? Hast du einen Freund?« Hungrig schaufelte Miriam ihre Haferflocken in sich hinein.

»Nein.«

»Wieso nicht?«, hakte sie mit vollem Mund nach.

Judith rollte mit den Augen. »Du klingst schon wie eine alte Tante. Fehlt nur noch, dass du mir in die Wange kneifst und zum Trost einen Fünfer zusteckst.«

Miriam musste grinsen. »Lenk nicht ab, Schwesterherz. Du bist im besten Alter, siehst nicht total scheiße aus ...«

»Vielen Dank für das Kompliment«, erwiderte Judith mit einem Stirnrunzeln. Dann grinste sie. »Hast du denn einen Freund?«

Miriam griff sich die Müslipackung. »Viele sogar.« Sie zwinkerte Judith verschwörerisch zu und füllte ihre Schüssel mit einer weiteren Portion.

Sie hatte keinen blassen Schimmer, woher der Appetit plötzlich kam, aber seit gestern Abend fühlte sich ihr Magen an wie ein Fass ohne Boden. Vielleicht lag es an Hamburg. Vielleicht hatte all das hier tatsächlich etwas von »Auftanken«.

Geschlafen hatte sie jedenfalls wie ein Stein. Sie konnte sich nicht daran erinnern, wie sie das Taxi wieder verlassen hatte, aber Judith hatte ihr versichert, dass sie eigenständig die Treppen in den zweiten Stock hinaufgestiegen war. Dort hatte Judith sie dann für die Nacht auf dem Ausziehsofa geparkt.

Als ihre Schwester heute Morgen in aller Frühe ins Zimmer geschlichen war, war Miriam aufgeschreckt.

»Tut mir leid«, hatte Judith schuldbewusst geflüstert. »Ich muss noch ein paar Sachen für den Unterricht rausholen. Brauchst du etwas?«

Genau in diesem Moment hatte Miriams Magen gebrüllt wie ein Löwe. »Frühstück«, hatte sie gesagt.

Und hier saßen sie nun.

»Okay, okay.« Miriam schüttete Milch über ihr Müsli. »Du willst also nicht über Männer reden.«

»Hundert Punkte für die Blondine an der Milchbar«, erwiderte Judith und warf sich ihre schwere Umhängetasche über die Schulter. »Wenn du heute etwas Zeit hast, könntest du vielleicht den Einkauf machen. Wir brauchen dringend Brot und Kaffee. Und vielleicht kannst du ein paar Briefe für mich zur Post bringen? Liegt alles vorne neben der Garderobe.«

Miriam merkte, wie Unbehagen in ihr aufstieg. Sie war es nicht gewohnt, Dinge erledigen zu müssen. Normalerweise tat sie immer das, was das Leben ihr gerade vorschlug – und Einkaufslisten vertrugen sich mit diesem Modell nicht besonders gut. »Wann kommst du denn wieder zurück?«

Judith warf einen flüchtigen Blick auf den Stundenplan, der am Kühlschrank hing. »Ich habe Unterricht bis kurz vor drei und hinterher noch eine Konferenz. Vermutlich bin ich gegen fünf wieder hier.«

»Fünf Uhr? Das heißt ja, du bist fast den ganzen Tag weg!« Miriam verschluckte sich und begann zu husten. »Kannst du dich nicht krankmelden? Dann können wir gemeinsam durch die Stadt ziehen ...«

»So läuft das nicht, Mimi. Von irgendwas muss die Miete ja bezahlt werden. Und die Schüler brauchen mich.«

Ich brauch dich auch, wollte Miriam sagen, aber da war Judith bereits aus der Küche verschwunden und hatte die Wohnungstür hinter sich ins Schloss gezogen. Der Knall, der dabei ertönte, hallte noch eine ganze Weile in Miriams Kopf nach.

Mit einem Mal war ihr Hunger wie weggeblasen, und sie fühlte sich unwohl. Zehn Jahre war sie nun alleine durch die Welt gereist, aber sie hatte erst nach Hause kommen müssen, um sich einsam zu fühlen.

Müde griff sie nach ihrem Handy und öffnete ihr Instagram-Profil. Toni hatte nicht mehr geschrieben, dafür waren in ihrem Postfach schon wieder ein paar Anfragen für Kooperationen aufgelaufen. Mit fast hunderttausend Followern hatte sie eine Liga erreicht, die für Werbepartner sehr interessant war und für sie durchaus lukrativ sein konnte, aber Miriam kam das alles irgendwie falsch vor. Ihr Konzept hieß Freiheit – und Werbung war so ziemlich das Gegenteil davon, denn damit versuchte man, Leute an Dinge zu binden, die sie in Wirklichkeit gar nicht haben wollten.

Außerdem hatte Miriam sich noch nie viel aus Geld gemacht. Sie wollte nicht so enden wie Judith, die ihre Tage danach ausrichtete, am Ende die Miete bezahlen zu können. Wo war da die Freiheit, wo blieb da das Leben? Sie jedenfalls würde ganz sicher nicht in fünfzig Jahren aufwachen und feststellen, dass sie gar nicht richtig gelebt hatte. Deshalb löschte sie nun auch alle Anfragen von Werbepartnern, ohne sie zu lesen. Dann legte sie das Handy zur Seite und stellte die halbvolle Müslischüssel in die Spüle.

Draußen auf der Straße fühlte sie sich seltsam haltlos und verloren. Die Osterstraße war bunt und belebt, und eigentlich mochte sie das. Aber heute war ihr irgendwie merkwürdig zumute. Vielleicht hatte sie doch zu wenig geschlafen? Oder lag ihr die ganze Sache von gestern Abend noch schwer im Magen?

Eva und Katharina hatten sich wirklich nicht von ihrer besten Seite gezeigt, und Miriam konnte sich nicht erinnern, wann sie zuletzt so fassungslos gewesen war. Aber diese schlechten Gefühle gehörten dem Gestern an und sollten sie heute nicht mehr beeinflussen. Wer war sie denn, dass sie dem heutigen Tag die Chance verwehrte, gut zu werden?

Entschlossen steuerte sie auf den Supermarkt an der Ecke Heußweg zu, schnappte sich einen Korb und arbeitete den Einkaufszettel ab, den Judith geschrieben hatte.

Oliven, Vollkornbrot, Kaffee, italienische Salami, Cracker – wer zum Teufel sollte das essen?

Als Miriam sich im hinteren Teil des Ladens an der Fleischtheke anstellte, wurde ihr plötzlich übel. Erst dachte sie, sie könnte den Brechreiz unterdrücken, aber dann war klar, dass sie keine Chance hatte. Hastig stellte sie ihren halbvollen Korb auf einer Kühltruhe ab und stürmte aus dem Laden.

Sie erbrach sich direkt vor die Füße eines jungen Mannes, der gerade seinen Hund spazieren führte.

Der Kerl nahm umgehend seinen fluffigen Schoßhund auf den Arm, wirkte davon abgesehen aber nicht sonderlich verärgert. »Wow! Du solltest dich mit meiner Ex-Freundin zusammentun. Die findet mich auch zum Kotzen.« Umständlich griff er in seine Umhängetasche und fingerte ein Taschentuch daraus hervor.

Miriam nahm es dankbar entgegen und wischte sich betroffen den Mund ab. »Muss an der Milch liegen«, murmelte sie. »Ich hab heute Morgen drei Schüsseln Müsli verdrückt …«

»Das sehe ich«, sagte der Mann und hob belustigt die Augenbrauen, während er auf seine gesprenkelten Turnschuhe hinabsah.

Schuldbewusst verzog Miriam das Gesicht. »Tut mir echt leid …«

Er winkte ab. »Kein Problem, meine Sneakers stehen auf Haferflocken. Zum Glück hast du keine Bohnen gefrühstückt – in dem Fall hätten sie dir garantiert in den Hintern getreten!«

Obwohl ihr noch immer flau im Magen war, musste Miriam lachen. Er gab sich wirklich große Mühe, nicht böse zu sein. »Ich könnte die Schuhe ja reinigen lassen«, schlug sie vor.

»Nicht nötig.« Der Kerl setzte seinen Hund wieder auf dem Boden ab und wollte weitergehen. Doch dann schien er es sich anders zu überlegen und drehte sich noch einmal zu ihr um. »Hey. Wenn das Müsli jetzt raus ist, ist dein Magen ja wieder leer. Und ich wollte gerade frühstücken gehen …«

Das kleine Café, in das Konrad sie führte, lag abseits der Osterstraße in einem ruhigen Wohngebiet. Ein Stück die Straße hinunter konnte Miriam eine Kirche und einen Park erkennen.

Die Einrichtung des Cafés war einfach und schon etwas angekratzt, aber gemütlich. Miriam mochte es, wenn die Atmosphäre nicht zu kalt und steril war. Behutsam nippte sie an ihrem Kamillentee und sah zu, wie Konrad seinem Hund einen Napf mit frischem Wasser vor die Tür stellte. Dann kam er an den Tisch zurück.

»Tut mir leid, Madame Chanel ist total verwöhnt.«

Miriam prustete los. »Madame Chanel? So heißt dein Hund?«

Konrad rückte sich den Stuhl zurecht und nickte. »Weil sie sich gern tragen lässt – wie eine von diesen schicken Handtaschen.« Er seufzte und gab einen gehäuften Löffel Zucker in seinen Cappuccino. »Wenn sie ihr Wasser nicht ganz frisch aus dem Hahn bekommt, köttelt sie mir nachher auf den Küchenboden. Ich fürchte, sie ist ein typisches Scheidungskind. Wir haben sie schrecklich verzogen.«

»Scheidungskind?« Neugierig sah Miriam ihn an, während sie ihre Teetasse umklammerte.

Konrad wischte sich den Milchbart von der Oberlippe und lehnte sich auf seinem Stuhl zurück. »Ist vermutlich nicht der eleganteste Weg, ein Gespräch mit einer hübschen jungen Frau zu eröffnen, wenn man gleich mit seiner Ex ins Haus fällt …«

Miriam griff sich ein trockenes Brötchen aus dem Korb. »Keine Sorge. Erstens habe ich das Gespräch eröffnet, indem ich dir auf die Füße gekotzt habe. Und zweitens hast du deine Ex-Freundin bei der Gelegenheit längst erwähnt. Das ist, als würden wir über eine alte Bekannte sprechen.«

Jetzt musste auch Konrad grinsen. »Na dann. Meine *alte Bekannte* heißt Betty, und Madame Chanel ist unser gemeinsames Baby. Nach der Trennung wollte keiner von uns auf sie verzichten, deshalb teilen wir uns das Sorgerecht.«

»Okay.« Miriam biss vorsichtig in das Brötchen. Sie wusste nicht so richtig, ob das *Hundesorgerecht* sie beeindrucken oder verstören sollte. »Das ist ziemlich …«

»Ungewöhnlich, ich weiß«, fiel Konrad ihr ins Wort. Er seufzte ein weiteres Mal. »Aber wenn man eine Verantwortung eingeht, sollte man es auch durchziehen, findest du nicht?«

Sie verschluckte sich an einem Krümel und begann wild zu husten.

»O Gott, erst übergibst du dich bei meinem Anblick, und dann erstickst du meinetwegen auch noch am Frühstück!« Konrad hielt ihr schnell sein Wasserglas hin. »Vielleicht sollte ich mir eine Papiertüte über den Kopf ziehen und im Keller verschwinden.«

Miriam trank einen Schluck und schüttelte lächelnd den Kopf. »Nein, bitte nicht. Ich mag dich nämlich irgendwie.« Und am allermeisten überraschte sie, dass sie das tatsächlich ernst meinte.

Während des Frühstücks erzählte Konrad von Madame Chanel, seiner jahrelangen Wohnungssuche und seinem Job. Er arbeitete als Personalberater bei einem großen Pharmakonzern, der nur einen Katzensprung entfernt lag.

»Du siehst gar nicht aus wie ein Büroheini.«

»Ein Büroheini?« Konrad zog die rechte Augenbraue in die Höhe. »Wie müsste ich denn aussehen? Pullunder über dem Karohemd?«

Miriam nickte. »Unbedingt. Und Hochwasserhosen – um die kommst du nicht herum!«

Konrads Mundwinkel verzogen sich zu einem verschmitzten Lächeln. »Die kannst du haben.«

Im nächsten Moment erhob er sich von seinem Stuhl und zog den Hosenbund bis zur Brust hinauf. Mit stolzen Schritten verschwand er in Richtung Toilette, und Miriam musste so laut lachen, dass Madame Chanel vor der Tür aufschreckte.

Nach dem Frühstück drehten sie noch eine kleine Runde durch den Park. Madame Chanel stürmte kläffend auf ein paar Gänse zu, die am Ufer des Weihers Futter aufpickten. Doch die gefiederten Tiere dachten gar nicht daran, die Flucht zu ergreifen, und gingen stattdessen zum Angriff über. Laut schnatternd zwangen sie Madame Chanel zum Rückzug. Winselnd rettete sich die Hundedame auf Konrads Arm.

»Das Leben ist schwer, wenn keiner deine wahre Größe erkennt, nicht wahr?«, tröstete Konrad das kleine Fellknäuel.

Miriam lachte und kraulte Madame Chanel hinter den Ohren. Gemeinsam setzten sie sich auf eine Bank in der Sonne und blickten auf den kleinen Teich.

»Dann bist du also nur hier, weil deine Mutter zurückkommt?«, fragte Konrad.

Miriam zuckte mit den Schultern. »Wenn sie denn zurückkommt. Zwei meiner Schwestern sind dagegen.«

»Und wieso?«

Miriam lehnte sich auf der Bank zurück. Wieso eigentlich? Konnte man das so einfach erklären?

»Meine Mutter hat uns verlassen, als wir noch Kinder waren. Eva und Katharina nehmen ihr das irgendwie übel.«

Konrad runzelte überrascht die Stirn. »Und du nimmst ihr das nicht übel?«

Miriam beobachtete, wie sich das Sonnenlicht auf der Wasseroberfläche spiegelte. Es sah aus wie winzige Splitter. »Warum sollte ich? Jeder von uns trifft seine eigenen Entscheidungen. Wir sind nicht dazu geboren, anderen zu gefallen, sondern um uns selbst gerecht zu werden. Meine

Mutter hat sich für ein anderes Leben entschieden, eins am Fuße des Himalaya, da, wo man den Himmel riechen kann. Sie hat sich für die Freiheit entschieden.«

Nun lehnte sich auch Konrad zurück. »Für mich klingt das eher, als hätte sie sich für die Einsamkeit entschieden.«

Miriam sah ihn verblüfft an. »Wer sagt denn, dass sie einsam ist?«

Offenbar machte sie einen gekränkten Eindruck, denn Konrad ruderte sofort zurück. »Ich wollte dir nicht zu nahe treten, ich kenne deine Mutter ja nicht. Aber ich könnte das einfach nicht: gehen und alles zurücklassen.«

»Nein«, sagte Miriam und fuhr mit einem leisen Lächeln durch Madame Chanels Fell. »Du kannst ja nicht mal deine kläffende Handtasche bei deiner Ex-Freundin zurücklassen ...«

10

Katharina

Katharina machte hastig die Tür hinter sich zu und lehnte sich von innen dagegen. Hoffentlich hatte Robin sie nicht gesehen! Die ganze Nachtschicht über hatte sie es geschafft, ihm aus dem Weg zu gehen – und ausgerechnet jetzt, wo sie fast fertig war, musste er am anderen Ende des Flurs einen kleinen Patienten von der Kinderstation aus dem Aufzug schieben?

Katharina schloss die Augen. Sie war alles andere als feige, aber die Ereignisse des gestrigen Tages gingen ihr an die Substanz.

Zum Glück blieb es still hinter der Tür. Keiner rüttelte am Griff und versuchte, sie zu öffnen. Offenbar hatte Robin sie wirklich nicht gesehen, als er mit seinen federnden Schritten und dem gewinnenden Lächeln aus dem Aufzug gestiegen war. Katharina spürte, wie sich ihr Puls langsam beruhigte.

So konnte es auf keinen Fall weitergehen, sie musste sich um die Sache kümmern. Sie war doch keine von diesen Frauen, die sich vor anderen versteckten – mal abgesehen davon, dass das hier im Krankenhaus ohnehin nicht lange möglich wäre. Früher oder später würden sie sich über den Weg laufen. Es war eindeutig besser, die Sache so schnell wie möglich zu klären.

Katharina löste sich von der Tür und ließ die Schultern kreisen. Die Lampe unter der Zimmerdecke flackerte ein paar Mal im Takt ihres Herzschlags, und von irgendwoher drang ein tiefes Brummen in das enge Materiallager. Normalerweise betrat Katharina diese Räumlichkeiten nicht. Es war das Revier der Schwestern, Pfleger und Putzfrauen – aber auf die Schnelle war es die einzige Möglichkeit gewesen, sich Robins Blick zu entziehen.

In den funktionalen Metallregalen an den Wänden stapelten sich Handtücher, ausgewaschene Patientenkittel und Mülltüten, hinter den gläsernen Türen eines schulterhohen Schrankes konnte sie gigantische Pakete mit Nachfüllseife und Desinfektionsmittel erkennen. Katharina legte den Kopf in den Nacken und atmete tief durch. Es mochte vielleicht lächerlich sein, aber das hier war der perfekte Ort für ihr Vorhaben. Zwischen diesen Schränken konnte sie sich ungestört auf das Gespräch vorbereiten, das ihr einiges abverlangte. Niemand würde sie unterbrechen, keiner würde lästige Fragen stellen.

Entschlossen straffte Katharina die Schultern. Die richtige Körperhaltung war bei einer wichtigen Verhandlung der erste Schritt. Wenn der Körper das untermauerte, was der Mund transportierte, war bereits der Grundstein für einen erfolgreichen Gesprächsverlauf gelegt.

Trotzdem fiel es ihr jetzt schwer, die richtigen Worte zu finden. Eigentlich hatte sie sich schon gestern eine Strategie zurechtlegen wollen, aber dann waren ihre Schwestern bei ihr eingefallen – nein, vielmehr war Hannah bei ihr eingefallen und hatte alles wieder heraufgeholt, was sie so sorgsam verborgen hatte. Es war siebenundzwanzig Jahre her, dass sie sich zuletzt so klein gefühlt hatte, so hilflos.

Aber für Hilflosigkeit hatte sie jetzt keine Zeit. Sie musste schnell wieder die Chefin in ihrem Leben werden, musste die Oberhand zurückgewinnen.

So gefasst wie möglich ging sie in dem kleinen, dunklen Raum auf und ab. »Du verstehst es jetzt vielleicht noch nicht, Robin, aber in ein paar Wochen wirst du mir dankbar sein.« Katharina blieb stehen und lehnte die Stirn gegen eine der kalten Schranktüren. »Du wirst eine Frau kennenlernen, die dir geben kann, was du brauchst – eine jüngere Frau …«

»*Es liegt nicht an dir* wäre in diesem Fall die klassische Einleitung.«

Katharina stieß einen Schrei aus und wich erschrocken von der Schranktür zurück. Sie war davon ausgegangen, dass sie alleine hier in der Kammer war, aber als sie jetzt ihren panischen Blick durch den Raum gleiten ließ, bemerkte sie ein Paar nackter Füße, die hinter dem Glasschrank in der Ecke hervorschauten: *Kinderfüße!*

Verdammt. Hastig trat Katharina zur Seite – und da saß sie! Die knubbeligen Knie an den Körper gezogen, noch immer nur ihr Nachthemd und die merkwürdige Strickjacke am Leib: Das war die Kleine aus dem Treppenhaus! Sogar ihr Regenschirm lehnte neben ihr an der Wand.

Katharina atmete ein paar Mal tief durch, um sich zu beruhigen, und sah das Mädchen finster an. »Was tust du hier? Und erzähl mir jetzt bloß nicht wieder, du wolltest eine rauchen! Der Witz war gestern schon nicht lustig.«

Das Mädchen zuckte mit den Schultern, fühlte sich aber offenbar kein bisschen ertappt. Stattdessen grinste sie Katharina geradezu frech an.

»Ich hab mich verlaufen.«

»Hinter einem Schrank?«

»An der Tür steht *Materiallager*.«

»Eben«, zischte Katharina. »Das heißt, dass du hier drin nichts zu suchen hast!«

Die Kleine grinste noch immer. »Und was hast du hier drin gesucht?«

»Nichts«, erwiderte Katharina und griff eilig nach dem Erstbesten. »Ich brauchte nur … Handtücher!«

»Alles klar.« Das Mädchen rutschte neugierig auf dem Hintern aus der Ecke und hinter dem Schrank hervor. »Dann nennst du deine Handtücher also Robin?«

Katharina hielt die Luft an. Wollte der Zwerg sie etwa provozieren? »Du verschwindest jetzt, und zwar sofort!«

Erstaunlicherweise zeigte sich die Kleine von ihrer Drohung reichlich unbeeindruckt und griff in aller Seelenruhe nach ihrem Regenschirm. »Robin ist dein Freund, oder?«

»Nein!«

»Aber du liebst ihn.«

»Auf keinen Fall!«

Jetzt grinste das Mädchen noch ein bisschen breiter. »Verstehe, dann habt ihr einfach nur Sex.«

Katharina schnappte fassungslos nach Luft. Diese Kleine war – absolut unmöglich!

»Du verstehst gar nichts, hörst du?«, sagte sie möglichst gefasst. »Und deshalb verschwindest du jetzt auch!«

»Ich verstehe viel mehr, als ihr Erwachsenen euch vorstellen könnt.« Endlich stand die Kleine auf und zog ihren Schirm hinter sich her. »Ich hab zum Beispiel verstanden, dass du ihn abservieren willst.«

»Wie bitte?«

»Robin«, erwiderte die Kleine lässig. »Aber du solltest ganz dringend dein Konzept überdenken. Er wird weniger verletzt sein, wenn er weiß, dass es nicht an ihm liegt, sondern daran, dass du einen Knacks hast.«

Katharina blieb der Mund offen stehen. »Ich habe keinen Knacks!«

Das Mädchen runzelte die Stirn. »Du versteckst dich in einer Abstellkammer und übst Schlussmachen. Man muss keinen Doktortitel haben, um zu erkennen, dass du einen *gewaltigen* Knacks hast.« Sie klemmte sich ihren Schirm unter den Arm und ging an Katharina vorbei auf die Tür zu. Erst im letzten Moment drehte sie sich noch einmal zu ihr um. »Gehe ich recht in der Annahme, dass du mir immer noch keinen Gefallen tun willst?«

»Was …?« Katharina war so perplex, dass sie jetzt gar nichts mehr verstand.

»Na ja«, fuhr die Kleine fort und zuckte mit den Schultern. »Ich habe dich kostenlos beraten, da wäre es nur gerecht, wenn du mir nun auch helfen würdest. Es ist auch nur ein kleiner Gefallen. Ich muss mir dein Handy ausleihen, um etwas aufzunehmen. Aber ich verspreche hoch und heilig, dass ich nichts kaputt mache!«

Ihr Handy? War die Kleine denn vollkommen durchgeknallt? Wie konnte sie ernsthaft davon ausgehen, dass Katharina ihr ihr Telefon überlassen würde? Wie konnte sie glauben, dass sie überhaupt etwas für sie tun wollte?

Offenbar zog das Mädchen aus Katharinas Gesichtsausdruck seine eigenen Schlüsse.

»Ich werte das als ein Nein«, murmelte sie, seufzte und verschwand durch die Tür.

Obwohl es für einen Märztag bereits mild und warm war, ging oben auf dem Dach ein kräftiger Wind. Katharina löste ihren Zopf, schloss für einen Moment die Augen und ließ sich den frischen Luftzug durch die Haare wehen. Dann öffnete sie die Augen wieder und schlang sich die Arme um den Oberkörper. Wenn es darauf ankam, konnte sie sich immer am besten an sich selbst festhalten.

Am Horizont ragte der Fernsehturm in den wolkenlosen Himmel, ein Stück daneben konnte Katharina die Elbphilharmonie ausmachen. Wenn sie die Augen zusammenkniff und sich anstrengte, würde sie vielleicht sogar das Dach ihres eigenen Wohnhauses erkennen können.

Irgendwo dahinter, hinter dem Hafen und der trüben Elbe, lag ihr Elternhaus. Theo war immer ein guter Vater gewesen. Er hatte sich wirklich Mühe gegeben, das auszugleichen, was Hannah ihnen genommen hatte. Und trotzdem fühlte Katharina sich ihm erst jetzt, wo er tot war, so richtig nahe. Erst seit er nicht mehr lebte, musste sie keine Angst mehr davor haben, dass er das Geheimnis, das sie teilten, verraten würde. Sein Tod war ihr Freispruch gewesen, und er sorgte dafür, dass sie ihren Vater endlich angstfrei lieben konnte.

Nach der Beisetzung hatte sie nicht darauf gedrängt, das alte Haus zu verkaufen, aber behalten wollte sie es genauso wenig. Seit über einem Jahr war sie schon nicht mehr in Jork gewesen, und sie hatte keine Ahnung, in welchem Zustand sich ihr Elternhaus befand. Nachschauen wollte sie aber auch nicht. Was, wenn Theo sein Geheimnis doch nicht mit ins Grab genommen hatte und sich immer noch eine verräterische Spur unter einem Haufen alter Erinnerungsstücke im Keller fand? Was, wenn sie nur darauf wartete, beim Ausmisten von ihren Schwestern freigelegt zu werden?

Ein kalter Windstoß riss Katharina aus ihren Gedanken, und sie begann zu frieren. In ihrer Kitteltasche piepte es. Ein Notfall. Schon wieder ein Herz, das nicht mehr schlug oder aus dem Takt geraten war. Eigentlich hatte sie seit einer Viertelstunde Feierabend, aber jetzt würde sie wohl doch noch ein Leben retten.

Sie würde Robin aus dem Weg gehen und dabei versuchen, die Worte der Kleinen aus ihrem Kopf zu verscheuchen. Sie würde den Kolleginnen zulächeln, als wüsste sie nicht, dass sie hinter ihrem Rücken über sie tuschelten. Sie würde einfach weitermachen wie immer, weil es das war, was sie am allerbesten konnte.

Aber bei alledem würde die Sehnsucht bleiben, die sie plötzlich verspürte. Die Sehnsucht, nach Hause zu kommen.

Nach Hause, dachte sie und schüttelte den Kopf, während sie die schmalen Stufen vom Dach hinabstieg. Als ob sie jemals eines gehabt hätte …

11

Judith

»Ich kann nicht fassen, dass wir schon wieder hier auf der Schülertoilette rumhängen.« Judith verschränkte die Arme vor der Brust und lehnte sich von innen gegen die Toilettentür.

Martina stand auf der schmutzigen Kloschüssel und blies genüsslich ihre Rauchwolke durch das kleine gekippte Fenster unter der Decke. »Das hier ist nun mal der einzige Ort, an dem ich ungestört rauchen kann. Keine Rauchmelder und keine lästigen Kollegen. Ich mach das schließlich zur Entspannung, und nicht, um mir in den Pausen die Leinsamen-Eskapaden von Jutta und Hilke reinzuziehen!«

Judith verdrehte die Augen. »Wir hätten auch einfach rausgehen können, wenn du unbedingt qualmen musst. Jetzt rieche ich wieder, als hätte ich in einer Eckkneipe übernachtet.«

»Erstens darf ich auf dem Schulhof auch nicht mehr rauchen«, erwiderte Martina gleichmütig. »Und zweitens musst du dich doch vor niemandem rechtfertigen, wie du riechst.« Im nächsten Moment bemerkte sie ihren Fehltritt und ruderte zurück. »Hey, ich meine das durchweg positiv, wirklich!«

Judith warf ihr trotzdem einen giftigen Blick zu.

»Was ist denn mit dem Kerl von neulich?«, fuhr Martina fort, um schnell von ihrem Fauxpas abzulenken.

»Heiko?« Judith seufzte. »Hat sich bisher nicht gemeldet.«

»Dann hak ihn lieber gleich ab.«

»Eigentlich hatte ich gehofft, es könnte zumindest vorübergehend was werden …«

»Das hast du bei dem Typen mit dem Silberblick auch gedacht – und dann hat er dich mit Erdnussbutter eingeschmiert und dir monatelang Fotos von seiner hauseigenen Banane geschickt.«

Judith musste grinsen, obwohl ihr im Grunde natürlich nicht zum Lachen zumute war. Carlas Taufe rückte jeden Tag näher, und seit gestern stand sie offiziell mit Begleitung auf der Gästeliste.

Martina zog ein weiteres Mal an ihrer Zigarette. »Du könntest wahrscheinlich ein Buch über all die Typen schreiben, die du in den letzten Jahren gedatet hast. Dann müsstest du auch diesen Scheiß hier nicht mehr mitmachen.«

»Du meinst heimlich mit dir auf dreckigen Schülertoiletten rumhängen und rauchen?«

Martina verdrehte die Augen. »Ich meine den Lehrerjob!«

»Ich mag den Lehrerjob«, erwiderte Judith.

»Und genau das macht dich so verdammt verdächtig«,

sagte Martina und nahm einen letzten Zug. »Aber keine Sorge, ich mag dich trotzdem.« Mit einem schiefen Grinsen stieg sie von der Klobrille und versenkte ihren Zigarettenstummel in der Toilette. »So toll sind Ehemänner übrigens gar nicht. Ich für meinen Teil würde mich echt freuen, wenn ich geschieden wäre, dann hätte ich wenigstens jedes zweite Wochenende frei. Ausschlafen, vor dem Fernseher frühstücken, mal wieder auf dem Sofa kiffen und nicht ständig auf Legosteine treten – herrlich! Du weißt deine Freiheit überhaupt nicht zu schätzen.«

Judith wusste, dass Martina ihren Mann Karsten und ihre zwei Söhne in Wirklichkeit über alles liebte, aber mit ihrer schonungslos offenen Art brachte sie sie immer wieder zum Lachen.

»Kaugummi?« Martina hielt ihr eine Packung unter die Nase, die aussah, als käme sie direkt aus dem Jahr 1987. Offenbar bemerkte sie Judiths Zögern. »Hab ich neulich in der Sofaritze gefunden. Kann schon wieder als retro durchgehen.« Zufrieden schob sie sich einen grauweißen Streifen in den Mund. »Und wie lange wohnt deine Schwester jetzt bei dir?«

Judith zuckte mit den Schultern. »Keine Ahnung. Bis wir die Sache mit meiner Mutter geklärt haben.«

Martina schob den Riegel zur Seite, aber die Tür klemmte mal wieder. »Bist du dir denn wirklich sicher, dass du sie hier haben willst?«

Judith runzelte die Stirn. Fing Martina jetzt etwa schon genauso an wie Eva und Katharina? »Da gibt es nicht viel zu überlegen. Sie ist unsere Mutter. Und die

Versorgung in Nepal ist nun mal nicht die beste. Sollen wir sie etwa einfach im Himalaya sterben lassen?«

Martina wich einen Schritt zurück und trat dann so heftig gegen die Tür, dass sie mit einem beeindruckenden Knall aufsprang. »Du solltest dir das trotzdem gut überlegen. Als mein Vater ins Pflegeheim kam, hat das Sozialamt fast tausend Euro von mir eingesackt – monatlich! Mit einem Beamtenstatus guckst du dumm aus der Wäsche …«

»Dein Vater hat gesoffen und sich nie um euch gekümmert!«

»Na und? Deine Mutter ist doch auch abgehauen, als ihr noch Kinder wart, oder?«

Judith musste schlucken. Sie kannte ihre eigene Geschichte, und trotzdem tat der Vorwurf, der in Martinas Worten mitschwang, immer noch weh. Hannah war doch kein Monster! Miriam hatte tatsächlich recht gehabt mit dem, was sie gestern gesagt hatte: Väter durften ihre Kinder verlassen, aber Müttern nahmen die Leute das übel.

Und dennoch war Judith sich sicher, dass sie Hannah in ihrem Leben haben wollte. Wer bekam schon die Chance, etwas zurückzuholen, was man schon vor langer Zeit verloren hatte? Sie wünschte sich nichts sehnlicher als einen Menschen, der sie in den Arm nahm und sie liebte, so wie sie war. Und wer war dafür besser geeignet als die eigene Mutter?

»Selbst wenn ich wollte, ich kann sie im Moment gar nicht nach Hamburg holen«, murmelte sie gedankenversunken. »Für einen Krankentransport bräuchte ich

Katharinas Unterstützung, aber die blockt komplett ab. Ich kann nur abwarten und hoffen, dass Hannah bald stabil genug ist, um alleine zu reisen. Und bis dahin muss ich herausfinden, was damals passiert ist.«

Martina sah sie überrascht an. »Du meinst, warum sie weggegangen ist?«

Judith nickte. »Wenn ich ihre Gründe kenne, kann ich vielleicht Eva und Katharina überzeugen, ihr zu verzeihen. Wir sind zu viert – gemeinsam können wir alles schaffen, auch ein bisschen Pflege!«

Martina trat nachdenklich ans Waschbecken. »Ich meine das wirklich nicht böse, und ich will dir auch ganz sicher nicht deine Freude an der Sache nehmen. Aber wenn du deinen Eltern jeden Tag den Hintern abwischen musst, fragst du dich zwangsläufig irgendwann, ob sie das verdient haben. Wenn du diese Frage für dich mit Ja beantworten kannst, nur zu. Aber wenn du es nicht kannst, wirst du deine Entscheidung auf Dauer bereuen. Mit guter Pflege kann deine Mutter vielleicht noch zwanzig Jahre leben, Judith. Das ist nicht gerade ein Wimpernschlag.« Sie hämmerte auf den Seifenspender ein, aber bis auf ein paar lächerliche Schaumblasen spuckte er nichts aus. »Und du musst es natürlich auch akzeptieren, wenn deine Schwestern diese Frage für sich anders beantworten als du.«

Judith hatte nicht mit einem derartigen Wortschwall von Martina gerechnet. Sie musste zugeben, dass die Worte ihrer Kollegin erstaunlich reflektiert klangen, aber sie gefielen ihr trotzdem nicht. Verstand denn hier keiner, dass es erst einmal darum ging, Hannah zu retten? Hinterher konnten sie sich doch immer noch um die anderen Probleme kümmern!

»Hey, was glotzt ihr denn so?«

Judith zuckte zusammen, stellte aber gleich darauf fest, dass Martina die zwei Mittelstufenschülerinnen meinte, die auf einmal hinter ihnen standen.

Die Mädchen wechselten einen ratlosen Blick. »Das hier ist das Schülerklo …«

»Volltreffer für Cindy! Wenn du so weitermachst, qualifizierst du dich irgendwann für den Nobelpreis!« Mit nassen Händen drängte Martina sich an den Mädchen vorbei.

Judith folgte ihr mit einem entschuldigenden Lächeln zur Tür hinaus. »Ihr Name ist gar nicht Cindy.«

»Mein Gott, Judith. Denkst du, nach fünfzehn Jahren im Schuldienst interessiert mich das noch?«

Judith wusste, dass Martina ihrem Job nicht mehr sonderlich viel abgewinnen konnte, aber sie selbst interessierte sich tatsächlich dafür, wie ihre Schüler hießen. Sie wollte auch Bescheid wissen, wenn es bei ihnen zu Hause Probleme gab oder wenn den Jungen und Mädchen sonst etwas auf der Seele lag. Und die Schüler nahmen ihr das ehrliche Interesse ab. Vier Jahre in Folge war sie nun schon zur Vertrauenslehrerin gewählt worden und hatte in dieser Zeit schon so einige gebrochene Herzen gekittet.

Fast so wie Katharina, dachte Judith manchmal. Nur dass sie dafür kein Skalpell brauchte, sondern lediglich ihre beiden Ohren zum Zuhören. Und natürlich wurde sie für ihre Dienste nicht einmal ansatzweise so gut bezahlt wie ihre große Schwester. Aber das Vertrauen, das die Kinder ihr schenkten, entschädigte sie für all die Cluburlaube, die sie sich niemals würde leisten können.

Nach dem Unterricht nahm sie an der geplanten Klassenkonferenz teil und entschuldigte Martina. Ihr Sohn hatte sich einen Legostein so tief in die Nase geschoben, dass Karsten ihn nicht mehr herausbekam. Deshalb hatten sie Martina nach Hause beordert. Judith stellte sich vor, wie ihre Lieblingskollegin nun mit einer Pinzette vor dem Nasenloch ihres jüngsten Sohnes kniete, und musste lachen. Zwischendurch schielte sie immer wieder verstohlen auf ihr Handy.

Keine Nachricht von Heiko. Sie wusste selbst nicht, warum sie das diesmal so mitnahm. Er war nicht der erste Mann, der sich nach dem Date nicht mehr meldete, und er war mit Sicherheit nicht der, dem sie nun aufrichtig hinterhertrauerte. Und trotzdem hätte ihr ein bisschen Trost gerade ganz gutgetan. Ein schlichtes *Nett war's* oder ein unverbindliches *Danke für den schönen Abend* würden ja reichen, um zumindest für einen Augenblick ihre Seele zu streicheln.

Miriam hatte auch nichts von sich hören lassen. Judith hatte ihr in der großen Pause eine Nachricht geschickt und gefragt, ob Toni sich noch einmal gemeldet hatte, aber bisher hatte sie nicht geantwortet. Hieß das, dass es noch keine neuen Informationen von ihrer Mutter gab?

Oder fand Mimi es einfach nicht wichtig, die Infos mit ihr zu teilen?

Die ganze Sache machte Judith nervös. Vielleicht konnte sie ihre kleine Schwester ja darum bitten, ihr einen eigenen Instagram-Account einzurichten und den Kontakt zu diesem Toni herzustellen? Dann konnte sie wenigstens selbst mit ihm reden, wenn ihr danach war.

Auf der anderen Seite: Was sollte sie ihm denn sagen? Dass Eva und Katharina schlichtweg nicht helfen wollten? Dass sie selbst keine Ahnung hatte, wie man Hannah in ihrem derzeitigen Zustand nach Hamburg bringen konnte? Dass ihre Mutter auch später, wenn sie denn überhaupt würde reisen können, nicht wirklich willkommen war …?

Judith stieß ein leises Seufzen aus. Wenn sie diesem fremden Kerl wenigstens Fragen stellen könnte! *Warum ist Hannah damals verschwunden? Hat sie manchmal von ihren Töchtern gesprochen?* Aber sie wusste ja nicht einmal, in welcher Beziehung dieser Mann zu ihrer Mutter stand. Vielleicht war er nur ein deutscher Student, der sein Freiwilliges Soziales Jahr in Kathmandu ableistete? Oder eines der Waisenkinder, dem Hannah über die Jahre Deutsch beigebracht hatte?

Judith schloss die Augen und atmete tief durch. Sie musste die Antworten selbst finden, dann erst konnte sie ihre drei Schwestern auf ihre Seite ziehen und mit Toni über Hannah reden. Aber wo sollte sie nach diesen Antworten suchen?

Ihr Vater hätte natürlich gewusst, was damals passiert

war, aber ihn konnte sie nicht mehr fragen. Außerdem hatte Theo schon zu Lebzeiten nur selten von Hannah geredet. Zwar hatte in seinen Worten immer Liebe mitgeschwungen, aber es waren einfach zu wenige gewesen, um daraus Rückschlüsse auf die Wahrheit zu ziehen.

Die Wahrheit. Intuitiv schob Judith ihren Ärmel hoch und betrachtete ihre Narbe. Irgendwo musste die Wahrheit verborgen sein. Sie fuhr mit dem Finger über den blassen Strich, als würde sie einer Spur folgen – und dann kam ihr plötzlich ein Gedanke. *Agnes.*

Wenn ihr noch jemand die Frage beantworten konnte, was damals passiert war, dann Agnes! Frau Böhm, die frühere Sprechstundenhilfe ihres Vaters, hätte sicherlich auch weiterhelfen können, aber die lebte seit einigen Jahren in einem Pflegeheim und litt mit ihren knapp neunzig Jahren unter schwerer Demenz. Nein, verlässliche Hinweise würde ihr nur noch Agnes geben können. Hastig entsperrte Judith ihr Handy und tippte eine Nachricht an sie.

Leider blieb das dem Schulleiter nicht verborgen. »Frau Albrecht findet es offenbar nicht wirklich interessant, dass Mike aus der 9b im Chemieraum seinen Rucksack angezündet hat. Oder übernehmen Sie heute aus Solidarität den Part Ihrer abwesenden Kollegin und spielen unter dem Tisch Tetris?«

Ertappt sah Judith von ihrem Telefon auf. Die übrigen Kollegen im Kreis blickten sie neugierig an, die einen belustigt, die anderen vorwurfsvoll. Am liebsten hätte Judith Herrn Schneider korrigiert, denn Martina spielte in der Regel nicht Tetris, sondern Solitär. Aber irgendwie spürte sie, dass diese Information gerade nicht angebracht war – und außerdem glühten ihre Wangen schon wieder wie ein Backofen in der Vorweihnachtszeit.

»Tut mir leid«, murmelte sie schuldbewusst und schob das Handy in ihre Tasche. »Ich war nur kurz abgelenkt.«

Als sie endlich nach Hause kam, stellte sie fest, dass Miriam den Einkauf nicht erledigt hatte. Den Abwasch zu machen hatte sie offensichtlich auch nicht für nötig gehalten: In der Spüle stand noch die halbvolle Müslischüssel vom Frühstück, die Haferflocken waren mittlerweile eingetrocknet … Seit Jahren sehnte sich Judith danach, nicht mehr alleine zu wohnen – aber jetzt fragte sie sich insgeheim, ob es nicht doch ganz gut war.

Sie lauschte. In der Wohnung war alles still. Wo mochte sich Mimi nur herumtreiben? Plötzlich überkam sie ein Gedanke, der ihr Bauchschmerzen bereitete. Was, wenn sie bei Eva war? Die musste schließlich nicht arbeiten und hatte den ganzen Tag Zeit. Wenn sie nun also die Zeit nutzte, um ihre kleine Schwester umzustimmen und ihr auszureden, Hannah nach Hause zu holen? Im Moment waren sie noch zu zweit, aber Judith wusste, wozu Eva in der Lage war.

Beunruhigt stieß sie die Tür zum Arbeitszimmer auf – und stellte überrascht fest, dass ihre Sorgen unbegründet waren. Mimi war nicht bei Eva. Sie lag hier auf der Couch und schlief.

Erleichtert setzte Judith sich zu ihr auf die Sofakante. »Hey«, flüsterte sie und strich ihrer kleinen Schwester sanft eine lose Haarsträhne aus der Stirn. »Aufwachen, Schlafmütze.«

Mimi zuckte zusammen und schlug die Augen auf. Als sie Judith erkannte, reckte sie sich entspannt. »Ein Glück, du bist es nur …«

»Wen hast du denn erwartet? Lady Gaga?«

Schlaftrunken richtete Mimi sich auf. »So ist mein Leben eben. Wenn ich die Augen aufmache, weiß ich meist weder, wo ich bin, noch, mit wem.«

Judith schüttelte ungläubig den Kopf. »Also, das könnte ich nicht.«

»Das höre ich nicht zum ersten Mal«, sagte Mimi und schwang träge die Beine von der Couch.

»Sag bloß, du hast den ganzen Tag gepennt?«

»Nein, ich war doch einkaufen.«

»Aber der Kühlschrank ist immer noch leer.«

Mimi gähnte und grinste schief. »Ich hab ja nicht gesagt, dass der Einkauf von Erfolg gekrönt war.«

Judith hob irritiert die Augenbrauen. Ihre kleine Schwester war ein echtes Mysterium. »Hast du denn wenigstens die Briefe für mich zur Post gebracht?«

»Natürlich.« Mit einem Mal wirkte Miriam fast ein bisschen empört. »Ich kann durchaus Verantwortung übernehmen – nur eben nicht zu viel.« Sie zwinkerte Judith zu und verschwand leichtfüßig im Bad.

Eine halbe Stunde später saßen die beiden in einem Carsharing-Wagen und reihten sich auf der A7 in den Stau vor dem Elbtunnel ein.

»Na toll«, stöhnte Mimi und schaltete das Radio ein. »Hätten wir nicht einfach vormittags fahren können, wenn alle in die Stadt reinwollen und nicht raus?«

»Vormittags arbeite ich«, erwiderte Judith. »Und außerdem hättest du ja nicht mitkommen müssen.«

Tatsächlich wäre es ihr lieber gewesen, alleine zu Agnes zu fahren. Aber dummerweise hatte Agnes genau in dem Moment auf ihre Nachricht geantwortet, als Mimi auf Judiths Handy nach der Uhrzeit gesehen hatte.

»Agnes lädt uns zum Essen ein«, hatte ihre Schwester fröhlich verkündet.

»Genau genommen lädt sie *mich* zum Essen ein«, hatte Judith sie korrigiert, nachdem sie ihr das Telefon abgenommen hatte.

»Aber nur, weil sie nicht weiß, dass ich auch da bin. Ich hab einen Bärenhunger – und so, wie ich Agnes kenne, kocht sie ohnehin für zwölf.«

Und hier saßen sie nun also, in diesem fremden Wagen auf einer altbewährten Strecke, einer, die sie zwar stockend, aber zielsicher in die Vergangenheit führen würde.

Judith sah aus dem Augenwinkel, wie Mimi ihre Füße hinter das Armaturenbrett klemmte und grinsend auf ihrem Handy herumtippte.

»Und es gibt wirklich nichts Neues von Mama?«

Miriam schüttelte abwesend den Kopf.

Judith biss sich unsicher auf die Unterlippe. »Schreibst du ihm, dass wir uns über Neuigkeiten freuen?«

»Nicht jetzt.«

»Warum nicht?«

Stöhnend warf Mimi ihr einen Blick zu. »Weil ich gerade jemand anderem schreibe.«

»Wem denn?«

Miriam zögerte, aber dann breitete sich ein aufgeregtes Grinsen auf ihrem Gesicht aus. »Ich hab heute Morgen jemanden kennengelernt.«

Ihre Worte fühlten sich an wie ein Schlag in die Magengrube. Judith hatte diesen Schlag nicht kommen sehen und musste sich anstrengen, normal weiterzuatmen. Dann erst schaffte sie es, ein neugieriges Lächeln aufzusetzen.

»Du meinst … einen Mann?«

»Nein, einen Marsmenschen mit einer Kartoffelknolle am Arsch.« Mimi verdrehte die Augen. »Natürlich einen Mann!«

Judith rauschte das Blut in den Ohren. Mimi hatte einen Mann kennengelernt – *an ihrem ersten Tag in Hamburg?* Wie in aller Welt konnte das sein?

Judith lebte seit zehn Jahren mitten in Eimsbüttel und hatte noch nicht einen einzigen vernünftigen Kerl kennengelernt! Es fiel ihr wirklich schwer, Mimi diesen Umstand nicht übel zu nehmen. Aber sie durfte sich ihren Neid jetzt nicht anmerken lassen.

»Und … wo hast du ihn kennengelernt?«

Miriams Mundwinkel wanderten nach oben. »Hab ihm vor dem Supermarkt auf die Füße gekotzt.«

Obwohl der Verkehr gerade wieder ins Rollen kam, trat Judith ruckartig auf die Bremse. Hinter ihr setzte augenblicklich ein wütendes Hupkonzert ein.

Auch Mimis Lächeln war schlagartig verflogen. Der

Gurt hatte sie beim Bremsen in den Sitz zurückgerissen, ihr Handy war ihr dabei aus der Hand gerutscht und im Fußraum gelandet. Vorwurfsvoll blickte sie ihre Schwester an. »Du willst wohl, dass ich deine Schuhe auch noch vollkotze, was?«

Judith schüttelte verlegen den Kopf und fuhr wieder an. »Sorry, ich hab noch kein Gefühl für den Wagen.« Sie fädelte sich in den Verkehr ein, tunlichst darum bemüht, nicht weiter aufzufallen.

Mimi seufzte und hob das Handy auf. Judith sah aus dem Augenwinkel, wie sie auf dem Display herumtippte und plötzlich die Stirn runzelte.

»Toni hat gerade geschrieben.«

»Wirklich?«

»Ziemlich lange Nachricht …« Miriam beugte sich konzentriert über den kleinen Bildschirm.

Nervös rutschte Judith auf dem Fahrersitz hin und her. »Geht es Mama besser?«

»Nein«, murmelte Mimi, stieß dabei aber ein leises Lachen aus.

»Was ist so lustig daran, dass es ihr nicht besser geht?«

»Gar nichts«, erwiderte Miriam. »Lustig ist nur, dass du sie Mama nennst.«

»Sie *ist* unsere Mama!«

»Sie ist unsere *Mutter*, ja«, korrigierte Mimi sie, »aber keine von uns würde auf die Idee kommen, sie *Mama* zu nennen.«

Judith spürte, wie in ihrem Inneren der alte Schmerz aufflammte.

Keine von uns würde sie so nennen …

War sie denn *keine von ihnen* – wollte Miriam das damit sagen? Ihr ganzes Leben lang hatte Judith versucht, eine von ihnen zu sein. Wie konnte man drei Schwestern haben und sich trotzdem so alleine fühlen? In den Büchern, die sie als Kind gelesen hatte, waren Schwestern immer Verbündete auf Lebenszeit, beste Freundinnen ohne Verfallsdatum. Freunde konnten gehen, aber Schwestern blieben für immer. Leider blieben Judiths eigene Schwestern ihr vor allem eines: fremd.

»Jetzt guck nicht so traurig aus der Wäsche.« Miriam stieß sie mit dem Ellenbogen an. »Meinetwegen kannst du Hannah nennen, wie du willst.«

»Sehr großzügig von dir«, murmelte Judith. »Und was genau hat Toni jetzt geschrieben?«

Mimi blickte wieder auf ihr Display. »Hannahs Zustand ist stabil, aber es reicht noch nicht, um sie aus dem künstlichen Koma zu holen.«

»Heißt das, sie kann noch nicht transportiert werden?«

»Zumindest nicht in einer stinknormalen Passagiermaschine …«

Judith umklammerte das Lenkrad. Sie wusste, was das bedeutete. Um ihre Mutter in diesem kritischen Zustand herholen zu können, würden sie einen Krankentransport brauchen. Aber ohne Versicherung war das kompliziert und kostete viel Geld. Miriam besaß nichts außer ihrem Rucksack, und Judiths eigene Ersparnisse reichten vielleicht für ein einfaches Flugticket, aber ganz sicher nicht für einen kostspieligen Sondertransport. Natürlich, Eva und Katharina könnten die Sache finanziell mit Sicherheit stemmen. Warum mussten ausgerechnet diese beiden so vehement dagegen sein, ihre Mutter zurückzuholen? Hatten die beiden denn gar kein Mitleid, kein Pflichtgefühl?

»Wir müssen sie irgendwie überzeugen …«

Mimi sah sie überrascht von der Seite an. »Du willst die Ärzte überzeugen, Hannah aus dem Koma zu holen?«

»Ich will Katharina und Eva überzeugen, uns zu helfen«, erklärte Judith. »Wenn es nicht für einen Krankentransport reicht, dann sollen sie hinterher wenigstens mithelfen, falls Mama es nach Hause schafft. Ich glaube, das wäre gut für jede von uns.« Sie biss sich auf die Unterlippe und sah unsicher zu ihrer Schwester. »Du stehst doch auf meiner Seite, oder?«

Miriam erwiderte ihren Blick und verzog den Mund zu einem schiefen Grinsen. »Nur wenn du mir versprichst, dass es auf deiner Seite genug zu essen gibt!«

Agnes winkte ihnen schon durch das offene Fenster zu. »Kommt einfach rein, die Haustür steht offen.«

So war es immer schon gewesen: Hier standen die Türen jederzeit offen, besonders für Judith und ihre Schwestern.

Agnes war gelernte Physiotherapeutin und hatte Theo etwa drei Jahre nach Hannahs Verschwinden wegen eines Knieleidens behandelt. Das Knie war irgendwann geheilt, doch der Kontakt war geblieben.

Sie wohnte nur ein paar Hundert Meter weiter die

Straße hinab, kurz hinter der Dorfeinfahrt. Mit ihrem roten Hollandrad war sie früher fast täglich zu dem entlegenen Haus zwischen den Apfelfeldern gekommen, hatte frische Blumen oder Windbeutel mitgebracht und jedes Mal ein Lächeln im Gesicht gehabt, das Judiths Herz zum Tanzen brachte. Von allen vier Schwestern hatte sie schon immer das innigste Verhältnis zu Agnes gehabt.

In welchem Verhältnis ihr Vater und Agnes zueinander gestanden hatten, war hingegen nur schwer auszumachen. Sie war seine Physiotherapeutin und eine gute Freundin gewesen, aber vermutlich auch mehr. An ihrer Seite hatte Theo endlich wieder lachen können. Agnes war nie bei ihnen eingezogen, und sie hatte nur ein einziges Mal in all den Jahren bei ihnen übernachtet. Da hatten sich Theo, Eva und Miriam einen heftigen Magen-Darm-Virus eingefangen, und Agnes war geblieben und hatte im Akkord Laken und Eimer ausgewaschen, mitten in der Nacht eine Brühe aufgesetzt und den Mädchen die Haare aus dem Gesicht gehalten.

Bis auf diese eine Ausnahme aber war sie abends immer nach Hause gefahren. Als Judith irgendwann überlegt hatte, ob da wohl mehr sein könnte zwischen Agnes und ihrem Vater, war sie schon so lange ein Teil der Familie, dass es Judith peinlich gewesen wäre, danach zu fragen. Und was hätte die Antwort schon geändert? Es war doch gut, so wie es war.

Kaum waren Miriam und Judith über die Türschwelle getreten, kam Agnes aus der Küche gestürmt und drückte die beiden überschwänglich an sich. Ihre Wangenküsse schmatzten in Judiths Ohren. Dann eilte sie zurück in die Küche.

»Essen ist gleich fertig!«

Judith und Mimi sahen sich voller Vorfreude an und folgten ihr. Es roch einfach himmlisch! Nach Äpfeln und Rosmarin – nein, mehr noch: nach Heimat. Judith spürte, wie die Anspannung der letzten Tage augenblicklich von ihr abfiel.

»Sollen wir den Tisch decken?«, fragte sie.

»Wenn du noch weißt, wo alles ist …«

Wie hätte sie das je vergessen können? Judith öffnete Schubladen und Schränke, als wären es ihre eigenen, und drückte Mimi selbstbewusst das Geschirr in die Hand.

»Du kannst dir gar nicht vorstellen, wie sehr ich mich über deine Nachricht gefreut habe, Judith. Und dann ist auch noch die kleine Mimi dabei!« Agnes' Wangen glühten vor Aufregung – oder war es nur die Hitze, die aus dem offenen Backofen stieg?

Mimi nahm ihr vorsichtig die Schüssel mit den dampfenden Kartoffeln ab und drückte ihr einen Kuss auf die Wange. »Und du kannst dir gar nicht vorstellen, wie sehr ich mich auf dein Essen freue!«

Das Essen übertraf alles, was Judith sich vorgestellt hatte. Es übertrumpfte sogar jede Erinnerung, die sie überhaupt an Essen hatte! Das Hühnchen war buttrig und knusprig zugleich und zerging auf der Zunge. Die Kartoffeln waren perfekt geröstet, und die feinen Apfelstückchen brachten genau die richtige Süße und Säure ins Spiel. Wenn Judith neben der Partnersuche eine Leidenschaft hatte, dann war es gutes Essen.

Als Agnes aufsprang, um den Nachtisch vorzubereiten, verzog sich Miriam mit ihrem Handy nach draußen. Judith begann, den Tisch abzudecken.

»Lass das doch stehen, ich mache das später«, sagte Agnes, aber Judith ignorierte ihren Einwand. Stattdessen ließ sie Wasser in das alte Spülbecken laufen, um das Geschirr abzuwaschen.

Den ganzen Abend hatte sie darauf gewartet, mit Agnes alleine zu sein, doch jetzt, da sich die Gelegenheit ergab, unter vier Augen zu reden, wusste Judith nicht, was sie sagen sollte.

Offenbar bemerkte Agnes ihre Unsicherheit, denn auf einmal drehte sie sich zu ihr um und strich ihr übers Haar. »Wie geht es dir, Liebes?«

Judith holte tief Luft und ließ die Schultern sinken. »Mama kommt vielleicht zurück …«

Agnes hielt in der Bewegung inne und zog dann überrascht die Hand zurück. »Hannah hat sich gemeldet?«

»Nein, sie hatte einen Unfall, und die Ärzte in Nepal haben sie in ein künstliches Koma versetzt, in der Hoffnung, dass sie sich so besser erholt. Ein gewisser Toni hat Miriam kontaktiert. Er arbeitet wohl im selben Waisenhaus wie Mama.«

Agnes wirkte überrumpelt, aber auch betroffen. »Dann ist sie … also schwer verletzt?«

»So schwer zumindest, dass es besser wäre, sie möglichst bald in Deutschland zu behandeln.«

Agnes betrachtete Judith einen Augenblick und schlang dann die Arme um sie.

Nach ein paar Sekunden löste sich Judith aus ihrer Umarmung, gab sich einen Ruck und sprach weiter. »Eva und Katharina sind dagegen.«

Agnes sah sie fragend an.

»Sie wollen den Transport nicht organisieren und finanzieren. Außerdem meinen sie, Mama hat keine Krankenversicherung und wird hier langfristig sicher Pflege brauchen, die wir uns nicht leisten können.«

»Nimm es ihnen nicht übel«, sagte Agnes und strich Judith über die Wange. »Jede von euch hat auf andere Art um sie getrauert.«

Judith stieß ein leises Stöhnen aus. »Das klingt ja gerade so, als wäre sie gestorben!«

Agnes seufzte. »Für Eva und Katharina wäre das vielleicht sogar einfacher gewesen …«

Wie bitte? Das konnte sie doch nicht ernst meinen! Vor allem aber konnte Judith das nicht einfach so hinnehmen!

Entschlossen griff sie nach Agnes' Händen. »Ich brauche irgendetwas, um sie umzustimmen.«

Agnes lachte auf. »Wenn du mich jetzt um Bestechungsgelder anhauen willst, muss ich dich enttäuschen. Meine Rente reicht gerade so für meinen Lebensunterhalt.«

»Ich will kein Geld«, sagte Judith und merkte, wie ihre Stimme zu zittern begann. »Ich will die Wahrheit.«

»Die Wahrheit?« Agnes' Lächeln verschwand.

Judith nickte eindringlich. »Ich will Mamas Geschichte.«

Agnes zögerte einen Moment und schüttelte dann kaum merklich den Kopf. »Ich fürchte, da kann ich dir nicht weiterhelfen.«

»Kannst du nicht, oder willst du nicht?« Judith zwang sich dazu, den Blick nicht abzuwenden, bis Agnes endlich ein leises Seufzen ausstieß.

»Ich kann nicht, Judith.«

Doch Judith spürte, dass sie nicht die Wahrheit sagte, zumindest nicht die ganze. Auf einmal stieg Zorn in ihr auf. Kämpfte hier denn wirklich keiner auf ihrer Seite?

»Es ist meine einzige Chance, Eva und Katharina zu überzeugen«, fuhr sie eindringlich fort. »Wenn sie wissen, warum Mama gegangen ist, können sie ihr vielleicht verzeihen – und dann können wir ihr helfen. Vielleicht können sie sich doch durchringen, die Kosten für den Krankentransport zu übernehmen. Zumindest könnten wir ihr dann helfen, wenn sie wieder einigermaßen reisefähig sein sollte. Wir sind doch eine Familie!«

Agnes senkte den Blick. Wieder zögerte sie, bevor sie sagte: »Fahr nach Hause.«

Judith runzelte verblüfft die Stirn. »Soll das heißen, du schmeißt mich raus?«

»Nein.« Agnes stützte sich auf den Küchentresen und fuhr sich müde mit dem Handrücken über die Stirn. »Ich meine nicht deine Wohnung in Hamburg. Fahr in das Haus, in dem ihr aufgewachsen seid.«

Judith sah sie fragend an, doch bevor sie weiter nachhaken konnte, platzte Mimi in die Küche. Als sie die beiden so ernst nebeneinanderstehen sah, verging ihr das Grinsen. »Sagt jetzt bloß nicht, der Nachtisch fällt aus.«

Agnes lachte auf und holte eine gigantische Schüssel mit roter Grütze aus dem Kühlschrank. »Keine Sorge. Bevor bei mir der Nachtisch ausfällt, fallen eher singende Schafe vom Himmel.« Heiter drückte sie Mimi die Dessertschalen in die Hand und schob sie aus der Küche.

In der Tür drehte sie sich noch einmal zu Judith um. »Fahr nach Hause«, flüsterte sie. »Wenn du irgendwo eine Antwort findest, dann dort.«

12

Eva

»Nein, nein, hören Sie!« Eva klemmte sich den Hörer zwischen Schulter und Ohr und versuchte gleichzeitig, Ava auf den Arm zu nehmen, aber das verstauchte Handgelenk und die schlafende Carla vor ihrem Bauch machten das praktisch unmöglich. »Ich habe Mascarpone-*Mohn*-Törtchen bestellt! Außerdem brauchen wir gluten- und laktosefreie Alternativen. Und im gesamten Essen darf nicht ein einziges Sesamkorn zu finden sein! In der Familie meines Mannes gibt es heftige Allergien, die verklagen Sie bis auf die Zehennägel, wenn jemand in der Notaufnahme landet!«

Avas hartnäckiges Quengeln schwoll an, und Eva wusste sich nicht anders zu helfen, als ihr einen von Thomas' Schokoriegeln in die Hand zu drücken. Mit einem fröhlichen Glucksen verschwand ihre Älteste in den Flur.

Eva krallte die Finger um den schnurlosen Hörer. »Entweder ich habe bis heute Abend eine fehlerfreie schriftliche Bestätigung über das Büfett, oder wir stornieren die Bestellung! Aber ich fürchte, dass das dann Ihr letztes Catering in dieser Stadt gewesen ist!«

Wütend knallte sie das Telefon auf den Küchentisch, aber nur gerade so laut, dass Carla nicht wach wurde. Sie hasste es, wenn sie unfreundlich werden musste, aber manche Menschen ließen ihr einfach keine andere Wahl. Sie bezahlte fürstlich für das Taufbüfett, und es lockten Empfehlungen in die besten Kreise der Stadt – dafür durfte man doch wohl erwarten, dass keiner der Gäste röchelnd über dem Kuchenbüfett verstarb!

»Mamaaaa!« Bella kam in die Küche gestolpert und vergrub ihre Schnoddernase an Evas Bein. »Ich will auch Sokolade!«

Eva ging vorsichtig in die Hocke, so weit die Babytrage vor ihrem Bauch das erlaubte, und legte sich behutsam den Finger an die Lippen. »Leise, mein Schätzchen, Carla schläft. Und wir wollen doch nicht, dass sie gleich wieder aufwacht, oder?«

Bella kniff verärgert die Augen zusammen. »So-ko-lade!«

»Ist ja gut«, erwiderte Eva hektisch und richtete sich auf, um auch ihre mittlere Tochter mit einem Trostriegel zu versorgen. »Es gibt Schokolade – aber nur ganz ausnahmsweise. Mama macht euch gleich Mittagessen.«

Aber Bella schien sich für die Worte ihrer Mutter nicht mehr sonderlich zu interessieren. Sobald sie den Schokoriegel in der Hand hielt, zischte sie ab in den Flur, dorthin, wo auch Ava verschwunden war.

Eva holte Luft und versuchte, den heftigen Harndrang wegzuatmen, der sie seit über einer Stunde plagte, aber es brachte nichts. Das war der Stress, gepaart mit den zwei

Litern Stilltee und koffeinfreiem Kaffee, die sie den Vormittag über in sich hineingeschüttet hatte, um ohne Frühstück auszukommen.

Mit dem Baby vor dem Bauch auf die Toilette zu gehen war nicht optimal, aber Ablegen kam nicht infrage. Endlich schlief Carla einmal – und Eva hatte nicht vor, an diesem Zustand etwas zu ändern. Sie musste es einfach irgendwie hinkriegen, sich so über die Kloschüssel zu hocken, dass das Baby nicht aufwachte.

Ihr verstauchtes Handgelenk machte die Sache nicht einfacher. Warum musste es auch ausgerechnet das rechte sein? Eva lehnte die Badezimmertür an und zog sich umständlich mit links die Hose hinunter. Leider war es schier unmöglich, Carlas Position dabei nicht zu ändern. Hinsetzen war auch keine Option, denn dabei würden die Speckbeinchen ihrer Tochter abgeknickt, und das mochte Klein Carla gar nicht. Eva blieb also nichts anderes übrig, als halb stehend über der Klobrille zu kauern, den Hintern weit nach hinten gestreckt, damit möglichst nichts daneben ging. Irgendwann würde sie sicher über all das lachen können, o ja, aber jetzt gerade war ihr einfach nur zum Heulen zumute. Was war nur aus ihrem Leben geworden? Wie hatte es so weit kommen können?

Ihr eigener Mann wollte keinen Sex mehr mit ihr, ihre Schwiegermutter steckte ihr Diätpillen zu, die Taufvorbereitung war eine einzige Katastrophe – und jetzt pinkelte sie auch noch im Stehen, mit einem Baby vor dem Bauch! Wie lange würde das noch so weitergehen? Wie lange konnte man so etwas aushalten?

Und dann war da auch noch die Sache mit Hannah.

In den letzten Tagen hatte sie nichts von ihren Schwestern gehört. Nur Katharina hatte ihr eine kurze Nachricht geschickt und sich nach ihrer Hand erkundigt. Eva wollte sie schon auf Max ansprechen, hatte es dann aber doch sein lassen. Es war besser, keine schlafenden Hunde zu wecken – vor allem, wenn die eigentliche Gefahr in ihr selbst schlummerte. Noch immer schämte sie sich, dass Max sich neulich in ihre Gedanken und zwischen ihre Schenkel gedrängt hatte. War es nicht ihre Pflicht, beim Sex an Thomas zu denken, selbst wenn er nicht beteiligt war?

Eva spürte, wie ihr erneut die Schamesröte ins Gesicht stieg. Sie war keine von diesen Frauen, die sich heimlich nach anderen Männern sehnten. Im Grunde sehnte sie sich einzig und allein danach, dass alles so blieb, wie es war – nur mit etwas mehr Sex, etwas weniger Harndrang und ein paar ungestörten Minuten auf der Toilette. Hannah sollte gefälligst bleiben, wo der Pfeffer wächst! Hoffentlich sahen das auch Judith und Miriam rechtzeitig ein, bevor sie eine noch größere Katastrophe auslösten …

Als Eva sich umständlich ein Stück Klopapier abreißen wollte, klingelte es an der Tür. Wer immer das sein mochte – das Timing war denkbar ungünstig! Eva fingerte noch immer erfolglos an der Klopapierrolle herum, da klingelte es bereits ein zweites Mal.

»Ich komme ja schon!«, zischte sie, wohlwissend, dass man sie vor der Wohnungstür ohnehin nicht hören konnte.

Maribelle konnte es jedenfalls nicht sein, die hatte ja jetzt einen Schlüssel. Hoffentlich waren es nicht wieder die Nachbarn von unten! In regelmäßigen Abständen standen sie bei Eva auf der Fußmatte und beschwerten sich über den Lärm der Kinder. Zu viel Getrampel, zu viel Geschrei – und schliefen die Kleinen denn überhaupt mal? Diese Leute hatten selbst kleine Kinder, aber die waren so brav und folgsam wie aus einer Sparkassenwerbung und tanzten niemals aus der Reihe. Eva jedenfalls führten die beiden Nachbarskinder immer wieder vor Augen, wie sie selbst versagte.

Von Ava und Bella war nichts zu hören. Offensichtlich waren sie noch immer mit ihren Schokoriegeln beschäftigt – und damit konnten sie die Nachbarn wohl kaum gestört haben.

Es klingelte ein drittes Mal. Carla begann sich zu räkeln, deshalb gab Eva den Versuch mit dem Klopapier auf und zog sich einfach so die Hose über die Hüften. Schnaufend eilte sie durch den Flur.

»Bin ja schon da!«, schimpfte sie leise und griff mit der linken Hand nach dem Hörer der Gegensprechanlage, da klopfte es bereits an der Wohnungstür.

Eva atmete tief durch. Also doch die Nachbarn ... So gefasst wie möglich riss sie die Tür auf – und hielt überrascht die Luft an, als sie sah, wer tatsächlich davorstand.

Judith verzog die Lippen zu einem unsicheren Lächeln und hielt ein paar Briefe in die Höhe. »Ich hatte schon nach der zweiten Stunde Schluss, und die Post wurde gerade gebracht, da bin ich einfach mit ins Treppenhaus gehuscht.«

Eva hatte keine Ahnung, was sie sagen sollte.

Judith deutete grinsend auf ihre Schulter. »Ist das Scheiße oder Schokolade?«

Erschrocken blickte Eva zur Seite und sah, was Judith meinte. An ihrer rechten Schulter prangte tatsächlich ein nicht definierbarer dunkelbrauner Fleck.

Doch bevor sie etwas erwidern konnte, stürmte Bella aus dem Wohnzimmer heran. »*Scheiße, Scheiße, Scheiße*«, griff sie trällernd das böse Wort auf, das sie offenbar eben aufgeschnappt hatte.

»Ist ja großartig«, sagte Eva und funkelte ihre Schwester wütend an. »Da kommst du einmal im Leben zu Besuch und bringst ihnen gleich ein paar Schimpfwörter bei!« Sie konnte genau erkennen, dass Judith sich nur bemühte, betroffen auszusehen – insgeheim fand sie das alles vermutlich lustig.

»Kann ich vielleicht reinkommen?«

Eva blies sich eine lose Strähne aus der Stirn und schaukelte Carla hin und her – wie durch ein Wunder schlief die Kleine noch immer. »Ehrlich gesagt ist es gerade eher ungünstig. Ich wollte gleich …«

Plötzlich ertönte ein ohrenbetäubendes Scheppern aus dem Arbeitszimmer und kurz danach ein Schrei. *Ava*, schoss es Eva durch den Kopf, und dann stürmte sie auch schon los.

»Ich deute das als ein Ja«, murmelte Judith und zog die Wohnungstür hinter sich zu.

Als Eva ins Arbeitszimmer schlitterte, blieb ihr die Luft weg. *Nein, nein, nein – das durfte nicht wahr sein!*

Ava saß auf dem glatten Parkettboden und heulte – umgeben von etwa hunderttausend Einzelteilen eines Modellfliegers! Umständlich ließ sich Eva auf die Knie sinken, immer noch darum bemüht, Carla bloß nicht zu wecken. Aber spielte ein schreiendes Kind mehr jetzt überhaupt noch eine Rolle? Das hier waren die Trümmer ihres Lebens – das Zeugnis ihres Versagens! Eva spürte, dass ihr Tränen in die Augen schossen und ihr Herz zu rasen begann.

»Du weißt doch, dass Papas Regale verboten sind!«, fauchte sie Ava an, schämte sich aber sogleich dafür.

Verzweifelt fing sie an, die Einzelteile zusammenzuschieben. Ava schluchzte laut, und auch Eva liefen Tränen übers Gesicht.

In diesem Moment trat Judith mit Bella auf dem Arm durch die Tür. Sie hockte sich zu Ava auf den Boden und zog auch sie auf ihren Schoß. »Ist schon gut, war doch nur ein Spielzeug.«

»Es war eben nicht nur ein Spielzeug!«, erwiderte Eva, und ihre Stimme überschlug sich dabei. »Und Ava sollte gar nicht hier drin sein, das hier sind Thomas' Sachen!«

Judith verzog irritiert das Gesicht, während sie der weinenden Ava über den Rücken strich. »Thomas spielt noch mit Flugzeugen?«

»Das geht dich nichts an, okay? Also misch dich gefälligst nicht ein!«

Mit zitternden Fingern versuchte Eva, einige der Einzelteile wieder zusammenzustecken, aber vergeblich. Sie hatte keine Ahnung von diesen Dingern, und schlimmer noch: Sie hatte keine Ahnung, wie sie das Thomas nachher erklären sollte. Besonders aber quälte sie, dass ausgerechnet Judith jetzt hier war und sie an diesem Tiefpunkt erlebte.

»Hey, ihr beiden Mäuschen«, hörte sie plötzlich die Stimme ihre Zwillingsschwester. »Könnt ihr euch vielleicht einen Moment gegenseitig trösten?«

Aus dem Augenwinkel sah Eva, wie Ava und Bella nickten und von Judiths Schoß aufstanden, um sich an den Händen zu halten. Insgeheim hatte Eva erwartet, dass Judith jetzt verschwinden würde, aber stattdessen wies sie sie mit einem Nicken an, vom Boden aufzustehen. Dann kroch sie selbst über das Parkett, um die Kleinteile einzusammeln.

»Wir kriegen das schon hin«, sagte sie und blickte Eva in die Augen.

»Und wie …?« Evas Stimme war kaum mehr als ein Flüstern, aber Judith hatte sie gehört und lächelte.

»Ich kenne zufällig jemanden, der sich mit so was auskennt.«

Eine halbe Stunde später saß Judiths Kollegin Martina über den Einzelteilen im Arbeitszimmer. Sie begutachtete den Schaden, dann schob sie die Ärmel hoch und drehte sich zu Eva und Judith um. »Ist zwar kein Lego, aber ich schaff das trotzdem. Gebt mir zwei Stunden, dann sieht das Ding aus wie neu.«

Eva konnte ihr Glück kaum fassen. Sie stieß ein ungläubiges Lachen aus, wischte sich die letzten Tränen aus dem Gesicht und schaukelte Carla vor ihrer Brust hin und her. Die Kleine schlief tatsächlich noch immer. »Dann … mache ich jetzt Essen für die Kinder.«

»Nein«, widersprach Judith und streckte Bella und Ava ihre Hände entgegen. »Ich mache Essen für die Kleinen – und du gehst duschen!«

Wieder war Eva vollkommen perplex. »Das geht nicht«, murmelte sie schließlich. »Carla schläft nur vor der Brust.«

»Dann gib sie her. Ich binde sie mir vor den Bauch.«

»Auf keinen Fall«, erwiderte Eva.

»Wieso nicht?«

»Weil ich ihre Mutter bin!«

Judith verdrehte amüsiert die Augen. »Ich will sie nicht adoptieren, sondern dir lediglich eine Viertelstunde abnehmen.«

Eva zögerte, da mischte sich aus dem Hintergrund bereits Martina ein. »Ganz ehrlich, Schätzchen: Eine Dusche kann nicht schaden! Und vielleicht ziehst du dir gleich noch 'ne kleine Tüte rein? Du siehst ziemlich abgespannt aus …«

Eva blieb der Mund offen stehen. Schlug diese Frau ihr etwa vor zu kiffen – vor ihren Kindern?

Doch bevor sie etwas erwidern konnte, richtete sich Martina bereits an Ava und Bella. »Die kleinen Damen können mir beim Basteln helfen, dann kann Judith das Baby übernehmen. Was meint ihr?«

Ein ungläubiges Strahlen breitete sich auf den pausbäckigen Gesichtern der Mädchen aus. Als Eva schließlich resigniert nickte, stießen die beiden ein Jauchzen aus und machten sich gemeinsam mit Martina an die Arbeit.

Eva wickelte ihre verbundene Hand in eine Plastiktüte und drehte das Wasser auf. Regungslos stand sie unter der rauschenden Dusche und wartete darauf, dass ihre Lebensgeister zurückkehrten. Es tat gut, wie das heiße Wasser auf sie herabprasselte, wie es über ihre Haare, ihren Kopf und den Körper rann. Eva stellte sich vor, wie es ihre Sorgen und Probleme Stück für Stück mit sich trug und durch den Abfluss fortspülte. Lange schon hatte sich nichts mehr so wunderbar angefühlt wie das hier.

Nach einer Weile spürte sie, wie ihre Kraft zurückkehrte. Irgendwo tief in ihrem Inneren regten sich wieder etwas Hoffnung und Mut. Sie kreiste langsam mit den Schultern und streckte ihr Gesicht dem Duschkopf entgegen.

»Ich schaff das«, murmelte sie und schlug die Augen auf. »Ich krieg das hin.«

Als sie frisch gewaschen, eingecremt und geföhnt in die Küche trat, stand Judith am Herd und hantierte mit zwei Töpfen und ein paar Kräutern auf einem Schneidebrett.

»Wo ist Carla?«

Judith warf ihr nur einen kurzen Blick zu und widmete sich dann wieder dem Herd. »In ihrem Bettchen.«

»Was?« Eva versteifte sich. »Du kannst sie doch nicht einfach ins Bett legen und dann verschwinden!«

»Aber sie schläft …«

»Sie schläft?«

Jetzt war Eva noch fassungsloser. Carla schlief niemals einfach so in ihrem Bettchen – zumindest nicht tagsüber. Sie wollte nur am Körper ihrer Mutter ruhen, wollte geschaukelt, bewegt und besungen werden, sonst war an Schlaf am Mittag nicht zu denken. Was hätte Eva in den letzten sechs Monaten darum gegeben, sie auch nur für eine halbe Stunde ablegen zu können, während sie schlummerte?

»Wie … hast du das gemacht?« Verunsichert fasste Eva sich an den Hals.

Judith zuckte lässig mit den Schultern. »Ich hab Martinas Ratschlag befolgt und sie einmal am Joint ziehen lassen.« Sie grinste, doch als sie Evas schockierte Miene sah, rollte sie mit den Augen. »Ich hab sie einfach abgelegt und meine Hand an ihre Wange gehalten. Innerhalb von zwei Minuten ist sie wieder eingeschlafen.«

So einfach war es für Judith, Carla zum Schlafen zu bringen? Keine Brust zum Nuckeln, kein Schaukeln, kein Garnichts? Eva stützte sich mit der linken Hand auf dem Tisch ab und ließ sich auf einen der Stühle sinken.

»Alles gut, du musst dir wirklich keine Sorgen machen«, sagte Judith und drehte die Herdplatte runter.

Es roch köstlich. Eva wusste nicht, was sie sagen sollte. Aber viel schlimmer noch war, dass sie nicht wusste, was sie fühlen sollte.

»Was kochst du da?«, brach sie irgendwann ihr Schweigen.

»Eine einfache Pasta mit italienischem Tomatensugo.«

Ohne Absicht stieß Eva ein Schnauben aus. »Das kannst du vergessen …«

Judith drehte sich zu ihr um und sah sie fragend an.

Eva fühlte sich in der Pflicht, eine Erklärung abzugeben. »Die Mädchen essen weder Nudeln noch irgendeine Art von Soße. Meistens bestehen sie auf Kartoffelbrei und Fischstäbchen.«

Judith zögerte einen Moment und hob dann grinsend die Augenbrauen. »Sie haben ja auch noch nie mein Sugo probiert!« Dann wandte sie ihrer Schwester den Rücken zu und kochte unbeeindruckt weiter.

Eva beneidete sie um ihre Gelassenheit und unerschütterliche Zuversicht. Aber Judith war ja auch noch keine Mutter! Sie hatte noch nicht erlebt, wie sich das anfühlte, dieser tägliche Kampf um Anerkennung, den man nur verlieren konnte, egal, wie viel Mühe man sich gab.

»Ist es schlimm?«

Eva zuckte erschrocken zusammen. »Was?«

Judith probierte etwas Soße vom Kochlöffel. »Deine Hand.«

Eva berührte ihren Verband. »Das Handgelenk ist verstaucht, eigentlich nicht weiter schlimm. Ich schaffe es nur nicht, die Hand zu schonen.«

»Kann ich mir vorstellen, mit drei kleinen Kindern …«

Eva horchte auf und versuchte herauszufinden, ob irgendeine Spitze in Judiths Worten mitschwang, konnte aber tatsächlich keine ausmachen. Einen Augenblick dachte sie daran, Judith von Max zu erzählen, ließ es dann aber doch sein. Irgendwie fühlte es sich nicht richtig an, jetzt, wo Judith so nett zu ihr war. Die Sache hatte damals kein gutes Ende genommen, und Judith hatte ihr nie wirklich verziehen.

»Für Mama muss es auch so gewesen sein.«

Wieder schreckte Eva aus ihren Gedanken auf. Die Erwähnung ihrer Mutter verursachte ihr augenblicklich Magenschmerzen. »Was hat Hannah damit zu tun?«

»Nichts«, murmelte Judith und streute etwas Salz in die Soße. »Ich denke nur, dass es für sie auch sehr anstrengend gewesen sein muss. Papa hat viel gearbeitet, und sie war die meiste Zeit alleine mit vier kleinen Kindern.«

Fassungslos presste Eva die Lippen zusammen. Das konnte doch nicht wahr sein! War Judith etwa nur gekommen, um wieder über ihre Mutter zu reden?

»Du willst mich doch jetzt nicht mit Hannah vergleichen, oder?«

»Nein.« Judith ruderte zurück. »Ich denke nur, dass es bei ihr ähnlich gewesen sein muss wie bei dir jetzt. Von uns allen hast du doch die Lebenssituation, die ihrer am ähnlichsten ist.«

»Nichts an uns ist auch nur ansatzweise ähnlich!« Evas Stimme überschlug sich schon wieder. »Hannah ist gegangen, sie ist einfach abgehauen! Ich würde so etwas nie tun, niemals! Eher würde ich sterben, als meine Kinder im Stich zu lassen. Also wage es nie wieder, mich mit ihr zu vergleichen, hörst du?«

Sie konnte nicht verhindern, dass ihr schon wieder

Tränen in die Augen stiegen – doch diesmal waren es Tränen der Wut und nicht der Verzweiflung. Wie konnte Judith sie mit Hannah in einen Topf werfen? Am liebsten hätte Eva sie hochkant rausgeschmissen, aber vorne im Arbeitszimmer saß noch immer die Kollegin mit den Mädchen, und sie würde ihr Werk bestimmt nicht zu Ende bringen, wenn Judith jetzt ging.

Mit einem Seufzen lehnte Judith sich gegen die Kochinsel und sah Eva an. »Ich weiß, dass du niemals weggehen würdest. Aber meinst du nicht, wir sollten herausfinden, was damals passiert ist? Vielleicht hatte sie wirklich triftige Gründe.« Sie legte den Kochlöffel quer über den Topf. »Agnes hat gesagt, im Haus könnten wir Antworten finden …«

»Agnes?«, fiel Eva ihr überrascht ins Wort.

Judith nickte. »Mimi und ich waren bei ihr zum Essen.«

Ungläubig schüttelte Eva den Kopf. »Und jetzt denkst du, dass ich mit dir nach Jork fahre und nach diesen Antworten suche?«

Judith sagte nichts, aber ihr Blick sprach Bände.

Eva konnte es nicht fassen. Noch immer rang sie mit den Tränen. »Mich interessiert nicht, was damals passiert ist«, stieß sie schließlich hervor und sah ihre Zwillingsschwester wütend an. »Denn egal, was es ist – es ändert nichts an dem, was geschehen ist. Hannah hat uns im Stich gelassen! Und ich setze ganz sicher nicht meine Ehe aufs Spiel, nur um am Ende herauszufinden, dass sie uns nicht genug geliebt hat, um zu bleiben. Ganz sicher nicht.«

Die Mädchen aßen, ohne zu protestieren, Ava verlangte sogar eine zweite Portion. Carla schlief noch volle zwei Stunden in ihrem Bett, ohne sich zu rühren.

Der Modellflieger sah aus wie neu, als Martina fertig war. Eva stellte ihn zurück in Thomas' Regal, als wäre nichts gewesen. Es war, als wäre nichts von alledem je passiert.

Aber als sie die Tür hinter Judith und ihrer Kollegin schloss, bedauerte sie plötzlich, dass sie Max nicht doch erwähnt hatte.

13

Miriam

Müde reckte sich Miriam auf dem Sofa, griff nach ihrem Handy, kommentierte ein paar Posts und verteilte lustlos Herzchen. Dann las sie die letzten Nachrichten von Toni ein weiteres Mal.

Leider keine Besserung bisher.

Ein baldiger Transport nach Deutschland wäre toll.

Habt ihr schon was erreicht?

Die nächste Nachricht drückte ihr besonders auf die Stimmung: *Wir können auch telefonieren – über Skype?*

Miriam schloss ihr Postfach und legte das Handy zur Seite. Langsam wurde ihr die Sache unbehaglich. Am Anfang war es abenteuerlich gewesen, mit diesem Kerl am anderen Ende der Welt zu chatten, irgendwie aufregend. Er kannte ihre Mutter! Aber mittlerweile war die Aufregung verflogen, und Miriam ertappte sich dabei, dass sie die Lust verlor. Die Lust, mit diesem fremden Mann hin und her zu schreiben, und irgendwie auch die Lust auf die ganze Geschichte mit Hannah.

Sie hatte nicht damit gerechnet, dass ihre Schwestern sich querstellen würden. Irgendwie war sie insgeheim davon ausgegangen, dass sich alle vier auf dieses Abenteuer freuten. Aber nachdem sie nun wusste, dass das nicht der Fall war, wurde ihr die Sache zu anstrengend. Und jetzt wollte dieser Toni zu allem Überfluss auch noch mit ihr reden!

Miriam hasste es zu telefonieren, und Videoanrufe fand sie noch schlimmer. Beim Schreiben konnte sie selbst entscheiden, wann sie was sagte. Sie konnte abwägen und verzögern. Am Telefon aber konnte man sie in die Enge treiben, und das gefiel ihr nicht.

Nein, sie würde nicht mit Toni telefonieren, erst recht nicht über Skype! Trotzdem interessierte sie sich brennend dafür, wie der Kerl wohl aussah.

Eva hatte ihn als Sherpa bezeichnet, aber Miriam glaubte irgendwie nicht, dass er Nepalese war. Er schrieb ein so fehlerfreies Deutsch, dass er unmöglich ein Mitarbeiter aus dem Heim oder gar eins von Hannahs Waisenkindern sein konnte – oder? Miriam hatte versucht, auf den Bildern in seinem Account Hinweise auf ihn zu finden, aber auf keinem der Fotos war ein Mann zu sehen.

Natürlich hätte sie durchaus Lust gehabt, nach Nepal zu fliegen, aber ihr letzter Langstreckenflug hatte ihr ordentlich zugesetzt. Es hatte heftige Turbulenzen gegeben, so heftig, dass sie sich sogar beim Beten ertappt hatte. Seitdem war sie nicht mehr allzu wild darauf, wieder in einen Flieger zu steigen.

Miriam drehte sich auf dem Sofa zur Seite und stöhnte. Vielleicht war es ein Fehler gewesen, nach Hamburg zurückzukommen. Sie hätte die ganze Geschichte einfach gleich auf Judith abwälzen sollen – was wollte sie hier eigentlich?

Das Handy vibrierte kurz in ihrer Hand und kündigte eine Nachricht von Konrad an. Miriam musste grinsen, als sie das Foto öffnete, das er ihr geschickt hatte: Darauf hatte er sich die Hose bis zur Brust hochgezogen und trug den hässlichsten Pullunder der Welt.

Lust auf Abendessen mit einem Büroheini morgen?

Im Hintergrund des Bildes erkannte sie riesige Aktenschränke. Das bedeutete, dass er das Foto wohl bei der Arbeit gemacht hatte – oder hatte machen lassen, denn ein Selfie war es definitiv nicht. Wieder musste Miriam kichern. Er stand also ganz offen dazu, bekloppt zu sein. Das gefiel ihr.

Soll das etwa ein Date werden?, tippte sie grinsend.

Seine Antwort folgte prompt. *So dürfen wir es auf keinen Fall nennen – Madame Chanel ist rasend eifersüchtig!*

Soll das heißen, wir essen wirklich nur?

Na ja, ich hatte gedacht, du könntest mir hinterher vielleicht den Rücken enthaaren – als Widergutmachung für … Hier hatte er einen kotzenden Smiley eingefügt.

Miriam lachte laut auf. *Klingt verlockend,* schrieb sie. *19 Uhr?*

Wo darf ich dich abholen?

Ungläubig schüttelte Miriam den Kopf. Dachte Konrad ernsthaft, sie müsste abgeholt werden?

Emanzipation an Büroheini: Wir leben im 21. Jahrhundert. Ich habe zwei stramme Beine und ein Gehirn. Und für den Notfall ein Pfefferspray in der Jackentasche. Brauche keinen Begleitservice!

Seine Antwort kam dreißig Sekunden später.

Büroheini an Miriam: Habe verstanden. Lege schnell meinen Sinn für Romantik an der Garderobe ab und bewaffne mich meinerseits mit Pfefferspray. Will dir nicht hilflos ausgeliefert sein …

Dann schickte er noch seine Adresse hinterher.

Miriam legte ihr Handy neben sich aufs Sofa. Spätestens morgen Abend würde er seine Meinung ändern, da war sie sich sicher: Er würde sich ihr sehr, sehr gerne ausliefern …

Judith ließ auch heute wieder auf sich warten. *Lehrer haben vormittags recht und nachmittags frei* – lautete so nicht der Spruch? Miriam hatte ja keine Ahnung, was Judith an ihren Vormittagen trieb, aber das mit den freien Nachmittagen ging schon mal nach hinten los. Wie konnte man nur freiwillig so viel Zeit mit einem Job verbringen?

Nachdem sie sich einen Tee gekocht und die Zunge daran verbrannt hatte, gab Miriam die Ablenkungsmanöver auf und beschloss, ihre Garderobe zu inspizieren im Hinblick auf das morgige Abendessen mit Konrad.

In ihrem Rucksack befand sich neben ihren Wohlfühl- und Allwetterklamotten nur ein einziges Kleid, das man als Date-tauglich bezeichnen konnte. Doch als sie es überstreifte, stellte sie fest, dass es ganz schön eng geworden war. Beim Blick in Judiths Schlafzimmerspiegel bestätigte sich dieser Eindruck. Sie sah aus wie ein Nilpferd, das man in einen Wurstschlauch gepresst hatte!

Ein kleines, niedliches Nilpferd wohlgemerkt, aber dummerweise schrie es nicht gerade danach, vernascht zu werden …

Miriam verzog gequält das Gesicht. Sie konnte sich natürlich einreden, dass sie das Kleid in Italien einfach zu heiß gewaschen hatte, aber dafür kannte sie die Wahrheit zu gut. Sie hatte sich gehen lassen in den letzten Wochen, hatte zu oft und zu viel gegessen. Seit sie in Hamburg war, war es sogar noch schlimmer geworden. Sie aß, um sich abzulenken und um dem flauen Gefühl im Magen entgegenzuwirken, das sie seit einiger Zeit plagte.

Das Essen bei Agnes hatte dem Ganzen die Krone aufgesetzt. Eigentlich versuchte Miriam seit ein paar Jahren, vegetarisch zu leben, aber gegen den Vogel in Agnes' Ofen hatte sie keine Chance gehabt. Genau genommen hatte sie schon eine ganze Weile ständig Lust auf Fleisch.

Dieses Spiegelbild war also die Quittung für ihre Maßlosigkeit. Normalerweise war Miriam nicht diejenige, die sich selbst kasteite oder sich unsinnige Diäten auferlegte, diesen Part hatte schon vor vielen Jahren Eva übernommen. Trotzdem konnte sie in diesem Aufzug unmöglich an Konrads Tür klingeln.

Zerknirscht öffnete sie Judiths Kleiderschrank und warf ein paar Blusen und Röcke aufs Bett. Sie konnte von Glück reden, dass sie nicht bei Katharina eingezogen war, denn dann hätte sie ihr Date gleich absagen können: Katharina war zwei Köpfe größer als sie und noch dazu gertenschlank. Sie hatte den perfekten Körper. Schade, dass sie ihn nicht einzusetzen wusste!

Eine der frühsten Erinnerungen, die Miriam an ihre Kindheit hatte, war, wie Katharina einen Jungen mit einem Besenstiel aus der Hofeinfahrt zu Hause vertrieb. Ob er etwas hatte stehlen wollen, hatte Judith sie hinterher gefragt, aber Katharina hatte mit finsterem Blick den Kopf geschüttelt. »Er wollte mit mir ausgehen, der Idiot«, hatte sie schließlich geknurrt und war dann im Haus verschwunden.

Erst viel später hatte auch Miriam verstanden, dass der Junge eben doch etwas hatte stehlen wollen, so wie viele andere nach ihm – nämlich Katharinas Herz. Aber das hatte ihre große Schwester schon damals fest verschlossen gehalten, und vermutlich tat sie das noch heute. Ihre schicke Wohnung am Hafen strahlte jedenfalls so viel Herzlichkeit und Wärme aus wie ein Leichenschauhaus.

Judith war zwar auch etwas größer als sie selbst, hatte aber einen ähnlichen Körperbau. Miriam fand auf Anhieb drei Kleider, die in die engere Auswahl kamen. Am Ende entschied sie sich für ein kobaltblaues Midi-Modell mit weit schwingendem Rock. Als sie sich an Judiths kleinem Schminktisch durch die Lippenstifte probierte, stand ihre Schwester plötzlich in der Zimmertür.

»Was ist denn hier passiert?« Ungläubig ließ sie den Blick über die Klamotten schweifen, die Miriam beim Sortieren über das gesamte Schlafzimmer verteilt hatte.

»Ich brauchte was zum Anziehen«, sagte Miriam und betrachtete ihre in leuchtendem Kirschrot geschminkten Lippen im Spiegel.

»Und deshalb hast du meinen Kleiderschrank zerlegt?«

»Unsinn.« Miriam verdrehte die Augen. »Das ist ganz schnell wieder aufgeräumt.«

Judith hob fragend die Augenbrauen. »Du meinst wohl, *du* räumst das ganz schnell wieder auf, oder?«

Überrascht sah Miriam sie an. Wann war Judith denn so eine Spießerin geworden?

Ein bisschen eingeschnappt zuckte sie mit den Schultern. »Klar räum ich das auf, ist doch keine große Sache.«

Judith seufzte und verschwand in der Küche.

Miriam legte den Lippenstift zurück und sammelte dann die Kleider und Blusen zusammen, um sie zumindest lose über die Bügel im Schrank zu werfen. Warum machten sich die Menschen nur so viel aus Ordnung? Im Grunde war das doch nur der Inbegriff von Unfreiheit. Sie jedenfalls war froh, nicht Sklavin irgendeines Kleiderschrankes zu sein.

»Hast du schon Pläne für die nächsten Tage?«, rief Judith ihr aus der Küche zu.

Miriam tapste barfuß über den Flur und ließ sich auf der Küchenbank nieder. Die hübschen alten Fliesen an der Wand fühlten sich in ihrem Nacken angenehm kühl an. »Nicht so richtig. Morgen Abend habe ich ein Date.«

Judith drehte sich neugierig zu ihr um. »Der Kerl, dem du auf die Schuhe gekotzt hast?«

Miriam grinste und griff in den Obstkorb, um sich eine Weintraube in den Mund zu schieben. »Eigentlich ist er gar nicht mein Typ. Aber mit irgendwas muss ich mich ja ablenken, sonst sterbe ich vor Langeweile.«

Judith runzelte die Stirn und deutete aufs Spülbecken.

»Wenn du dich so gelangweilt hast, hättest du ja auch einfach mal den Abwasch machen können.«

Miriam lachte auf. »Bist du jetzt etwa böse auf mich?« Doch als sie Judiths ernsten Blick sah, verging ihr die gute Laune. »Wer hat denn gesagt, dass ich den nicht noch machen wollte?« Trotzig stand sie auf, ging zur Spüle und drehte den Wasserhahn auf, dass es nur so spritzte.

Judith atmete tief durch und drehte den Hahn wieder zu. »Ich bin dir nicht böse, okay? Nur etwas angespannt.«

Miriam blickte sie von der Seite an. Ihre Schwester sah wirklich ziemlich erschöpft aus. »Du arbeitest einfach zu viel. Das ist nicht gesund.«

»Die Arbeit stresst mich nicht«, sagte Judith und zog sich einen Stuhl heran. »Ich war heute bei Eva ...«

»Dann ist es ja kein Wunder, dass du angespannt bist. Eva wirkt so tiefenentspannend wie eine Kreissäge.« Behutsam drehte Miriam das Wasser ein weiteres Mal auf, spritzte etwas Spülmittel ins Becken und begann mit dem Abwasch.

»Ich wollte sie eigentlich überzeugen, uns bei der Sache mit Mama zu unterstützen.«

Uns? Miriam zuckte zusammen. Irgendetwas an diesem kleinen Wort bereitete ihr Magenschmerzen.

»Ich hatte ja geahnt, dass sie kein Geld für den Krankentransport lockermachen würde«, fuhr Judith betroffen fort. »Aber ich dachte, sie könnte wenigstens mal mit uns zum Haus fahren.«

Miriam drehte sich überrascht zu ihr um. »Was willst du denn im Haus?«

Sie sah, dass Judith zögerte und auf ihre Narbe hinabsah. Dann hob sie den Blick und schaute ihr direkt in die Augen. »Agnes meint, wir könnten dort die Antwort finden.«

»Die Antwort auf was?«

»Auf die Frage, warum Mama damals gegangen ist.«

Ungläubig stellte Miriam einen nassen Teller neben der Spüle ab. Als sie die Arme vor der Brust verschränkte, tropfte das Wasser von ihren Fingern auf Judiths blaues Kleid. »Willst du jetzt etwa die ganzen alten Geschichten wieder aufwärmen?«

In Judiths Augen blitzte etwas auf, das Miriam nur schwer deuten konnte. War es Hoffnung oder doch nur der blanke Wahnsinn?

»Du hast neulich bei Katharina doch selbst gesagt, dass Hannah vielleicht Gründe hatte zu gehen. Und dass es an der Zeit wäre, die in Erfahrung zu bringen.«

»Ich war müde von der Fahrt aus Turin«, rechtfertigte sich Miriam. »Und wollte Eva und Katharina ein bisschen Kontra geben. Aber ich hatte ganz sicher nicht vor, dieses ganze alte Zeug wieder auszugraben!«

Sie konnte nicht glauben, dass Judith jetzt ernsthaft dieses Fass aufmachen wollte. Was sollte das denn bringen? Die Vergangenheit war Geschichte – und es war noch nie ratsam gewesen, alte Geschichten nach fast dreißig Jahren wieder aufzuwärmen! Vor allem aber störte sie, dass Judith konsequent davon ausging, sie beide würden an einem Strang ziehen.

»Bitte«, flüsterte ihre Schwester, stand auf und griff

nach ihren feuchten Händen. »Am Samstagmorgen fahren wir gemeinsam raus ins Alte Land. Wenn Agnes meint, dort gäbe es Antworten, dann finden wir sie. Und hinterher überzeugen wir Eva und Katharina.«

»Ich weiß nicht.« Miriam spürte, wie sich ihr Magen zusammenzog. Es fühlte sich nicht richtig an, in der Vergangenheit herumzuwühlen – und wenn, dann sollte Judith das gefälligst alleine machen. Trotzdem bemühte sie sich, eine möglichst gelassene Miene aufzusetzen. »Ich kann nicht mit Sicherheit sagen, ob ich am Samstagmorgen schon wieder zurück bin von meinem Date.«

Und insgeheim nahm sie sich vor, es nicht zu sein.

14

Katharina

In all den Jahren, in denen sie nun schon in der Klinik arbeitete, hatte sie sich noch nicht ein einziges Mal krankgemeldet, aber heute sah Katharina sich einfach nicht in der Lage, ein Skalpell in der Hand zu halten. Judith hatte sie schon in aller Frühe mit Anrufen terrorisiert, und obwohl Katharina es nicht geschafft hatte, auch nur einen einzigen davon anzunehmen, ahnte sie, dass das nichts Gutes verhieß. Mehr noch: Es deutete auf einen Kontrollverlust hin – und wenn Katharina eines hasste, dann die Kontrolle zu verlieren!

An Arbeit war heute also nicht zu denken. Wie sollte sie im OP Leben retten, wenn sie nicht einmal ihr eigenes im Griff hatte? Die Kollegin am Telefon war so perplex gewesen, dass sie ihr nicht einmal gute Besserung gewünscht hatte. Dabei wünschte sich Katharina selbst nichts sehnlicher als das: dass endlich alles besser wurde.

Den ganzen Tag über ließ sie die Vorhänge im Schlafzimmer geschlossen, trotzdem war es ihr immer noch zu hell. Solange noch ein einziger Lichtstrahl auf die Vergangenheit fiel und ihr Geheimnis zu beleuchten drohte, würde sie keine Ruhe finden. *Aber wie soll das, was geschehen ist, schon ans Licht kommen,* versuchte sie sich selbst zu beruhigen. Der Einzige, der die Wahrheit gekannt hatte, war Theo, und der war tot. Genau genommen musste sie also gar keine Angst haben. Warum nur hörte die verdammte Angst nicht auf ihre Argumente?

Katharina erkannte sich selbst nicht wieder. Es war, als hätte die Nachricht von Hannahs möglicher Rückkehr die Nussschale aufgebrochen, in der sie in den letzten siebenundzwanzig Jahren Sicherheit gefunden hatte. Das Problem war nur, dass nichts mehr von ihr übrig blieb, wenn die Schale wegfiel. Oder war es in Wirklichkeit genau andersherum? War das, was nun zum Vorschein kam, ihr eigentliches, ihr wahres Ich?

Jedenfalls: Wenn es so war, dann konnte Katharina sich selbst nicht ausstehen. Hilflos, schwach, ängstlich und mit einer Sehnsucht nach etwas, was sie doch eigentlich gar nicht kannte. So wollte sie nicht sein. So hatte sie niemals sein wollen!

Natürlich hatte sie geweint, als Hannah verschwunden war. Sie war ja erst zehn gewesen, und ihr Brustkorb hatte höllisch wehgetan, weil eine Rippe geprellt war. Doch was sie ihrer Mutter am meisten übelnahm, war nicht, dass sie gegangen war, sondern dass sie sie nicht mitgenommen hatte. Schon als Zehnjährige hatte Katharina verstanden, dass der Unfall an allem schuld war, und sie konnte sogar verstehen, dass Hannah die Zwillinge und das Baby hinter sich lassen wollte. Aber wie in aller Welt konnte sie auch sie, ihre Älteste, zurücklassen?

Wochenlang war Katharina sich insgeheim sicher gewesen, dass Hannah zurückkehren würde, um sie zu holen. Ihre Mutter und sie waren immer schon unzertrennlich gewesen, vom ersten Tag an. Unmöglich, dass sich das nun ändern sollte!

Während Theo verzweifelt nach Hannah suchte und die jüngeren Mädchen versorgte, hatte Katharina ihre eigenen Vorbereitungen getroffen. Sie wollte bereit sein, wenn ihre Mutter zurückkam und sie mitnahm.

Die Welt um sie herum war aus den Fugen geraten. Der warme Maiwind hatte die Blütenblätter der Apfelbäume davongetragen, aber Katharina hatte für all das keinen Blick gehabt. Stattdessen hatte sie ihren kleinen blauen Koffer vom Dachboden geholt und alles, was ihr lieb war, hineingepackt. Den struppigen Hasen, den sie zur Geburt geschenkt bekommen hatte und ohne den sie bis dahin nicht eine einzige Nacht ihres Lebens eingeschlafen war. Das goldene Armband mit dem kleinen Schutzengel, das ihre Eltern ihr zum ersten Geburtstag geschenkt hatten. Die Geschichte, die Hannah für sie geschrieben hatte, als Katharina Angst gehabt hatte, in die Schule zu gehen, weil sie nicht wusste, ob die anderen Kinder sie mögen würden. *Ich halte deine Hand.* Das war ihr Titel gewesen, und noch heute konnte Katharina die geschwungenen Buchstaben ihrer Mutter vor ihrem inneren Auge sehen, als hätte sie das Heft erst gestern aus der Hand gelegt.

Monatelang hatte Katharina den Koffer unter ihrem Bett versteckt und auf ein Zeichen von ihrer Mutter gewartet. Doch dann kamen erst die Sommerferien und schließlich der Herbst, und Hannah war noch immer nicht zurück. Und schließlich war Katharina bewusst geworden, dass sie niemals zurückkommen würde.

Hannah würde sie nicht holen.

An ihrem elften Geburtstag im November hatte Katharina ihren Koffer verschlossen und mit all den Dingen, die sie so liebte, in den Untiefen des Kellers vergraben. Nur ein einziges Mal hatte sie ihn wieder hervorgeholt.

Ihre Rippe war irgendwann geheilt. Aber wie heilte man ein gebrochenes Herz? Katharina rollte sich im Bett zusammen und spürte, wie ihr wieder Tränen in die Augen stiegen. Wieso hatte sie auch an den alten Koffer denken müssen! Ob er wohl noch immer irgendwo im Keller lag? Hoffentlich hatten die Ratten das Ding gefressen, mit allem, was sie darin begraben hatte!

Als sie sich die Decke über den Kopf ziehen wollte, um möglichst für immer darunter abzutauchen, klingelte es an der Wohnungstür.

Katharina hatte keine Lust auf Menschen oder Gespräche, neben den unbeantworteten Anrufen von Judith hatte sie im Laufe des Vormittags auch noch zwei Anrufe von Eva weggedrückt. Doch nach etwa dreißig Sekunden klingelte es erneut, und zwei Minuten später ein drittes Mal.

Jetzt war Katharinas Neugier doch geweckt. Ihre Schwestern konnten es nicht sein, die hätten Sturm geklingelt und sich nicht derart zurückhaltend bemerkbar gemacht. Vielleicht war es ja die Post? Sie hatte vor ein paar Wochen einige Fachbücher aus dem Ausland bestellt – vielleicht hatte sie Glück und konnte sich nun damit ablenken?

Als es zum vierten Mal klingelte, kroch Katharina aus dem Bett, zog sich den Morgenmantel über Theos ausgewaschenes Shirt und schlurfte zur Tür. Ihre Gegensprechanlage war mit einer Videokamera ausgestattet, und Katharina hielt die Luft an, als sie sah, wer unten vor dem Haus stand.

Es war nicht der Paketbote, sondern Robin.

Instinktiv wich Katharina von der Tür zurück. Gestern war sie ihm erfolgreich aus dem Weg gegangen, und damit auch der Aufgabe, die sie zu erledigen hatte: Sie musste es beenden, musste Schluss machen, bevor er sich am Ende zu viel erhoffte. Bevor er sich etwas erhoffte, was sie ihm nicht geben konnte.

Natürlich war jetzt nicht der ideale Zeitpunkt – aber gab es für das, was sie vorhatte, überhaupt einen guten Zeitpunkt? Sie konnte es genauso gut jetzt gleich erledigen. Katharina drückte den Rücken durch und holte tief Luft. Ihr Finger berührte den Türöffner, und sie versuchte zu ignorieren, dass er dabei zitterte. Sie musste sich jetzt sammeln, musste sich fokussieren, damit es schnell ging und nicht zu unangenehm würde. Im Grunde war das doch wie bei einem Pflaster: Je schneller man es von der Haut zog, desto weniger tat es weh.

Doch als sich die Aufzugtüren schräg gegenüber öffneten und Robin mit einem unsicheren Lächeln auf sie zutrat, war alles, was Katharina sich zurechtgelegt hatte, wie weggeblasen.

»Ich hab Hühnersuppe für dich gekocht«, sagte Robin, und er hielt tatsächlich einen kleinen Kochtopf in den Händen.

Katharina stockte der Atem. Er hatte Suppe für sie gekocht? Eigentlich hatte sie ihm ohne Umschweife sagen wollen, dass es vorbei war, dass er am besten jetzt gleich wieder gehen sollte. Sie hatte ihm sagen wollen, dass sie ihn nicht brauchte. Aber ohne zu wissen, woher der Impuls plötzlich kam, brach sie stattdessen in Tränen aus und schlang die Arme um ihn, als wollte sie ihn nie mehr loslassen.

»Danke«, flüsterte sie, war sich aber nicht sicher, ob er es zwischen ihren Schluchzern überhaupt hören konnte.

Sie ließ zu, dass Robin sie mit Hühnersuppe fütterte. Er stellte keine Fragen, sorgte aber dafür, dass sie genug Taschentücher für ihre Tränen hatte. Hinterher legten sie sich gemeinsam auf ihr Bett.

Katharina hatte das Bedürfnis, sich klein zu machen, so klein, dass sie in seine Hand passte und er sie tragen konnte. Aber stattdessen drehte sie sich auf die Seite, und Robin rückte dicht hinter sie und hielt sie in den Armen. Und zum ersten Mal seit siebenundzwanzig Jahren hatte Katharina das Gefühl, dass sie endlich in Ruhe schlafen konnte.

Am nächsten Morgen wurde Katharina noch vor der Sonne wach. Umständlich löste sie sich aus Robins Umarmung und biss sich auf die Unterlippe. Wie um Himmels willen hatte sie sich nur so gehen lassen können?

Schlafend in ihrem Bett sah Robin aus wie ein kleiner Junge – und war er das im Grunde nicht auch? Sie hatte die Sache nicht einfacher gemacht, indem sie ihn hereingelassen hatte, in ihre Wohnung und ihr Schlafzimmer, aber auch in ihr Herz. Jetzt würde es mit Sicherheit noch schwieriger werden, die ganze Sache zu beenden.

Am meisten allerdings irritierte sie, dass sie dabei nicht nur an Robins Gefühle dachte. Dass er sie heute Nacht gehalten hatte, hatte sich gut angefühlt, viel zu gut für Katharinas Geschmack. Sie musste diese Sache schleunigst in den Griff bekommen.

Ursprünglich hatte sie vorgehabt, sich einen weiteren Tag krankzumelden, aber nun sah die Situation anders aus. Sie brauchte Abstand zu alledem hier, und da war Arbeit eine willkommene Ablenkung.

Als sie durch die Kliniktür trat, war es kurz vor halb acht. Ihr Dienst begann zwar erst in zwei Stunden, aber sie wollte nicht zu Hause sein, wenn Robin aufwachte. Deshalb hatte sie sich beim Bäcker auf dem Klinikgelände zwei Brötchen und ein Schokocroissant gekauft, um vor Dienstantritt noch in Ruhe zu frühstücken und nachzudenken. Anlass dafür gab es ja genug.

Doch als Katharina jetzt mit der Brötchentüte auf den Aufzug zuging, fiel ihr Blick in den Aufenthaltsraum: Vor dem Snackautomaten stand die Kleine mit dem Regenschirm und verrenkte sich beinahe bei dem Versuch, ihren dünnen Arm durch das Entnahmefach zu schieben.

Katharina musste sich ein Lachen verkneifen. »Wenn du die Nase einziehst, passt du vielleicht mit dem ganzen Kopf durch den Schlitz.«

Die Kleine zuckte erschrocken zusammen und fiel dabei auf den Hintern. Katharina musste grinsen, aber offenbar fand das Mädchen das alles kein bisschen lustig.

»Du bist Ärztin! Patienten zu Tode zu erschrecken gehört nicht zu deinen Aufgaben.« Murrend ging sie auf die Knie und warf erneut einen Blick hinter die Klappe, wo für gewöhnlich die Süßigkeiten landeten.

Katharina sah ihr belustigt zu. »Was soll das werden?«

Die Kleine griff nach ihrem Schirm, um damit hinter der Klappe herumzustochern. »Hast du schon mal das Frühstück auf der Station gesehen? Ein, zwei Tage geht das, aber nach einer Woche stirbt einem die Zunge ab.« Sie bemühte sich, die untersten Regalreihen mit der Schirmspitze zu erreichen, aber vergeblich. Seufzend zog sie das Ding schließlich wieder heraus und sah Katharina an. »Hast du vielleicht einen Euro für mich?«

Katharina zögerte, dann hielt sie ihre Bäckertüte hoch. »Ich hab was viel Besseres.«

Sie hatte keine Ahnung, warum sie die Kleine mit aufs Dach genommen hatte, und vor allem wusste sie nicht, warum sie freiwillig ihr Frühstück mit ihr teilte. Aber Katharina konnte nicht leugnen, dass irgendetwas an dem Mädchen sie faszinierte.

Auch heute trug sie die merkwürdige Strickjacke über ihrem Nachthemd, und Katharina hatte zunächst befürchtet, dass es hier oben zu kalt für sie sein würde. Aber zum Glück ging gerade nur wenig Wind, und sie fanden einen geschützten Bereich hinter dem Treppenaufgang.

»Die Aussicht ist nicht schlecht«, sagte die Kleine, während sie gierig in das Schokocroissant biss. »Ist das hier so was wie die Chefetage?«

»Nein«, erwiderte Katharina und ließ den Blick über die Stadt schweifen. »Das hier gehört nur mir.«

Das Mädchen hielt beim Kauen inne und grinste. »Aber jetzt hast du es mit mir geteilt.«

Katharina sah sie ungläubig an und nickte. Ja, aus irgendeinem Grund hatte sie ihren geheimen Rückzugsort tatsächlich mit dem kleinen Quälgeist geteilt.

»Ich bin übrigens Cleo«, sagte das Mädchen und hielt ihr die schokoladenverschmierte Hand hin.

»Katharina«, erwiderte sie. »Du darfst aber niemandem erzählen, dass wir hier oben waren, verstanden?«

Cleos Grinsen wurde noch breiter. »Kein Problem. Solange du mich weiter mit Frühstück versorgst, kann ich schweigen wie ein Grab.«

Katharina konnte es nicht fassen. Wollte die Kleine sie jetzt etwa erpressen?

Sie schüttelte ungläubig den Kopf. »Warum bist du eigentlich hier?«

Cleo runzelte die Stirn. »Du hast mich mitgenommen.«

»Ich meine in der Klinik.«

Cleo biss erneut in das Croissant. »Mein Knie soll operiert werden, und es stehen noch Voruntersuchungen an, weil ich ein paar Medikamente nicht vertrage. Aber die OP an sich ist wirklich nur 'ne kleine Sache.«

»Und wie genau sieht diese kleine Sache aus?«, hakte Katharina nach, aber Cleo verdrehte nur gelangweilt die Augen.

»Ich bin nicht gerade heiß drauf, auch noch in meiner Freizeit darüber zu sprechen. Es reicht doch, dass da unten auf der Station alle ständig darauf herumkauen.«

Katharina hob entschuldigend die Hände. »Okay, okay, keine Fragen mehr.«

Cleo nickte zufrieden und nahm sich eines der Brötchen aus der Tüte. »Wie läuft's mit Robin?«

»Was?« Katharina blickte sie erschrocken an.

Cleo nahm die Salatblätter vom Käse und klappte dann das Brötchen wieder zusammen, um hineinzubeißen. »Hast du schon Schluss gemacht?«

Katharina war derart vor den Kopf gestoßen, dass ihr keine schlagfertige Antwort einfiel. Stattdessen griff sie in die Tüte, um sich das zweite Brötchen zu nehmen.

»Alles klar.« Cleo zuckte mit den Schultern. »Du willst nicht darüber reden – zumindest noch nicht.«

Katharina sah sie verblüfft an. »Was bist du? So eine Art Paartherapeutin?«

»Ja«, erwiderte Cleo und nahm ihr dann einfach das Brötchen aus der Hand. »Aber nur für gute Freunde.«

»Da hab ich ja echt Glück gehabt …«, murmelte Katharina und sah amüsiert zu, wie die Kleine auch das letzte Brötchen verschlang.

Als sie fertig war, wischte sie sich die Finger an ihrem Nachthemd ab und blickte Katharina ernst an. »Hilfst du mir jetzt eigentlich oder nicht?«

»Wobei?«

»Ich brauche ein Handy.«

Katharina lachte auf. »Und du denkst, ich rücke jetzt einfach mein Telefon raus?«

Cleo verdrehte die Augen. »Ich habe ja nicht vor, in der Mongolei anzurufen und dein Monatsgehalt zu verquatschen!«

»Sondern?«

Die Kleine zögerte und zuckte dann mit den Schultern. »Ich will nur etwas aufnehmen.«

»Aufnehmen?« Katharina runzelte die Stirn.

»Das geht doch mit deinem Handy, oder?«

Natürlich ging das. Katharina diktierte oft ihre Arztberichte in ihr Handy, das ersparte ihr unzählige Extrastunden am Computer. Aber ihr Telefon einfach diesem wildfremden Mädchen in die Hand drücken? Unmöglich!

»Was musst du denn aufnehmen?«

»Das ist privat.«

»Mein Handy ist auch privat«, erwiderte Katharina.

Cleo schob ihre kleinen Fäuste in die Taschen der Strickjacke. »Komm schon. Ich brauch es ja nicht für immer. Ein, zwei Wochen reichen.«

»Ein, zwei Wochen?« Katharina prustete los, aber Cleos Blick verriet ihr, dass sie es absolut ernst meinte.

»Ich kann dir mein Telefon nicht für zwei Wochen geben. Frag doch einfach deine Eltern.«

Cleo stöhnte auf. »Das hab ich schon längst getan. Die wollen nicht, dass ich ein Smartphone habe, weil sie denken, ich würde mir dann irgendeinen Blödsinn im Internet ansehen. Dabei will ich wirklich nur etwas aufnehmen. Aber von dir kann ich wohl auch keine Hilfe erwarten.« Mit einem Seufzen stand sie auf und zog ihr Nachthemd glatt. Dann griff sie nach ihrem Regenschirm. »Danke für das Frühstück«, murmelte sie und verschwand die Treppe hinab.

Katharina sah ihr ungläubig hinterher. Die Kleine war nicht ganz normal, daran bestand kein Zweifel, aber irgendwie faszinierte sie Katharina auch. Die schiefe, kinnlange Frisur, ihre nackten Beine und dann dieser Schirm … Beim nächsten Mal musste Katharina sie unbedingt fragen, warum sie dieses Ding ständig mit sich herumtrug.

Beim nächsten Mal? Sie schüttelte den Gedanken schnell wieder ab. Nichts sprach dafür, dass es ein nächstes Mal geben würde.

Als Katharina sich vor dem Spind ihren Kittel überstreifte, klingelte schon wieder ihr Handy. Es war Eva, und Katharina fühlte sich stark genug, sie diesmal nicht einfach wegzudrücken.

»Hat Judith mit dir gesprochen?«, fiel ihre Schwester ohne Umschweife mit der Tür ins Haus.

Katharina klemmte sich das Handy zwischen Ohr und Schulter, um in ihre weißen Turnschuhe zu schlüpfen. »Sie hat versucht, mich zu erreichen, aber ich hatte zu tun. Will sie immer noch, dass wir Hannah nach Hause holen?«

Am anderen Ende der Leitung stöhnte Eva auf. »Nein. Sie hat wohl verstanden, dass wir diesen Transport nicht unterstützen. Aber sie wollte mich überreden, mit ihr ins Alte Land zu fahren.«

Katharina hielt die Luft an. »Und was will sie da?«

»Keine Ahnung.« Eva seufzte erschöpft. »Agnes hat ihr erzählt, wir könnten dort Antworten finden.«

»Antworten?« Mit einem Mal fühlte sich Katharinas Kehle staubtrocken an.

»Ja, eine Antwort darauf, warum Hannah gegangen und niemals wiedergekommen ist. Aber das ist doch Blödsinn, oder?« Evas Stimme klang plötzlich unsicher, geradezu hilflos. »Wir brauchen keine Antworten, richtig? Selbst wenn wir sie dort finden könnten?«

Katharina schloss die Augen und presste die Lippen zusammen. Das Herz schlug ihr bis zum Hals.

»Nein, Eva«, murmelte sie und hoffte, dass ihre Schwester das Zittern in ihrer Stimme nicht bemerkte. »Wir brauchen keine Antworten.« Dann beendete sie das Gespräch, ohne sich zu verabschieden, und ließ sich auf die Bank vor ihrem Spind sinken.

Sie brauchte keine Antworten, das war die Wahrheit.

Weil sie die Antworten längst kannte …

15

Eva

Eva hatte Essen bestellt, weil an aufwendiges Kochen mit dem verletzten Handgelenk ohnehin nicht zu denken war. Ava und Bella hatte sie heute früh zu Bett gebracht, und erstaunlicherweise waren die beiden schnell und beinahe protestlos eingeschlafen. Vielleicht hatten sie gespürt, dass ihre Mutter gerade nicht noch mehr Aufregung vertragen konnte. Nur Carla war noch wach und gluckste zufrieden auf ihrem Arm, während Eva mit Thomas am Tisch saß und aß.

Die Aufregung der letzten Tage nagte viel stärker an ihr, als sie es befürchtet hatte. In ihrem Kopf schwirrten mehr Fragezeichen als Antworten herum, und Eva gefiel es nicht, dass sie das Gefühl hatte, nicht mehr zu wissen, was richtig oder falsch war. *Hannah*. Sechs Buchstaben, die wie ein Gespenst durch ihre Gedanken geisterten und Ängste weckten, mit denen sie nur schwer umgehen konnte.

Katharina hatte gesagt, sie bräuchten keine Antworten. Sie war dagegen, dass ihre Mutter zurückkam, und das war gut so! Auf der anderen Seite war Eva nicht entgangen, wie seltsam sie bei ihrem letzten Telefonat geklungen hatte, und irgendetwas daran gefiel ihr nicht. Katharina war unerschütterlich, ein Fels in der Brandung. Wenn nun selbst sie ins Wanken geriet, dann war irgendetwas nicht in Ordnung.

Und dann war da noch Judith. Judith, immer wieder Judith. Eva musste sich zusammenreißen, um nicht gleich wieder wütend zu werden. Konnte ihre Zwillingsschwester sie nicht einfach in Ruhe lassen und akzeptieren, dass Hannah keinen Platz mehr in ihrem Leben hatte?

Wir können die Antwort finden. Und was sollte das bitte für eine Antwort sein? Mit Sicherheit keine, die Eva Trost spenden würde oder Wiedergutmachung für all das, was ihr in ihrem Leben verwehrt geblieben war. Judith konnte sich ihre Antworten sonst wo hinstecken!

Trotzdem ließ Eva die Sache nicht los. Sie hatte Thomas belogen und damit nicht gerade das sicherste Fundament für ihre Ehe geschaffen. Sie hatte es nicht ohne Grund getan, sondern um ihn und seine Familie nicht zu verunsichern, und ja, auch um sich selbst zu schützen. Konnte man ihr dafür denn wirklich einen Vorwurf machen?

Aber jetzt ging es nicht mehr um die Vergangenheit, sondern um ihre Zukunft. Jede Lüge hatte ein Verfallsdatum, eine letzte Chance, sie aufzuklären, bevor sie irgendwann alles mit sich in den Abgrund riss. Dieser Zeitpunkt war jetzt – und sie hatte nicht vor, ihn tatenlos verstreichen zu lassen, damit alles nur noch schlimmer wurde.

Natürlich fiel es ihr nicht leicht. Am liebsten hätte sie Hannah für immer für tot erklärt – aber wenn ihre Schwestern nicht mitmachten und bald alles auf den Tisch kam, dann musste sie zumindest ihre Ehe retten. Thomas liebte sie. Er wäre natürlich irritiert und vielleicht verärgert, aber am Ende würde er es schon verstehen – oder etwa nicht?

Behutsam wippte Eva Carla auf ihrem Schoß auf und ab und beobachtete mit klopfendem Herzen, wie Thomas abwesend in seiner Lieblingspasta herumstocherte.

»Schmeckt es dir nicht?«

»Doch, doch.« Thomas blickte ihr kurz in die Augen und dann wieder auf sein Handy.

Den ganzen Abend schon ließ er das blöde Telefon nicht aus den Augen. Vor ein paar Monaten hatten sie sich eigentlich darauf geeinigt, dass die Handys zumindest beim Essen ausgeschaltet blieben, aber irgendein wichtiger Fall hatte die Regel außer Kraft gesetzt.

Eva spürte, wie ihre Handflächen feucht wurden. Sie musste jetzt handeln, jetzt sofort, bevor alles noch komplizierter wurde. Vielleicht war es ja gar nicht so schlecht, wenn er nicht ganz bei der Sache war …

»Ich muss mit dir reden.«

Noch immer hob Thomas den Blick nicht von seinem Handy. »Ist es wegen Maribelle?«

»Nein«, erwiderte Eva und klammerte sich an Carla fest. »Es geht ausnahmsweise um meine Mutter.«

Jetzt sah Thomas überrascht auf. »Deine Mutter?«

Eva musste schlucken. Dass sein Blick nun auf ihr

lastete, machte sie nervös. Konnte er nicht einfach wieder auf sein Telefon starren?

Sie öffnete den Mund, aber es kam kein einziger Ton heraus. Dafür knallte es auf einmal in Carlas Windel!

Auf Thomas' Gesicht breitete sich augenblicklich ein Grinsen aus. »Sie ist kein Kind der leisen Töne.«

Im nächsten Moment strömte auch schon der allzu bekannte Geruch aus Carlas Windel. War das ein schlechtes Omen oder ein Rettungsanker in letzter Sekunde?

Wie auch immer, die Windel musste gewechselt werden, und zwar sofort. Eva seufzte und wollte aufstehen, aber Thomas kam ihr zuvor.

»Ich mach das.«

»Was?«

»Carla wickeln.«

Eva blickte ihn überrascht an. »Aber sie hat groß gemacht.«

»Ich weiß«, erwiderte Thomas und zwinkerte ihr zu. »Ich habe auf der Arbeit mit so viel Scheiß zu tun, da wird mich die Kacke meiner Tochter schon nicht umhauen.«

Eva wusste nicht, was sie mehr überraschte: Dass er das Wort *Kacke* benutzt hatte oder dass er jetzt tatsächlich mit Carla durch den Flur verschwand, um ihr die Windel zu wechseln. Nachdenklich sah sie ihm hinterher – und plötzlich schlich sich ein Lächeln auf ihre Lippen. Sie musste sich keine Sorgen machen. Thomas war ein wunderbarer Mann, der beste! Er liebte sie, und er liebte ihre Töchter, und im Grunde hatte Judith recht: Er würde es schon verstehen, wenn sie ihm die Wahrheit sagte, die ganze Wahrheit.

Erleichtert rückte Eva an den Tisch und griff nach der Gabel. Auch wenn er nicht mit ihr schlief, liebte Thomas sie – und das beflügelte plötzlich ihren Appetit. Auch sie hatte bisher nur lustlos in ihrem Salat herumgestochert, jetzt aber zog sie Thomas' Teller zu sich heran und nahm einen großen Bissen von seinen Nudeln. Die cremige Soße schmeckte köstlich und ließ Evas Herz vor Freude Purzelbäume schlagen.

Natürlich, ihre Figur war immer noch ein Thema. Morgen, wenn Maribelle kam, würde sie wieder joggen gehen und sich darum kümmern. Aber heute Abend ging es um etwas anderes, und dafür konnte Eva Glücksgefühle sehr gut gebrauchen. Mit einem lustvollen Seufzen schob sie sich eine weitere Gabel Nudeln in den Mund.

Thomas' Handy piepte, und kurz danach ein zweites Mal. Plötzlich regte sich Neugier in Eva. Welcher Fall konnte schon so wichtig sein, dass sie nicht einmal beim Abendessen ihre Ruhe hatten?

Eva rang mit sich und widerstand dem Impuls nachzusehen – sie war keine dieser Frauen, die die Handys ihrer Männer überprüften. Doch bei der dritten Nachricht warf sie ihre vornehme Zurückhaltung über Bord und zog das Handy kurzerhand zu sich heran.

Als sie die Nachrichten las, die auf dem Display aufleuchteten, verging ihr augenblicklich der Appetit.

Ich kann mich spontan freimachen.

Im Schlösschen wie immer?

*Freu mich, du Löwe*** Theresia*

Evas Herz raste. Die Nudeln in ihrem Magen schienen sich zu einem faustgroßen Geschwür zu verknoten. Das konnte nicht wahr sein, nein, es war nur ein Fehler, den man ganz einfach korrigieren konnte!

Theresia.

Du Löwe.

Im Schlösschen wie immer?

Eva kannte das Schlösschen gut, es war eine kleine Pension am Ende der Straße. Die Zimmer waren liebevoll und dennoch elegant eingerichtet, und Thomas und sie hatten schon oft Freunde und Familie von außerhalb dort untergebracht. Aber was wollte Thomas dort mit Theresia – und warum in aller Welt nannte sie ihn *Löwe?*

Eva wurde übel. Theresia, natürlich Theresia. Maribelle liebte Theresia! Sie war schön und schlank, und sie kam aus der richtigen Familie. Soweit Eva wusste, hatte sie als Innenausstatterin sogar die Kanzlei eingerichtet. Thomas hatte ihr eigentlich nie besonders viel Aufmerksamkeit geschenkt – oder hatte Eva das einfach nur nicht gesehen? War sie in den letzten Monaten nicht nur zu dick, sondern auch zu blind und zu dumm gewesen?

Auf einmal fügten sich so viele Puzzleteile zusammen, aber Eva scheute sich davor, einen Blick auf das Gesamtbild zu werfen, das sich dabei ergab.

Im Schlösschen wie immer?

Was bedeutete *wie immer?* Hatten sie sich ein Mal getroffen, zwei Mal – oder ging das schon seit einem Jahr so? Und wie konnten sie es ausgerechnet dort tun? Eva kannte die Mitarbeiter der Pension, sie hatte schon oft Kuchen aus der Café-Theke mitgenommen, wenn sie selbst keine Zeit zum Backen gefunden hatte. Die Besitzer kannten sie, das Servicepersonal grüßte sie auf der Straße – und sie alle wussten Bescheid? Wer steckte noch mit ihnen unter einer Decke? War sie am Ende die Einzige, die es noch nicht durchschaut hatte?

Die Wände um sie herum schienen sich zu drehen. Eva stand auf und stützte sich auf der Tischplatte ab, vergaß dabei ihr Handgelenk und zuckte vor Schmerz zusammen. Sie spürte, dass ihr Atem flacher wurde und sie keine Luft mehr bekam. Aber nein, sie musste jetzt stark sein, sie musste kämpfen! Theresia war vielleicht umwerfend und perfekt, aber Eva war noch immer Thomas' Frau – und sie hatte nicht vor, sich kampflos zu ergeben.

Zunächst einmal musste sie sich beruhigen. Thomas durfte ihr auf keinen Fall ansehen, dass sie Bescheid wusste. Wenn ihr Kopf erst mal wieder klar war, würde sie einen Ausweg finden. Sie würde sich einen Plan zurechtlegen, einen guten Plan, und am Ende würde sie als Gewinnerin dastehen, das schwor sie sich! Ihre Kinder würden nicht in einer Patchwork-Familie aufwachsen, und sie würden auch nicht auf Mutter oder Vater verzichten müssen.

Sie würde das hinkriegen.

Sie würde das hinkriegen!

Als Thomas mit Carla zurück an den Tisch kam, hatte Eva sein Handy wieder an seinen Platz geschoben und kaute konzentriert auf ihrem Salat.

Thomas wirkte geradezu gut gelaunt und behielt Carla bei sich auf dem Schoß. »Was ist denn nun mit deiner Mutter?«

Eva hielt erschrocken inne. Sie hatte Hannah komplett vergessen. Aber im Grunde war das jetzt auch nebensächlich. Mit einem Mal hatte sie ganz andere Probleme als eine Mutter, die doch nicht tot war – und ganz sicher war jetzt nicht der richtige Zeitpunkt, um Thomas zu gestehen, dass sie ihn jahrelang belogen hatte. Würde sie ihn damit nicht erst recht in Theresias Arme treiben?

»Nicht so wichtig«, sagte Eva betont gelassen. »Judith hat vorgeschlagen, dass wir gemeinsam ins Alte Land fahren und im Haus nach alten Fotos und Erinnerungen suchen.«

Thomas griff nach seiner Gabel und lächelte. »Das ist doch eine schöne Idee. Vielleicht kommt ihr euch dann auch wieder etwas näher.«

Eva biss sich auf die Zunge. Dann streckte sie die Hand aus und legte sie auf seinen Arm. »Eigentlich hatte ich gehofft, wir beide könnten uns wieder ein bisschen näherkommen …«

Überrascht sah Thomas sie an. Dann lehnte er sich seufzend zurück. »Hör zu, Eva, es liegt nicht an dir. Gib mir einfach ein bisschen Zeit, okay?«

Ein bisschen Zeit? Eva presste die Lippen zusammen und spürte, dass ihr Tränen in die Augen stiegen. Wofür sollte sie ihm denn Zeit geben – dass er in Theresias Armen zum Löwen wurde?

Sie überlegte noch, wie sie das Ruder wieder herumreißen konnte, als Thomas' Handy ein weiteres Mal piepte. Reflexartig wanderte sein Blick zum Display. Dann nahm er das Telefon an sich und steckte es in seine Hosentasche.

»Ich muss noch mal in die Kanzlei.«

»So spät noch?«

Thomas ging um den Tisch herum und setzte Carla auf Evas Schoß ab. »Für mich ist das auch nicht einfach, ich hätte so gern mehr Zeit für euch. Aber bald wird es besser.« Er gab ihr einen sanften Kuss auf die Stirn und verschwand in den Flur.

Eva schloss die Augen, bis sie hörte, wie die Wohnungstür ins Schloss fiel. Dann konnte sie ihre Tränen nicht länger zurückhalten. *Für mich ist das auch nicht einfach*? Was sollte das denn bitte heißen? Etwa, dass es ihre Schuld war, dass er sich in Theresias Arme werfen musste? Verzweifelt und wütend zugleich presste Eva ihr verletztes Handgelenk ein weiteres Mal auf die Tischplatte. Kein Schmerz war schlimmer als der, den sie gerade in ihrem Herzen spürte.

Carla tastete suchend mit ihren kleinen Händchen in der Luft herum und begann zu schmatzen. Eva kannte die Anzeichen. Wenn sie ihr nicht gleich die Brust gab, würde sie schreien und am Ende noch Bella und Ava wecken. Das konnte Eva nicht riskieren. Sie brauchte jetzt Ruhe, um endlich einen klaren Gedanken fassen zu können.

Mit einem hatte Thomas jedenfalls recht: Es würde besser werden – dafür würde Eva schon sorgen.

Selbst wenn sie dafür über Leichen gehen musste.

16

Miriam

Konrads Wohnung war nicht besonders groß, aber genauso ordentlich und liebevoll eingerichtet, wie sie es erwartet hatte. Miriam ging neugierig durch den Flur ins Wohnzimmer und nahm alles genau in Augenschein. Madame Chanel hatte in ihrem Hundekörbchen Platz genommen und beobachtete sie mit Argusaugen. Wann immer Miriam einem Regal zu nahe kam, stieß die kleine Hundedame ein Knurren aus, das Miriam kaum überhören konnte.

»Hast du sie zum Wachhund ausgebildet?«, fragte sie mit einem Augenzwinkern, als Konrad endlich aus der Küche kam.

Er drückte ihr ein Glas Weißwein in die Hand und grinste. »Sie verteidigt eben ihr Revier.«

»Ich bin ja nicht in ihr Körbchen gestiegen, sondern wollte nur ein bisschen herumschnüffeln.«

Konrad lachte auf. »Falls es dich beruhigt: Ich bin so langweilig, dass sich Schnüffeln nicht lohnt.«

»Klar«, erwiderte Miriam und zog die Augenbrauen hoch. »Das sagst du jetzt, damit ich dir vertraue. Aber weiß ich, ob du hinterher nicht den Staubsauger rausholst und mich zum Putzen zwingst?«

Wieder musste Konrad lachen. »Ich besitze einen Saugroboter. Du wirst in diesen vier Wänden also niemals in die Verlegenheit kommen, saugen zu müssen.«

»Einen Saugroboter?« Miriam rollte grinsend mit den Augen. »Du bist wirklich noch viel spießiger, als ich dachte.«

Konrad tat so, als wäre er ein wenig eingeschnappt. »Dir kann man es wohl gar nicht recht machen, was?«

»Doch«, sagte sie und machte einen Schritt auf ihn zu. »Eigentlich ist das sogar ganz einfach.« Selbstbewusst stellte sie sich auf die Zehenspitzen und drückte ihre Lippen auf seine.

Konrad zuckte zusammen und trat überrascht zurück. »Wow.« Er lächelte, aber Miriam merkte, dass ihm die Situation unangenehm war.

»Tut mir leid.« Sie klammerte sich an ihrem kalten Weinglas fest. »Hab ich einen Fehler gemacht?«

»Nein, nein«, erwiderte Konrad unsicher. »Ich finde nur … du hast ein ganz schönes Tempo drauf. Wollen wir nicht erst mal was essen?«

Für einen Augenblick war Miriam perplex. Bisher hatte sich noch kein Mann über ihr Tempo beschwert. Außerdem hatte er sie doch zu sich nach Hause eingeladen – und das hieß, dass er sie mochte. Warum sollten sie also warten? Auf der anderen Seite war es natürlich ganz niedlich, dass er sich derart um Anstand bemühte. Und davon mal abgesehen, hatte sie schon wieder einen Bärenhunger. Gegen ein gutes Essen gab es also wirklich nichts einzuwenden.

»Ich hoffe für dich, du kannst kochen«, versuchte sie ihre Unsicherheit zu überspielen. »Sonst binde ich dich hinterher auf deinen Saugroboter und schicke dich zum nächsten Imbiss.«

Konrad konnte kochen, und nicht nur das! Wenn man den Bildern an seiner Küchenwand Glauben schenken durfte, war er auch ein hervorragender Fotograf und Bergsteiger. Außerdem hatte er ganz offensichtlich ein gutes Händchen für Pflanzen und Kräuter, denn auf seiner Fensterbank und dem kleinen Balkon wucherte ein beeindruckender Urwald an Grünzeug.

Miriam hatte leider keinen grünen Daumen. Sie hatte sogar schon Kakteen dazu gebracht, kümmerlich einzugehen. Zum Glück erwartete niemand, dass sie mit einem Blumentopf im Rucksack durchs Leben reiste.

Das Essen war so gut, dass Miriam über weite Strecken zu reden vergaß. Stattdessen schloss sie immer wieder genussvoll die Augen. Der Lachs war auf den Punkt gegart, und das Risotto schmeckte derart köstlich, dass sie beim Essen überlegte, ob sie sich etwaige Reste wohl einpacken lassen könnte. Einzig der Wein war ein Fehlgriff. Miriam war schon beim ersten Schluck zusammengezuckt und hatte das Gesicht verzogen. Sie konnte nicht sagen, ob er ihr zu trocken oder zu süß war, nur dass er ihr nicht schmeckte, daran gab es nichts zu rütteln.

Zum Glück stellte Konrad keine Fragen, als sie ihr

Weinglas stehen ließ und stattdessen lieber kaltes Leitungswasser trank. Dafür interessierte er sich plötzlich für andere Dinge. »Vermisst du denn gar nichts?«

Miriam hielt irritiert beim Kauen inne. »Also, mir schmeckt's wunderbar …«

»Ich meine nicht das Essen.« Konrad lachte auf. »Ich rede von deinem Leben.«

»Meinem Leben?« Was hatte er schon für eine Ahnung von ihrem Leben?

»Ich kann mir das einfach nicht vorstellen, zehn Jahre ohne ein Zuhause …« Konrad nahm einen Schluck aus seinem Weinglas.

Miriam spürte einen Schauer im Nacken. »Und nur weil du dir das nicht vorstellen kannst, kann es nicht gut sein?«

Eigentlich hatte sie einen scherzhaften Ton anschlagen wollen, aber als Konrad sich an seinem Weißwein verschluckte, merkte sie, dass ihre Worte wohl eher schnippisch rübergekommen waren.

»Nein, nein«, ruderte er hastig zurück. »Es ist sicherlich gut! Aber es ist so anders als alles, was ich von Freunden und Bekannten kenne.« Als sie noch immer nicht versöhnlich lächelte, legte er seine Hand auf ihre. »Wirklich, ich verurteile dich doch nicht, im Gegenteil! Ich finde dich toll.«

Nachdenklich ließ Miriam sich noch ein Stück Lachs auf der Zunge zergehen. Dann zuckte sie mit den Schultern. »Ich sehe einfach nicht ein, warum ich mich für *eine* Sache entscheiden sollte, wenn ich *alle* haben kann.«

Konrad quittierte ihr Geständnis mit einem überraschten Stirnrunzeln.

»Die Gesellschaft redet uns doch immer ein, wir könnten alles haben, aber das stimmt nicht, wenn wir ein normales Leben führen«, fuhr sie kauend fort. »Wir können uns zwischen vielen Dingen entscheiden, aber am Ende haben wir doch immer nur eine Sache oder maximal zwei. Wir leben an *einem* Ort und nicht an mehreren. Wir machen *einen* Job und nicht morgen einen anderen. Und wir lieben *einen* Menschen – aber was, wenn es der falsche ist?« Miriam lehnte sich auf dem Stuhl zurück und schüttelte den Kopf. »Das ist einfach nichts für mich.«

Konrad betrachtete sie einen Augenblick und nickte dann. »Das kann ich verstehen.« Trotzdem bemerkte sie ein amüsiertes Grinsen um seine Mundwinkel, als er sich wieder seinem Essen widmete.

»Lachst du mich jetzt etwa aus?«

Konrad schüttelte den Kopf. »Würde ich nie tun.«

»Und was amüsiert dich dann so sehr?«

Konrad zögerte einen Moment und legte dann sein Besteck weg. »Vermutlich wirfst du mir dafür gleich deine Gabel ins Gesicht, aber nach dem, was du sagst, vermute ich, dass du noch nie wirklich verliebt warst.«

»Wie bitte?« Miriam schnappte nach Luft. Das sollte ja wohl ein Scherz sein! »Natürlich war ich schon mal verliebt! Hunderte Male sogar!«

»Verknallt vielleicht«, erwiderte Konrad. »Aber wenn du wirklich schon mal ernsthaft verliebt gewesen wärst, dann wüsstest du, dass die Frage nach richtig oder falsch in der Liebe vollkommen nebensächlich ist.«

In seinem Blick lag weder Spott noch Überheblichkeit, sondern aufrichtige Zuwendung, und das machte es Miriam so wahnsinnig schwer, wütend auf ihn zu sein. Außerdem hatte sie schon einen Blick auf das Dessert im Kühlschrank geworfen und wollte sich das Schokoladenparfait mit den karamellisierten Erdnüssen auf keinen Fall entgehen lassen. Wenn sie also wütend aufspringen und mit einem Türenknallen aus seinem Leben verschwinden wollte, dann war jetzt nicht der beste Zeitpunkt dafür …

Und tatsächlich wirkte die salzig-süße Creme, die er kurz darauf servierte, wie ein Versöhnungsangebot. Sie entschärfte Konrads Worte und verwandelte sie in einen unbedeutenden Kalenderspruch. Sollte er doch über die Liebe denken, was er wollte. Miriam kannte sich selbst besser als er. Sie wusste, dass ihr Herz nichts verpassen wollte! Außerdem hatte sie unerklärlicherweise noch immer Lust auf Sex – aber irgendwie fand sie, dass Konrad jetzt den ersten Schritt machen musste. Sie hatte sich vorhin schon zurückgewiesen gefühlt und wollte nicht riskieren, ein zweites Mal als zu voreilig abgestempelt zu werden.

Doch Konrad machte leider keine Anstalten, sie zu berühren oder aus seinen Klamotten zu schlüpfen. Stattdessen setzte er nach dem Essen Espresso auf, erzählte ihr voller Leidenschaft von seiner Kindheit, seiner Familie und von seinen Reisen in die Alpen und kümmerte sich zwischendurch hingebungsvoll um Madame Chanel.

Miriam hörte ihm gerne zu. Sie mochte den Klang seiner Stimme, irgendwie fühlte sie sich darin aufgehoben und geborgen wie unter einer weichen Decke. Gleichzeitig aber wurde sie müde, und ihre Glieder wurden mit jeder Minute schwerer. Obwohl sie sich bemühte, konnte sie es sich nicht verkneifen, zwischendurch immer wieder zu gähnen.

Konrad nahm das zum Glück nicht persönlich. »Wollen wir aufs Sofa wechseln?«

Miriam nickte, auch weil sie insgeheim noch immer hoffte, dass sie sich auf den gemütlichen Polstern endlich näherkommen würden. Doch Konrad musste erst noch mit dem Hund Gassi gehen, und so ließ sie sich alleine auf das Sofa sinken.

Jetzt hätte sie die Gelegenheit, endlich ein bisschen herumzuschnüffeln, aber mit einem Mal war sie viel zu müde dafür. Wo kam denn plötzlich diese Erschöpfung her? Miriam legte den Kopf auf eines der Kissen und schloss die Augen. Sie würde nur ganz kurz ein bisschen Kraft tanken, fünf Minuten nur …

Als sie die Augen wieder aufschlug, fiel ein einzelner greller Sonnenstrahl auf ihr Gesicht. Irritiert richtete sie sich auf und sah sich um.

Sie lag noch immer im Wohnzimmer auf der Couch, aber von Konrad war keine Spur zu sehen. Offensichtlich hatte er am Abend noch eine Decke über sie gelegt. Als Mimi einen Blick darunter warf, sah sie, dass sie vollständig bekleidet war, und wenn sie ehrlich war, hatte sie auch nichts anderes erwartet. Sie musste tatsächlich tief und fest geschlafen haben, als er von seinem Spaziergang mit Madame Chanel zurückgekommen war. So etwas passierte ihr eigentlich nur, wenn sie zu viel getrunken hatte, aber diesmal war sie ja nüchtern gewesen.

Es musste an der Aufregung liegen. Die Sache mit Hannah setzte ihr ganz schön zu – und dann war da auch noch Judith, die unbedingt in den alten Geschichten herumwühlen wollte. Sie musste sich dringend rausziehen aus der ganzen Sache, besser heute als morgen. Ohnehin überkam sie plötzlich das Gefühl, dass sie schon viel zu lange in Hamburg war. Es wurde langsam Zeit weiterzuziehen.

Doch im nächsten Augenblick meldete sich ihr Magen wieder. Diesmal war es kein Hunger, sondern Übelkeit. Miriam schaffte es kaum auf die Toilette, da ging es auch schon los. Der Lachs – oder alles, was davon übrig geblieben war – landete in der Kloschüssel.

Als sie die Spülung zum ersten Mal betätigte, hörte sie einen Schlüssel im Schloss, und im nächsten Moment schoss auch schon Madame Chanel herbei.

»Miriam?« Konrad scheuchte hastig die Hundedame aus dem Bad und legte die Brötchentüte, die er im Arm hielt, auf dem Waschbecken ab. »Ist alles in Ordnung?«

Miriam wischte sich mit dem Handrücken über den Mund. »Sieht das so aus, als wäre alles in Ordnung?«

In Konrads Blick zeichneten sich Sorge und Mitgefühl ab, aber dann schlich sich plötzlich auch noch ein verblüfftes Lächeln auf sein Gesicht.

»Was ist denn jetzt schon wieder witzig?«, grummelte Miriam, während sie mit einem leisen Ächzen den Klodeckel schloss und sich daraufsetzte.

»Tut mir leid.« Konrad winkte ab und lehnte sich gegen den Türrahmen. »Aber wenn ich jetzt mal ins Blaue hineinraten dürfte, würde ich sagen, du bist schwanger.«

»Was?« Miriam zog die Augenbrauen zusammen und funkelte ihn an. Hatte der Kerl noch alle Tassen im Schrank? Wütend stand sie auf, wobei sie merkte, dass sich ihre Beine immer noch etwas wackelig anfühlten. »Ich bin nicht schwanger, verstanden?«, blaffte sie und schob sich an ihm vorbei in den Flur. »Und selbst wenn, dann wüsste ich nicht, was daran witzig sein sollte!«

Konrad blickte ihr betroffen nach. »Hey, das war doch nur ein Scherz. Ich wollte dich wirklich nicht verletzen.«

»Du hast mich nicht verletzt – du hast einfach keine Ahnung!« Miriam griff sich ihre Jacke von der Garderobe und schlüpfte in ihre Schuhe.

»Bitte bleib, Mimi.« Konrad eilte hinter ihr her und griff sanft nach ihrem Handgelenk. »Dir geht's nicht gut, und ich …«

»Ich brauche niemanden, der sich um mich kümmert«, zischte sie und befreite sich mit einem Ruck aus seinem Griff. »Ich brauche überhaupt niemanden!«

Eine Spur zu energisch riss sie die Tür auf, trat über die Schwelle ins Treppenhaus und zog sie mit einem Knall hinter sich ins Schloss. Schneller, als sie denken konnte, eilte sie die Stufen hinab. Sie brauchte Luft, frische Luft, und zwar sofort!

Als sie endlich durch die Haustür ins Freie stolperte, stellte sie fest, dass es noch früh am Morgen sein musste. Obwohl das hier ein belebtes Wohnviertel war, waren die Straßen menschenleer. Nur in den Baumkronen zwitscherten ein paar Vögel ihren Morgengruß.

Mit einem Mal begann Miriam zu frieren. Es war, als hätte eine eiskalte Hand sie im Nacken gepackt. Aber sie wusste, dass es nicht die Morgenluft war, die sie von innen frösteln ließ. Es war Angst.

Zitternd taumelte sie auf das nächste Gebüsch zu und übergab sich ein weiteres Mal. *Schwanger* – das war doch lächerlich! Wie konnte er nur so etwas Dämliches sagen, noch dazu, als wäre es eine Kleinigkeit? Natürlich war sie nicht schwanger, sie konnte gar nicht schwanger sein, das war unmöglich!

Miriam versuchte sich zu konzentrieren. Sie führte keinen Kalender, aber sie war sich ganz sicher, dass ihre letzte Regel noch nicht lange zurücklag. Wo hatte sie das letzte Mal Tampons gekauft? War es in Turin gewesen oder unten im Süden? Hatte sie in Italien überhaupt Hygieneartikel besorgt?

Mimi zog ihre Jeansjacke stramm über den Bauch und umschlang ihren Oberkörper mit beiden Armen. Sie konnte sich nicht erinnern. Verdammt – warum konnte sie sich nicht erinnern?

Aber spielte das überhaupt eine Rolle? Sie verhütete doch! Als sie das letzte Mal in Hamburg gewesen war, hatte sie sich eine Hormonspirale einsetzen lassen, weil sie nicht wusste, ob sie überall auf ihren Reisen die Pille bekommen würde. Außerdem wollte sie nicht riskieren, das Ding irgendwann mal zu vergessen, deshalb war sie vernünftig gewesen und hatte vorgesorgt. Sie konnte also gar nicht schwanger sein, und damit Schluss!

Miriam atmete zwei Mal tief durch und setzte dann einen Fuß vor den anderen, um dabei ihr Mantra vor sich hin zu murmeln: Ich bin nicht schwanger.

Ich bin *nicht* schwanger.

Ich bin nicht schwanger!

Aber mit jedem Schritt glaubte sie ein bisschen weniger daran.

17

Judith

Wider Erwarten kam Mimi am nächsten Morgen bereits bei Tagesanbruch von ihrem Date zurück. Judith hatte es schon vor vielen Jahren aufgegeben, am Wochenende auszuschlafen – ihre innere Uhr war längst auf Schulbeginn gepolt. Sie saß am Küchenfenster und trank ihren ersten Kaffee, als ihre kleine Schwester durch die Wohnungstür stolperte. Sie sah blass aus und wirkte irgendwie verstört, und als Judith aufsprang, um den Arm um sie zu legen, spürte sie, dass Mimi vor Kälte zitterte.

»Was ist passiert? Hast du etwa auf der Straße geschlafen?« Judith eilte zur Küchenbank und schnappte sich die Wolldecke, um Mimi darin einzuwickeln.

Sie hatte ihre kleine Schwester noch nie derart verloren erlebt. Eigentlich konnte man Miriam irgendwo im Nirgendwo aussetzen, sie machte jeden Ort der Welt zu ihrer eigenen Bühne. Aber jetzt wirkte sie plötzlich, als gehörte sie nirgendwohin.

Immerhin brachte sie endlich ein kurzes Kopfschütteln zustande. »Alles gut. Ich hatte nur unterschätzt, wie kalt es morgens noch ist.«

Man musste kein Genie sein, um zu erkennen, dass eben nicht alles gut war, und Judith war fast ein bisschen gekränkt, dass Mimi sie mit einer derart halbherzigen Ausrede abspeiste. Sie war Vertrauenslehrerin, selbst fremde Kinder vertrauten ihr ihre Ängste und Probleme an – und ausgerechnet ihre eigene Schwester behielt ihre Sorgen lieber für sich?

»Und wie war dein Date?«, versuchte Judith einen weiteren Vorstoß, während sie Mimi eilig eine Tasse heißen Kaffee in die Hand drückte.

Miriam hielt sich daran fest, trank aber nicht einen einzigen Schluck. »Ganz okay …«

»Wie ist der Kerl denn so?«

»Er ist ein Idiot«, murmelte Mimi und ließ sich auf die Bank sinken, die Finger noch immer fest um die warme Tasse geklammert.

Judith seufzte. »Sind sie das nicht alle?«, flüsterte sie, setzte sich neben Mimi auf die alte Bank und strich ihr behutsam übers Knie.

Sie spürte, dass ihre Schwester etwas sagen wollte. Mimis Lippen öffneten sich, doch es kam kein Ton heraus. Stattdessen lehnte sie irgendwann schweigend ihren Kopf an Judiths Schulter.

Wenigstens musste Judith jetzt nicht alleine ins Alte Land fahren. Mimi brauchte zwar ein bisschen, bis sie geduscht und sich umgezogen hatte, und dann kaute sie noch eine ganze Weile lustlos auf einem trockenen Brötchen vom Vortag herum. Aber gegen elf Uhr saßen sie endlich gemeinsam in einem Carsharing-Wagen und entflohen der Großstadt in Richtung Süden.

Diesmal hatten sie Glück und kamen ohne Stau durch den Elbtunnel. Die Frühlingssonne glitzerte zwischen den Hafenkränen hindurch, als wollte sie ihnen höchstpersönlich den Weg zum Glück weisen, und Judith musste lächeln. Gestern Abend hatte sie bei ihrer favorisierten Dating-App eine ziemlich nette Nachricht von einem Mann erhalten, der sich gleich heute mit ihr verabreden wollte. Sein Name war Laurenz, sein Bild sah vielversprechend aus, und er hatte fehlerfrei geschrieben. All das verlieh Judith Hoffnung, dass heute ein guter Tag werden würde.

Mimi sah das offenbar anders. Schweigend kauerte sie auf dem Beifahrersitz und starrte nach draußen, als wäre ihr Kopf in dieser Position festgegipst.

Judith räusperte sich leise und wagte einen Vorstoß. »Hat Toni sich gemeldet?«

Miriam schüttelte kaum merklich den Kopf.

»Hoffentlich ist das kein schlechtes Zeichen …«, murmelte Judith, aber auch diesmal reagierte Mimi nicht. Offenbar war ihr wirklich nicht nach Reden zumute.

Judith seufzte und schaltete das Radio ein.

Als sie in der Hauseinfahrt parkte und ihre Schwester anlächelte, stellte sie fest, dass Miriam eingeschlafen war. Einen Moment lang spielte sie mit dem Gedanken, sie zu wecken, aber dann brachte sie es irgendwie nicht übers Herz. Mimi ging es nicht gut, daran gab es keinen

Zweifel. Vielleicht würde ihr ein bisschen Schlaf ganz guttun.

Judith stieg aus dem Wagen und schloss leise die Fahrertür. Sie verriegelte das Auto nicht, falls Mimi gleich aufwachte, ließ aber den Schlüssel in ihre Handtasche gleiten. Dann wanderte ihr Blick zum Haus, und eine Gänsehaut lief ihr über den Rücken. Was, wenn sie nicht finden würde, wonach sie suchte? Was, wenn sie etwas fand, was ihr nicht gefiel?

Judith nahm einen tiefen Atemzug. Die Luft war trotz des blauen Himmels kühl, und auf den Grashalmen am Rand der Einfahrt glitzerten noch immer Tautropfen. Als sie auf die Haustür zuging, knirschte der Kies unter ihren Sohlen.

Der Briefkasten war leer. Seit Theos Tod kam nur noch vereinzelt Post, und Agnes schaute noch immer gelegentlich vorbei, um Werbeprospekte zu entsorgen. An der alten grünen Holztür hing nach wie vor das bunte Namensschild, das Eva in der zweiten Klasse getöpfert hatte. Natürlich hatte auch Judith damals eines gemacht, aber Eva hatte sich durchgesetzt und dafür gesorgt, dass ihres den prominenten Platz an der Haustür bekam. Judith war enttäuscht gewesen, aber irgendwann hatte ihr Vater sie mit verbundenen Augen in seine Praxis geführt, zu der es einen separaten Eingang auf der anderen Seite des Hauses gab. Dort, hinter seinem Schreibtisch, hing ihr Schild an der Wand.

»Aber es ist ein Türschild, und hier ist gar keine Tür«, hatte Judith traurig gesagt.

»Machst du Witze?«, hatte Theo erwidert und sie aufmunternd angestupst. »Überleg doch mal, wie viele Menschen täglich in meine Praxis kommen. Das sind viel mehr als bei uns an der Haustür! Und all diese Leute sehen, dass wir eine Familie sind.«

Judith hatte einen Moment darüber nachgedacht, dann hatte sie gespürt, wie sich ein Grinsen auf ihrem Gesicht ausbreitete. Im Gegensatz zu Eva hatte sie nicht *Familie Albrecht* auf das Schild gepinselt, sondern alle einzelnen Vornamen um den Familiennamen in der Mitte: *Theodor, Katharina, Eva, Judith, Miriam* und sogar *Hannah*. Und ihr Vater hatte recht: Hier konnten alle sehen, dass sie zusammengehörten!

Judith zog ihren alten Schlüssel aus der Tasche, drehte ihn im Schloss und stieß vorsichtig die Tür auf. Sie hielt einen Augenblick inne, bevor sie über die Schwelle trat.

In der Diele hatte sich nichts verändert. Das Frühlingslicht fiel durch das schmale Fenster über der Tür. Vielleicht wirbelte etwas mehr Staub auf als früher, aber der Geruch war noch immer derselbe.

Als Kind hatte Judith sich manchmal gefragt, ob das Haus seinen Geruch auf ihre Familie übertragen hatte oder ob es andersherum war und ihre Familie den Duft ins Haus getragen hatte. Jetzt roch es noch immer wie früher, und das bedeutete wohl, dass der Geruch dem Haus gehörte. Ihre Familie war schließlich schon lange nicht mehr hier …

Judith schloss die Tür und legte ihre Tasche auf der

alten Bauernkommode ab. Nachdenklich betrachtete sie ihr Gesicht in dem Spiegel, der an der Wand hing. Ihre Großeltern hatten ihn vor dem Krieg gekauft, und er hatte schon immer unzählige blinde Flecken gehabt.

Wie viele blinde Flecken mochten sich sonst noch im Haus verbergen, in ihrem Leben? Unsicher blickte Judith auf ihren Arm hinab. Die Sonnenstrahlen tanzten unschuldig über ihre Narbe.

Sosehr sie sich hinterher auch angestrengt hatte, es war ihr beim besten Willen nicht gelungen, sich an den Tag des Unfalls zu erinnern. Auch daran, wie der Arm mit vielen Stichen genäht und eingegipst worden war, hatte sie keine Erinnerung. Sie wusste nur noch, dass sie ein paar Tage später mit Theo, Katharina und Eva auf einen der Nachbarhöfe gefahren war, um Blumen zu besorgen. Es war Muttertag, der zehnte Mai, und ringsherum blühten die Apfelbäume. Als sie zurückkamen, war Hannah fort gewesen.

Miriam hatte einsam in ihrem Bettchen geschrien und auch nicht aufgehört, als Theo sie stundenlang durchs Haus getragen hatte. Aber nicht das Gebrüll ihrer kleinen Schwester hatte Judith damals am meisten Angst gemacht, sondern ihr Vater und die Tränen in seinen Augen.

»Wann kommt Mama wieder?«, hatte sie ihn gefragt, und er war vor ihr in die Hocke gegangen und hatte seine Hände tröstend an ihr Gesicht gelegt.

»Ganz bald«, hatte er geflüstert. Doch Judith hatte sofort gemerkt, dass er log.

Hannah war nicht zurückgekommen. Sie hatte nicht einmal einen Brief geschickt in all den Jahren …

Mit einem Mal konnte Judith den Groll ihrer Schwestern sogar ein bisschen nachvollziehen. Man konnte es Hannah durchaus übelnehmen, dass sie sich nie bei ihnen gemeldet hatte. Ein paar Worte waren nicht zu viel verlangt – oder etwa doch?

Hastig schüttelte sie den Gedanken ab. Wie konnte sie über ihre Mutter urteilen, ohne zu wissen, was damals passiert war?

Judith warf einen letzten Blick in den Spiegel und presste entschlossen die Lippen aufeinander. Sie würde die blinden Flecken finden, und wenn sie dafür das ganze Haus auf den Kopf stellen musste!

Die Vorhänge in der Stube waren zugezogen. Judith schob die alten Stoffbahnen zur Seite und riss die Fenster auf, um Licht und Luft hereinzulassen. Angespannt ließ sie den Blick durch den Raum schweifen. Ihre Augen glitten über die unzähligen Bücher in den Regalen, über die grüne Polstercouch, das Klavier an der Wand und die Fotos, die in Holzrahmen darüber hingen. Wo um Himmels willen waren sie, die Antworten, die sie suchte?

Nach ihrem Hinweis hatte sich Agnes kein weiteres Wort mehr aus der Nase ziehen lassen. Judith hatte sie sogar noch zwei Mal angerufen, aber ihre Bitten waren vergeblich. Fast hatte Judith das Gefühl, dass Agnes insgeheim bereute, überhaupt etwas von einer möglichen Antwort gesagt zu haben. Wo sollte sie nur anfangen zu suchen?

Sie trat näher ans Klavier und betrachtete die Bilder an der Wand: Hannah mit Katharina unter dem Pflaumenbaum im Garten. Hannah mit Theo am Tag ihrer Hochzeit, strahlend, als könnte ihr dieses Glück niemals genommen werden. Hannah mit Judith und Eva im Arm, unmittelbar nach der Geburt, die Haare noch schweißnass an der Stirn klebend und ein paar Tränen auf den glänzenden Wangen. Wer diese Bilder sah, kam vielleicht auf den Gedanken, dass auch Hannah irgendwann alt werden und sterben würde – aber dass sie ihre Familie verlassen könnte? Niemals …

»Warum bist du gegangen?«, flüsterte Judith und strich behutsam über einen der Bilderrahmen. Sie erwartete keine Antwort, zuckte aber zusammen, als es im nächsten Augenblick laut polterte.

Der Rahmen hing noch immer an der Wand, und auch sonst war nirgendwo im Raum etwas umgekippt oder heruntergefallen. Aber wo war das Poltern dann hergekommen?

Judith eilte ans Fenster und warf einen Blick hinaus in die Einfahrt. Mimi saß noch immer im Auto, den Kopf schlafend gegen die Fensterscheibe gelehnt. Sie konnte den Lärm also nicht verursacht haben.

Verunsichert ging Judith zurück in den Flur und lauschte. Vielleicht hatte Agnes bei ihrem letzten Besuch im Obergeschoss ein Fenster offen gelassen, das nun durch den Luftzug zugeschlagen war?

Doch als sie ihre Hand aufs Treppengeländer legte und ein paar Stufen nach oben ging, schepperte es ein zweites

Mal. Sie hielt die Luft an. Ihr Herz klopfte heftig, und sie hatte das Gefühl, dass die Narbe an ihrem Arm zu ziehen begann. Das tat sie manchmal, wenn Judith sich aufregte oder wenn sie Angst hatte. Konnte es sein, dass außer ihr noch jemand im Haus war?

In der Einfahrt stand kein zweites Auto – und die Haustür war verschlossen gewesen. Aber vielleicht war jemand durchs Fenster geklettert … *Ein Einbrecher?*

Judith schüttelte den Kopf. Dieser Gedanke war doch lächerlich! Das Haus stand seit einem Jahr leer – warum sollte sich ausgerechnet heute jemand Zugang verschafft haben? Außerdem gab es hier nun wirklich nichts zu holen!

Trotzdem hörte Judith jetzt wieder ein Rumpeln, und mit einem Mal war sie sich ganz sicher, dass es aus dem Keller kam. Sollte sie die Polizei rufen? Oder wenigstens Mimi wecken?

Judith biss sich auf die Lippe. Unsinn! In Hamburg war das vielleicht etwas anderes, aber hier im Alten Land gab es keine Verbrecher. Wenn man hier überhaupt irgendwie zu Schaden kommen konnte, dann nur durch Wind und Wetter, aber sicher nicht durch irgendwelche verlorenen Seelen, die heimlich alte Keller plünderten!

Entschlossen öffnete Judith die Kellertür und versuchte ihren rasenden Herzschlag zu ignorieren. Als sie den Lichtschalter betätigte, stellte sie fest, dass er nicht funktionierte. Vermutlich war die Glühbirne durchgebrannt. Trotzdem konnte sie unten einen schwachen Lichtschein ausmachen. Es war also tatsächlich jemand da – ganz offensichtlich war es kein Windstoß und kein verirrtes Tier!

Judith spielte kurz mit dem Gedanken, einfach »Hallo« zu rufen, doch dann entschied sie sich anders. Im Moment war sie noch klar im Vorteil: Der oder die andere wusste nicht, dass sie bereits auf der Treppe stand. Wenn sie sich jetzt zu erkennen gab, wäre dieser Vorteil verpufft.

So leise wie möglich schob sie sich die Treppe hinab. Zum Glück erinnerte sie sich noch genau daran, welche der Stufen besonders knarrten. Erst als sie einen ersten Blick um den Mauervorsprung am Ende der Treppe warf und erkannte, wer dort unten sein Unwesen trieb, wurde sie unachtsam und stieß mit dem Fuß gegen eine Kiste mit alten Nägeln, die auf der untersten Stufe stand.

»*Katharina?*«, fragte sie ungläubig – aber da war ihre Schwester schon erschrocken zurückgetaumelt und knallte gegen eines der vollgestopften Regale. Mit einem Aufschrei wurde sie unter lauter nutzlosem Plunder begraben …

18

Katharina

»Bist du verrückt geworden? Du kannst mich doch nicht so zu Tode erschrecken!« Katharina schob ächzend ein paar Kartons von sich, aber gegen das nachrutschende Zeug aus dem Regal hatte sie keine Chance. Warum hatte Judith auch wie ein Berggorilla hier hereinplatzen müssen?

Endlich kämpfte sich ihre kleine Schwester durch das Gerümpel zu ihr durch und zog sie am Arm aus dem Chaos aus alten Erinnerungen und Krempel. »Tut mir leid, aber ich bin selbst erschrocken!«

»Mag sein«, erwiderte Katharina gereizt. »Aber im Gegensatz zu mir hast du jetzt nicht am ganzen Körper blaue Flecken!«

Judith hustete. »Ich kann mich nicht erinnern, dass du jemals einen blauen Fleck gehabt hast. Dein Bindegewebe ist so straff, da wird selbst der Oberschenkel von Heidi Klum neidisch!«

Katharina versuchte im schwachen Licht auszumachen, ob ihre Schwester bei diesen Worten grinste, aber leider war bei dem Sturz ihr Handy aus dem Regal gerutscht und beleuchtete nun nur noch einen schmalen Streifen auf dem Fußboden. Im Grunde hatte Judith ja recht. Ihr Bindegewebe hatte sie noch nie im Stich gelassen. Viel mehr als ihr Sturz ärgerte sie, dass sie es nicht früher hierher geschafft hatte. Nach Evas Anruf hatte sie gewusst, dass Judith irgendwann hier auftauchen und herumschnüffeln würde – aber hätte sie das nicht etwas später tun können? Das Wochenende hatte doch gerade erst angefangen, und Katharina blieb nicht mehr viel Zeit bis zur nächsten Schicht!

Murrend hob sie ihr Handy auf und leuchtete ihrer Schwester mitten ins Gesicht. »Was willst du hier?« Natürlich kannte sie die Antwort, aber es war sicher ratsam, sich jetzt unwissend zu stellen.

Judith schob das Handy mit dem grellen Licht von sich weg. »Die Frage ist eher, was *du* hier treibst! Wie bist du überhaupt reingekommen? Die Haustür war abgeschlossen.«

Katharina zuckte gleichmütig mit den Schultern. »Bin durch die Praxis gekommen …«

»Und weiter?« Judith hob erwartungsvoll die Augenbrauen.

So ein Mist! Ein Kreuzverhör konnte Katharina jetzt wirklich nicht gebrauchen. »Ich suche etwas, das ist ja wohl nicht verboten«, knurrte sie und klopfte sich den Staub vom Shirt.

Judith verschränkte misstrauisch die Arme vor der Brust. »Und was bitte?«

»Das geht dich nichts an, Miss Marple.«

Mit einem Mal verzog Judith den Mund zu einem schiefen Grinsen. »Es kann nicht zufällig sein, dass du hier bist, weil Eva dich angerufen hat?«

»Eva?« Katharina hielt inne und gab sich Mühe, möglichst ahnungslos auszusehen, aber Judith runzelte nur belustigt die Stirn.

»Sie hat dich angerufen, oder?«

»Nein, hat sie nicht.«

»Sie *hat* dich angerufen!«, wiederholte Judith selbstsicher und zupfte ihr eine beachtliche Wollmaus aus den Haaren.

Katharina stöhnte auf und verdrehte die Augen. »Woher willst du das wissen?«

»Weil sie das schon immer getan hat, wenn sie sich über mich beschweren wollte.«

»Und was hätte sie für einen Grund, sich über dich zu beschweren?«, fragte Katharina schnippisch.

»Objektiv betrachtet gar keinen«, sagte Judith und grinste noch breiter. »Aber ich schätze, sie fand die Idee nicht gut, dass ich hier in Mamas Vergangenheit herumstochern möchte. Weil das, was ich herausfinden könnte, die Zukunft vielleicht eben doch verändert …« Der Ausdruck auf ihrem Gesicht wirkte jetzt beinahe triumphierend.

Katharina stöhnte leise. Judith war schon immer fröhlich und lebensbejahend gewesen – aber wann hatte sie zuletzt eine derartige Selbstsicherheit an den Tag gelegt? Beinahe war Katharina beeindruckt, aber sie zuckte trotzdem nur möglichst gelangweilt mit den Schultern.

»Und was genau erwartest du zu finden? Das klingt ja fast, als läge hier irgendwo eine Leiche vergraben.«

Judith lachte auf. »Es müssen mindestens zwei Leichen sein – denn eine habe ich ja eben schon aus dem Schutt gezogen!«

Und in diesem Moment konnte sich selbst Katharina ein leises Lächeln nicht mehr verkneifen.

Als sie sich im Bad von Staub und Dreck befreit hatte und zu Judith in die Küche kam, hatte ihre Schwester schon die Fenster aufgerissen und eine Kanne Tee aufgesetzt. Katharina zog sich einen Stuhl heran und setzte sich.

»Vermisst du es manchmal?«, fragte Judith und stellte zwei Tassen auf den Tisch, bevor sie sich ebenfalls setzte.

»Was?«

»Das alles hier. Die Geräusche, die durchs Fenster dringen. Den Geruch der Apfelbäume. Uns?«

Katharina runzelte die Stirn. »Warum sollte ich uns vermissen?«

»Wir waren eine Familie«, sagte Judith.

»Wir *sind* eine Familie«, korrigierte Katharina sie, doch Judiths eindringlicher Blick sagte etwas anderes. Und im Grunde hatte sie natürlich recht.

»Eine echte Familie waren wir nur, bis Hannah gegangen ist …« Katharina erschrak über ihre eigenen Worte. Sie wollte eigentlich nicht über ihre Mutter reden, im Gegenteil: Sie war hergekommen, um sie endgültig aus ihrem Leben zu löschen.

Judith griff dankbar nach dem Strohhalm, den Katharina ihr mit ihrem unbedachten Kommentar zugeworfen hatte. »Wir könnten vielleicht wieder eine Familie werden. Wenn Hannah zurückkommt, und …«

»Auf keinen Fall!«, fiel Katharina ihr ins Wort. Sie schenkte sich Tee ein, obwohl sie nicht wusste, ob er schon durchgezogen war. »Ich brauche keine Mutter mehr, und ich brauche auch keine Familie.« Obwohl Katharina den Blick auf ihre Tasse heftete, merkte sie, dass Judith sie von der Seite musterte.

»Und was, wenn ich eine brauche? Oder Mimi?« Judith deutete in Richtung des offenen Küchenfensters.

Katharina sah sie irritiert an. »Mimi ist auch hier?«

»Sie schläft im Auto«, sagte Judith und seufzte. »Aber wenn deine Definition von Familie stimmt, dann hatte Mimi nie eine. Sie war nicht mal ein Jahr alt, als Mama verschwunden ist.«

»Und sie ist trotzdem groß geworden, oder etwa nicht?« Katharina setzte die Tasse an die Lippen, aber der Tee war viel zu heiß.

Judith rückte auf ihrem Stuhl nach vorne. »Ich bitte dich, Katharina! Sie hat kein Zuhause, keinen Job. Sie reist durch die Welt und kann nicht mal einen Abwasch machen!«

»Du hättest sie ja nicht bei dir aufnehmen müssen!«

Judith rollte mit den Augen. »Darum geht es doch gar nicht. Meinst du nicht, auch Mimi hätte endlich eine Familie verdient?«

Katharina sah ihr in die Augen und war wieder einmal

erstaunt, dass Judith den Blick nicht abwandte. Sie schien das alles wirklich todernst zu meinen. »Du willst also behaupten, du machst das alles hier nur für Mimi?« Katharina schnaubte.

»Nein«, antwortete Judith und legte behutsam ihre Hand auf Katharinas. »Ich mache das für alle vier von uns. Weil ich die Chance sehe, dass wir endlich heilen.«

Heilen? Hatte sie das gerade wirklich gesagt? Katharina schloss die Augen. Für das, was sie getan hatte, gab es keine Heilung. Warum konnte Judith die alten Geschichten nicht einfach ruhen lassen, so wie all die Jahre zuvor? Wenn sie noch weiter herumbohrte, würde sie keine Heilung finden, sondern höchstens die Wahrheit – und die warf kein gutes Licht auf Katharina. So viele Jahre hatte sie sich vor ihrer Schuld versteckt. Nein, sie konnte unmöglich zulassen, dass Judith sie jetzt ans Tageslicht zerrte!

Entschlossen öffnete sie die Augen. »Deine sogenannte Heilung braucht keine von uns, Judith, im Gegenteil: Wenn du Hannah das Signal gibst, dass sie zurückkommen kann, bedeutet das unseren Ruin!«

Judith zog ihre Hand zurück. »Findest du nicht, ich habe ein Recht darauf zu erfahren, wie das hier passiert ist?« Sie deutete auf die blasse Narbe auf ihrem rechten Arm.

Katharina zögerte, dann blickte sie ihre Schwester fest an. »Tu, was du willst. Aber erwarte nicht, dass wir dir helfen.«

Eigentlich hatte sie noch nicht gefunden, was sie

gesucht hatte – aber darauf konnte sie jetzt keine Rücksicht nehmen. Sie musste ein andermal wiederkommen, wenn Judith nicht gerade hier herumschnüffelte. Erschöpft stellte sie ihre volle Tasse auf dem Tisch ab, stand auf und ging zur Tür.

»Willst du schon wieder weg?«

»Ich muss in die Klinik.«

Judith runzelte die Stirn. »Aber in der Einfahrt steht nur der Wagen, mit dem ich hergekommen bin.«

»Schon mal was von Taxen gehört?«, erwiderte Katharina nüchtern und hielt ihr Handy hoch, um die entsprechende App zu aktivieren. »So bin ich auch hergekommen.« Tatsächlich war sie viel zu aufgewühlt gewesen, um selbst zu fahren.

»Warte!« Judith sprang auf und kam auf sie zu. Jetzt erst konnte Katharina erkennen, wie aufgeregt auch ihre Schwester war. Ihr Atem ging schnell und flach. »Sag mir doch wenigstens, was du gesucht hast«, drängte Judith. »Vielleicht finde ich es ja nachher noch.«

Katharina biss angespannt die Zähne zusammen. *Den Brief*, schoss es ihr durch den Kopf, *und den Koffer* – falls Theo beides nicht längst entsorgt hatte. Aber das konnte sie Judith natürlich nicht sagen. Sie musste ihre Schwester dringend auf eine andere Fährte bringen, in eine andere Richtung locken …

»Erinnerst du dich an mein altes Diktiergerät?«, murmelte sie schließlich und freute sich über ihre spontane Eingebung.

Jetzt trat wieder ein Lächeln auf Judiths Gesicht. »Du

meinst das Teil, mit dem du deine erste Feldforschung dokumentiert hast?«

Katharina nickte.

»Soweit ich weiß, liegt das Ding auf der Fensterbank in deinem Zimmer«, sagte Judith. »Jedenfalls lag es dort letztes Jahr nach der Beisetzung noch.«

Katharina lächelte versöhnlich und verschwand nach oben, um das Gerät aus ihrem Zimmer zu holen. Es lag tatsächlich noch auf der Fensterbank, war ziemlich alt und ein bisschen verstaubt, aber Katharina stellte mit einem Druck auf die Aufnahmetaste fest, dass es noch immer funktionierte. Hastig packte sie eine Handvoll alter Kassetten in ihre Tasche, da hupte auch schon der Taxifahrer unten in der Einfahrt.

Miriam räkelte sich in Judiths Mietwagen und winkte ihr irritiert zu, als sie ins Taxi sprang. Katharina wies den Fahrer an, rückwärts vom Hof zu rollen, und ließ ihre Schwestern und das alte Haus hinter sich. Nur die Erinnerungen, die gerade neu aufgeflammt waren, konnte sie nicht so schnell abschütteln …

Cleo wartete bereits auf dem Dach auf sie. Sie hatten sich nicht verabredet, aber Katharina hatte schon geahnt, dass sie fortan häufiger hier oben aufeinandertreffen würden. Auf dem ganzen Klinikgelände gab es keinen schöneren Ort, und sie konnte es der Kleinen nicht verübeln, dass sie wieder hierherkam. Wenigstens hatte sie diesmal eine Strumpfhose unter das Nachthemd gezogen, sodass sie nicht vor Kälte schlottern musste.

»Hast du mir was zu essen mitgebracht?«

Katharina runzelte die Stirn. »Du weißt schon, dass man erst mal Hallo sagt, bevor man mit der Tür ins Haus fällt, oder?«

Cleo rollte mit ihren großen Kulleraugen. »Hast du nun, oder nicht?«

Katharina konnte sich ein Lächeln nicht verkneifen. Eigentlich konnte sie mit Kindern nicht viel anfangen, aber dieses Mädchen hatte irgendwas an sich, das sie faszinierte.

»Essen hab ich vergessen, aber dafür hab ich was anderes für dich.« Sie griff in ihre Tasche und hielt Cleo das Aufnahmegerät hin.

»Was ist das?«, fragte die Kleine und drehte das Ding verständnislos in ihren Händen.

»Damit kannst du was aufnehmen. Musik oder auch deine Stimme.« Katharina zeigte ihr die entsprechenden Knöpfe und sprach ins Mikrofon: »Tagebuch einer Nervensäge …«

Als sie den Text abspielte, breitete sich ein ungläubiges Grinsen auf Cleos Gesicht aus. »Das ist ja der Wahnsinn!« Aufgeregt schnappte sie sich das Gerät und hielt es ehrfürchtig in der Hand wie einen Pokal.

»Na ja, eigentlich würde ich es eher als Elektroschrott bezeichnen«, gab Katharina zu. »Aber wenn es dir so wichtig ist, etwas aufzunehmen, dann reicht das Ding dafür allemal. Und du kannst deine Eltern beruhigen: Mit dem Teil kann man weder chatten noch fiese Seiten im Internet aufrufen.«

Sie griff noch einmal in ihre Tasche und hielt Cleo die Kassetten zum Bespielen hin. Die Kleine musste ihren Schirm weglegen, um die Geschenke anzunehmen, und betrachtete sie mit leuchtenden Augen, als wären sie nichts Geringeres als das achte Weltwunder.

»Danke«, sagte sie schließlich und blickte Katharina direkt ins Gesicht.

Katharina wusste nicht, was sie in diesem Moment am meisten berührte. War es die Begeisterung in den Augen der Kleinen – oder das Gefühl, etwas wirklich Gutes getan zu haben? Aber das war doch Unsinn: Sie tat jeden Tag Gutes! Sie rettete Menschenleben wie am Fließband, das war doch eigentlich viel mehr wert, als ein altes Diktiergerät zu verschenken!

Und trotzdem fühlte sich das hier gerade an, als hätte sie die Welt gerettet, die Welt eines kleinen Mädchens mit großen Augen und einem lächerlichen Schirm unter dem Arm.

Vielleicht lag es daran, dass sie Cleo besser kannte als die Patienten, die für gewöhnlich auf ihrem OP-Tisch lagen. Sie kannte den Klang ihrer Stimme, ihren großen Appetit, und sie wusste, dass sie auch vor geschlossenen Türen nicht haltmachte.

Was sie hier gerade erlebte, fühlte sich irgendwie gut an – und genau dieser Umstand bereitete Katharina Sorgen. Jetzt verkniff sie sich ihr Lächeln.

»Warum trägst du eigentlich immer diesen Schirm mit dir herum?«, fragte sie.

Cleo wirkte geradezu überrascht über diese Frage.

»Einen Schirm kann man immer gut gebrauchen …«, sagte sie und schob die Kassetten in die ausgebeulten Taschen ihrer Strickjacke.

»Aber nicht, wenn man im Krankenhaus liegt«, erwiderte Katharina.

»Wie du siehst, liege ich nicht, sondern stehe.«

»Die meiste Zeit des Tages bist du aber *drinnen*«, sagte Katharina und musste doch wieder lachen. »Und außerdem hat es selbst draußen seit Tagen nicht geregnet.«

»Wer sagt denn, dass der Schirm mich vor Regen schützen soll?« Cleo blickte sie eindringlich an und wirkte dabei beinahe ein bisschen verärgert.

Katharina schüttelte den Kopf und sah hinaus über die Dächer der Stadt. Was für ein seltsames Kind …

»Hast du schon mit Robin geredet?«, fragte die Kleine unvermittelt.

Katharina stöhnte auf. Jetzt fing das schon wieder an!

Cleo grinste frech. »Du hast Schiss, oder?«

»Quatsch!«, erwiderte Katharina trotzig. »Ich hab vor gar nichts Schiss.«

»Nicht mal vor Monstern?«

»Es gibt keine Monster!«

»Nicht mal davor, dass du irgendwo hingehst, wo du ganz alleine bist?«

»Ich gehe ständig alleine irgendwohin. Alleine bin ich sogar am allerliebsten!«

Cleo schien über ihre Worte nachzudenken und nickte dann. »Und hast du keine Angst, jemanden zurückzulassen? Jemanden, den du ganz doll lieb hast?«

Katharina sah sie überrascht an. Was war denn das schon wieder für eine Frage? Ungläubig schüttelte sie den Kopf. Hatte sie denn überhaupt jemanden lieb, überlegte sie. Und mit einem Mal drängte sich noch ein anderer Gedanke in ihren Kopf: Hatte Hannah vielleicht auch Angst verspürt, als sie ihre Familie zurückgelassen hatte?

In all den Jahren hatte sie nie darüber nachgedacht, was Hannah damals überhaupt empfunden hatte. War es möglich, dass die Situation ihrer Mutter Angst gemacht hatte?

Katharina spürte, wie ihr Herz erneut ins Stolpern geriet. Das alles hier musste aufhören, sofort! Sie konnte sich nicht noch einen Tag am Abgrund leisten.

»Wir sind stark, verstehst du?«, sagte sie schließlich. »Wir halten das aus, egal was kommt. Unsere Herzen sind viel robuster, als wir manchmal denken.«

Wieder schien Cleo ihre Antwort abzuwägen. »Vermutlich hast du recht …«

»Natürlich hab ich recht«, erwiderte Katharina. »Ich bin schließlich Kardiologin – ich bin Expertin für Herzen!«

Cleo stieß ein leises Seufzen aus und sah hinaus über die Dächer der Stadt. »Vielleicht schaffen wir es tatsächlich«, murmelte sie und hob ihren Schirm vom Boden auf. »Aber es wäre schön, wenn es nicht so wehtun würde.«

19

Eva

Die Waage war ein verdammtes Arschloch – aber Eva wusste, dass der eigentliche Feind in ihrem Inneren saß. Warum hatte sie nicht früher damit angefangen, ihren Körper in die Mangel zu nehmen? Jetzt war endgültig Schluss mit dem Schonprogramm! Entschlossen zog sie ihre Sporthose hoch und schlüpfte in die Turnschuhe. Es brachte nichts, den Kopf hängen zu lassen und zu jammern – das hatte sie früher jahrelang getan. Mittlerweile wusste sie, dass sich das Leben nur änderte, wenn man es anpackte, und genau das hatte Eva jetzt vor.

Obwohl Samstag war, war Thomas schon früh in die Kanzlei verschwunden, und vor einer Viertelstunde war Maribelle endlich gekommen. Eva hatte sich noch nie so sehr über ihre Anwesenheit gefreut, denn nur wenn Thomas' Mutter hier war, konnte sie sich um ihren Körper kümmern und ihre Ehe retten!

Maribelle wirkte seltsam schlecht gelaunt. Sie blaffte Eva an, als wäre sie ihr heute Morgen schon mindestens drei Mal auf die Füße getreten. Normalerweise nahm Eva diese unterschwellige Feindseligkeit persönlich, aber jetzt hatte sie keine Zeit für solche Kleinlichkeiten. Oberste Priorität hatte nun ihr Rettungsplan: Sie würde sich ihr Leben auf keinen Fall wegnehmen lassen – erst recht nicht von einem hinterhältigen Hungerhaken wie Theresia! Bei der waren sogar die Gesäßknochen spitzer als so mancher Ellenbogen!

Als Eva die Tür zum Flur aufreißen wollte, um loszulaufen, fielen ihr plötzlich Maribelles Pillen ein. Sie zögerte. Noch nie hatte sie irgendein Zeug geschluckt, um abzunehmen, bisher hatte sie es immer aus eigener Kraft geschafft. Aber bisher hatte auch noch keine Theresia ihren Ehemann in einen Löwenkäfig gelockt …

Eva eilte zurück zum Nachtschrank. Besondere Umstände erforderten besondere Maßnahmen, so einfach war das. Und was sollten ein paar kleine Pillen schon schaden – die Dinger waren wirklich winzig! Eva schluckte gleich vier Stück und brauchte nicht einmal Wasser zum Runterspülen.

Sie war bereit – bereit für den Kampf!

Beim Laufen behinderte sie das verstauchte Handgelenk zum Glück nicht, nur ihre Beine zeigten sich nicht sonderlich kooperativ. Bereits nach wenigen Schritten fühlten sie sich an, als wären sie aus Zement gegossen.

Eva schnaufte wie ein Wasserbüffel, als sie die Isestraße hinablief, und sie befürchtete, dass sie auch ähnlich elegant aussah. Sie hatte extra einen kleinen Umweg eingeplant, der sie am Schlösschen vorbeiführte. Als sie nun die gepflegte Altbaufassade und die hübschen kleinen Balkone vor den Zimmerfenstern erblickte, verschlechterte sich ihre Laune schlagartig, und die aufkeimende Wut verpasste ihr neuen Antrieb. Hier war es also passiert – hier passierte es womöglich noch immer! Konnte sie denn wissen, ob Thomas wirklich in die Kanzlei gegangen war, nachdem er seine halbvolle Tasse Kaffee in die Spüle geschüttet hatte? Was, wenn er jetzt gerade mit Theresia hier war, hinter einem dieser Fenster …?

Ihr Magen zog sich zusammen. Sie konnte den Gedanken nicht zu Ende führen. Am liebsten hätte sie einen Schrei ausgestoßen, sich verzweifelt auf den Boden geworfen und geheult, so wie Ava und Bella es manchmal an der Supermarktkasse taten, wenn Eva ihnen keine Süßigkeiten kaufte. Stattdessen schlugen ihre schweren Beine plötzlich eine andere Richtung ein und trugen sie schnurstracks auf den Hoteleingang zu.

Eva konnte kaum darüber nachdenken, ob diese Idee wirklich gut war, da hatte sie auch schon die Tür zu der kleinen Lobby aufgestoßen. Atemlos marschierte sie auf die Rezeption zu, fest entschlossen, den nächstbesten Menschen zusammenzuschreien. Doch als sie etwa die Mitte des Raumes erreicht hatte, verließ sie plötzlich der Mut. Was zum Teufel tat sie hier eigentlich?

Schwer atmend machte sie auf dem Teppich kehrt und wollte unauffällig wieder verschwinden, aber da hatte die junge Frau an der Rezeption sie bereits entdeckt.

»Frau Metzler!« Als sie Evas hochroten Kopf sah, erlosch das Lächeln auf ihrem Service-Gesicht. »Ist alles in Ordnung mit Ihnen?«

Eva trat unruhig von einem Fuß auf den anderen. Was sollte sie denn jetzt sagen? Sie kannte die Frau, ihr Name war Schneider oder Scheider – aber sie konnte sie ja wohl schlecht fragen, ob ihr Mann gerade mit einer falschen Schlange in eines der Zimmer verschwunden war! Außerdem bezweifelte sie, dass das Personal ihr die Wahrheit sagen würde. Gäste wie Theresia und Thomas legten großen Wert auf Diskretion.

»Ich … ich …«, stotterte Eva. Der Schweiß lief ihr an den Schläfen hinab, und ihr Herz pochte noch immer wie wild von der kurzen Joggingstrecke.

Und dann krampfte sich plötzlich ihr Darm zusammen.

Verdammt! Eva begann, möglichst flach dagegen anzuatmen, aber es brachte nichts. Das mussten die Pillen sein, *die verfluchten Pillen von Maribelle!*

Eva presste die Pobacken zusammen und strengte sich an, ihren Beckenboden anzuspannen – aber lange würde sie das sicher nicht durchhalten!

»Toilette …«, stammelte sie deshalb und achtete darauf, ihre Pobacken ja nicht locker zu lassen. »Ich brauche eine Toilette!«

Durchfall! Sie konnte sich nicht daran erinnern, wann sie das letzte Mal Durchfall gehabt hatte. Vom Essen konnte es nicht kommen, sie nahm ja kaum etwas zu sich. Maribelles Mistpillen waren die einzige Erklärung für dieses Malheur! Hatte sie nicht gesagt, im Notfall könnte sie auch gleich ein paar auf einmal nehmen?

Eva fühlte sich beschissen, im wahrsten Sinne des

Wortes. Dabei hatte sie im Grunde noch Glück gehabt! Wenn sie den Umweg über das Schlösschen nicht gemacht hätte, dann hätten die Krämpfe sie vermutlich irgendwo am Alsterlauf ereilt. Was hätte sie denn dann tun sollen – irgendwo im Gebüsch abtauchen? Eva mochte gar nicht daran denken …

Noch immer glühte ihr Gesicht wie eine Herdplatte, und ihr Atem hatte sich auch noch nicht beruhigt. Konnte sie noch tiefer sinken? Sie hockte hier auf einer fremden Toilette und hätte sich fast in die Hosen gekackt, während ihr Mann es womöglich jetzt gerade in einem der Hotelzimmer oben mit einer anderen Frau trieb! Und dann waren da noch die Taufe, ihr Handgelenk und zu allem Überfluss die Sache mit Hannah …

Eva war stark, ja, aber das war einfach zu viel. Plötzlich spürte sie, dass sie ihre Tränen nicht mehr zurückhalten konnte. Im nächsten Moment schluchzte sie los. Nur mit Mühe konnte sie sich davon abhalten, einfach seitlich von der Kloschüssel zu rutschen und auf dem kalten Boden weiterzuweinen wie ein hilfloses Baby.

Sie wusste nicht, wie viel Zeit sie am Ende auf der Toilette verbracht hatte, aber bevor sie wieder hinaus in die Lobby trat, hatte sie sich vor dem Spiegel zumindest die Haare gerichtet und die Tränen abgewaschen. Trotzdem blickte Frau Schneider oder Scheider sie mitleidig an.

»Kann ich Ihnen noch etwas anbieten? Ein Glas Wasser vielleicht?«

Eva musste sich zusammenreißen, um nicht direkt

wieder in Tränen auszubrechen. Mitgefühl stimmte sie sentimental, sie war es nicht gewohnt, dass jemand sie bemutterte. »Nein danke«, sagte sie und rang sich ein Lächeln ab. »Sie haben mir schon sehr geholfen.«

Ohne ihr noch einmal in die Augen zu sehen, verschwand Eva eilig nach draußen. Ein Glas Wasser war zweifelsohne ein nett gemeintes Angebot, aber es würde ihr nicht weiterhelfen. Für ihre Probleme brauchte sie kein Wasser, sondern ein Wunder – oder zumindest einen guten Auftragskiller.

Auf dem Weg zurück zur Wohnung ging Eva langsam. An Joggen war nicht mehr zu denken. Sie musste damit rechnen, dass ihr Darm sich bei schnellen Bewegungen noch einmal meldete, und das wollte sie ungern hier draußen auf der Straße erleben.

Sie war überrascht, als sie den Blick hob und feststellte, wie schön es hier eigentlich war. Die Altbauten gaben im Sonnenschein ein herrlich friedliches Bild ab, und die ersten zarten Knospen am Straßenrand ließen schon den Frühling erahnen. Normalerweise legte Eva diese Strecke im Stechschritt zurück, mit Carla vor der Brust, Ava an der Hand und Bella im Kinderwagen, auf dem Weg zum Supermarkt oder zum Spielplatz. Wenn die Mädchen dabei waren, hatte sie kein Auge für die Umgebung, sie hatte keine Zeit zu beurteilen, ob etwas schön war oder nicht. Wenn sie mit ihren Töchtern zusammen war, zählten nur die Kinder – und im Grunde war sie ja praktisch immer mit ihnen zusammen. Aber wo blieb sie selbst bei alledem eigentlich?

Eva blieb abrupt stehen und biss sich auf die Zunge, als sie sich bei diesem Gedanken ertappte. *Wo sie blieb?* Das war doch lächerlich! Sie war hier, genau da, wo sie sein wollte! Als sie gemeinsam mit Thomas eine Familie gegründet hatte, hatte sie eine Entscheidung getroffen: die Entscheidung, Mutter zu sein – auch wenn das vielleicht das eine oder andere Opfer erfordern würde.

Na gut, sie hatte nicht damit gerechnet, dass am Ende gar nichts mehr von ihr übrig bleiben würde – aber sie würde das schon schaffen. Eva würde für ihre Töchter da sein, egal was passierte. Auf keinen Fall würde sie sie im Stich lassen, so wie es Hannah damals getan hatte!

Ava und Bella saßen auf dem Sofa und lauschten ihrer Großmutter, die ihnen aus einem Buch vorlas. Selbst Carla lag ruhig in Maribelles Arm und starrte gebannt auf die bunten Seiten.

Als Eva ihre drei Mädchen so zusammensitzen sah, durchströmte sie ein warmes Glücksgefühl. Diese drei dort, die hatte sie zustande gebracht – gemeinsam mit Thomas! Er musste doch sehen, wie wundervoll sie waren – und er musste doch erkennen, dass auch sie, Eva, noch immer dieselbe Frau war, die er geheiratet hatte! Vielleicht hatte ihre Schale etwas gelitten unter den Ereignissen der letzten Monate, aber innen drin war sie doch immer noch das Mädchen, in das er sich verliebt hatte. Sie war klug und witzig, liebevoll und manchmal auch ein bisschen unsicher. Vor allem aber war sie eine Kämpferin.

Eva seufzte und trat leise einen Schritt zurück, um die Mädchen nicht zu stören.

Sie würde kämpfen, ja.

Sie würde kämpfen.

20

Miriam

Miriam streifte durch das Haus, als wäre es ein Museum. Sie war aufgewacht, als ein Taxi hinter ihr gehupt hatte, und kurz darauf war Katharina aus dem Haus gestürmt und mit einem kurzen Winken verschwunden.

»Was wollte die denn hier?«, hatte sie Judith gefragt, als sie sich endlich ins Haus geschleppt hatte.

Aber Judith hatte nur mit den Schultern gezuckt. »Ich werde das Gefühl nicht los, dass sie mehr weiß als wir. Aber das kriegen wir schon noch raus.«

Wir – da war es schon wieder. Es bereitete Miriam Magenschmerzen, dass ihre Schwester immer ein Team aus ihnen machte. Sie gehörte am allerliebsten ins Team *Miriam* – und dieses Team hatte jetzt eindeutig Hunger. Die Übelkeit hatte sich zum Glück in Luft aufgelöst, dafür knurrte ihr Magen schon wieder ganz erbärmlich.

»Meinst du, es gibt hier irgendwo noch was zu essen?«

Judith tauchte hinter einer Schranktür auf und sah sie mit gerunzelter Stirn an. »Papa ist vor einem Jahr gestorben. Selbst wenn du hier noch was finden solltest: Ich glaube kaum, dass du das Zeug noch essen willst …«

Miriam seufzte und zog sich in die Küche zurück. Der Kühlschrank war abgestellt und erwartungsgemäß leer, und auch in den Schränken über der Spüle fand sie nichts Brauchbares. Aber als sie einen Blick in die kleine Speisekammer warf, hob sich ihre Stimmung. Da war tatsächlich noch eine Dose mit Erbsen und feinen Möhren – und sie war erst letzten Monat abgelaufen!

Begeistert riss Miriam eine Schublade auf und nahm den Dosenöffner und einen Löffel heraus. Erst als sie die Dose geöffnet hatte und sich einen ersten Bissen in den Mund schieben wollte, hielt sie inne. Was, wenn sie tatsächlich schwanger war? War es dann vielleicht schädlich, wenn sie abgelaufene Erbsen in sich hineinschaufelte?

Miriam schüttelte den Kopf und schob sich den Löffel extra entschlossen in den Mund. Erstens war sie nicht schwanger! Und zweitens war sie keine von diesen Frauen, die sich penibel an Haltbarkeitsdaten hielten. Daran würde ganz bestimmt auch ein Baby nichts ändern! Aber drittens, und das war am entscheidendsten: *Sie war sowieso und überhaupt unter gar keinen Umständen schwanger!*

Kauend schlurfte sie zurück in die Stube, wo Judith sich über den geöffneten Klavierkorpus beugte und auf die Hammerköpfe hinabblinzelte.

»Hast du schon was gefunden?«

»Nichts außer ein paar Wollmäusen«, seufzte Judith und ließ den Deckel wieder zuknallen. Als sie die Erbsendose in Miriams Hand sah, verzog sie irritiert das Gesicht. »Willst du dir die nicht wenigstens warm machen?«

Miriam zuckte mit den Schultern und kaute weiter.

»Ich werde schon nicht dran sterben. Und wenn doch, wäre das sicher ein cooler Spruch auf dem Grabstein: *Sie starb, weil ihre Erbsen kalt waren.*«

Judith verdrehte die Augen, aber Miriam entging nicht, dass sie dabei ein klein wenig grinste.

Im nächsten Moment piepte plötzlich das Handy in Miriams Hosentasche. Sie zögerte, zog es aber doch heraus und warf einen Blick aufs Display.

Konrad. Sie hatte es befürchtet … Er hatte schon heute Morgen in aller Frühe einen Haufen Nachrichten geschrieben, aber Miriam hatte sie allesamt gelöscht, ohne sie zu lesen. Genauso verfuhr sie jetzt auch mit der neusten.

Judith blickte sie neugierig an. »War das Toni?«

Miriam schüttelte den Kopf und schob sich noch einen Löffel Erbsen in den Mund. »Toni meldet sich nur über Instagram, da gibt es keinen Signalton«, sagte sie mit vollem Mund.

»Hast du denn noch mal nachgesehen, ob er sich gemeldet hat?«

Miriam stöhnte genervt. »Ich habe heute Morgen nachgesehen, weil du rumgedrängelt hast – und danach habe ich geschlafen. Sag bloß, ich soll jetzt auch noch beim Pinkeln eine Standleitung nach Nepal herstellen?«

Aber Judith blickte sie so lange vorwurfsvoll an, dass sie schließlich einknickte und die Social-Media-App öffnete. »Siehst du: keine neue Nachricht von Toni!« Trotzig hielt sie ihrer Schwester das Handy unter die Nase. »Bist du jetzt zufrieden?«

Judith allerdings sah alles andere als zufrieden aus. »Das ist doch merkwürdig, oder? Wieso meldet er sich auf einmal nicht mehr?«

Im Grunde war Miriam ganz froh, dass der Kerl sie gerade in Ruhe ließ. Wenn stattdessen nun aber ihre Schwester ständig drängelte, hatte sie von der Ruhe nicht viel. »Ich kann ihm ja gleich noch mal schreiben …«

Judith nickte dankbar und hob dann eins nach dem anderen die Sofakissen an. Außer einem alten Taschentuch, das Theo verloren haben musste, herrschte darunter gähnende Leere.

»Sieht nach einer Wahnsinnsausbeute aus«, stichelte Miriam und kratzte die letzten Erbsen aus der Dose.

»Wenn du mir helfen würdest, würde es mit Sicherheit schneller gehen«, erwiderte Judith, aber im nächsten Moment ließ sie sich aufs Sofa fallen. »Ich glaube, wir sollten morgen weitermachen. Mein Kühlschrank ist immer noch leer, und außerdem bin ich nachher noch verabredet.«

Miriam sah sie überrascht an. »Hast du ein Date?«

Ihre große Schwester nickte, wirkte aber nicht sonderlich begeistert.

»Mit einem Typen?«

»Natürlich mit einem Typen!«, erwiderte Judith beinahe ein bisschen eingeschnappt und stemmte sich vom Sofa hoch. »Was denn sonst?«

Miriam hatte keine Ahnung von den Vorlieben ihrer Schwester. Soweit sie sich erinnern konnte, hatte Judith sich nie besonders für Jungs interessiert. Irgendwann, kurz vor dem Abitur, hatte sie sich unsterblich in Max aus dem Dorf verliebt, aber die Sache hatte kein gutes Ende genommen. Miriam wusste, dass Eva in die Geschichte involviert gewesen war, aber was damals genau passiert war, konnte sie nicht sagen. Danach hatte sie Judith nur noch als Single erlebt.

Sie selbst war natürlich auch alleinstehend, und dennoch bestand zwischen Judith und ihr ein himmelweiter Unterschied. Es gab nämlich Singles, die ihren Zustand genossen und auskosteten, und es gab *Singles auf der Suche* – und Judith gehörte definitiv zur zweiten Kategorie. Dass ihre Schwester wusste, was sie dabei genau suchte, wagte Miriam allerdings zu bezweifeln.

Jetzt zählte nur, dass Judith hier wegwollte, und das kam Miriam ganz gelegen. Sie pfefferte die leere Dose und den Löffel ins Spülbecken und eilte noch vor ihrer Schwester hinaus auf die Einfahrt.

Judith fragte, ob sie sie zum Einkaufen begleiten wolle, aber Miriam war eigentlich ganz froh, endlich ein paar Minuten Ruhe zu haben, um alles sacken zu lassen.

Als Judith mit ihrem lächerlichen Einkaufsroller zur Wohnungstür hinaus verschwunden war, setzte Miriam Nudelwasser auf und verdrückte ein halbes Glas Gewürzgurken, während sie darauf wartete, dass es kochte. Vermutlich hätte sie auch die zweite Hälfte gegessen, aber dann fiel ihr auf, was für ein Klischee das war – und weil sie definitiv nicht schwanger war, verzichtete sie trotzig auf den Rest.

Wie konnte sie feststellen, was nun wirklich mit ihr los war? Und wollte sie das überhaupt? Unruhig rutschte Miriam auf der Küchenbank hin und her und sah zu, wie das Nudelwasser auf dem Herd überkochte. Sie zückte ihr Handy und löschte zwei weitere Textnachrichten von Konrad. Er konnte sich die Finger wund tippen, sie würde auf keinen Fall antworten. Sie würde seine blöden Nachrichten nicht einmal lesen!

Stattdessen öffnete sie ihre Suchmaschine und tippte *Anzeichen Schwangerschaft* ein. Sofort leuchtete ihr eine Unzahl an Treffern entgegen.

Müdigkeit.

Schwindel.

Übelkeit.

Ziehen im Unterleib.

Spannungsgefühl in den Brüsten.

Ausbleibende Periode.

Heißhunger.

Verdammt! Miriam schob ihr Smartphone von sich. Dann widmete sie sich frustriert den restlichen Gurken.

Die einzige Frau mit Kind, die ihr auf die Schnelle einfiel, war Eva – aber die konnte sie ja wohl schlecht anrufen. Wenn Eva es wusste, würden auch Katharina und Judith davon erfahren, und am Ende wüsste vermutlich die ganze Stadt, dass sie schwanger war.

Dabei war sie ja gar nicht schwanger!

Miriam musste sich selbst ermahnen, das nicht immer wieder durcheinanderzubringen. Sie war nicht schwanger, zum letzten Mal: Sie war einfach nur hungrig!

Als die Nudeln endlich fertig waren, ertränkte sie sie in einer gewaltigen Ladung Tomatenketchup und schlang sie hastig hinunter. Dann schnappte sie sich ihr Handy und ihre Jacke, fischte einen Zehner aus dem Bargeldglas, das bei Judith im Flur stand, und verschwand mit klopfendem Herzen zur Tür hinaus.

Rund um die Osterstraße hatte sie die Auswahl zwischen drei verschiedenen Drogerien und schätzungsweise zweihunderttausend Apotheken. Miriam wollte die Sache diskret behandeln, deshalb kam die Eins-zu-eins-Beratung in einer Apotheke für sie nicht infrage. Schließlich entschied sie sich für die Drogerie, die am weitesten von der Hauptstraße entfernt lag. Trotzdem war hier in den Gängen immer noch entschieden zu viel los für ihren Geschmack.

Miriam wollte den Kragen ihrer Jacke hochschlagen, stellte aber fest, dass ihre Jacke gar keinen Kragen hatte. So unauffällig wie möglich schob sie sich zwischen den anderen Kunden durch die schmalen Gänge und blickte nach links und rechts, bis sie endlich fand, was sie suchte.

Es gab Schwangerschaftstests in allen Preislagen. Die teuerste Variante war eine Dreierpackung und kostete achtzehn Euro. Miriam hatte nicht vor, noch ein weiteres Mal in diese Situation zu kommen, insofern reichte ihr ein einzelner Teststreifen. Aber auch hier gab es gewaltige Unterschiede. Am Ende schloss Miriam einfach die Augen und griff blind ins Regal. Sie hatte ausgerechnet den günstigsten Test ausgewählt – aber warum sollte der schlechter sein als die anderen? So blieb ihr wenigstens noch Geld für ein Stück Kuchen beim Bäcker gegenüber.

Als Miriam mit dem Test in der Jackentasche auf die Straße hinaustrat, blieb sie stehen und blickte sich unsicher um. Was, wenn Konrad hier irgendwo umherstreifte oder Madame Chanel Gassi führte? Seine Nachrichten konnte sie vielleicht ignorieren und seine Anrufe wegdrücken, aber sie hatte keine Ahnung, was passieren würde, wenn sie ihm persönlich in die Arme lief. Riskieren wollte sie es jedenfalls nicht. Lag seine Wohnung nicht irgendwo da hinten?

Erst als hinter ihr Leute aus der Drogerie drängten, gab sie sich einen Ruck, senkte den Kopf und spazierte zielstrebig nach Hause.

Judith war noch nicht vom Einkauf zurück, und Miriam verschwand schnell auf die Toilette. Gerade als sie den Test aus der Verpackung nehmen wollte, fiel ihr Blick auf die Anleitung: *Sicherste Ergebnisse mit Morgenurin ...*

So ein Mist. Auch wenn sie sich insgeheim fühlte, als wäre sie gerade erst aus dem Bett gefallen, war der Tag definitiv schon zu weit fortgeschritten für Morgenurin.

Stöhnend ließ Miriam sich auf der Klobrille nieder. Sie würde also bis morgen früh warten müssen. Vielleicht hatte sie ja auch Glück, und die Sache erledigte sich bis dahin von ganz alleine? Mit einem Mal fühlte sie sogar einen leichten Druck im Unterleib. War das nicht das Zeichen dafür, dass sie ihre Regel bekam?

Mit einem zarten Hoffnungsschimmer steckte Miriam den Test wieder weg. Es war noch nichts verloren, im Gegenteil. In Judiths Kühlschrank gab es schließlich noch ein zweites Glas Gurken.

21

Judith

Normalerweise fieberte Judith jedem Date entgegen. Lag nicht in jeder ersten Begegnung die Chance, dass sie die Nummer eins von vielen sein könnte, der Grundstein für die große Liebe? Man konnte nie genau wissen, ob der nächste Mann nicht vielleicht der Richtige war und mit ihm endlich ein neuer Lebensabschnitt begann – der, nach dem sie sich schon so lange sehnte.

Jetzt allerdings ertappte sie sich bei einer gewissen Lustlosigkeit. Gestern Abend noch hatte sie sich über Laurenz' Nachricht gefreut, auch heute Morgen war sie noch ganz aufgeregt gewesen. Aber nun spielte sie sogar mit dem Gedanken, die Sache einfach abzublasen. Der erfolglose Besuch im Alten Land und die Begegnung mit Katharina hatten sie müde gemacht, mehr noch: Sie war frustriert.

Lohnte es sich überhaupt, in diesem Zustand einen Mann zu treffen? Männer wollten fröhliche, unbeschwerte Frauen, keine, die sich mit störrischen Schwestern und alten Geheimnissen herumschlugen.

Vielleicht sollte sie lieber noch einmal in diesen Mietwagen steigen und ins Alte Land fahren, um dort weiterzustöbern? Die Möglichkeit, endlich der Wahrheit auf die Spur zu kommen, reizte sie im Moment deutlich mehr als die Vorstellung, in Sachen Partnersuche einen weiteren Reinfall zu erleben.

Auf der anderen Seite rückte die Taufe unaufhaltsam näher. Heute in drei Wochen würde sie eine Begleitung präsentieren müssen, wenn sie nicht Evas Spott auf sich ziehen wollte. Judith grauste es bei der Vorstellung, wieder einmal alleine zwischen all den glücklichen Pärchen zu sitzen. Selbst wenn sie erneut am Kindertisch landen sollte, wollte sie jemanden an ihrer Seite haben, mit dem sie sich unterhalten oder gar wohlfühlen konnte. Natürlich bestand durchaus die Möglichkeit, dass Mimi sie begleiten würde, immerhin war sie ja gerade in Hamburg. Aber würde sie noch bis zu Carlas Taufe bleiben? Judith hatte da ihre Zweifel ...

Irgendetwas stimmte nicht mit ihrer kleinen Schwester. Seit sie im Morgengrauen nach Hause gekommen war, wirkte sie irgendwie verstört. Ihre Laune hatte sich nach dem Nickerchen im Auto zwar bedeutend gebessert, aber trotzdem wurde Judith das Gefühl nicht los, dass sie in Gedanken bereits wieder im nächsten Zug nach Irgendwo saß. Judith spürte, dass Mimi noch nicht so weit war, sich ihr anzuvertrauen, und sie wusste aus Erfahrung, dass es keinen Sinn hatte, sich aufzudrängen. Wenn sie ihr also nicht helfen konnte, blieb ihr vorerst nur, sich auf ihre eigenen Probleme zu konzentrieren – und die Taufbegleitung war eins davon.

Martina hatte ihr gestern tatsächlich den Link zu einem Escort-Service geschickt und gleich ein paar Kandidaten markiert. *Ihr müsst keinen Sex haben*, hatte sie dazu geschrieben. *Aber ich an deiner Stelle würde mir das nicht entgehen lassen.* :)

Judith musste zugeben, dass die Kerle allesamt umwerfend aussahen – und genau da lag das Problem. Wenn sie mit so einem Mann bei der Taufe aufkreuzte, würde Eva den Braten doch sofort riechen! Wieso sollte ein Mann, der aussah wie Ryan Reynolds, mit einer Frau wie ihr zusammen sein wollen? Sie sah zwar nicht total gruselig aus, und seit sie regelmäßig vor dem Fernseher Pilates machte, war ihr Hintern sogar einigermaßen in Form. Aber sie war eben auch nicht Blake Lively! Sie brauchte jemanden, der echt war, authentisch – und vor allem einen, der in ihrer Liga spielte. Und deshalb durfte sie jetzt die Hoffnung nicht aufgeben, dass heute ihr Glückstag war.

Trotzdem konnte sie sich nach den Ereignissen des Tages nicht dazu aufraffen, sich mit der gewohnten Hingabe auf das Date vorzubereiten. Stattdessen vertiefte sie sich in die alten Fotoalben, die sie aus dem Haus in Jork mitgenommen hatte. Aus der Zeit mit Hannah gab es viele Fotos, Theo hatte sie offenbar gerne fotografiert. Judith stellte wieder einmal fest, wie unfassbar ähnlich sich Katharina und ihre Mutter sahen. Katharina war geradezu ein Abbild von Hannah: die gleichen großen dunklen Augen, die schmalen Schultern und die haselnussbraunen Haare.

Auffallend auf den Fotos war auch, wie innig die Beziehung zwischen den beiden zu sein schien. Es gab kaum ein Bild, auf dem Katharina nicht an Hannahs Rockzipfel hing, frech hinter ihrem Bein hervorschaute oder lachend auf ihrem Arm herumalberte – selbst als sie dafür schon viel zu groß war.

Auf einmal zog sich Judiths Herz zusammen. Sie hatte nie darüber nachgedacht, wie schwer es für ihre große Schwester gewesen sein musste, als ihre Mutter plötzlich verschwunden war. Eva und sie selbst waren erst sechs gewesen und hatten Hannah mit kindlicher Sehnsucht vermisst, aber ihre Erinnerungen waren schon bald verblasst. Katharina hingegen war mit ihren zehn Jahren schon zu alt gewesen, um allzu viel zu vergessen. Wie groß und schmerzhaft musste der Verlust für sie gewesen sein? Von dem fröhlichen, aufgeweckten Mädchen auf den Fotos war heute jedenfalls nichts mehr zu erkennen. War dieser Teil von ihr mit Hannah verschwunden? Obwohl Katharina gerade gar nicht bei ihr war, fühlte Judith sich ihrer großen Schwester plötzlich so nah wie nie zuvor.

Als sie im Album weiterblätterte, fiel ihr noch etwas anderes auf. Sie hatte Hannah so in Erinnerung, wie sie auf den Fotos über dem Klavier zu sehen war: glücklich, von innen heraus strahlend. Sie erinnerte sich noch an ihr Lachen, das glockenhell in den Ohren hallte.

Jetzt aber blieb sie immer wieder an Fotos hängen, auf denen etwas Trauriges in Hannahs Augen lag. Ihre Mutter hatte sich sichtlich bemüht, auf jedem Bild zu lächeln, aber dass sie dahinter etwas anderes verbarg, war offensichtlich. Als Kind war Judith das natürlich nicht aufgefallen – aber ihr Vater musste es doch gesehen haben, oder etwa nicht?

Judith sah nachdenklich auf ihre Narbe hinab. Egal was Theo gewusst hatte, er hatte es mit ins Grab genommen. Aber Katharina war noch da, und Judith war sich sicher, dass sie etwas verheimlichte.

»Warst du nicht verabredet?« Als Mimi den Kopf ins Schlafzimmer steckte und Judiths Blick den Wecker streifte, fuhr sie erschrocken auf.

So ein Mist! Sie hatte die Zeit total aus den Augen verloren. Jetzt war es schon fünf vor sieben – und das bedeutete, dass sie unmöglich pünktlich zu ihrem Date kommen konnte.

»Scheiße, scheiße, scheiße!«, fluchte sie und schloss immerhin den Hosenknopf, den sie der Bequemlichkeit halber auf dem Bett geöffnet hatte. Dann schoss sie an Mimi vorbei in den Flur, schlüpfte in Schuhe und Jacke und riss die Wohnungstür auf.

»Lass das ja nicht die Kinder in der Schule hören!«, hörte sie Miriam hinter sich witzeln, aber Judith hatte jetzt keine Zeit, sich belehren zu lassen.

Sie hastete die Treppe hinab, schwang sich auf ihr Fahrrad und sauste in Richtung Schanzenviertel davon.

Normalerweise war Judith immer pünktlich, das brachte ihr Beruf mit sich: Wenn sie das Klassenzimmer nur fünf Minuten zu spät betrat, konnte bereits der Papierkorb brennen. Bei unzähligen Dates hatte sie auf ihre Verabredung warten müssen, und insgeheim hoffte sie, dass auch Laurenz heute zu spät oder gar nicht kommen würde, aber als sie auf das Schulterblatt einbog, stand er schon vor dem Restaurant und sah auf die Uhr.

Wie an einem Samstagabend nicht anders zu erwarten, war die Szenestraße sehr belebt. Die jungen Leute drängten sich auf den Bürgersteigen, quatschten, tranken Bier und warteten auf einen Tisch in den unzähligen kleinen Restaurants. Judith rutschte vom Sattel und warf einen Blick in eines der Schaufenster am Straßenrand. Ihr Spiegelbild bestätigte ihre schlimmsten Befürchtungen. Während Laurenz tatsächlich so gut aussah wie auf seinem Profilbild, war sie zerzaust wie ein Huhn, das nur ganz knapp dem Suppentopf entkommen war. Ihre Haare standen in alle Richtungen, von dem Zopf, den sie sich vorhin auf dem Bett achtlos gebunden hatte, war kaum noch etwas übrig, und ihr Gesicht war vom hastigen Radfahren rot wie eine überreife Tomate.

Es dämmerte bereits – aber Judith wusste, dass keine Dämmerung dieser Welt verbergen konnte, dass sie sich nicht einmal ansatzweise auf dieses Date vorbereitet hatte. Hektisch trug sie etwas Lippenstift auf und schob ihr Fahrrad langsam auf Laurenz zu. Vielleicht bekam sie mildernde Umstände, wenn sie jetzt ein extragroßes Lächeln aufsetzte? Oder sollte sie doch einfach umdrehen, sich wieder aufs Rad schwingen und davonrasen? War eine Flucht nicht immer noch besser, als sich total zu blamieren?

Judith hielt inne und biss sich auf die Lippe – doch in diesem Moment sah Laurenz zur Seite und blickte ihr direkt ins Gesicht.

Ein verblüfftes Lächeln breitete sich auf seinem Gesicht aus. »Bist du Judith?«

Judith sackte das Herz in die Hose. »Nein, ich …«, stotterte sie und wäre am liebsten im Erdboden versunken. War es wirklich zu spät, einfach abzuhauen?

Laurenz runzelte irritiert die Stirn. »Du bist nicht Judith?«

»Doch«, japste sie und versuchte, ihre Verlegenheit wegzulächeln. »Ich bin nur … ich bin nur etwas durch den Wind.« Erschöpft ließ sie die Schultern sinken. Sie spürte, dass die Schweißflecken unter ihren Achseln etwa untertellergroß sein mussten, und rechnete fest damit, dass ihr Auftritt Laurenz umgehend in die Flucht schlagen würde.

Aber stattdessen fing er auf einmal schallend an zu lachen. »Dass du durch den Wind bist, kann ich sehen. Deine Haare sehen aus, als hättest du sie mit einem Küchenmixer geföhnt!«

Judith verzog irritiert das Gesicht. Machte sich dieser Kerl etwa über sie lustig, hier in aller Öffentlichkeit? Taufe hin oder her, für so was hatte sie heute einfach keine Nerven! Überhaupt spürte sie, wie plötzlich eine geballte Ladung Wut in ihr aufflammte. Es war eine Sache, wenn sie sich selbst über ihr Aussehen mokierte – aber mit welcher Berechtigung nahmen sich Männer eigentlich das Recht heraus, anhand von Oberflächlichkeiten über Frauen zu urteilen?

Geschichte und Deutsch – das klingt nach Mottenkugeln und Gebissreiniger!

Ich sehe, dass du durch den Wind bist – bla, bla, bla!

Was fiel diesen Typen nur ein? Sie selbst lachte doch auch nicht, wenn einer von ihnen Mayonnaise im Bart hatte oder ihm graue Haare aus den Ohren wuchsen! *Nobody is perfect* – warum dachten Männer dann immer, dass sie jeder Frau einen Bewertungsstempel aufdrücken durften und dafür noch Applaus verdienten? Hier und heute war damit auf jeden Fall Schluss!

Judith kniff die Augen zusammen und umklammerte den Fahrradlenker so fest, dass ihre Fingerknöchel weiß hervortraten. »Weißt du was?«, zischte sie. »Ich hab genug, ich hab die Schnauze voll von euch! *Dein Hintern ist zu flach, dein Job zu normal, und dein Zahnfleisch … o ja, dein Zahnfleisch schreit danach, dass ich dich ganz dringend mit Erdnussbutter einschmieren muss!*« Wütend riss sie den Mund auf und zeigte Laurenz so viel Zahnfleisch wie möglich.

Er runzelte verunsichert die Stirn. »Erdnussbutter …?«

»Ihr könnt mich mal – *du* kannst mich mal!«, fluchte Judith so laut, dass die Leute um sie herum aufhörten sich zu unterhalten und stattdessen irritiert zu Laurenz und ihr herüberblickten. »Nur weil ihr eure Banane mit euch herumtragt, heißt das noch lange nicht, dass ihr der König im Dschungel seid! Wenn es überhaupt einen König in diesem Dschungel namens Leben gibt, dann bin ich das, hörst du: Ich bin die verdammte Königin!«

Mit diesen Worten schwang sie sich wieder in den Sattel und radelte davon. Für einen kurzen Augenblick bildete sie sich ein, dass hinter ihr applaudiert wurde, aber dann geriet sie kurz ins Schlingern und musste sich darauf konzentrieren, nicht das Gleichgewicht zu verlieren und bäuchlings auf der Straße zu landen.

Als sie ihre Pedale und ihren Herzschlag wieder einigermaßen im Griff hatte, hatte sie sich schon zu weit vom Schulterblatt entfernt, um sich noch einmal umzudrehen.

Auf einmal merkte sie, dass Tränen über ihre Wangen strömten, aber gleichzeitig drängte sich ein Lachen ihre Kehle hinauf. Sie hätte verzweifelt sein können, zweifelsohne auch beschämt über ihren lauten, hemmungslosen Auftritt, aber stattdessen verspürte Judith gerade nichts als pure Lebensfreude! Sie konnte sich nicht erinnern, wann sie sich das letzte Mal derart befreit gefühlt hatte. Natürlich, irgendwann würde das Schamgefühl zurückkehren – aber bis dahin wollte sie einfach nur atmen und strampeln und lachen und weinen!

Wenn sie weiter so energisch in die Pedale trat, konnte sie in zehn Minuten wieder zu Hause in ihrem Bett liegen und alte Fotos anschauen oder mit Mimi quatschen. Aber wenn sie ganz ehrlich war, hatte sie darauf gerade gar keine Lust. Deshalb bog sie an der Fruchtallee kurzerhand in Richtung Altona ab.

Sie hatte kein Ziel, nein, zum ersten Mal seit Langem hatte sie kein konkretes Ziel vor Augen. Was sie antrieb, war einzig und allein der Wunsch, irgendeinen Weg zu finden – wo auch immer er sie hinführen mochte.

22

Eva

Das Wochenende verlief ohne besondere Vorkommnisse. Am Sonntag machte Thomas keine Anstalten, in die Kanzlei zu gehen, und widmete sich stattdessen den Kindern. Eva freute sich darüber, fand aber auch, dass er unkonzentriert wirkte. Irgendetwas schien ihn zu beschäftigen und seine Gedanken immer wieder abschweifen zu lassen – oder war er immer schon so abwesend gewesen, und Eva hatte es nur nie gemerkt? Warum klang seine Stimme plötzlich derart heiser, wenn er mit den Mädchen herumalberte? War er schon immer so ruhig und gleichzeitig angespannt gewesen, oder hatte er sich tatsächlich verändert? Dachte er jetzt gerade an volle Oberlippen und spitze Gesäßknochen und konnte sich deshalb nur halb auf seine Töchter konzentrieren?

Es fiel Eva schwer, die düsteren Gedanken abzustreifen und ihr Familienleben zu genießen. Dabei schien draußen vor dem Fenster mal wieder die Sonne, Maribelle würde sich heute nicht blicken lassen, und auch die Mädchen zeigten sich von ihrer allerbesten Seite. Ava und Bella stritten ausnahmsweise nicht, sondern puzzelten gemeinsam mit Thomas auf dem Wohnzimmerboden, und Carla quiekte vergnügt – mal vor Evas Bauch und dann wieder auf dem Arm ihres Vaters.

An einem anderen Tag zu einer anderen Zeit hätte Eva jetzt einfach glücklich sein können. Aber der Stachel, der sich letzte Woche in ihr Herz gebohrt hatte, ließ sich nicht so einfach ignorieren, und ihn zu entfernen war nahezu unmöglich.

Wenigstens hatte Judith sie die letzten Tage in Ruhe gelassen. Vielleicht erledigte sich ja zumindest das Problem mit Hannah von selbst, ohne dass Eva noch etwas dazu beitragen musste?

Nachdem sie Carla zur gewohnten Zeit gestillt hatte, zog sie sich ihre Laufsachen an und verkündete Thomas, dass sie eine Runde joggen gehen würde. Er gab ihr einen liebevollen Kuss auf die Schulter, der sofort eine große Sehnsucht in Eva weckte. *Berühr mich, berühr mich, berühr mich,* flehte sie in Gedanken hoffnungsvoll, aber Thomas griff sich stattdessen nur eines der Kinderbücher vom Nachtschrank, um den Mädchen im Wohnzimmer eine Geschichte vorzulesen.

»Du solltest dich nicht überanstrengen«, sagte er an Eva gewandt.

Überanstrengen – meinte er das ernst? Eva sah ihn verunsichert an und suchte in seinem Gesicht nach Anzeichen von Ironie oder Spott, fand aber nichts dergleichen.

Sie stieß ein leises Stöhnen aus. »Im Moment kann ich mich gar nicht überanstrengen. Mit dem kaputten Handgelenk krieg ich nicht mal die Hälfte von dem auf die Reihe, was ich eigentlich erledigen müsste.«

»Genau das meine ich«, sagte Thomas und runzelte besorgt die Stirn. »Findest du nicht, du bist viel zu hart zu dir?«

»Unsinn«, erwiderte Eva und lachte halbherzig auf. »Wir sind eine Familie – und da hat jeder seine Funktion. Es kann nicht einfach jemand wegfallen, verstehst du? Dann bricht das System zusammen. So funktioniert Familie nun mal.«

Thomas seufzte. »Du redest schon genau wie meine Mutter ...«

»Was?« Eva hielt erschrocken inne. Was hatte denn Maribelle mit der ganzen Sache zu tun? Und warum zur Hölle verglich er sie auf einmal mit ihr?

»Tut mir leid«, fuhr Thomas fort, als er Evas Empörung bemerkte. »Ich habe gerade ein paar Meinungsverschiedenheiten mit meinen Eltern in der Kanzlei. Du bist natürlich ganz und gar nicht wie meine Mutter!«

Eva blieb trotzdem misstrauisch. »Was für Meinungsverschiedenheiten denn?«

»Ach nichts«, sagte Thomas und sah sie dann forschend an. »Sag mir lieber, was es mit deiner Funktion in der Familie zu tun hat, dass du aufs Frühstück verzichtest und plötzlich joggen gehst.«

Eva hielt ertappt die Luft an. »Ich habe doch gefrühstückt.«

»Zwei winzige Gurkenscheiben und ein halbes Knäckebrot?«

Eva schluckte, aber ihre Kehle war mit einem Mal staubtrocken. »Ich wusste nicht, dass du das bemerkst …«

»Ich bemerke noch ganz andere Sachen«, sagte Thomas und schüttelte den Kopf.

Was sollte das heißen – er bemerkte *noch andere Sachen*? Hatte er etwa mitbekommen, was sie nachts manchmal heimlich unter der Decke trieb? Hatte er bemerkt, wie sehr sie ihn vermisste?

»Schau nicht so erschrocken«, flüsterte er und strich ihr über die Wange. »Denkst du, ich kriege nicht mit, dass du jede Woche in dieses alberne Kleid schlüpfst und krampfhaft versuchst, den Reißverschluss zu schließen?«

Eva ließ erleichtert die Schultern sinken. Das war es also!

Tatsächlich hatte sie sich das Kleid für Carlas Taufe schon vor der Geburt gekauft. Es hatte einfach zauberhaft ausgesehen an der Puppe im Schaufenster, und auch wenn es nicht gerade günstig gewesen war, hatte Eva sich augenblicklich in dieses Kleid verliebt. Darin und in keinem anderen wollte sie die Taufe ihrer dritten Tochter feiern!

Allerdings hatte sie damals nicht mit der Hartnäckigkeit ihrer Rettungsringe gerechnet. Thomas hatte recht: Sie zwängte sich jede Woche vergeblich in das wunderschöne Kleid, nur um jedes Mal festzustellen, dass es noch immer nicht passte. Aber dass er sie dabei beobachtete, hatte sie in der Tat nicht bemerkt.

»Ich bin einfach zu dick«, platzte es plötzlich aus ihr heraus.

Thomas lachte leise. »Das ist Blödsinn. Du bist wunderschön.«

»Und warum fasst du mich dann nicht mehr an?«

»Ich fasse dich ständig an«, erwiderte Thomas und wollte ihr einen weiteren Kuss auf die Schulter geben, aber sie schob ihn von sich.

»Du weißt genau, was ich meine.« Eva hielt ihren Blick fest auf ihn gerichtet, bis er schließlich einknickte.

»Können wir das ein andermal besprechen? Die Mädchen warten auf dem Sofa ...«

»Nein, das können wir nicht«, fiel Eva ihm ins Wort. »Zumindest nicht, wenn du willst, dass ich aufs Joggen verzichte und wieder frühstücke!«

Thomas zögerte, und Eva konnte sehen, wie es hinter seiner Stirn arbeitete. »Ich kann nicht darüber sprechen, Eva, noch nicht. Aber es liegt ganz sicher nicht an dir.«

Eva starrte ihn fassungslos an. Er konnte *noch nicht* darüber sprechen? Musste er sich erst sicher sein, dass es sich für Theresia lohnte, seine Familie abzuservieren?

Mit einem Mal spürte Eva, wie Wut in ihr aufstieg. Sie war seine Frau, verdammt noch mal! Sie bügelte seine Hemden, kochte für ihn und sorgte dafür, dass seine Kinder sich die Zähne putzten – hatte sie es da nicht verdient, dass er ihr endlich die Wahrheit sagte?

»Gib es zu! Es liegt an ...«

Theresia, das wollte Eva sagen – doch genau in diesem Augenblick wurde die Schlafzimmertür mit einem Knall aufgestoßen, und eine weinende Ava kam hereingestürmt.

»Bella hat gesagt, ich bin doof!«

Eva streckte die Hände nach ihr aus, doch Ava warf sich stattdessen in Thomas' Arme.

»Warum sagt sie denn so etwas?«, hakte Thomas fürsorglich nach und strich ihr ein paar Tränen aus dem Gesicht.

»Ich hab ihr die Haare geschnitten, und sie sagt, ich bin kein guter Fisör …«

»Die Haare geschnitten …?« Alarmiert starrte Eva ihre Tochter an.

Während Thomas seine Älteste noch in aller Seelenruhe darüber aufklärte, dass es *Frisör* hieß und nicht *Fisör*, stürmte Eva panisch durch den Flur. Nein, nein, nein, das konnte doch nicht wahr sein!

Ava hatte ihrer kleinen Schwester tatsächlich die Haare geschnitten! Die blonden Löckchen lagen kreuz und quer auf dem Parkett vor dem Sofa, und Bella saß in der Mitte und sah aus wie ein ramponierter Kaktus!

Evas Herz begann aus dem Takt zu stolpern. Atemlos fiel sie auf die Knie und sammelte verzweifelt die goldenen Haare ein – dabei wusste sie, dass es zu spät war: Kein Wunder der Welt würde die butterweichen Löckchen, die sie so sehr liebte, zurück an Bellas Kopf zaubern!

Eva begann zu schluchzen. Als Thomas mit Ava durch die Tür trat, fuhr sie ihre älteste Tochter an: »Was hast du dir nur dabei gedacht?«

Ava zog sich verunsichert hinter Thomas' Bein zurück.

Mit drei großen Schritten durchquerte Thomas den Raum, legte seine Hand auf Evas Schulter und zwang sie, ihm in die Augen zu sehen. »Das kriegen wir schon hin, Eva. Wir kriegen das hin!«

Und plötzlich konnte Eva nicht mehr sagen, welchen Teil ihres verkorksten Lebens er damit genau meinte ...

Das Laufen klappte heute erstaunlich gut. Eva rannte weder in Radfahrer hinein, noch kackte sie sich in die Hosen. Fokussiert wie selten setzte sie einen Schritt vor den anderen und wiederholte in Gedanken stoisch das Mantra, das Thomas ihr in den Kopf gesetzt hatte:

Wir kriegen das hin.

Wir kriegen das hin!

Nach etwas mehr als einer Stunde stand sie wieder vor der Haustür, außer Atem und völlig verschwitzt, aber mit der tiefen Überzeugung, dass sie es tatsächlich irgendwie hinkriegen würde.

Aber schon am Montag zeigte ihre Überzeugung erste feine Risse.

Als Eva Carlas Taufkleid aus dem Schrank holte, stellte sie fest, dass es knapp unterhalb der Brust einen Fleck hatte. Das Kleidchen war ein Erbstück aus Thomas' Familie. Schon sein Vater und seine Großmutter hatten es bei ihrer Taufe getragen, und natürlich hatte Eva auch Ava und Bella an ihrem großen Tag in diesen Traum aus Batist und edler Spitze gesteckt. Es stand also nicht zur Debatte, dass Carla ein anderes Kleid tragen würde – aber wo um Himmels willen kam denn jetzt dieser verdammte Fleck her?

Er war etwa münzgroß und bräunlich, und mit einem Mal klingelten Judiths Worte in Evas Ohren: *Ist das Scheiße oder Schokolade?* Neulich im Flur hatte sie solche Spitzen noch ertragen können, aber am Tag der Taufe war derartiger Spott keine Option! Nein, der Fleck musste weg – alles andere war vollkommen inakzeptabel!

Mittlerweile hatte sie sich mit der Einschränkung durch das verstauchte Handgelenk einigermaßen arrangiert und schaffte es in neuer Rekordzeit, die Mädchen fertig zu machen und mit ihnen zur Wäscherei zu spazieren. Hinterher machten sie noch einen kleinen Umweg über den Spielplatz, und Eva stillte Carla in der warmen Frühlingssonne. Erst als Ava und Bella anfingen, sich mit einem Jungen um die Schaukel zu streiten, sammelte sie die beiden wieder ein und ging mit ihnen nach Hause.

Um das Mittagessen musste sie sich heute glücklicherweise nicht kümmern. Thomas hatte gestern genug gekocht, dass es für heute noch reichte, und obwohl die Kartoffeln nicht ganz so weich waren, wie die Mädchen sie am liebsten mochten, aßen sie ohne nennenswerten Protest.

Thomas kam am Nachmittag überraschend früh nach Hause, und Eva hatte das Gefühl, dass er sie zur Begrüßung einen Tick zu lange an sich drückte. Er hatte sogar Kuchen mitgebracht, und obwohl das so gar nicht in Evas Ernährungsplan passte und sie sich zuerst nur einen kleinen Bissen von Thomas' Teller nehmen wollte, aß sie am Ende doch ein ganzes Stück. Thomas setzte Kaffee für sie auf und spielte dann mit den Mädchen.

Eva hatte Bellas Frisur am Abend noch nachgebessert, aber da sie wegen des Verbands mit links schneiden musste und ohnehin kaum noch Haare übrig waren, sah Bella noch immer gewöhnungsbedürftig aus – und das war noch freundlich formuliert! Eva staunte insgeheim, wie wenig Thomas sich am Aussehen seiner Tochter störte. Aber natürlich würde er sich auch nicht die Kommentare seiner Mutter anhören müssen, er würde nicht die fassungslosen Blicke der Taufgäste ernten – schließlich war er der Vater und damit für andere Dinge zuständig. Die Frisuren der Kinder fielen nun mal eindeutig in den Zuständigkeitsbereich der Mutter …

Den ganzen Nachmittag überlegte Eva, wie sie mit Thomas an ihr Gespräch von gestern anknüpfen konnte, und versuchte, den richtigen Zeitpunkt abzupassen, aber immer kam ihr eines der Mädchen dazwischen. Erst als Thomas die beiden Großen schlafen gelegt hatte und sie Carla auf der Couch die Brust gab, herrschte endlich genug Ruhe. Doch bevor sie den Mund öffnen und etwas sagen konnte, piepte auf einmal Thomas' Handy.

Nervös warf er einen Blick aufs Display und seufzte. »Ich muss noch mal los.«

Eva schluckte. »In die Kanzlei?«

Thomas nickte und verschwand dabei bereits in den Flur.

Als sie die Wohnungstür ins Schloss fallen hörte, setzte Eva sich gerade hin. So konnte es nicht weitergehen, nein, so wollte sie nicht mehr weitermachen! Sie würde sich nicht länger belügen lassen!

Sie würde jetzt eine halbe Stunde warten und dann im Büro anrufen. Im Zweifelsfall würde sie sogar persönlich dort vorbeifahren. Es gab einfach keinen anderen Weg, sie musste endlich wissen, woran sie war!

Doch als ihr Blick auf das nuckelnde Baby an ihrer Brust fiel, stellte sie zerknirscht fest, dass sie das alles nicht alleine schaffen würde. Sie konnte die Kinder schließlich nicht einfach sich selbst überlassen. Wenn sie der Sache auf den Grund gehen wollte, würde sie wohl oder übel eine Verbündete brauchen …

23

Miriam

Zwei Tage schon. Zwei Morgen waren verstrichen, ohne dass ihr Urin auf dem Teststreifen gelandet war. Miriam redete sich ein, sie hätte es in ihrem allmorgendlichen Dämmerzustand schlichtweg vergessen, aber die Wahrheit sah anders aus. Sie hatte Angst. Angst vor einem verfluchten Papierstreifen und Angst davor, was das Ergebnis mit ihr machte. Noch konnte sie sich einreden, dass sie nicht schwanger war, und sie konnte sich an der Hoffnung festklammern, dass ihre Regel jeden Moment einsetzen würde. Aber wenn das Ergebnis erst einmal da war, in blassen Streifen auf dem Ablesefeld – was bliebe ihr dann noch von dieser Hoffnung?

Ihr graute vor der Entscheidung, die sie im Zweifelsfall treffen musste. Aber war es denn überhaupt eine Entscheidung? Setzte eine Entscheidung nicht voraus, dass sie mindestens zwei Wahlmöglichkeiten hatte? Wenn sie wirklich schwanger sein sollte, hatte sie keine Wahl.

Sie konnte kein Baby kriegen. Sie war keine Mutter. Außerdem wusste sie ja nicht mal, wer der Vater war. Es gab ein paar Kerle, die infrage kamen, aber von den meisten kannte sie nicht einmal den Nachnamen. Ihre Schwestern würden sie vermutlich für ein Flittchen halten. Und auch wenn sie sich eigentlich nichts daraus machte, was andere in ihr sahen: Ein Flittchen war sie ganz gewiss nicht! Sie war frei, ein bisschen übermütig vielleicht und lebensbejahend – und gerade jetzt unfassbar verzweifelt …

Als sie Judiths Schlüssel im Schloss hörte, schob Miriam den Test ein weiteres Mal zurück in ihren Rucksack und schloss für einen Moment die Augen. Schluss mit dem Blödsinn! Sie war auf gar keinen Fall schwanger!

»Hey, alles in Ordnung bei dir?« Judith steckte den Kopf zur Tür herein und sah sie besorgt an.

Miriam drehte sich auf der Couch zur Seite und nickte.

»Bist du sicher?«, hakte Judith nach und setzte sich zu ihr auf die Sofakante.

»Warum sollte denn nicht alles in Ordnung sein?«, blaffte Miriam ihre Schwester eine Spur zu gereizt an.

»Na ja«, fuhr Judith fort und runzelte die Stirn. »Ich hab gesehen, dass du einkaufen warst. Und der Abwasch ist auch gemacht …«

Miriam starrte sie fassungslos an. »Und daraus schließt du, dass es mir nicht gut geht?«

Judith zuckte unschuldig mit den Schultern, aber ihr Blick sprach Bände.

Ächzend drehte Miriam sich weg. »Ich wollte nur nicht, dass du wieder rummeckerst, wenn du nach Hause kommst.«

Sie spürte, wie Judith sanft über ihren Rücken strich und dann aufstand. »Ist gut, ich wollte dich nicht nerven.

Vielleicht machst du einen kleinen Mittagsschlaf? Du siehst müde aus.«

Mittagsschlaf? Miriam musste sich ein Stöhnen verkneifen. Sie war müde, ja, zementmüde sogar, aber an Schlaf war trotzdem nicht zu denken. Bei den Gedanken, die in ihrem Kopf Pingpong spielten, würde sie ohnehin kein Auge zutun.

Miriam hörte, wie die alten Dielen unter Judiths Schritten knarzten, aber dann wurde es still. Judith war stehen geblieben. »Mimi?« Ihre Stimme klang mit einem Mal unsicher. »Hat sich ...«

»Nein«, fiel Miriam ihr gereizt ins Wort. »Toni hat sich nicht gemeldet, okay? Und jetzt lass mich verdammt noch mal in Ruhe mit dem Scheiß!«

Sie hörte Judith ein weiteres Mal tief ausatmen, dann schloss sie die Tür hinter sich.

Jeden Tag dieselbe Frage! Miriam konnte es langsam nicht mehr hören. Toni hatte sich nicht gemeldet, seit mittlerweile vier Tagen nicht mehr. Als sie gestern noch einmal für ein paar Stunden im Alten Land gewesen waren, hatte Judith sie im Viertelstundentakt genötigt nachzusehen, ob es Neuigkeiten aus Nepal gab. Und drei Mal hatte sie sie dazu bewegt, selbst eine Nachricht zu schicken und nach Hannah zu fragen. Schließlich hatte Miriam ihr sogar angeboten, ihr einen eigenen Account einzurichten, aber Judith hatte sonderbar verunsichert auf diesen Vorschlag reagiert und dann abgelehnt.

Mittlerweile häuften sich in Miriams Social-Media-Postfach die unbeantworteten Nachrichten anderer Follower, aber sie hatte gerade nicht die Kraft, Herzchen zu verteilen oder zu kommentieren, von eigenen Inhalten und Bildern ganz zu schweigen. Toni aber hatte nicht reagiert, gestern nicht und heute genauso wenig, und Miriam hatte weiß Gott nicht vor, sich vor einem fremden Typen zum Affen zu machen und noch einmal nachzuhaken. Vielleicht hatte der Kerl mittlerweile ja das Interesse verloren? Oder war Hannah in der Zwischenzeit tatsächlich verstorben? Wer wusste das schon genau – und wenn Miriam ehrlich war, interessierte es sie auch gar nicht. Im Moment hatte sie ganz andere Probleme …

Im Gegensatz zu Toni hatte sich Konrad jeden Tag mindestens zwanzig Mal gemeldet. Er rief an und hinterließ eine Vielzahl von Textnachrichten. Miriam löschte immer noch die allermeisten, aber manchmal erwischte er sie in einem schwachen Moment, und sie las doch die eine oder andere. *Tut mir leid,* stand ausnahmslos in allen Nachrichten, genauso wie: *Bitte melde dich. Ich bin ein Idiot, Du hättest dein Pfefferspray rausholen sollen* und *Madame Chanel hat mir zur Strafe ins Bett gepinkelt* waren ihre Favoriten.

Bisher hatte sie auf keine seiner Nachrichten geantwortet, und sie hatte auch keinen seiner Anrufe angenommen, aber insgeheim spürte sie, wie ihre Standhaftigkeit langsam bröckelte und sie einzuknicken drohte. Konnte er nicht einfach aufhören, sich zu melden – genau wie Toni? Dann kam sie wenigstens nicht in Versuchung nachzugeben.

Wenn sie bei alledem nur nicht so verdammt müde

wäre … Die verfluchte Müdigkeit legte sich wie flüssiger Zement um ihre Glieder und machte es ihr praktisch unmöglich, einfach ihren Rucksack zu packen und abzuhauen, wie sie es unter normalen Umständen getan hätte. Und dann war da auch immer noch diese unsägliche Übelkeit!

Gestern Morgen hatte Miriam keinerlei Anzeichen verspürt und innerlich bereits jubiliert, aber heute früh hatte der Brechreiz sie wieder voll im Griff gehabt. Es war eine Sache, in einer fremden Toilette zu vögeln, aber eine ganz andere, sich darin die Seele aus dem Leib zu kotzen …

Das erste Mal in ihrem Leben sehnte Miriam sich nach etwas Sicherheit – und gleichzeitig fürchtete sie sich vor nichts mehr.

Konrad zog sie geradezu magisch an. Mit jedem Wort, das er schrieb, und jedem Anruf, den er tätigte, fiel es ihr schwerer, sich nicht in seine Arme zu flüchten und auf seinem Sofa einzuschlafen. In Ruhe schlafen, mehr wollte sie ja gar nicht, schlafen und für einen kurzen oder auch längeren Moment alles vergessen.

Judith klopfte an die Tür, als das Abendessen auf dem Tisch stand. »Ich habe meine berühmte Pasta gemacht, mit extra viel Kapern und Oliven.«

Der Ausdruck in ihren Augen schrie nach Versöhnung und Wiedergutmachung, aber Miriam ließ sie trotzdem noch ein bisschen zappeln. »Hast du auch Parmesan?«

Judith grinste breit. »Achtzehn Monate gereift – so wie du ihn am liebsten magst!«

Jetzt konnte auch Miriam sich ein Lächeln nicht mehr verkneifen. Außerdem brüllte ihr Magen schon wieder wie eine Elchkuh auf der Suche nach dem letzten Büschel Moos.

Judith war eine fantastische Köchin, das konnte man nicht kleinreden. Miriam hätte am liebsten den ganzen großen Nudeltopf leer gegessen und ihrer Schwester noch die letzten Kapern vom Teller geklaut, aber irgendwann hatte sie das Gefühl, dass sich das Essen beim nächsten Bissen einen Ausgang suchen würde – und darauf konnte sie jetzt gut verzichten.

Judith sah sie zufrieden an. »So gefällst du mir schon viel besser.«

»Du meinst als wandelnde Fassbombe?« Miriam strich sich über den Bauch, zog die Hände aber schnell zurück, als ihr die Doppeldeutigkeit dieser Geste bewusst wurde.

Judith hatte jedoch keinen Verdacht geschöpft. »Wollen wir noch einen Wein trinken?«, fragte sie und griff sich die leeren Teller, um sie neben der Spüle abzustellen.

Miriam schüttelte den Kopf. Sie redete sich ein, dass sie jetzt einfach keinen Alkohol trinken *wollte* – es lag auf keinen Fall daran, dass sie es nicht sollte!

»Ein Glas kaltes Wasser wäre mir lieber.«

Während Judith eine Wasserflasche aus dem Kühlschrank holte, fiel Miriams Blick auf die Fotoalben, die ihre Schwester am Wochenende aus dem Alten Land angeschleppt hatte. »Hast du die alle durchgesehen?«

Judith schenkte ihr Wasser ein und setzte sich wieder an den Tisch. »So gut wie alle, ja.«

»Und hast du irgendwas gefunden?«

»Ich weiß nicht.« Judith zögerte. »Ich habe immer gedacht, dass Mama glücklich war ...«

»Und jetzt denkst du das nicht mehr?«

Wieder dachte Judith einen Moment nach, dann stand sie auf, holte eines der Alben und schlug es auf einer bestimmten Seite auf. »Findest du nicht, dass sie irgendwie traurig aussieht?«, fragte sie dann.

Miriam betrachtete das Foto. »Ihr Mund sieht aus, als würde sie lächeln.«

»Als *würde* sie lächeln, ja«, bestätigte Judith. »Aber sagen ihre Augen nicht etwas ganz anderes?«

Miriam beugte sich tiefer über die Bilder und blickte in das Gesicht ihrer Mutter. Judith hatte recht. Hannahs Lächeln war nicht echt, zumindest nicht auf allen Fotos. Es wirkte fast so, als hätte sie sich bemüht, für den Moment der Aufnahme jemand anders zu sein.

»Du denkst also, sie ist weggegangen, weil sie unglücklich war?«

Fast reflexartig senkte Judith den Kopf und blickte auf ihre Narbe. »Ich denke jedenfalls, dass alles viel komplexer ist, als wir immer geglaubt haben.«

Miriam lehnte sich nachdenklich zurück. Wenn sie ehrlich war, hatte sie nie groß über Hannahs Beweggründe nachgedacht. Sie hatte dazu gar keine Notwendigkeit gesehen. Ihre Mutter war weg, sie hatte es nicht anders gekannt und auch nichts vermisst. Aber ihre Schwestern waren natürlich älter gewesen und hatten mehr mitbekommen.

»Erinnerst du dich an gar nichts?«, fragte sie.

Judith sah sie überrascht an. »Doch, ich habe schon noch Erinnerungen an Mama. Aber ich weiß manchmal nicht, welche echt sind und welche ich mir nur zusammengereimt habe.«

»Ich meine nicht Hannah«, korrigierte sich Miriam. »Ich spreche von deiner Narbe. Weißt du gar nichts mehr von dem Tag?«

Wieder blickte Judith auf den blassen Streifen, der ihren Unterarm zeichnete. Sie schüttelte den Kopf. »Ich bilde mir manchmal Lärm ein, einen Schrei, ringsherum Apfelblüten – und dann fühlt es sich an, als würden wir fliegen.«

»Wir?« Miriam runzelte die Stirn.

»Wir waren alle zusammen. Bis auf Papa, der musste arbeiten.«

Miriam sah sie überrascht an. »Dann war ich auch dabei?«

»Natürlich.« Judith lachte auf. »Du warst schließlich noch ein Baby.«

Bei dem Wort *Baby* zuckte Miriam zusammen, als wäre sie auf frischer Tat ertappt worden. Vielleicht konnte sie ja doch mit Judith über ihre Sorgen reden? Der Zeitpunkt war jedenfalls nicht schlecht – und von allen drei Schwestern war Judith mit Sicherheit diejenige, die am meisten Verständnis hatte. Sie war schließlich Lehrerin – vermutlich hörte sie solche Geschichten jeden Tag.

Miriam rang mit sich und ihrer Angst, aber dann gab sie sich einen Ruck. »Judith, ich ...«

Ausgerechnet in diesem Augenblick klingelte ihr Telefon auf dem Tisch. Miriam stöhnte. Musste Konrad sich gerade jetzt melden? Doch als sie auf das Display sah, stellte sie fest, dass es gar nicht Konrad war, der anrief. Es war Eva.

»Was will die denn jetzt?« Miriam nahm das Handy und überlegte, den Anruf einfach wegzudrücken.

Aber Judith hatte den Namen ihrer Zwillingsschwester ebenfalls gesehen. »Jetzt geh schon ran! Vielleicht hat sie ihre Meinung geändert.«

Die Wahrscheinlichkeit, dass Eva ihre Meinung änderte und Judith damit einen Gefallen tat, ging zwar gegen null, aber Miriam hatte einfach nicht genug Kraft, um zu protestieren.

»Hey Eva«, sagte sie.

»Kannst du herkommen?«, hörte sie die Stimme ihrer Schwester am anderen Ende der Leitung.

»*Was* soll ich?«, fragte Miriam verständnislos.

»Du sollst zu mir kommen! Ich brauche deine Hilfe – und zwar schnell!«

Bevor Miriam nachhaken konnte, hatte Eva bereits aufgelegt.

Judith sah sie neugierig an.

Miriam zuckte irritiert mit den Schultern und ließ das Handy zurück auf den Tisch sinken. »Sie sagt, sie braucht unsere Hilfe.«

»*Deine* Hilfe, ich brauche *deine* Hilfe, habe ich gesagt, nicht eure«, flüsterte Eva, als Miriam zwanzig Minuten später mit Judith vor der Tür ihrer schicken Altbauwohnung stand.

Judith verdrehte die Augen und drängte sich an ihrer Schwester vorbei in die Wohnung. »Mimi kennt sich in Hamburg doch gar nicht mehr aus, Eva, und der Leihwagen stand praktisch noch vor meiner Tür. Außerdem können vier gesunde Hände besser helfen als zwei, oder?« Erwartungsvoll schaute sie in den langen Flur. »Ist was mit den Kindern?«

Eva zögerte und stieß ein Stöhnen aus. »Es geht nicht um die Kinder, die schlafen schon.«

»Und wobei brauchst du dann Hilfe?« Unsicher schielte Miriam auf das Köpfchen des Babys, das vor Evas Brust in einer Trage schlief.

Wieder zögerte Eva. Dann presste sie die Lippen kurz aufeinander und griff sich einen Schlüssel vom Brett. »Thomas hat seinen Schlüssel vergessen.«

»Na und?« Miriam runzelte die Stirn.

»Eben nicht *na und*!«, erwiderte Eva. »Er kommt erst spät in der Nacht aus der Kanzlei zurück, und wenn er dann klingeln muss, weckt er mich und die Kinder.«

»Dann ruf ihn doch an und sag ihm, er soll jetzt schon kommen«, schlug Judith vor.

Eva warf ihr einen giftigen Blick zu. »Denkst du, das hätte ich nicht längst getan? Er hat sein Handy offenbar lautlos gestellt – und auf dem Festnetz erreiche ich ihn auch nicht.«

»Und was sollen wir jetzt machen?«, fragte Miriam, ahnte aber, dass ihr die Antwort nicht gefallen würde.

»Ihr fahrt in die Kanzlei und bringt ihm den Schlüssel.«

»Das ist nicht dein Ernst, oder?« Miriam blickte ihre Schwester fassungslos an.

Judith aber nahm bereits seufzend den Schlüssel aus Evas Hand. »Dafür haben wir was gut bei dir!«

Obwohl die Adresse zweifellos die richtige war, reagierte niemand auf ihr Klingeln.

»Vielleicht hat er die Türklingel abgestellt«, sagte Miriam, doch Judith schüttelte den Kopf.

»Glaub ich nicht. Da drinnen ist alles dunkel. Wenn du mich fragst, ist Thomas gar nicht mehr hier.«

Tatsächlich sah das ganze Haus ziemlich verlassen aus. Nicht mal ein blasser Lichtschein fiel aus einem der Fenster – und Miriam konnte sich kaum vorstellen, dass Thomas seine Akten im Dunkeln wälzte.

»Und was machen wir jetzt?«

Noch während Miriam die Frage stellte, griff Judith bereits zu ihrem Handy und rief Eva an. »Ich glaube, er hat sich schon auf den Heimweg gemacht. In der Kanzlei ist er jedenfalls nicht mehr. Sollen wir dir den Schlüssel noch zurückbringen?« Judith wartete Evas Antwort ab und seufzte dann. »Ist gut. Dann schlaf schön.«

Als sie aufgelegt hatte, warf sie Miriam Thomas' Schlüssel zu. »Sie braucht ihn heute nicht mehr.«

Miriam folgte ihrer Schwester nachdenklich zum Wagen. Irgendetwas an der ganzen Sache kam ihr seltsam vor …

»Aber ich dachte, das ist Thomas' Schlüssel. Er wird

ihn doch vermutlich wiederhaben wollen, oder? Nur deshalb sind wir schließlich hergekommen.«

Judith zuckte mit den Schultern und ließ sich auf den Fahrersitz sinken. »Keine Ahnung. Eva sagt, sie holt ihn in den nächsten Tagen ab.«

Miriam setzte sich auf die Beifahrerseite und schnallte sich an. »Findest du das nicht merkwürdig?«

»Findest du irgendetwas an Eva *nicht* merkwürdig?«, erwiderte Judith und grinste.

Miriam lächelte müde zurück und schob Thomas' Schlüssel in ihre Jackentasche, aber trotzdem blieb ein komisches Gefühl. Irgendetwas war faul an der ganzen Geschichte. Aber vielleicht hatte sie auch einfach nur zu viel gegessen.

Und dann war da ja auch noch diese andere, winzig kleine Sache, die ihr gewaltig auf den Magen schlug …

24

Katharina

Katharina wusste, dass sie noch einmal ins Haus zurückkehren musste, aber ihr OP-Plan machte ihr diese Woche einen fetten Strich durch die Rechnung. Fast immer arbeitete sie von morgens bis in den späten Nachmittag, und hinterher noch ins Alte Land zu fahren war keine gute Idee. Sie schreckte nicht etwa davor zurück, weil sie fürchtete, dann zu erschöpft zu sein, sondern weil sie keine Lust hatte, Judith ein weiteres Mal in die Arme zu laufen. Nein, wenn sie das nächste Mal über die Elbe nach Jork fuhr, musste es an einem Vormittag unter der Woche sein, wenn Judith in der Schule war.

Immerhin rief Judith sie nicht an, und das bedeutete wohl, dass sie selbst noch nichts gefunden hatte. *Vielleicht gibt es ja auch gar nichts mehr zu finden,* versuchte Katharina sich zu beruhigen. Vielleicht machte sie sich ganz umsonst Sorgen? Warum hätte ihr Vater die alten Erinnerungsstücke aufbewahren sollen? Mit großer Wahrscheinlichkeit hatte er sie längst entsorgt! Aber dann kamen Katharina wieder Evas Worte in den Sinn: *Agnes hat Judith gesagt, im Haus könnten wir Antworten finden.*

Agnes … Sie hatte Theo in den letzten Jahren mit Sicherheit besser gekannt als all seine Töchter zusammen. Wenn sie behauptete, dass im Haus noch etwas verborgen lag, dann musste es wohl so sein. Oder hatte sie Judith einfach nur abwimmeln wollen?

Katharina seufzte. Sie hatte keine andere Wahl. Sobald ihr Dienstplan es erlaubte, musste sie wieder über die Elbe fahren, um der Geschichte ein Ende zu setzen.

Mit Robin hatte sie noch immer nicht Schluss gemacht, und so langsam wurde die Sache gefährlich. Er war am Wochenende noch ein weiteres Mal bei ihr zu Hause aufgetaucht, und sie hatte ihn wieder nicht weggeschickt. Gestern hatte er auf dem Klinikflur im Erdgeschoss sogar nach ihrer Hand gegriffen, und sie hatte es zugelassen und ihn nicht abgeschüttelt. Katharina wusste, dass das nicht richtig war – aber warum fühlte es sich dann so verdammt gut an? Sie wollte all das nicht, das war klar, aber manchmal ertappte sie sich bei dem Gedanken, dass sie es trotzdem schön fand. Konnte man etwas brauchen, was man eigentlich nicht wollte?

Den Großteil ihres Lebens hatte Katharina sich auf ihren Kopf verlassen und war damit ziemlich gut gefahren. Sie hatte nicht vor, jetzt einen anderen Weg einzuschlagen, und deshalb musste sie die Sache mit ihrem Herzen möglichst schnell in den Griff kriegen. Robin konnte nicht länger Teil ihres Lebens sein. Zumindest nicht *viel* länger …

Als sie am Dienstag nach der Schicht in die Tiefgarage kam, lehnte Robin grinsend an ihrem Wagen.

»Ich dachte, du hast heute frei?«, sagte sie und kramte in der Tasche nach ihrem Autoschlüssel.

»Ich bin ja auch nicht wegen der Arbeit hier, sondern deinetwegen«, erwiderte Robin und gab ihr einen Kuss.

»Meinetwegen?« Katharina sah ihn verunsichert an. Vielleicht war jetzt der richtige Zeitpunkt gekommen?

Sie gehörte nicht zu den Frauen, die es nötig hatten, sich von einem Mann abholen zu lassen – und trotzdem spürte sie, wie sich bei seinem Anblick ihr Puls beschleunigte.

»Hör zu, Robin, ich …« Sie versuchte, ihm in die Augen zu sehen und sich ein Lächeln abzuringen. »Ich brauche niemanden, der mich nach Hause bringt.«

»Natürlich nicht«, sagte er und grinste so breit, dass sich die kleinen, niedlichen Grübchen auf seinen Wangen abzeichneten, die Katharina so gern mochte. »Ich hatte auch nicht vor, dich nach Hause zu bringen.«

Katharina runzelte verblüfft die Stirn. »Sondern?«

»Wir kaufen jetzt einen Kühlschrank.«

»Wie bitte?« Katharina starrte ihn fassungslos an.

»Einen Kühlschrank«, wiederholte Robin. »Du weißt schon: Diese unhandlichen rechteckigen Kästen, in die man verderbliche Lebensmittel packen kann, damit sie länger haltbar sind.« Er griff zwinkernd nach ihrer Hand, aber sie machte sich sofort wieder frei.

»Ich weiß, was ein Kühlschrank ist! Aber wie kommst du auf die Idee, dass ich einen kaufen will?«

»Weil du keinen hast.«

»Das heißt aber noch lange nicht, dass ich einen haben möchte!«

Robin lächelte sie an, und Katharina konnte darin beim besten Willen noch immer nichts Herablassendes erkennen. »Jeder braucht einen Kühlschrank, Katharina. Außerdem: Wie soll ich denn für dich kochen, wenn ich nicht mal einen Wein bei dir kaltstellen kann? Und was ist, wenn du dir das Knie aufschlägst? Womit soll ich die Wunde dann kühlen?« Robin griff erneut nach ihrer Hand und drückte sie sanft, und diesmal war Katharina viel zu perplex, um sich zu widersetzen.

Er wollte für sie kochen? Hatte sie ihn denn darum gebeten? Eigentlich hätte sie wütend sein sollen, aber stattdessen jagten auf einmal andere Bilder durch ihren Kopf. Bilder von Hannah.

Katharina erinnerte sich plötzlich daran, wie sie kurz nach der Geburt der Zwillinge in der Einfahrt vom Rad gefallen war und sich den Ellenbogen aufgeschlagen hatte. Hannah hatte eine ihrer schlechten Phasen gehabt, die *Gewitterwolken im Herzen*, wie sie es immer nannte, um es ihrer Tochter verständlich zu machen. Eva und Judith hatten sie mit ihrem andauernden Geschrei dünnhäutig gemacht. Sie wirkte zu jeder Tageszeit müde und leer, wie eine Hülle ihrer selbst. Als Katharina dann mit dem blutenden Ellenbogen zu ihr ins Kinderzimmer gestürmt war, hatte sie sie fortgeschickt.

»Ich kann jetzt nicht, Katharina, siehst du das nicht? Du bist groß genug, hol dir ein Kühlpaket aus dem Eisfach!«

Sie meinte es nicht böse, das wusste Katharina, die Gewitterwolken waren schuld. Doch im Eisfach hatte sie weit und breit kein Kühlpaket entdeckt, sondern nur ein paar lose Fischstäbchen. Und weil der Arm noch immer wehtat und die Babys noch immer schrien, hatte sie sich schließlich einfach ein Fischstäbchen auf den Ellenbogen gelegt.

Fünf Minuten später war Hannah in die Küche gekommen. Sie trug Judith im Arm, Eva war offenbar in ihrem Bettchen eingeschlafen. Katharina saß noch immer auf dem Küchenstuhl und kühlte ihre Verletzung, und als Hannahs Blick auf das Fischstäbchen fiel, fürchtete sie, dass ihre Mutter gleich wieder schimpfen oder – noch schlimmer – weinen würde. Aber stattdessen hatte Hannah auf das Fischstäbchen an Katharinas Ellenbogen gestarrt – und hatte dann angefangen, schallend zu lachen.

Katharina erinnerte sich genau, wie glücklich sie dieses Lachen gemacht hatte, es klang für sie wie die schönste Melodie der Welt.

Noch Monate später hatten Hannah und sie in schwierigen Momenten oft die Köpfe zusammengesteckt, und Hannah hatte gefragt: »Ist das ein *Fischstäbchen-Moment?*« Und dann hatten sie gelacht, ganz egal, was vorher passiert war. Sie hatten zusammen gelacht, bis Hannah irgendwann verschwunden war.

Katharina sah Robin an und schluckte. »Kannst du auch Fischstäbchen braten?«

»Fischstäbchen?« Robin lachte so laut, dass es durch die ganze Tiefgarage hallte. »Wenn es nötig ist, mache ich dir sogar Dosenravioli.« Er drückte noch einmal ihre Hand und gab ihr einen Kuss.

Und egal, wie sehr sich Katharina auch konzentrierte, sie fand einfach keinen Grund, es nicht zuzulassen.

Natürlich passte der Kühlschrank nicht in Katharinas Auto.

»Wir liefern auch«, erklärte der Verkäufer, der sie stark an eine sprechende Kartoffel mit Brokkoli-Ohren erinnerte. »Aber das kostet natürlich extra.«

»Wir brauchen keine Lieferung.« Robin winkte ab. »Sie haben doch diesen Lastenradverleih, oder?«

»Du willst einen *Kühlschrank* auf einem Fahrrad transportieren?« Katharina sah ihn ungläubig an. Dann wandte sie sich an den Verkäufer. »Ich bezahle die Lieferung.«

»Unsinn!«, widersprach Robin. »Ich habe zwei gesunde Beine, da werde ich dir ja wohl deinen Kühlschrank nach Hause bringen können!« Und bevor Katharina noch etwas sagen konnte, war er bereits in Richtung Lastenradverleih losmarschiert.

Katharina sah ihm sprachlos nach.

»Der kann von Glück reden, dass Sie sich nicht für das doppeltürige Modell entschieden haben …«, murmelte der Verkäufer und grinste schief.

Und da musste sogar Katharina lachen.

Als der Kühlschrank endlich an der richtigen Stelle stand, hatten sie erst einmal Sex auf der Kochinsel, und dann eine zweite Runde auf dem Teppich vor der Couch.

»Sei froh, dass ich kein alter Mann bin«, sagte Robin und stöhnte extralaut, als er hinterher in seine Klamotten schlüpfte. »Ein neuer Kühlschrank und Sex an einem Tag – das schreit nach einem neuen Hüftgelenk.«

Katharina lachte und rollte sich auf dem Teppich zur Seite. »Bei Hüftgelenken muss ich passen. Ich kann nur mit einem neuen Herzen dienen.«

»Untersteh dich!«, flüsterte Robin und küsste sie noch einmal, bevor er aufstand und sich an den Herd zurückzog.

Seine Fischstäbchen waren köstlich. Sie aßen auf dem Sofa, und Katharina wollte ihn hinterher zu einer dritten Runde Sex überreden, aber Robin schüttelte bedauernd den Kopf.

»Meine Schicht fängt gleich an.«

»Du gehst lieber arbeiten, als mit mir zu schlafen?«

»Nein«, sagte Robin und seufzte. »Ich würde dir sogar lieber noch drei Kühlschränke hier hochschleppen, als mir das Gemotze auf der Station anzuhören.«

Neugierig richtete sich Katharina auf der Couch auf. »Hast du Stress mit deinen Kollegen?«

Robin schüttelte den Kopf. »Das nicht. Aber seit ein paar Tagen haben wir ein Pärchen auf der Station, das ununterbrochen streitet.«

»Und du kannst da nicht ein bisschen schlichten?«, neckte Katharina ihn mit einem Augenzwinkern.

»Das gehört ja nicht zu meinen Aufgaben.« Mit einem Mal wirkte er nachdenklich. »Aber manchmal möchte ich die beiden gerne schütteln. Ich möchte sie anschreien und ihnen die Augen öffnen, dass sie endlich mal genau hinsehen und nicht immer ausblenden, was wirklich wichtig ist.«

Katharina musste schlucken. Derart ernst und energisch kannte sie Robin gar nicht. »Und was ist wirklich wichtig?«

Er sah einen Moment zu Boden, aber dann blickte er ihr fest in die Augen. »Zu wissen, dass du geliebt wirst, Katharina. Zu wissen, dass du geliebt wirst, auch wenn es gerade besonders wehtut.«

25

Judith

Judith konnte es kaum glauben. Sie las die Nachricht ein zweites und drittes Mal und wollte gerade zu einem vierten Mal ansetzen, als Martina sie mit dem Ellenbogen anstieß.

»Hat dir jemand Nacktfotos vom Chef geschickt, oder warum guckst du so entsetzt?«

Judith schüttelte den Kopf. Nacktfotos vom Schulleiter hätten sie viel weniger fassungslos gemacht als das hier.

»Ich habe eine Nachricht von Laurenz bekommen …«

Martina runzelte belustigt die Stirn. »Der Typ, den du auf dem Schulterblatt zusammengestaucht hast? Und der schickt dir jetzt eine Nachricht?«

Judith nickte. In Wahrheit hatte er ihr nicht nur eine Nachricht geschickt, sondern gleich drei.

Nach ihrem verpatzten Date am Samstag hatte Judith sämtliche Dating-Apps von ihrem Handy verbannt, sie hatte erst einmal die Schnauze voll von Männern. Erst vorhin in der Deutschdoppelstunde, in der die Schüler eine Arbeit geschrieben hatten, waren Judiths Gedanken wieder zu Carlas Taufe und der leidigen Begleiterfrage abgeschweift. Nur deshalb hatte sie die Apps in der Pause wieder auf ihr Handy geladen. Aber damit, dass ausgerechnet Laurenz sich noch einmal melden würde, hatte sie nun wirklich nicht gerechnet.

Noch überraschender aber war der Inhalt seiner Nachrichten: *Tut mir echt leid wegen Samstag, ich wollte dich nicht beleidigen. Ehrlich gesagt fand ich, du sahst toll aus. Und falls es zu meiner Verteidigung beiträgt: Durch den Wind finde ich gut. Entschuldigung angenommen?*

Die zweite Nachricht war am Tag darauf gekommen: *Immer noch böse? Oder war das alles etwa nur ein Ablenkungsmanöver, weil du mich in Wirklichkeit so sexy findest wie eine schrumpelige Mohrrübe? Für mein Aussehen kann ich nichts – aber für mein Benehmen möchte ich mich immer noch entschuldigen. Erlös mich bitte.*

Gestern Abend hatte er dann zum dritten Mal geschrieben: *Okay, du bist mir tatsächlich böse. Ich starte jetzt noch einen allerletzten Versöhnungsversuch, bevor ich meinen Kopf voller Schmach in einer frischen Teergrube versenke: morgen Abend, 20 Uhr, an der U-Bahn-Haltestelle am Schanzenpark. Ich werde da sein und auf dich warten. PS: Ich hab 'ne Allergie gegen Erdnussbutter …*

»*Erlös mich bitte?*« Martina hatte sich Judiths Handy geschnappt und die Nachrichten gelesen. Jetzt lachte sie schallend auf. »Also, wenn du mich fragst, hat der Kerl entweder einen Dachschaden, oder er steht wirklich auf dich.«

Judith nahm sich ihr Handy zurück und starrte wieder auf Laurenz' Worte. Er musste definitiv einen Dachschaden haben, denn dass er sie nach ihrem unmöglichen Auftritt noch interessant finden konnte, war nahezu ausgeschlossen.

Krampfhaft versuchte sie sich in Erinnerung zu rufen, was genau sie ihm auf offener Straße um die Ohren geworfen hatte, und bei jedem Gedankenfetzen, der tatsächlich zurückkam, glühten ihre Wangen ein bisschen mehr. Es konnte unmöglich sein, dass er sie noch mochte. Oder? Seufzend schloss Judith die App.

Martina biss in ihr Wurstbrot. »Und? Gehst du hin?«

»Auf keinen Fall.«

»Wieso nicht?«

»Weil …«, stammelte Judith, »weil das alles einfach nur peinlich ist! Ich kann ihm nie wieder unter die Augen treten.«

»Sieh's doch mal positiv«, erwiderte Martina mit vollem Mund. »Der Kerl hat dich schon an deinem Tiefpunkt erlebt. Du hast also nichts mehr zu verlieren.« Sie grinste, als hätte sie Judith mit ihrer Weisheit gerade ein großes Geschenk gemacht.

Judith sah sie einen Moment lang vorwurfsvoll an und schüttelte dann den Kopf. »Ich kann da gar nicht hingehen. Das ist ja schon heute Abend!«

Martina blickte sie fragend an. »Sag bloß, heute bist du schon mit Brad Pitt verabredet?«

Wieder warf Judith ihr einen vorwurfsvollen Blick zu. »Ich wollte heute noch mal raus ins Alte Land.«

Martina stöhnte und pfefferte den Rand ihres Brotes in den Mülleimer unterm Tisch. »Du warst diese Woche schon zwanzig Mal in dem blöden Haus und hast immer noch nichts gefunden! Vielleicht solltest du nicht immer nur in der Vergangenheit rumbohren, sondern dich endlich wieder auf die Zukunft fokussieren.«

»Erstens war ich bisher nur drei Mal in Jork«, korrigierte Judith ihre Freundin. »Und zweitens ist diese Vergangenheit durchaus wichtig für die Zukunft.«

»Sex ist auch wichtig.«

»Ich habe genug Sex.«

»Lass es dir von einer verheirateten Frau gesagt sein«, widersprach ihr Martina und stand auf. »Man kann *niemals* genug Sex haben.« Dann griff sie sich ihre Tasche und verschwand durch die Tür des Lehrerzimmers nach draußen.

Judith aber war nicht heiß auf Sex. Und sie hatte auch ganz sicher nicht vor, zu diesem Date zu gehen.

Als sie am späten Nachmittag endlich nach Hause kam, die Tasche voll mit Deutscharbeiten, die auf eine Korrektur warteten, war von Mimi weit und breit keine Spur zu sehen. Sie hatte nicht einmal eine Nachricht hinterlassen.

Judith spielte kurz mit dem Gedanken, sie anzurufen, ließ es dann aber doch sein. Miriam benahm sich seltsam in letzter Zeit, und vielleicht brauchte sie jetzt wirklich etwas Zeit für sich.

Die Aussicht, alleine ins Alte Land zu fahren, war trotzdem nicht allzu verlockend. Außerdem würde es schon bald dämmern, und sie hatte die durchgebrannten

Glühbirnen im Haus noch immer nicht ausgewechselt. Vielleicht sollte sie tatsächlich mal einen Tag pausieren?

Die Korrektur der Deutscharbeiten lachte sie allerdings auch nicht gerade an. Für die schwer entzifferbaren Stilblüten von Kevin, Umut und Cheyenne-Kimberley brauchte sie starke Nerven und vermutlich mindestens zwei Flaschen Wein, und die gab ihr Kühlschrank leider nicht mehr her.

Also setzte sie sich stattdessen an ihren Laptop und begann, im Internet nach ihrer Mutter zu suchen.

Toni hatte sich noch immer nicht gemeldet. Judith war es nicht müde geworden nachzuhaken, auch wenn sie wusste, dass sie Miriam damit gewaltig auf die Nerven ging. Fast dreißig Jahre hatte sie nichts von ihrer Mutter gehört und war einigermaßen schlingerfrei damit durchs Leben gekommen – aber seit sie über Mimi ein Lebenszeichen von Hannah erhalten hatte, konnte sie Tonis Schweigen kaum ertragen. Warum schickte er nicht wenigstens eine kurze Nachricht? Ob es Hannah besser ging – oder ob sie womöglich gestorben war?

Bei diesem Gedanken zog sich Judiths Brustkorb zusammen. Es wäre ein perfider Schachzug des Schicksals, ihr Hannah für immer zu entreißen, nachdem sie sie gerade erst wiedergefunden hatte. Aber was hatte sie denn tatsächlich gefunden? Außer der Information, dass Hannah einen Unfall hatte und am besten nach Deutschland gebracht werden sollte, wusste sie im Grunde nicht viel, nein, noch weniger: Sie wusste gar nichts.

Das Haus hatte bisher keine Antworten ausgespuckt,

und Judith hasste die Hilflosigkeit, mit der sie den anderen ausgeliefert war. Warum hatte Agnes nicht mehr verraten? Wenn sie wusste, dass es Antworten gab, dann musste sie doch auch eine Vorstellung davon haben, wie diese aussahen. Katharina verbarg ebenfalls etwas, daran hatte Judith nicht den leisesten Zweifel. Und dann war da noch Miriam. Ihre jüngste Schwester konnte sich an Hannah zwar nicht erinnern, aber sie bemühte sich auch nicht gerade darum, etwas über sie herauszufinden. Dabei musste sie doch wissen, wie man an diesen Toni herankam, immerhin war sie richtig gut mit diesem Instagram. Fast hunderttausend Leute verfolgten ihr Leben in Bildern und kurzen Texten – sie musste sich einfach damit auskennen!

Judith öffnete die Suchmaschine auf ihrem Rechner und tippte wild drauflos. *Waisenhaus Nepal.*

Es gab Hunderte Treffer, zu viele, um sich ernsthaft durch alle durchzuklicken. Sie musste die Suche einschränken. *Hannah Albrecht Nepal.*

Hier gab es nicht einen einzigen Treffer. Vielleicht hatte ihre Mutter ihren Nachnamen geändert? *Toni Kathmandu Waisenhaus.*

Es hatte keinen Sinn. Judith tippte etwa fünfzig Varianten ein, machte fünfzig Suchanfragen, mit denen sie das Leben ihrer Mutter zu greifen hoffte, aber vergeblich. Es gab unzählige Kinderheime und Waisenhäuser in Nepal. Die meisten Treffer waren Aufrufe an freiwillige Helfer und Spender, aber in den letzten Jahren hatte es offenbar auch viele kritische Stimmen zur Waisenarbeit in Nepal gegeben. Nirgendwo tauchte eine Hannah oder ein Toni auf.

Judith war geradezu verblüfft. Hieß es nicht immer, heutzutage könnte man jeden Menschen auf der Welt über das Internet finden? Sagten die Medienkritiker nicht, jeder Mensch hinterließe dort Spuren, einen Fußabdruck, der sich nie wieder löschen ließ? Auf ihre Mutter und diesen Toni traf das offenbar nicht zu. Hannah blieb auch hier ein Gespenst, das sich einfach nicht greifen ließ.

Als Judith frustriert auf die Uhr sah, war es erst Viertel nach sieben. Miriam war noch immer nicht nach Hause gekommen, aber Judith hatte ohnehin die leise Ahnung, dass ihre Anwesenheit gerade kein großer Trost wäre. Sie wollte Antworten finden, und Mimi wollte immer nur schlafen – schlafen und essen.

Judith griff nach ihrem Handy. Vielleicht sollte sie doch mal wieder einen Termin bei der Therapeutin ausmachen? Vor ein paar Jahren war sie alle zwei Wochen in die Praxis von Frau Hufschneider gegangen und hatte dort ihre Probleme zerredet. Martina war von Anfang an dagegen gewesen.

»Reden ist die größte Krankheit unserer Gesellschaft. Wir glauben dann nämlich, dass wir damit etwas ändern können, aber das ist Bullshit. Dein Leben ändert sich nur, wenn du es anpackst«, hatte sie gesagt. Dann hatte sie grinsend die Hand aufgehalten. »Für diese Weisheit nehme ich übrigens nur halb so viel wie deine diplomierte Couchkartoffel!«

Judith hatte sie natürlich nicht bezahlt. Und sie war trotzdem noch eine ganze Weile zu Frau Hufschneider gegangen, hatte sich für ihr Dating-Verhalten kritisieren lassen und abgestandenes Leitungswasser getrunken. Nach einem Jahr war sie um dreitausend Euro ärmer gewesen, aber noch immer nicht glücklich. Sie hatte Frau Hufschneider weisgemacht, dass sie sich nun *viel stabiler* fühle und es eine Weile alleine probieren wolle. Und hatte sich dann bei drei weiteren Partnerbörsen angemeldet …

Aber was hatte das alles gebracht? Sie saß noch immer hier, alleine und voller Sehnsucht. Erstaunt stellte Judith nun allerdings fest, dass sich diese Sehnsucht in den letzten Tagen auf merkwürdige Weise verschoben hatte. Sie war nicht mehr wild darauf, den leeren Platz in ihrem Leben mit einem Mann zu füllen, sondern spürte plötzlich, dass es noch etwas anderes geben musste.

Nachdenklich öffnete sie die Nachrichten von Laurenz. Das Gefühl, dass sie es nicht nötig hatte, ihn zu treffen, gab ihr einen Ruck.

Vielleicht hatte Martina recht. Was hatte sie schon zu verlieren?

26

Eva

»Ich soll *was* tun?« Miriam starrte sie an, als hätte sie gerade einen Sack Katzenbabys in der Badewanne ertränkt – dabei hatte Eva sie doch nur um einen klitzekleinen Gefallen gebeten!

Angespannt schaukelte sie Carla vor dem Bauch hin und her. »Ich würde es ja selber tun, aber ich kann hier leider nicht weg.« Seufzend deutete sie auf das Baby und zeigte dann mit einem Nicken in Richtung Kinderzimmer, wo Ava und Bella ein Bild malten.

Aber Mimi war offenbar noch immer nicht überzeugt. »Wie stellst du dir das denn bitte vor? Ich marschiere doch jetzt nicht in ein fremdes Hotel und frage nach deinem Mann!«

»Es ist aber wichtig!«

»Weil er mal wieder keinen Schlüssel dabeihat?« Mimi runzelte die Stirn und hielt den Schlüssel in die Höhe, den Eva ihr und Judith mitgegeben hatte.

Eva stöhnte. Sie hatte ihre Schwester tatsächlich unter dem Vorwand hergerufen, sie möge ihr bitte den Schlüssel zurückbringen – aber *ohne Judith*, wenn es ginge.

»Und wie soll ich zu dir kommen?«, hatte Miriam gefragt, die gerade in der Stadt unterwegs gewesen war.

»Du nimmst dir einfach ein Taxi. Ich zahle.«

Eva hatte das Zögern am anderen Ende der Leitung wahrgenommen, sogar ein leises Stöhnen. Aber dann hatte Mimi doch zugestimmt und war gekommen.

»Du hast Glück gehabt, dass das Ding noch in meiner Tasche war«, sagte sie jetzt und drückte Eva den Schlüssel in die Hand.

Eva betastete das kalte Metall zwischen ihren Fingern. Der Schlüssel war ihr egal. Wenn sie ehrlich war, wusste sie nicht einmal, in welches Schloss er passte, aber das konnte sie Miriam ja schlecht sagen. Sie brauchte nicht den Schlüssel, sondern ihre Schwester – auch wenn ihr dieser Umstand überhaupt nicht zusagte. Ihr Leben lang hatte sie immer alles ganz gut alleine hingekriegt, aber das, was sie jetzt vorhatte, konnte sie nicht ohne Hilfe bewältigen.

Seit Judith und Miriam ihr gestern Abend bestätigt hatten, was sie ohnehin längst ahnte, hatte Eva keine ruhige Minute mehr gehabt.

Thomas war nicht in die Kanzlei gegangen, natürlich nicht. Im Grunde hatte sie das schon gewusst, bevor er die Tür hinter sich zugezogen hatte, aber ein winzig kleiner Teil von ihr hatte sich trotzdem an den schmalen Strohhalm der Hoffnung geklammert. Aber diese Hoffnung war eine verdammte Verräterin, und Eva hatte nicht mehr vor, ihr blind zu vertrauen. Sie musste die Sache selbst in die Hand nehmen!

Wäre Judith gestern nicht dabei gewesen, hätte Eva Miriam sofort dazu überredet, im Schlösschen vorbeizuschauen. Es war eine Sache, sich vor anderen diese Blöße zu geben, aber sich vor der eigenen Zwillingsschwester zu demütigen war eine ganz andere. Judiths Spott tat mehr weh als der aller anderen Menschen. Eva wollte nicht einmal ihr *Mitleid*.

Ihr Leben lang hatte sie sich mächtig ins Zeug legen müssen, um Judith zu übertrumpfen, und es war ihr nicht immer leichtgefallen. Und trotzdem hatte ihre Zwillingsschwester etwas an sich, das Eva nie im Leben würde erreichen können. Es war eine Art natürliche Liebenswürdigkeit, eine Art, von innen heraus zu strahlen, die man nicht nachahmen konnte.

Eva hatte das natürlich niemals ausgesprochen. Sie hatte Judith stets das Gefühl gegeben, naiv zu sein und ein bisschen tollpatschig. In Wahrheit aber hatte der Neid sie schier zerfressen.

Als Baby schon hatte Judith weniger geschrien und besser getrunken als Eva. Das hatte Theo manchmal erzählt, wenn die Mädchen ihn zu einem Rückblick hatten überreden können. Judith gewann Freunde mit einem Lächeln. Sie setzte sich unter den Pflaumenbaum, und die Schmetterlinge kamen herangeflogen, um sich auf ihren Wuschelkopf oder ihre Hand zu setzen. Eva hatte sich mit Flieder eingerieben, bis sie niesen musste, aber die Schmetterlinge waren nicht ein einziges Mal zu ihr gekommen. Sie liebten Judith, *alle* liebten Judith.

Dabei sahen sie doch gleich aus! Sie waren zwei Küken

aus einem Ei, identisch bis aufs Blut. Und doch hätten sie im Inneren kaum unterschiedlicher sein können. Ihre Seelen und ihr Naturell waren wie Yin und Yang, zwei Seiten einer Medaille.

Eva wirkte auf andere überheblich und abweisend, aber im Grunde war sie nur gekränkt und verletzlich. Und eifersüchtig, ja, aber das hätte sie im Leben nicht zugegeben.

Am schlimmsten fand Eva, dass Judith ihr immer noch alles verzieh. Konnte sie nicht auch mal garstig und fies werden? Selbst damals, nach der Sache mit Max, hatte sie sie nicht angeschrien oder geschlagen. Sie hatte nur enttäuscht den Kopf geschüttelt, die Augen voller Tränen. Und dann hatte sie beinahe ein Jahr lang nicht mehr mit ihr geredet. Aber selbst das war irgendwann vorbeigegangen, und sie hatten nie wieder über die Angelegenheit gesprochen. Manchmal hatte Eva sogar das Gefühl, dass sie selbst viel stärker unter ihren Schuldgefühlen und ihrer Scham litt als Judith unter dem Schmerz, den sie ihr zugefügt hatte.

Max hatte nicht freiwillig mit ihr geschlafen. Sie hatte alle Register ziehen müssen, hatte ihm Lügengeschichten über Judith aufgetischt und mit ihm geflirtet, und trotzdem hatte es am Ende noch eine ganze Menge Alkohol gebraucht, bis sie ihn endlich so weit hatte. Als sie auf dem Heuboden der Nachbarn miteinander schliefen, hatte er ihr Judiths Namen ins Ohr gemurmelt, und sie hatte nicht gewusst, ob er so betrunken war, dass er sie tatsächlich für Judith hielt, oder sich nur einredete, sie wäre es. Seine Stimme klang jedenfalls noch lange in ihren Ohren nach – viel länger, als Judith ihr die Sache übelnahm.

Max ... Nach dem Abitur hatte er das Alte Land verlassen und war in die Stadt gezogen. Judith hatte auch mit ihm kein Wort mehr geredet.

Jetzt war er also Arzt. Er sah immer noch gut aus, besser sogar als damals, fand Eva und blickte auf ihr Handgelenk hinab. Die Bandage war mittlerweile fleckig, und Eva war sich ziemlich sicher, dass sie nicht mehr dort saß, wo sie sitzen sollte. Aber sie konnte sich jetzt nicht um Nebensächlichkeiten kümmern, wenn ihr der Hauptstrang ihres Lebens aus den Händen zu rutschen drohte.

Warum musste Miriam nur so störrisch sein?

»Bitte, Mimi, ich brauch wirklich dringend deine Hilfe!« Sie blickte ihre Schwester beinahe flehend an.

Am liebsten hätte sich Miriam wohl auf der Türschwelle umgedreht und wäre abgehauen, das konnte Eva an ihrem Zögern erkennen. Aber dann gab sie sich einen Ruck und verdrehte genervt die Augen.

»Ich mach das nur, wenn du mir die Wahrheit erzählst, okay? Die *ganze* Wahrheit!«

Das alles fiel Eva ganz und gar nicht leicht – wie auch? Immerhin ging es nicht nur um ihre Ehe, sondern auch um ihre Würde. Trotzdem wusste sie, dass sie jetzt ehrlich sein musste, denn sonst würde Mimi ihr nicht helfen.

»Du bist dir also sicher, dass Thomas dich betrügt?«

Miriam umklammerte ihre heiße Teetasse und sah Eva über den Küchentisch hinweg an.

Eva legte warnend einen Finger an die Lippen und deutete in Richtung Flur. »Nicht so laut. Die Mädchen schlafen noch nicht …«

»Aber das ist furchtbar, Eva!«

»Ich bin es nicht anders gewöhnt, sie waren noch nie gute Schläferinnen …«

»Ich meine die Sache mit Thomas!«, fiel Mimi ihr ins Wort.

Eva seufzte. »Ich weiß es ja nicht zu hundert Prozent. Es ist nur so eine Ahnung.«

Miriam runzelte die Stirn. »Für eine Ahnung mach ich mich aber nicht zum Affen.«

»Du sollst dich ja auch nicht zum Affen machen«, flüsterte Eva und strich Carla über den Rücken. »Alles, was du tun sollst, ist in dieses Hotel gehen und nach Thomas fragen.«

»Warum?«

»Weil ich wissen muss, ob er dort ist.«

»Kannst du nicht einfach anrufen?«

»Erstens kennen die mich – und zweitens ist es wichtig, ihre Reaktion zu sehen«, erklärte Eva. »Am Telefon lässt es sich viel leichter lügen.«

Miriam lehnte sich zurück und stieß die Luft aus. »Aber warum sollten die Leute aus dem Hotel dich denn anlügen?«

»Keine Ahnung«, blaffte Eva sie an. Langsam wurde sie ungeduldig. Vielleicht war es doch ein Fehler gewesen,

Miriam in die Sache einzuweihen? Sie stellte einfach zu viele Fragen. »Ich hab das Gefühl, sie mögen mich nicht.«

Tatsächlich war das ein Gefühl, das Eva oft beschlich. Nicht nur beim Personal des Schlösschens, sondern grundsätzlich. Selbst wenn ihr die Leute freundlich ins Gesicht lächelten und sich nett mit ihr unterhielten, hatte sie hinterher das Gefühl, dass man sie nicht mochte.

Miriam fuhr sich mit der Hand über das Gesicht und seufzte. »Also gut. Ich gehe da also rein und frage nach Thomas. Und was mache ich, wenn er wirklich da ist?«

Erleichterung machte sich in Eva breit, und sie fing an, Carla zu stillen. »Ich habe einen Briefumschlag vorbereitet.«

»Und den bringe ich Thomas aufs Zimmer?«

»Nein, natürlich nicht.« Eva schüttelte den Kopf. »Du gibst ihn einfach an der Rezeption ab.«

Miriam grinste schief. »Und wenn er den Umschlag öffnet, fliegt ihm ein Sprengsatz um die Ohren?«

Eva runzelte die Stirn. »Unsinn, es sind nur ein paar leere Seiten darin.«

Jetzt verzog Miriam irritiert das Gesicht. »Leere Seiten?« Sie wirkte beinahe ein wenig enttäuscht.

»Es geht ja gar nicht um den Brief, sondern nur darum, zu erfahren, ob er wirklich dort im Hotel ist.«

Miriam löste ihre Finger von der Tasse und verschränkte entschlossen die Arme vor der Brust. »Nein, darum geht es nicht. Du kannst dir das doch nicht gefallen lassen, Eva! Wenn er dich betrügt, dann musst du ihm die Ohren langziehen – und genau genommen noch ein paar andere

Körperteile! Eine Handvoll leerer Zettel sind das falsche Signal!«

Eva biss sich ertappt auf die Unterlippe. »Ich brauche ja erst mal nur Sicherheit …«

»Wenn dieser Brief bei Thomas ankommt, dann ist er ganz sicher im Hotel – was wiederum bedeutet, dass er zu hundert Prozent ein Arschloch ist! Und das musst du ihm auch sagen!«

»So einfach ist das nicht«, setzte Eva an, aber Mimi ließ ihr keine Ruhe.

»Doch, Eva, das ist ganz einfach!«, erwiderte sie. »Keine Frau der Welt sollte sich von einem Mann betrügen lassen, hörst du? Das ist es nicht wert.«

Eva schlug die Augen nieder und blickte auf ihre nuckelnde Tochter. Miriam hatte leicht reden. Was wusste sie schon vom Leben, was wusste sie von der Ehe und von echten Beziehungen? Wenn Thomas sie betrog, war er ein Arschloch, ja. Aber sie musste sich trotzdem gut überlegen, wie sie damit umging. Sie konnte doch nicht einfach alles in die Tonne treten – es ging hier schließlich nicht nur um sie selbst!

»Du kannst das nicht verstehen«, murmelte sie schließlich und schluckte. »Wenn du Mutter bist, kannst du nicht einfach alles wegwerfen, nur weil es mal schwierig wird. Du kannst nicht einfach aufstehen und gehen, das kannst du nicht! Das … das macht man nicht …« Wieder stiegen ihr heiße Tränen in die Augen und verschleierten ihren Blick.

Mit einem Mal sah Miriam geradezu bleich aus. Nachdenklich öffnete sie ein paar Mal den Mund, brachte aber nichts hervor. Offenbar hatte Eva sie mit ihren Worten tatsächlich erreicht.

»Gib mir den blöden Briefumschlag«, knurrte sie irgendwann und streckte die Hand aus.

An der Wohnungstür hielt Eva sie noch einmal zurück. »Bitte sag Judith nichts davon.«

Miriam rollte mit den Augen, doch als Eva ihr einen ernsten Blick zuwarf, hob sie ergeben die Hände. »Ich sag ihr nichts, versprochen.«

Leise schlüpfte sie in ihre Turnschuhe und trat ins Treppenhaus hinaus. Auf der obersten Stufe drehte sie sich noch einmal zu Eva um.

»Dieses Gefühl hattest du schon immer«, sagte sie, und obwohl es eher ein Flüstern war, verstand Eva jedes Wort. Trotzdem wusste sie nicht, was ihre Schwester genau meinte. »Das Gefühl, dass dich keiner mag«, fuhr Miriam leise fort. Zögernd blickte sie sie durch die Dunkelheit an. »Aber das stimmt nicht, Eva. Manchmal denke ich, dass du dich einfach nur selbst nicht magst.«

Dann verschwand sie mit federnden Schritten die Treppe hinab.

27

Miriam

Evas Worte hallten in ihrem Kopf wider, an Schlaf war nicht zu denken. Miriam drehte sich auf der Couch zur Seite und stöhnte.

Du kannst das nicht verstehen. Wenn du Mutter bist …

Miriam versuchte, die Phrasen wie lästige Schmeißfliegen aus ihren Gedanken zu verjagen, aber es gelang ihr nicht. Evas Angst und dieser Blick hatten sich in ihre Erinnerung eingebrannt. Obwohl sie rund um die Uhr hundemüde war, würde sie auch jetzt wieder nicht schlafen können.

Bevor Eva sie angerufen hatte, war sie ziellos durch die Straßen gelaufen. Irgendwann hatte sie sich dabei ertappt, wie sie eine Mutter mit ihrem Kind beobachtet hatte, und war hastig weitergegangen. Sie war doch nicht losspaziert, um wieder bei ihren eigenen Problemen zu landen, nein: Sie wollte einen Ausweg finden – oder zumindest etwas Ablenkung!

Mehrfach hatte sie nach ihrem Handy gegriffen und mit dem Gedanken gespielt, Konrad anzurufen. Er hatte den ganzen Tag über Nachrichten geschickt, und mit jedem Wort, das sie las, schrumpfte ihr Widerstand. Aber gerade als sie ihn tatsächlich hatte anrufen wollen, hatte Eva sie erreicht.

Natürlich hatte sie das, was Eva vorhatte, falsch gefunden – und das tat sie auch jetzt noch! Wenn Thomas sie tatsächlich betrog, hatte er einen Arschtritt verdient und keine Samthandschuhe. Aber irgendwie hatte Miriam auch Mitleid mit ihrer Schwester bekommen. Vielleicht ging es Eva mit der Wahrheit so wie ihr mit dem Teststreifen? Vielleicht wollte sie lieber noch ein wenig die Augen verschließen, als der Realität in ihr hässliches Gesicht sehen zu müssen?

Der Auftritt im Hotel war jedoch ein Reinfall gewesen. Die Dame an der Rezeption hatte nicht einmal auf ihren Monitor geschaut, sondern gleich den Kopf geschüttelt.

»Herr Metzler hat kein Zimmer bei uns gemietet, nein.«

»Können Sie nicht wenigstens in Ihren Buchungen nachsehen?«, hatte Miriam mit einem freundlichen Lächeln gebeten, aber die Frau war direkt schmallippig geworden.

»Das muss ich nicht. Ich kenne unsere Buchungslage, und im Übrigen kenne ich auch Herrn Metzler.«

»Dann übernachtet er also öfters hier?«, hatte Miriam einen letzten Versuch gewagt.

Aber die Frau hatte nur noch ein falsches Lächeln für sie übriggehabt. »Ich kann Ihnen wirklich nicht weiterhelfen.«

»Was soll ich jetzt mit dem Briefumschlag machen?«, hatte sie Eva hinterher am Telefon gefragt.

»Schmeiß ihn einfach weg.«

Sie konnte nicht sagen, ob Evas Stimme erleichtert oder enttäuscht geklungen hatte, vermutlich war es eine Mischung aus beidem. Trotzdem hatte sie sich brav bei Miriam bedankt, bevor sie auflegte.

Es konnte immer noch sein, dass Thomas ihre Schwester betrog. Miriam ertappte sich dabei, wie dieser Gedanke an ihr nagte. Was passierte hier nur mit ihr? War nicht jeder für sein eigenes Glück verantwortlich? Wenn Eva sich betrügen lassen wollte, dann war das ihre Sache. Miriam hatte damit rein gar nichts zu tun. Aber warum gingen ihr diese Dinge plötzlich so nahe?

Wieder spielte sie mit dem Gedanken, Konrad anzurufen. Sie vermisste den Klang seiner Stimme. Es wäre schön, wenn er sie jetzt zudecken würde, damit sie endlich einschlafen könnte. Warum war nicht wenigstens Judith hier, um sie abzulenken?

Miriam rappelte sich von der Couch auf und zog ihren Rucksack zu sich heran. Der Teststreifen steckte noch immer unbenutzt in der vorderen Tasche. Nachdenklich hielt sie das Ding in der Hand. Vielleicht war es gar nicht so wichtig, Morgenurin zu verwenden. Vielleicht sollte sie es einfach jetzt gleich erledigen? Sie musste es endlich hinter sich bringen …

Miriam stand auf und schlurfte ins Bad. Doch als sie sich auf der Klobrille niederließ, stellte sie fest, dass ihre Blase nichts hergab. Bis auf den Tee bei Eva hatte sie den ganzen Abend über keinen einzigen Tropfen getrunken. Stöhnend zog Miriam ihre Pyjamahose wieder hoch und ging in die Küche.

Als sie sich ein großes Glas Wasser unter dem Hahn füllte, fiel ihr Blick auf die Fotoalben, die Judith auf der Fensterbank gestapelt hatte. Unsicher trat Miriam ans Fenster und schlug das oberste Album auf. Es zeigte Bilder aus der Zeit vor ihrer Geburt. Judith und Eva waren vielleicht zwei oder drei und Katharina bereits ein Schulkind.

Immer wieder blieb Miriams Blick an Hannah hängen. Wie schön sie war! Trotzdem musste sie Judith recht geben: Auf vielen Fotos wirkte ihr Lächeln nur wie eine Maske, eine Illusion. Hannahs Augen aber konnten nicht lügen. Sie wirkte unsicher, und mehr noch: unglücklich. Dennoch hielt sie ihre Kinder wie Kostbarkeiten in den Armen. In diesen Berührungen lag keine Lüge, ihre Liebe war echt und wahr.

War Miriam dazu in der Lage? Würde sie jemals ein Kind so halten können, wie ihre Mutter es getan hatte? Und viel wichtiger noch: Wollte sie das?

Miriam schloss das Album und trank einen großen Schluck Wasser. Dann schob sie einen Stuhl zurück und setzte sich an den Küchentisch. Neugierig fuhr sie mit dem Finger über die Tastatur von Judiths Laptop, und als der Bildschirm im nächsten Moment aufleuchtete, stellte sie überrascht fest, dass ihre Schwester ihn weder ausgeschaltet noch mit einem Passwort gesichert hatte. Sie hatte offenbar nach Toni gesucht und nach dem Waisenhaus in Nepal …

Miriam griff sich ihr Handy und öffnete Instagram. In den letzten Tagen hatte sie ein paar Hundert Follower verloren, die Hunderttausend rückte wieder ein wenig in die Ferne. Aber wen wunderte das schon? Seit sie in Hamburg war, hatte sie kein einziges Bild mehr gepostet. Nicht mal zum Liken und Kommentieren hatte sie Zeit gefunden. Viel ausschlaggebender war allerdings, dass sie keine Lust dazu hatte. Sie hatte auf einmal ganz andere Probleme, echte Probleme. Wie konnte man sich da noch für das Leben in einem Quadrat interessieren?

Miriam öffnete ihr Postfach und scrollte sich an Werbeanfragen und persönlichen Grüßen vorbei, bis sie bei Tonis letzter Nachricht landete. Er hatte sich tatsächlich noch immer nicht gemeldet, und sie wusste nicht, ob sie deshalb froh oder besorgt sein sollte. Im Grunde wollte sie nicht tiefer in die Sache hineingezogen werden. Auf der anderen Seite hätte sie Judith gerne irgendwas Neues erzählt, ihr einen kleinen Happen hingeworfen, damit sie nicht ständig nachbohrte. Außerdem war da plötzlich noch ein anderes Gefühl. Sie hatte Fragen und sehnte sich nach Antworten – Antworten, die ihr Hannah vielleicht würde geben können.

Auch Eva würde ihr mit Sicherheit einige dieser Fragen beantworten können, und Miriam hatte vorhin an ihrem Küchentisch auch kurz mit dem Gedanken gespielt, sie darauf anzusprechen. *Wie fühlt es sich an, Mutter zu sein? Kommt die Liebe automatisch, oder braucht sie einen Schubs? Bereust du es manchmal, Kinder in die Welt gesetzt zu haben?*

Aber dann hatte sie ihre Fragen doch mit dem letzten Schluck Tee hinuntergespült. An diesem Küchentisch ging es um das Drama ihrer Schwester und nicht um ihr eigenes. Es hätte sich einfach nicht richtig angefühlt, die Aufmerksamkeit auf sich zu lenken. Außerdem musste Miriam sich erst selbst sicher sein, wie sie zu der ganzen Sache stand – wenn es denn überhaupt eine Sache gab! Sie konnte schließlich noch immer ihre Regel bekommen. Wäre es dann nicht lächerlich, Eva alberne Fragen gestellt zu haben?

Miriam ließ ihr Wasserglas stehen und schleppte sich zurück auf die Gästecouch. Sie würde einfach den verdammten Test machen, nicht jetzt gleich, aber morgen früh. Dann würde sie endlich wissen, woran sie war …

Als sie am nächsten Morgen die Augen aufschlug, wirbelte Judith mit zwei Tellern Pancakes ins Arbeitszimmer.

»Guten Morgen, Schlafmütze«, flötete sie und ließ sich neben Miriam auf dem Sofa nieder. »Ich hab Frühstück gemacht.«

Miriam schielte auf die Uhr über der Tür. »Es ist gerade erst sechs …«

»Scharf kombiniert, du Blitzbirne«, witzelte Judith und drückte ihr einen der Teller in die Hand.

Sogar die Übelkeit war noch nicht richtig wach, deshalb nutzte Miriam die Gunst der Stunde und biss in einen der warmen Pfannkuchen. Sofort breitete sich ein wohliges Gefühl in ihrem Magen aus, eines, das keinen Raum ließ für Brechreiz.

Auch Judith grinste beim Essen wie ein Honigkuchenpferd. Sie musste irgendwann heute Nacht zurückgekommen sein, Miriam konnte nicht sagen, wann genau.

»Wo warst du gestern Abend?«

Judith zuckte mit den Schultern, aber Miriam merkte, dass sie dabei längst nicht so lässig war, wie sie sich gab. »Ich war im Windkanal.«

»Wie bitte?« Miriam hielt irritiert beim Kauen inne.

Judiths Grinsen wurde noch breiter. »Offiziell ist das Ding noch gar nicht eröffnet, aber ein Freund von Laurenz arbeitet in dem Laden. Wir durften schon mal Probe fliegen.«

»Laurenz?« Miriam legte ihren angebissenen Pancake zurück auf den Teller und runzelte die Stirn.

»Der Kerl, den ich neulich auf dem Schulterblatt getroffen habe«, erklärte Judith.

Jetzt war Miriam vollends verwirrt. »Ich dachte, der Typ war ein Reinfall – und jetzt hattet ihr gleich noch ein Date?«

Judith schüttelte entschieden den Kopf. »Das war kein Date!«

»Was denn dann?«

Miriam merkte deutlich, dass ihre Schwester ins Schleudern kam. »Keine Ahnung, eher eine … Entschuldigung. Eine Art Wiedergutmachung. Aber ganz sicher kein Date!«

»Habt ihr euch geküsst?«

»Spinnst du?«

»Hat er dich angefasst?«

Judith lachte auf. »Das hätte er sich nicht getraut!«

Miriam zog die Augenbrauen zusammen. »Aber du bist trotzdem ein bisschen verknallt.«

»Bin ich nicht«, erwiderte Judith, doch Miriam hatte das kurze Zögern bemerkt und nahm ihr die Lüge nicht ab.

»Ich mag ihn vielleicht ein klitzekleines bisschen, okay?«, gab Judith schließlich widerstrebend zu. »Aber mehr ist da wirklich nicht.«

»Ist mir auch egal«, murmelte Miriam und griff wieder nach ihrem angebissenen Pfannkuchen. »Solange du mir jetzt jeden Morgen so ein Frühstück machst, kannst du so nichtverknallt sein, wie du magst.«

28

Katharina

Am Mittwoch saß Cleo wieder auf dem Dach. Ihr Regenschirm klemmte wie immer unter ihrem Arm, und sie hatte sich heute sogar eine Wollmütze aufgesetzt, um dem Wind zu trotzen.

Als Katharina sie an die Wand des Treppenschachts gelehnt auf die Stadt hinabblicken sah, musste sie lächeln. Sie kannte die Kleine kaum und war sich deshalb ganz sicher, sie unmöglich mögen zu können, aber trotzdem hatte das Mädchen etwas an sich. Etwas, das einem ein Lächeln aufs Gesicht zauberte.

»Was grinst du denn so bekloppt?«, fragte Cleo stirnrunzelnd, als sie Katharina endlich am Treppenaufgang bemerkte. »Hast du noch nie ein einsames Mädchen auf einem Dach gesehen?«

»So einsam bist du gar nicht«, erwiderte Katharina und ließ sich neben ihr auf den Boden gleiten. »Ich bin schließlich auch hier.«

Cleo blinzelte sie einen Augenblick skeptisch an und grinste dann. »Zwei einsame Mädchen auf dem Dach – das gefällt mir irgendwie.«

»Ich habe etwas, was dir noch viel besser gefallen wird«, sagte Katharina und zog die Tüte vom Bäcker hinter ihrem Rücken hervor.

Ein ungläubiges Strahlen breitete sich auf dem Gesicht der Kleinen aus. Ungeduldig riss sie Katharina die Tüte aus der Hand und vergrub ihre Nase darin.

»Ist das alles für mich?«

Katharina hatte sich nicht lumpen lassen. Sie hatte zwei Schokocroissants besorgt, ein Franzbrötchen, eine Streuselschnecke mit Kirschen und ein Mandelhörnchen.

Cleo griff sich gierig eines der Croissants und biss hinein, als hätte sie noch nie etwas Besseres gegessen. »Du bist gar nicht so übel, wie ich dachte«, sagte sie schmatzend.

»Wie bitte?« Katharina blickte sie überrascht an. »Ein ›Danke, du bist die Allerbeste‹ hätte es auch getan!«

Cleo grinste schief und zuckte mit den Schultern. »Ich habe dich nicht so eingeschätzt, dass du dir viel aus solchen Floskeln machst. Aber wenn du darauf bestehst: Danke, du bist die Allerallerbeste!« Dann sah sie Katharina ernst an. »Glaub jetzt ja nicht, dass ich irgendwas von dem Zeug mit dir teile!«

Wieder musste Katharina lächeln. Die Kleine war einfach unglaublich.

Während Cleo die rechte Hand ein zweites Mal in die Tüte schob und sich die Streuselschnecke schnappte, fuhr sie mit der linken in ihre Strickjackentasche und hielt Katharina drei Kassetten unter die Nase.

»Kannst du die für mich aufbewahren?«

»Was ist das?«

Cleo verdrehte die Augen. »Kassetten«, sagte sie mit vollem Mund. »Du hast sie mir selbst gegeben.«

»Das weiß ich«, erwiderte Katharina ungehalten. »Aber was ist da drauf?«

»Das kann ich dir leider nicht verraten. Ist nämlich ein Geheimnis«, sagte Cleo und leckte sich den Zuckerguss von den Fingern. »Deshalb musst du mir auch hoch und heilig versprechen, sie dir nicht anzuhören!«

»Und warum soll ausgerechnet ich sie für dich aufbewahren?«, hakte Katharina skeptisch nach.

Cleo lehnte sich mit einem Seufzen zurück. »Geheimnisse kann man nicht jedem anvertrauen. Sie müssen sicher verwahrt werden. Und ich glaube, dass du darin ganz gut bist.«

Katharina blickte verblüfft von den Kassetten zu Cleo und wieder zurück. »Wie kommst du darauf, dass ich ein Geheimnis bewahren kann? Du kennst mich doch gar nicht.«

Cleo sah sie einen Moment lang prüfend an und zuckte dann mit den Schultern. »Ist nur so ein Gefühl. Machst du es nun oder nicht?«

Katharina zögerte einen Augenblick. Dann nickte sie und schob die Kassetten in ihre Kitteltasche.

Cleo lächelte. »Danke, du bist die Allerbeste!«, flötete sie, und da musste auch Katharina wieder lachen.

Eine Weile blickten sie schweigend auf die Stadt hinunter. Cleo aß wie ein Bauer zur Erntezeit, gierig und hungrig, und schmatzte dabei laut. Wie passte all dieses Essen nur in so einen kleinen Körper hinein?

Irgendwann knüllte sie die Tüte wieder zu. »Den Rest heb ich mir für später auf«, murmelte sie und wischte sich die Finger in ihrem Nachthemd ab. »Wie läuft es mit Robin?«

Katharina schnaubte genervt. Doch als sie in Cleos neugierige Augen blickte, konnte sie ihr nicht einmal mehr böse sein. »Ganz gut«, sagte sie schließlich.

»Ganz gut?« Cleo runzelte die Stirn. »Das heißt, du hast noch nicht Schluss gemacht?«

Katharina schüttelte müde den Kopf.

»Du magst ihn also wirklich!«, sagte Cleo lachend.

Katharina seufzte. »Ich werde ganz sicher nicht mit einer Achtjährigen über meine Beziehung reden.«

»Erstens bin ich schon neun«, erwiderte Cleo. »Und zweitens entgeht dir da was. Ich bin nämlich eine echte Beziehungsexpertin.«

»Beziehungsexpertin?«

Cleo nickte, und Katharina fand, dass sie dabei geradezu ernst wirkte. »Ich kenne mich wirklich gut aus mit der Liebe.«

»Sag jetzt bloß nicht, du warst schon drei Mal verheiratet?« Katharina lachte.

Cleo warf ihr einen Blick zu, der wohl finster wirken sollte. »Ich war noch nie verheiratet. Falls du es genau wissen willst, war ich noch nicht mal verliebt! Aber ich bin trotzdem ein Profi. Du musst schließlich auch nicht schwanger sein, um Hebamme zu werden. Und du brauchst auch kein gebrochenes Herz, um Kardiologin zu sein.«

Katharina ließ Cleos Worte in sich nachklingen. »Und was macht dich dann zum Profi?«

Cleo zögerte kurz und seufzte dann. »Meine Eltern.«

»Deine Eltern wollen, dass du Paartherapeutin wirst?«

Die Kleine verdrehte die Augen. »Meine Eltern trennen sich gerne. Und dann kommen sie wieder zusammen, nur um sich wieder zu trennen. Ich glaube, das ist so eine Art Hobby für sie. Jedenfalls haben sie es schon mindestens siebzehn Millionen Mal gemacht.«

»Siebzehn Millionen Mal?« Katharina runzelte so skeptisch die Stirn, dass Cleo aufstöhnte.

»Ich hab nicht nachgezählt, okay? Es war auf jeden Fall oft genug, dass ich mich als Expertin bezeichnen kann.« Cleo zog die Strickjacke enger um ihren Körper und wirkte mit einem Mal nachdenklich.

»Frierst du?«, fragte Katharina, aber die Kleine schüttelte den Kopf.

Sie schwieg eine Weile konzentriert, dann sah sie Katharina wieder von der Seite an. »Was ist mit deinen Eltern?«

Katharina zuckte zusammen. »Was soll mit meinen Eltern sein?«

»Na ja, sind sie geschieden, schwer verliebt – oder ist dein Vater mittlerweile eine Frau?« Cleo grinste schief, und auch Katharina konnte sich ein kurzes Lachen nicht verkneifen. Dabei war dieses Thema nicht gerade eines, das Begeisterungsstürme in ihr auslöste.

»Können wir nicht lieber über die minimalinvasive Implantation von Herzschrittmachern reden?«

Cleo nickte verständnisvoll. »Alles klar, dann tippe ich auf Scheidungskind.«

Katharina seufzte. »Es ist viel komplizierter ...«

Cleo riss überrascht die Augen auf. »Sag bloß, dein Vater ist wirklich eine Frau!«

»Nein.« Katharina lächelte müde und schüttelte den Kopf. »Mein Vater ist tot.«

»Das tut mir leid«, murmelte Cleo.

»Ist schon in Ordnung, er war ja schon alt.«

»Und deine Mutter – ist die etwa auch tot?« In Cleos Augen lag ein Ausdruck von Entsetzen.

Für eine Neunjährige konnte es kaum etwas Schlimmeres geben als die Vorstellung, dass beide Eltern starben. Katharina hingegen hatte sich insgeheim oft gewünscht, dass Hannah einfach tot wäre, das hätte die ganze Sache einfacher gemacht. Wenn eine Mutter starb, konnte keiner etwas dafür, und es war in Ordnung, sie zu vermissen. Aber wenn sie freiwillig ging und ihre Kinder zurückließ? Was sollte man da fühlen? Wem sollte man die Schuld dafür geben? Hannah selbst, Theo, ihren anstrengenden kleinen Schwestern? Natürlich, jeder hatte einen Teil dazu beigetragen – aber der größte Teil der Schuld lastete eindeutig auf Katharinas Schultern.

Sie hatte Hannah zu dem Ausflug gedrängt.

Und sie hatte fünf Jahre später den Brief auf Theos Schreibtisch gefunden.

Der Brief. Noch immer traten ihr Tränen in die Augen, wenn sie an das kalte Stück Papier zwischen ihren Fingern dachte. Damals waren es Tränen des Zorns gewesen, der Verachtung, aber heute waren es Tränen der Scham. Wenn Hannahs Brief noch irgendwo existierte, musste sie ihn finden, bevor Judith es tat …

Cleo durfte sie auf keinen Fall weinen sehen, deshalb biss Katharina sich auf die Zunge, bis es wehtat. »Meine Mutter hat uns verlassen.«

Die Kleine schluckte. »Du meinst, sie ist gestorben?«

»Nein, sie ist gegangen. Hat uns zurückgelassen, als ich noch ein Kind war, ein bisschen älter als du jetzt.«

Cleo starrte sie verblüfft an. »Du meinst, einfach so? Sie ist einfach so gegangen?«

Katharina atmete tief durch. Wie sollte sie all das einem Kind erklären? Natürlich war Hannah nicht einfach so gegangen, auch wenn es für alle anderen erst einmal so gewirkt haben mochte.

Nur Katharina und Theo hatten die Wahrheit gekannt, von Anfang an, aber nie darüber geredet, wohl in der Hoffnung, dass sie mit der Zeit in Vergessenheit geriet. Oder zumindest weniger schmerzte.

»Es gab einen Unfall«, murmelte sie schließlich so leise, dass es beinahe ein Flüstern war. Insgeheim hoffte sie, dass der Wind hier oben ihre Worte verschluckte, aber Cleo hatte jedes einzelne verstanden.

»Was für einen Unfall?«

»Einen Autounfall.« Katharina spürte, wie sich ihr Puls beschleunigte. »Ich wollte unbedingt zum Apfelblütenfest, meine Mutter hatte es mir versprochen. Aber auf dem Weg dorthin ist sie mit unserem Wagen von der Straße abgekommen und gegen einen Baum gekracht.«

Cleo hob die Augenbrauen, und Katharina konnte nicht sagen, ob sie verblüfft war oder eher schockiert.

»Aber sie ist dabei nicht gestorben, oder?«

Katharina rieb sich mit beiden Händen über das Gesicht und ließ den Blick über Hamburgs Dächer schweifen. »Ich fürchte, ein Teil von ihr ist dabei gestorben …«

Sie rechnete damit, dass Cleo jetzt vollkommen verwirrt sein und noch mehr Fragen stellen würde, aber zu ihrer Überraschung atmete sie nur ein paar Mal tief durch und legte dann die Hand auf Katharinas Arm.

Katharina war derart perplex, dass sie vergaß, ihre Tränen noch länger zurückzuhalten. Wie ein warmer Regen liefen sie an ihren kalten Wangen hinab.

Auch Cleos Hand war kalt, und Katharina stellte erst jetzt fest, wie unfassbar klein sie war.

Nach Dienstschluss saß Katharina noch eine ganze Weile auf der Bank vor ihrem Spind und starrte auf die Kassetten, die Cleo ihr anvertraut hatte. Ein Geheimnis also. Die Kleine konnte sicher sein, dass Katharina sich nicht einmischen oder gar herumschnüffeln würde. Sie hatte selbst genug Geheimnisse, sie brauchte weiß Gott nicht noch mehr davon.

Nachdenklich legte sie die alten Kassetten in den Schrank und verschloss die Tür. Die Tränen auf ihrem Gesicht waren längst getrocknet – aber es war, als hätte heute irgendwo tief in ihrem Inneren ein kleines Kind zu weinen begonnen, das sich auch jetzt nicht beruhigen ließ. Hatte Cleo diesem Kind einen Schubs gegeben?

Nein, der Impuls war von Katharina selbst gekommen, indem sie all die Dinge ausgesprochen hatte, die so lange in ihrem Herzen verschlossen gewesen waren.

Es waren noch mehr Dinge da, und so viel mehr Worte. Und mit einem Mal fragte Katharina sich, ob sie sie nicht einmal alle aussprechen musste, damit sich das Kind in ihrem Inneren endlich beruhigte und Frieden fand.

Vielleicht hatte Judith recht gehabt.

Vielleicht war es an der Zeit zu heilen.

29

Judith

Judith hatte Schwierigkeiten, ihren Schülern zu folgen. Mehrfach ertappte sie sich dabei, dass sie einfach nickte, obwohl sie keine Ahnung hatte, ob die Antwort richtig gewesen war. Immer wieder wanderten ihre Gedanken zum gestrigen Abend zurück – dem schönsten Abend seit Langem. Dabei hatte Laurenz keine Anstalten gemacht, sich ihr mehr als nötig zu nähern. Geradezu schüchtern hatte er sie am U-Bahnhof begrüßt, so als hätte er nicht damit gerechnet, dass sie tatsächlich kommen würde.

Bis zuletzt hatte er nicht verraten, wo sie eigentlich hinfuhren, und Judith hatte sich kurz gefragt, ob sie vielleicht Angst haben sollte. Aber dann hatte sie in Laurenz' Augen geblickt, und ihre Unsicherheit hatte sich in Luft aufgelöst. Sie musste keine Angst haben. Und mehr noch: Zum ersten Mal seit Ewigkeiten hatte sie bei einem Treffen mit einem Mann – *ein Date war es ja nicht!* – keinerlei Erwartungen, und das fühlte sich wahnsinnig gut an. Sie musste rein gar nichts tun, und es musste auch gar nichts passieren. Sie konnte sich einfach fallen lassen!

Dass das allerdings derart wörtlich zu nehmen war, hatte sie nicht geahnt. Als Laurenz mit ihr vor der dunklen alten Werkhalle stehen blieb und sein Handy zückte, waren ihre Knie doch kurz weich geworden. Doch Laurenz hatte ihre Sorge bemerkt und versöhnlich geschmunzelt.

»Keine Angst, ich werde dich nicht zersägen und in Lauge auflösen.«

»Klingt wahnsinnig beruhigend …«, hatte Judith gemurmelt, aber im nächsten Moment hatte Laurenz' Freund Ranjid bereits das große Tor aufgerissen und sie hineingewunken.

»Ich hab doch gesagt, durch den Wind finde ich gut – und ich dachte, das hier wäre der passende Beweis«, hatte Laurenz mit einem unsicheren Lächeln gesagt, als sie endlich vor einem großen Zylinder standen.

Zuerst war sich Judith sicher gewesen, unter *gar keinen Umständen* in dieses Ding hineinzusteigen! Aber dann hatte sie sich einen Ruck gegeben, und Laurenz hatte ihr beinahe schüchtern in den Schutzanzug geholfen.

»Ihr habt das Teil aber schon mal ausprobiert, oder?«

Ranjid, dem der Laden offenbar gehörte, hatte aufgelacht. »Der TÜV hat uns seinen Segen gegeben. Außerdem haben wir schon ähnliche Eventlocations in Berlin und in Wien.«

Mit klopfendem Herzen hatte Judith genickt und sich in die Mitte des Windkanals gestellt. Was hatte sie schon zu verlieren?

Als Ranjid den Wind anstellte, begann es in Judiths Bauch zu kribbeln. Sie schloss die Augen und besann sich auf die Anweisungen, die Laurenz' Freund ihr zuvor gegeben hatte. Und dann hob sie ab und flog! Sie flog – und mit einem Mal breiteten auch die Schmetterlinge in ihrem Bauch die Flügel aus und verteilten sich in ihrem ganzen Körper. Bis in ihren kleinen Zeh hinein spürte Judith die zarten Flügelschläge.

Übermütig streckte sie Arme und Beine von sich und ließ sich fallen – und zum ersten Mal seit Langem schlug sie dabei nicht dumpf auf, sondern wurde getragen. Wie wundervoll sich das anfühlte, geradezu magisch!

Sie war frei, und mehr als das: Sie war glücklich.

Am meisten erstaunte sie, dass sie dabei nicht die Sehnsucht verspürte, die Hand eines Mannes zu ergreifen. Sie war glücklich – ganz allein mit sich selbst.

Trotzdem hatte sie Laurenz hinterher stürmisch an sich gedrückt. »Danke, das war fantastisch!«

Endlich hatte auch Laurenz ein wenig schelmisch gegrinst. »Ich mag es eben, wenn du durch den Wind bist. Und noch besser ist es, wenn du dabei nicht über meine Banane redest …«

Dann war er selbst im Windkanal geflogen und hatte sich dabei derart ungeschickt angestellt, dass Judith aus dem Grinsen gar nicht mehr herauskam.

Zum Abschied hatten sie sich kurz umarmt. Laurenz hatte nicht versprochen, sich zu melden, und Judith hatte nicht vor, sich wieder in etwas hineinzusteigern. Eigentlich fühlte es sich ganz gut an, frei zu sein.

Als Judith in der Pause das Lehrerzimmer betrat, roch Martina den Braten natürlich sofort.

»Ha! Du hast doch Brad Pitt getroffen!«

Judith verdrehte die Augen, konnte sich aber ein verräterisches Lächeln nicht verkneifen.

»Wann seht ihr euch wieder?«, hakte Martina nach, während sie ihr Pausenbrot aus der Alufolie wickelte.

Judith seufzte. »Kannst du dir nicht endlich eine Brotdose zulegen? Du produzierst Müll ohne Ende.«

»Lenk nicht ab!« Demonstrativ faltete Martina die Alufolie zusammen und schob sie geglättet zurück in ihre Tasche.

Judith zuckte mit den Schultern, ahnte aber, dass sie dabei längst nicht so lässig rüberkam, wie sie beabsichtigte.

»Heißt das etwa, du weißt nicht, wann ihr euch wiederseht?« Martina sprach wie immer mit vollem Mund.

»Das heißt, ich weiß nicht, ob wir uns überhaupt wiedersehen.«

Jetzt hielt Martina beim Kauen inne. »Aber du magst ihn doch, oder?«

Judith zögerte. Ja, sie mochte Laurenz. Aber letzte Nacht hatte sie festgestellt, dass sie sich selbst auch ganz gerne mochte. »Ich kenne ihn nicht gut genug, um das sagen zu können …«

»Und was ist mit der Taufe deiner Nichte? Du willst doch nicht wieder Babymöhrchen aus Kindernasen ziehen, oder?«

Nein, das wollte sie nicht. Aber vielleicht gab es ja noch einen anderen Weg, nicht am Kindertisch zu landen. Judith seufzte. »Ich werde einfach mit Eva reden. Sie schuldet mir was für die Sache mit dem Flieger.«

Im Grunde schuldete Eva ihr noch viel mehr, für all das, was sie ihr in den letzten zwanzig Jahren angetan hatte. Aber Judith hatte gelernt, nicht zu viel zu erwarten. Ein Mitspracherecht bei der Tischordnung war allerdings nicht zu viel verlangt.

30

Miriam

Erst lange nachdem Judith in die Schule verschwunden war, traute Miriam sich aus dem Bett. Was war nur mit der Welt los? Judith war verliebt, Eva wurde betrogen, und sie selbst war womöglich schwanger? Da fehlte ja nur noch, dass Katharina verkündete, irgendeinen Traumprinzen zu heiraten, um fortan als Prinzessin auf der Erbse zu leben!

Das alles war so albern, dass Miriam am liebsten gelacht hätte. Dabei war im Grunde natürlich nichts davon wirklich witzig. Zumindest die Sache mit Eva war nicht schön, von ihrem eigenen Zustand mal ganz abgesehen.

Wieder zog sie den Test aus ihrem Rucksack. War heute der Tag gekommen? Es war immer noch früh am Morgen, und sie hatte ihre Blase noch nicht geleert. Außerdem war ihr heute ausnahmsweise nicht übel. Ob das nun an Judiths Frühstück lag oder nicht, spielte keine Rolle. Es war sicherlich einfacher, das alles auszuhalten, wenn ihr Magen sich nicht nach Dreifachsalto anfühlte.

Nachdenklich strich Miriam über die Schachtel und spürte, wie sich ihr Herzschlag beschleunigte. War das hier der Anfang vom Ende? Würde ihr Leben sich fortan in ein *Davor* und *Danach* gliedern lassen? Oder war das alles nur ein Missverständnis, eines, über das sie in ein paar Wochen schon herzlich lachen würde? Dann, wenn sie Hamburg längst wieder verlassen hatte und in den Armen eines fremden Mannes hinaus aufs Meer sah, egal auf welches?

Miriam hielt die Luft an und versuchte, die Aufregung abzuschütteln. Sie griff zur Seite, aber es war weit und breit keine Hand zu ertasten, die sie hätte drücken können, um etwas von ihrer Angst abzugeben. *Liebe wird größer, wenn du sie teilst – und Angst wird kleiner, wenn du dir eine Hand suchst, die du drücken kannst.* Das hatte Theo oft gesagt, als sie noch Kinder waren. Miriam war nie besonders ängstlich gewesen, niemals so ängstlich wie jetzt gerade zumindest. Aber ausgerechnet jetzt war weit und breit keine Hand in Sicht, die sie hätte drücken können – oder etwa doch? War diese Hand nicht längst direkt vor ihrer Nasenspitze und wartete nur darauf, ergriffen zu werden?

Konrad nahm bereits nach dem ersten Klingeln ab. Er klang atemlos, aber gleichzeitig so, als hätte er auf einen Anruf von ihr gehofft. »Gott sei Dank«, platzte es statt einer Begrüßung aus ihm heraus. »Geht's dir gut?«

Miriam biss sich auf die Unterlippe. Ging es ihr gut? Sie wusste es nicht. »Ich … wollte nur …«, begann sie, stellte aber im selben Moment fest, dass sie eigentlich gar nicht wusste, was sie sagen sollte.

Konrad ließ sie einen Augenblick schweigen, bevor er das Ruder wieder übernahm. »Können wir uns sehen?«

Miriam warf einen Blick auf die Uhr. »Musst du nicht arbeiten?«

»Ich habe Überstunden gemacht, die kann ich abbummeln. Zur Not melde ich mich auch krank, Mimi. Wenn du mir sagst, wo du wohnst, komme ich sofort vorbei.«

Miriam merkte, dass er es ernst meinte, und das fühlte sich gut an. Er hatte sich Sorgen um sie gemacht, und er wollte sie noch immer sehen, obwohl sie ihn tagelang ignoriert hatte. Sie war gerührt, nein, mehr noch: Sie hätte heulen können vor Glück und Erleichterung.

»Bitte«, wiederholte Konrad am anderen Ende der Leitung. »Bitte lass mich zu dir kommen, und dann reden wir über alles.«

»Nein«, flüsterte Miriam und versuchte krampfhaft, ihre Tränen zurückzuhalten. »Ich komme zu dir.«

Madame Chanel war seit ein paar Tagen bei Konrads Ex-Freundin, und Miriam war dafür nicht undankbar, denn so hatte sie Konrad für sich alleine.

Er nahm sie in die Arme, kochte ihr einen Tee und führte sie zum Sofa im Wohnzimmer.

Und dann hörte er ihr zu. Er stellte keine Fragen.

Und als sie mit dem Teststreifen in seinem kleinen Bad verschwand, wartete er vor der Tür, legte den Kopf an den Türrahmen und flüsterte, gerade so laut, dass Miriam es hören konnte: »Ich bin hier bei dir. Egal was passiert, ich bin hier.«

31
Judith

Als Judith nach der Schule nach Hause kam, war Mimi mal wieder ausgeflogen. Auch Evas Schlüssel war spurlos verschwunden. Eigentlich hatte Judith vorgehabt, ihn als Vorwand zu benutzen, um zu Eva zu fahren und mit ihr über die Taufe zu reden. Konnte es sein, dass der Schlüssel noch immer in Miriams Jackentasche steckte? Judith meinte sich zu erinnern, dass sie ihn ihrer kleinen Schwester vor Thomas' Kanzlei zugeworfen hatte …

Unzufrieden griff sie nach ihrem Handy und wählte Miriams Nummer. Es klingelte ein paar Mal, dann sprang die Mailbox an. Judith wollte keine Nachricht hinterlassen, sie brauchte eine Information von ihrer Schwester – und zwar jetzt gleich! Deshalb wählte sie die Nummer ein zweites und drittes Mal, aber Miriam ging nicht ran.

Als Judith sie ein viertes Mal anrufen wollte, kam eine Textnachricht von Miriam. *Kann grad nicht.*

Judith runzelte die Stirn. Was sollte das denn jetzt schon wieder? Miriam konnte nicht mal für zwei Sekunden ans Telefon gehen? *Wo ist der Schlüssel von Eva?*, tippte sie schnell in ihr Handy.

Es dauerte eine gefühlte Ewigkeit, bis Miriam antwortete. *Den hab ich ihr schon zurückgebracht.*

Wie bitte? Judith fühlte sich, als hätte man ihr von hinten einen Dolch zwischen die Schulterblätter gerammt. Wann zum Teufel hatte Mimi den Schlüssel zurückgebracht – und warum?

Das hoffnungsvolle Hochgefühl, das sie eben noch verspürt hatte, zerplatzte wie eine Seifenblase. Da steckte ganz sicher Eva dahinter! Miriam wäre doch nie im Leben auf die Idee gekommen, ihr den Schlüssel aus freien Stücken zurückzubringen! Was heckte Eva schon wieder aus? Ging es etwa um Hannah? Wollte Eva ihre jüngere Schwester klammheimlich auf ihre Seite ziehen?

Judiths Blick fiel auf die alten Fotoalben auf der Fensterbank. Sie brauchte unbedingt Antworten – jetzt sofort.

Agnes wirkte nicht einmal überrascht, als Judith vor ihrer Tür stand. »Hast du dir ein Auto gekauft?«, fragte sie und deutete auf das Fahrzeug, das Judith in der Einfahrt geparkt hatte.

»Nein, aber so oft, wie ich es in letzter Zeit gemietet habe, hätte ich es vermutlich auch kaufen können …«

Agnes grinste und drückte sie an sich. »Kaffee?«

Judith erwiderte ihr Lächeln. »Mit Sahne, wenn's geht.« Dann folgte sie Agnes in die Küche und lehnte sich unsicher in den Türrahmen. Wie sollte sie das Gespräch nur eröffnen?

Offenbar spürte Agnes, dass irgendetwas nicht stimmte,

denn noch während sie Kaffeepulver in den Filter füllte, drehte sie sich besorgt zu ihr um. »Was ist los mit dir?«

Judith biss sich auf die Lippe. »Kannst du dir das nicht vorstellen?«

Sie wechselten einen Blick, der einen Moment zu lange dauerte.

Dann schaltete Agnes die Kaffeemaschine an und rieb sich verunsichert über den Ellenbogen. »Hast du deine Antworten gefunden?«

»Nein«, sagte Judith und zog einen Stuhl zurück, um sich an den Tisch zu setzen. »Und ich werde auch keine finden, wenn du mir nicht hilfst.«

Agnes schloss einen Moment die Augen und seufzte leise. Nachdenklich setzte sie sich Judith gegenüber. »Ich kann dir nicht helfen«, flüsterte sie schließlich, und Judith hatte das Gefühl, dass eine zentnerschwere Last auf ihren schmalen Schultern lag.

»Warum nicht?«

Wieder zögerte Agnes. Dann hob sie den Blick und sah Judith direkt in die Augen. »Weil ich es deinem Vater versprochen habe.«

Wie bitte? Judith konnte es nicht glauben. Agnes wusste also etwas, und mehr noch: Theo hatte es auch gewusst und ihr verboten, darüber zu reden!

Judith beugte sich über den Tisch und griff nach Agnes' Hand. »Aber Papa ist tot.«

Sie konnte sehen, wie Agnes schluckte und innehielt, aber dann schüttelte sie den Kopf und zog ihre Hand zurück. »Das ändert leider nichts.«

»Das ändert *alles*!«, widersprach Judith.

Agnes stand auf, um Kaffee einzuschenken. »Ich kann nicht, Judith.«

»Aber warum nicht?«

Agnes seufzte und stellte einen dampfenden Kaffeebecher vor sie. »Weil ich jemand anderen damit sehr verletzen würde.«

Das war doch … *unfassbar*! Verzweifelt rieb Judith sich über das Gesicht. »Und was ist mit Mama? Hast du mal an sie gedacht bei der ganzen Geschichte?« Vorwurfsvoll funkelte sie Agnes an. »Wenn ich nicht endlich herausfinde, was damals passiert ist, kommt sie vermutlich nicht zurück, weil Katharina und Eva die ganze Sache boykottieren. Und dann kann keine von uns mit der Vergangenheit Frieden schließen!«

Obwohl sie ahnen musste, dass Judith nun keine Lust mehr auf ein gemütliches Kaffeetrinken hatte, öffnete Agnes den Kühlschrank und holte das kleine Kännchen mit der Sahne heraus. Ihre Finger zitterten, als sie es vor Judith auf den Tisch stellte.

Wieder griff Judith nach ihrer kalten Hand. »Bitte, Agnes! Ich bitte dich von ganzem Herzen: Wenn dir etwas an mir liegt, dann gib mir wenigstens einen kleinen Tipp.«

Agnes presste die Lippen aufeinander und schloss die Augen, dann ließ sie kraftlos die Schultern sinken. »Also gut«, murmelte sie resigniert und wirkte mit einem Mal unfassbar erschöpft. Mit einem leisen Ächzen ließ sie sich zurück auf ihren Stuhl fallen.

Ein Windstoß fuhr durch das Fenster und ließ die geblümten Vorhänge aufflattern. Judith fröstelte, aber sie wusste nicht, ob es der kühle Luftzug war oder das, was sie in Agnes' müden Augen erkannte.

»Deine Mutter hatte damals vor zurückzukommen«, flüsterte Agnes und verzog bekümmert das Gesicht. »Etwa fünf Jahre nach dem Unfall hat sie Theo einen Brief geschrieben, in dem stand, dass sie euch sehen wollte …«

Und in diesem Moment fiel Judith zum zweiten Mal innerhalb der letzten vierundzwanzig Stunden.

Doch diesmal fing sie niemand auf.

32

Eva

Der Fleck prangte unverändert auf dem Taufkleid.

»Was soll das heißen, Sie haben ihn nicht rausbekommen?«, fuhr Eva die neue Aushilfe in der Reinigung an und schämte sich sofort für ihren harschen Tonfall.

Die Kleine konnte sicher nichts dafür – aber das änderte nichts daran, dass Eva diesen verfluchten Fleck keinen Augenblick länger dulden konnte! Außerdem hatte sie schon wieder nichts gegessen, und Hunger förderte leider nicht die besten Eigenschaften in ihr zutage.

»Wir haben wirklich alles versucht …«

»Dann versuchen Sie eben alles noch einmal – und diesmal doppelt so gründlich!«, erwiderte Eva und rückte Carla in der Babytrage zurecht.

»Ich glaube nicht, dass das was bringt …«, setzte die junge Frau an, aber Eva fiel ihr umgehend ins Wort.

»Und ich glaube nicht an den Weihnachtsmann, und trotzdem bringt er meinen Kindern jedes Jahr Geschenke!«

Das Gesicht der Aushilfe verzog sich zu einem gigantischen Fragezeichen. Offenbar war sie nun vollends verwirrt.

Eva stöhnte und schob das Taufkleid zurück über den Tresen. »Es geht darum, dass wir das Unmögliche möglich machen, verstehen Sie? *Ich* als Weihnachtsmann und *Sie* bei diesem Kleidchen. Lassen Sie Ihre Zauberkräfte walten.«

»Aber ich habe gar keine …«, versuchte das Mädchen zu erklären, doch da legte Eva sich hastig den Zeigefinger an die Lippen und brachte sie mit dieser Geste zum Schweigen.

»Ich bezahle natürlich gut. Sehr gut sogar.« Umständlich fischte sie mit der bandagierten Hand ihr Portemonnaie aus der Handtasche und schob der jungen Frau drei Fünfziger über den Ladentisch.

Diese wollte etwas erwidern, aber Eva schüttelte den Kopf und setzte ein extrabreites Lächeln auf. »Ich bin froh, dass Sie Ihr Bestes geben! Und ich bin Ihnen unendlich dankbar dafür!«

Dann verschwand sie mit eiligen Schritten aus dem Laden.

Erst als sie am Eppendorfer Baum wieder in die Isestraße bog, stellte sie fest, dass sie ihr Lächeln noch immer nicht abgestreift hatte. Mittlerweile taten ihre Mundwinkel weh, nein, ihr ganzes Gesicht schmerzte unter der Last der falschen Fröhlichkeit.

Eva war nicht froh, und von glücklich war sie weiter entfernt denn je. Müde rieb sie sich über die Wangen. In den letzten Tagen hatte sie ihre Maske perfektioniert, hatte gelächelt, sooft es nur ging, um der Mädchen willen, aber auch für Thomas. Keiner sollte wissen, wie es in ihr aussah.

Sie brauchte Zeit, um alles zu sortieren. Ein ruiniertes Taufkleid konnte sie dabei nicht gebrauchen. Mit einem Mal war dieser Fleck viel mehr als nur ein bisschen Schmutz. Er war der Beweis für ihr Versagen, er war ein verdammtes Schandmal!

Sie hatte versagt, hatte ihre Ehe genauso gegen die Wand gefahren wie ihren Körper – und all das schrie ihr der verfluchte Fleck mit aller Macht entgegen. Es war ausgeschlossen, das Kleid einfach so wieder mit nach Hause zu nehmen.

Maribelle war kurz nach dem Mittagessen gekommen und hatte sich bereit erklärt, Ava und Bella zu übernehmen, damit Eva ein paar Erledigungen für die Taufe tätigen konnte. Eva konnte sich bildlich ausmalen, wie sie reagieren würde, wenn sie mit dem schmutzigen Kleid zurückkäme. Entsetzen war gar kein Ausdruck für das, was sich auf dem Gesicht ihrer Schwiegermutter abzeichnen würde. Verachtung traf es wohl eher, Verachtung, Spott und ein Blick, der ausdrückte: *Habe ich es nicht immer schon gesagt?*

Das konnte Eva jetzt nicht riskieren, sie konnte nicht einmal die Vorstellung ertragen, dass ihre Schwiegermutter recht behielt. Der Fleck musste verschwinden, genau wie die anderen Schandmale, die ihr Leben zeichneten.

Plötzlich schossen ihr Miriams Worte durch den Kopf. *Manchmal denke ich, du magst dich einfach nur selbst nicht …*

Hatte ihre Schwester am Ende etwa recht – waren gar nicht die anderen das Problem, sondern sie selbst?

Carla begann in der Trage vor ihrer Brust zu wimmern, und Eva drückte ihr schnell einen Kuss auf das Köpfchen. Wie gut sie roch! Obwohl sie nun schon sechs Monate alt war, haftete noch immer der unverwechselbare Geruch eines Neugeborenen an ihr, dieser frische Duft, den nichts und niemand auf der Welt nachahmen oder einfangen konnte.

Babyduft ist flüchtig wie das Glück, dachte Eva plötzlich und zuckte zusammen. Was für ein Unsinn! Der Geruch von Neugeborenen mochte vielleicht irgendwann verfliegen, aber das Glück konnte man sich zurückholen. Sie musste sich einfach nur etwas mehr anstrengen, musste ihr Leben endlich wieder in den Griff bekommen, dann würde auch das Glück zurückkommen.

Der Heimweg führte Eva am Schlösschen vorbei. Thomas war gestern Abend nicht dort gewesen, hatte Mimi gesagt. Eva wusste nicht, ob sie darüber enttäuscht oder erleichtert sein sollte. Zu Hause und in der Kanzlei war Thomas aber auch nicht gewesen. Konnte es sein, dass das Personal im Hotel ihre Schwester belogen hatte? Oder schlimmer noch: War es möglich, dass Miriam ihr nicht die Wahrheit gesagt hatte?

Eva schüttelte den Gedanken ab. Mimi hatte keinen Grund, so etwas zu tun. Sie war nicht der Typ, der andere belog, um sie zu schützen. Vermutlich wäre es ihr sogar lieber gewesen, sie hätte Thomas auf frischer Tat ertappt, denn dann hätte sie ihm höchstpersönlich einen Arschtritt verpassen können. So eine Frau war Mimi: direkt und ein bisschen schonungslos. Nein, sie hatte ganz sicher nicht gelogen.

Aber wo hatte Thomas sich dann herumgetrieben? War es möglich, dass sie sich mittlerweile bei Theresia zu Hause trafen, wenn deren Mann ausgeflogen war?

Eva wurde schlecht bei dieser Vorstellung ... Sex in einem Hotel oder am Arbeitsplatz hatte etwas Schnelles, Billiges an sich, etwas, was man leicht wieder abschütteln konnte, wenn man zur Vernunft kam. Aber Sex in der eigenen Wohnung? Das war intim und vertraut, es war der Anfang einer längeren Geschichte.

Carla strampelte und trat dabei gegen Evas Handgelenk. Es war noch immer nicht viel besser geworden, aber wie auch? Den Luxus, sich zu schonen, konnte sie sich gerade nicht erlauben. Den stechenden Schmerz konnte sie aber langsam auch nicht mehr ertragen. Reichte es nicht, dass ihr Brustkorb bei jedem Herzschlag wehtat und ihr Kopf vor lauter Druck zu explodieren drohte?

Als sie mit Carla zurück in die Wohnung kam, saß Maribelle mit den Mädchen am Küchentisch und malte.

»Thomas hat angerufen«, sagte ihre Schwiegermutter beiläufig, ohne Eva ins Gesicht zu sehen.

»Und was wollte er?«

Maribelle zuckte mit den Schultern und wirkte ein wenig eingeschnappt. »Er kommt heute später nach Hause.«

Eva spürte, wie sich ihr Magen zusammenzog. »Und warum ruft er dann dich an und nicht mich?«

Jetzt sah Maribelle doch noch von den Bildern auf. »Weil du nicht hier warst …«

»Aber ich habe ein Handy, verdammt! Er kennt meine Nummer!«

Es reichte langsam! Eva biss die Zähne zusammen in der Hoffnung, dass der Zorn, der gerade in ihr aufloderte, wieder abschwoll – aber vergeblich. Warum tat Thomas ihr das an? Was hatte sie ihm denn getan, dass er ihr nicht mal persönlich ins Gesicht lügen konnte – oder zumindest von Handy zu Handy?

»Tja, das ist Pech für Thomas«, presste sie hervor, während sie sich Carla vom Bauch band. »Ich habe jetzt nämlich leider auch was vor!« Mit zitternden Händen drückte sie Maribelle das Baby in den Arm.

Ihre Schwiegermutter sah sie verblüfft an. »Willst du wieder joggen gehen?«

»Nein, ich gehe nicht joggen!«, zischte Eva. »Und ich schlucke auch deine beschissenen Durchfallpillen nicht!« Schnaubend marschierte sie durch den Flur zurück zur Wohnungstür.

Maribelle sprang mit Carla von ihrem Stuhl auf und folgte ihr hektisch. »Aber was soll ich …«

»Keine Ahnung, was du jetzt tun sollst, Maribelle!«, fiel Eva ihr mit schriller Stimme ins Wort und warf sich ihre Handtasche über die Schulter. »Aber dir fällt ganz sicher etwas ein. Und wenn nicht, rufst du einfach Thomas an – mit dir spricht er ja offensichtlich!«

Mit einem längst überfälligen Knall zog sie die Wohnungstür hinter sich ins Schloss und stolperte die Treppe hinunter.

Erst als sie im Auto saß, konnte sie wieder atmen. Stoßweise presste sie die Luft aus ihrer Lunge. Dann straffte sie die Schultern. Noch immer ärgerte sie sich maßlos – inzwischen aber vor allem über sich selbst. Wie hatte sie nur derart die Fassung verlieren können, noch dazu vor Maribelle und den Mädchen?

Das alles war einfach zu viel, es wuchs ihr über den Kopf! Wütend schlug sie auf das Lenkrad, zuckte aber sofort vor Schmerz zusammen. *Verdammt!* Das Stechen im Handgelenk war unerträglich! So konnte es nicht weitergehen, sie brauchte dringend Hilfe.

Eva drückte sich die kalten Finger auf die glühenden Wangen und atmete ein paar Mal tief durch. Dann drehte sie den Schlüssel im Zündschloss.

Katharina war tatsächlich zu Hause, aber sie wirkte nicht besonders begeistert, Eva auf ihrer Fußmatte zu sehen.

»Kann ich reinkommen?«

Katharina räusperte sich verlegen. »Eigentlich wollte ich …«, stammelte sie, aber da hatte Eva sich schon an ihr vorbei in die Wohnung geschoben.

In ihrem Rücken konnte sie Katharina deutlich seufzen hören, bevor sie die Tür schloss. »Ist schon wieder was mit Judith?«

Eva schüttelte den Kopf und ließ sich auf dem riesigen

Sofa nieder. Ihr Blick wanderte durch das gigantische Fenster auf den Hafen. »Mein Handgelenk …«

Katharina runzelte die Stirn und setzte sich neben sie. »Ich bin keine Orthopädin, Hände gehören nicht zu meinem Spezialgebiet.«

»Du sollst mir ja auch nicht die Hand amputieren, sondern nur ein Schmerzmittel verpassen«, zischte Eva angespannt und schloss dann für einen Moment die Augen. Katharina hatte ihre schlechte Laune nicht verdient. Sie musste sich endlich wieder in den Griff kriegen … »Tut mir leid«, murmelte sie und blickte ihre Schwester erschöpft an. »Ich halte die Schmerzen einfach nicht mehr aus.«

Katharina sah sie nachdenklich an. »Hast du kein Ibuprofen zu Hause? Oder Paracetamol?«

»Das hilft nicht, Katharina. Meine Schmerzen sind …« Sie hielt inne und schluckte. »Sie sind *viel schlimmer.*« Mit aller Macht versuchte Eva, ihre Tränen zurückzudrängen. Das blieb offenbar auch ihrer Schwester nicht verborgen.

Katharina verzog betroffen das Gesicht. »Du stillst doch noch, oder?«

Eva schniefte, während sie mechanisch nickte.

»Dann ist mir das ehrlich gesagt zu heiß«, sagte Katharina und legte ihr tröstend die Hand aufs Knie.

Eva hielt irritiert inne. Eine solch liebevolle Geste hatte sie Katharina gar nicht zugetraut. Die ganze Welt war aus den Fugen geraten – das hier war der Beweis.

»Wenn du willst, kann ich dich noch mal in die Klinik

bringen«, schlug Katharina vor und zog ihre Hand wie ertappt wieder zurück.

Eva schnaubte. »Damit Max mich wieder untersuchen kann?«

Katharina wirkte einen Moment irritiert, dann lehnte sie sich stöhnend zurück. »Tut mir leid, das hatte ich vergessen. Max ist Assistenzarzt in der Chirurgie …«

»Das weiß ich mittlerweile auch«, blaffte Eva. »Aber es wäre nett gewesen, wenn du mich beim letzten Mal vorgewarnt hättest.«

Katharina verzog zerknirscht das Gesicht. »Ich mach mir nicht viel aus solchen Geschichten. Außerdem bin ich davon ausgegangen, dass sein Chef dich behandelt.«

Eva zuckte versöhnlich mit den Schultern. Doch bevor sie noch etwas sagen konnte, klingelte es plötzlich an der Tür. Erschrocken blickte Eva Richtung Flur.

»Wer ist das?«

Katharina warf den Kopf in den Nacken und schloss die Augen. Offensichtlich war ihr die Situation unangenehm.

Sofort beschlich Eva ein unguter Gedanke: Konnte es sein, dass sie Judith erwartete? Hatten ihre Schwestern hinter ihrem Rücken gemeinsame Sache gemacht?

Als es ein zweites Mal klingelte, kniff Eva die Augen zusammen. »Willst du nicht öffnen?«

Katharina machte noch immer keine Anstalten, vom Sofa aufzustehen – deshalb sprang Eva kurzerhand auf und marschierte Richtung Tür.

»Hey, was tust du da?«, rief Katharina und eilte hinter

ihr her, und Eva konnte dabei einen deutlichen Anflug von Panik in ihrer Stimme ausmachen.

Katharina würde schon sehen, was sie hier tat! Sie ließ sich nicht länger für dumm verkaufen, von niemandem auf dieser Welt – und erst recht nicht von ihren eigenen Schwestern!

Doch als sie die Tür aufriss und sah, wer dort draußen im Treppenhaus stand, hielt sie überrascht inne.

Es war nicht Judith und auch nicht Miriam, sondern ein junger Mann mit wilden orangeblonden Haaren. In den Händen hielt er eine große Papiertüte aus dem Supermarkt.

Auch er schien verblüfft, Eva in der Tür stehen zu sehen, und wusste ganz offensichtlich nicht, was er sagen sollte.

»Das ist Robin«, murmelte Katharina schließlich kleinlaut hinter ihr.

»Robin?« Mit gerunzelter Stirn drehte Eva sich zu ihrer Schwester um.

»So ist mein Name«, meldete sich plötzlich der Kerl zu Wort und streckte ihr mit einem breiten Grinsen die Hand entgegen.

»Ich bin … Eva«, murmelte sie noch immer perplex und gab ihm ihre Linke. »Katharinas Schwester.«

»Freut mich sehr!«, erwiderte Robin. Dann schob er sich an Eva vorbei, gab Katharina einen Kuss und verschwand selbstbewusst in Richtung Küche.

Eva blickte ihre Schwester fassungslos an. »Sag mir bitte, dass er dir nur Lebensmittel liefert!«

Zerknirscht schüttelte Katharina den Kopf.

»Verdammt, Katharina!«, zischte Eva. »Der Kerl ist nicht mal volljährig!«

»Ich bin vierundzwanzig.« Robin kam grinsend zurück, in der Hand einen kleinen Teller mit frischen Datteln. »Und keine Sorge: Sie hat mir auch nichts gespritzt oder so. Ich bin wirklich ganz freiwillig hier.« Er zwinkerte ihr zu und wandte sich an Katharina. »Probier mal. Sind die nicht köstlich?«

Eva konnte es kaum glauben, als ihre Schwester tatsächlich den Mund öffnete und in die saftige Dattel biss, die dieser Jungspund ihr hinhielt.

»Wirklich lecker«, murmelte Katharina und lächelte Eva hilflos an.

Eva brauchte noch einen Augenblick, bis sie ihre Sprache wiederfand. »Hat mich wirklich … gefreut, Robin«, sagte sie und übte sich ein weiteres Mal im Lächeln. »Katharina hat bisher keine Begleitung angemeldet – aber vielleicht sehen wir uns ja bei der Taufe?«

Katharina zuckte erschrocken zusammen. Fast unmerklich schüttelte sie den Kopf, und ihre Augen weiteten sich vielsagend.

Robin machte ein bedauerndes Gesicht. »Ich kann leider nicht. Meine Schwester heiratet am fünften April.«

»Aber die Taufe findet erst am Dreizehnten statt«, erwiderte Eva. »Sie sind jedenfalls herzlich eingeladen.«

Robin runzelte die Stirn und blickte verständnislos zu Katharina, aber bevor er noch etwas sagen konnte, war Eva bereits in den Aufzug verschwunden.

Unglaublich! Was dachte sich Katharina nur bei dieser Sache? Selbst wenn der Kerl volljährig war – was wollte sie denn mit so einem Küken? Wo in aller Welt sollte das hinführen? Eva schüttelte fassungslos den Kopf. Ihre große Schwester konnte das unmöglich ernst meinen!

Und trotzdem verspürte Eva plötzlich einen kleinen Stich im Herzen. Robin mochte jung sein, aber er brachte Katharina Essen nach Hause und fütterte sie mit Datteln. Aus seinem Blick hatte ehrliche Zuneigung gesprochen. Wann hatte Thomas sie das letzte Mal so angesehen? Wann hatte sie überhaupt ein Mann zuletzt derart liebevoll betrachtet?

Nachdenklich strich Eva über ihren Verband. Es war eine dumme Idee, das wusste sie im ersten Augenblick – aber selbst Katharina war nicht besser, das hatte sie eben eindrücklich unter Beweis gestellt! Außerdem war im Grunde nichts dabei, es musste ja gar nichts passieren. Sie hatte schließlich nicht nach seiner Nummer gefragt, er hatte sie ihr unaufgefordert gegeben, ja beinahe aufgedrängt. Außerdem tat ihr Handgelenk tatsächlich verdammt weh. Katharina hatte ihr nicht geholfen, aber Max würde es ganz sicher tun.

Mit klopfendem Herzen wühlte Eva in ihrer Handtasche und zog seine Visitenkarte heraus. Es war ja nur ein Anruf, ein unverbindlicher Anruf. Max musste nicht rangehen, wenn er nicht wollte. Und all das musste wirklich nichts bedeuten.

33

Miriam

Zwei Striche, blass zwar, aber viel zu weit auseinander, als dass man hätte annehmen können, es wäre in Wirklichkeit nur ein einziger. Wie konnten zwei so unscheinbare Linien so weitreichende Folgen haben?

Konrad war ihr den ganzen Tag nicht von der Seite gewichen. Als Allererstes hatte Miriam sich natürlich übergeben, aber das war ja nichts Neues. Nur hatte sie insgeheim damit gerechnet, dass es aufhören würde, wenn sie endlich Sicherheit hätte.

Aber jetzt fühlte sie sich elender als je zuvor. *Schwanger*. Zwei Silben, ein Schlag in die Magengrube.

Konrad war zu ihr ins Bad gekommen und hatte ihr die Haare aus dem Gesicht gehalten, hatte ihr ein paar feuchte Strähnen hinters Ohr gestrichen und seine Hand auf ihren Rücken gelegt.

Am liebsten hätte Miriam ihn weggestoßen, hätte um sich getreten und ihn aus der Wohnung geschmissen – aber leider war das hier ja seine Wohnung. Sie hatte kein Recht, ihn zu verjagen, und sie hatte auch kein Recht, ihm die Schuld an alledem zu geben. Er war nur ein Fremder, dem sie zufällig auf die Füße gekotzt hatte. Dafür, dass ein Baby in ihrem Bauch Purzelbäume schlug, konnte er nichts. Er hatte sie ja noch nicht mal richtig geküsst, hatte sie bei ihrem ersten Date sogar sanft von sich geschoben.

Nachdem Miriam sich aller Pancakes entledigt hatte, hatte Konrad sie in sein Bett gebracht. Er hatte ihr noch mehr Tee gekocht und noch weniger Fragen gestellt, und das alles machte es Miriam so verdammt schwer, ihn doof zu finden.

Irgendwann war sie eingeschlafen. Sie konnte nicht sagen, wie lange sie geschlafen hatte, aber als sie die Augen aufschlug, saß Konrad noch immer an ihrer Seite, die Hand auf ihrem Rücken, als wäre er zu Stein erstarrt. Doch als sie sich jetzt bewegte, regte auch er sich wieder.

Müde richtete sie sich auf. »Das war kein Traum, oder?«

Konrad schüttelte den Kopf und strich ihr eine Strähne aus der Stirn. »Kein Traum, nein. Aber du musst da trotzdem nicht alleine durch.« Er legte sanft seine Finger um ihre Hand und drückte sie leicht.

Miriam erwiderte den Druck, so gut sie konnte, aber am liebsten hätte sie sich erneut übergeben. Was meinte er mit *da durch*? Würde er sie durch die Schwangerschaft begleiten und ihr im Kreißsaal die Hand halten? Wollte er das Kind mit ihr großziehen? Dachte er, sie wollte dieses Baby bekommen? Allein bei der Vorstellung wurde ihr schwindelig.

Ihr Telefon klingelte. Es war Judith, aber sie konnte jetzt unmöglich reden. Doch ihre Schwester ließ keine

Ruhe, rief wieder und wieder an. Irgendwann hielt Miriam es nicht mehr aus und schrieb ihr eine Nachricht. *Kann grad nicht.*

Judiths Antwort folgte prompt. Es ging um den bescheuerten Schlüssel! Sie schrieb ihrer großen Schwester, dass er wieder bei Eva war, und schaltete das Handy dann aus.

Der Rest der Welt musste jetzt erst mal vor der Tür bleiben. Sie brauchte Ruhe und Zeit, um das Chaos in ihrem Inneren in den Griff zu kriegen.

Konrad versuchte, sie zu einem Spaziergang zu überreden, aber sie wollte nicht.

»Die Sonne scheint, und ein bisschen frische Luft wird dir sicher guttun«, gab er sich weiter Mühe, doch Miriam blieb hartnäckig. Sie konnte ja nicht mal den Kopf richtig heben, wie sollte sie da einen Fuß vor den anderen setzen?

»Mir ist schwindelig«, murmelte sie als Entschuldigung.

»Kein Wunder«, erwiderte Konrad. »Du musst was essen.«

Miriam verzog instinktiv das Gesicht.

»Wenn du erst mal was Vernünftiges im Magen hast, sieht die Welt gleich ganz anders aus.« Konrad lächelte und verschwand in der Küche.

Dabei verstand er die Sache völlig falsch. Der Schwindel kam nicht von dem, was in ihrem Magen gerade *nicht* war, sondern vielmehr von dem, was in ihrer Gebärmutter *zu viel* war.

Konrad kam mit einer geschnittenen Banane und zwei Scheiben salzigem Buttertoast zurück. Miriam aß nur widerwillig, stellte aber bald fest, dass ihr ein bisschen Zucker und Salz tatsächlich ganz guttaten.

»Kann ich dich wenigstens zu einem Ausflug auf den Balkon überreden?« Konrad stieß sie so behutsam an, als könnte sie davon gleich umkippen.

Miriam seufzte und nickte. Vielleicht war frische Luft tatsächlich nicht schlecht.

Sogar sein Balkon war zauberhaft hergerichtet. Er war höchstens drei Quadratmeter groß, aber Konrad hatte sich alle Mühe gegeben, ihn wie eine kleine Oase der Ruhe zu gestalten. Auf den beiden Baststühlen lagen wärmende Schaffelle und hübsche Decken mit bunten Quasten. Neben der Balkontür hatte Konrad Kerzen in alten Einmachgläsern aufgestellt, deren Licht in der Dämmerung sicherlich eine sehr gemütliche Stimmung erzeugte. In den Pflanzenkästen am Balkongeländer blühten tatsächlich schon einige Blumen, Miriam hatte keine Ahnung, welche es waren.

»Die meisten Wohnungen, die ich kenne, sind schlechter eingerichtet als dein kleiner Balkon hier«, murmelte sie anerkennend.

Konrad hob überrascht die Augenbrauen. »Soll das etwa ein Kompliment sein? Wenn ja, möchte ich diesen Moment unbedingt in meinem Kalender anstreichen.«

Miriam verdrehte die Augen, kam aber um ein kleines Lächeln nicht herum. Nachdenklich lehnte sie sich im Korbstuhl zurück und blickte auf die andere Straßenseite.

Konrad ließ sich in den zweiten Stuhl sinken und folgte ihrem Blick. »Fassadenfernsehen«, flüsterte er.

Miriam sah ihn irritiert an.

»Da drüben«, fuhr Konrad fort und deutete auf die Häuser auf der gegenüberliegenden Seite. Sie waren nur etwa zwanzig Meter Luftlinie entfernt.

Miriam verstand aber noch immer nicht, was er meinte. »Fassadenfernsehen? Was soll das sein?«

Mit einem Mal wirkte Konrad fast ein bisschen verlegen. Er zögerte, dann zuckte er mit den Schultern und lächelte schüchtern. »Manchmal sitze ich abends hier auf dem Balkon und sehe den Menschen in den beleuchteten Fenstern gegenüber zu. Das ist viel schöner als Fernsehen – *Fassadenfernsehen* eben.«

Miriam runzelte die Stirn, aber ihre Mundwinkel verzogen sich bereits zu einem Grinsen. »Ich wusste gleich, du bist ein Freak.«

Entschuldigend hob Konrad die Hände. »Ich nehme ihnen ja nichts weg von ihrem Leben, und ich mache auch keine Videos und stelle sie ins Internet oder so.« Er blickte hinüber zu den Fensterreihen. »Aber hinter diesen Fenstern sieht man so viel Leben. Familien, Singles, alte Paare, junge Pärchen. Sie streiten sich, sie lieben sich, und manche von ihnen leben auch einfach nebeneinanderher. Manche Dinge machen mich traurig, aber in den allermeisten Fällen macht es mich glücklich, sie bei diesem großen Abenteuer zu beobachten.«

»Welchem Abenteuer?«, hakte Miriam nach.

Konrad drehte ihr den Kopf zu und sah ihr direkt in

die Augen. »Dem Abenteuer namens Leben.« Dann wanderte sein Blick wieder zurück auf die andere Straßenseite. »Die meisten Leute meinen, im Leben müssten große Dinge passieren und dass nur die wilden Abenteuer zählen. Aber hier sehe ich Tag für Tag und Abend für Abend, dass es die kleinen Dinge sind, die das Leben lebenswert machen. Die alte Dame, die ihrem Mann hilft, vom Tisch aufzustehen, weil er es alleine nicht mehr schafft. Das Mädchen, das Nüsse für die Eichhörnchen auf die Fensterbank legt. Der Ehemann, der seiner Frau jeden Morgen einen kleinen Zettel an die Kaffeetasse klebt.«

»Das siehst du alles durch die kleinen Fenster?«

Wieder zuckte Konrad mit den Schultern. »Wenn du genau hinschaust, siehst du viel mehr, als du denkst.« Ertappt blickte er Miriam an. »Jetzt hältst du mich wirklich für einen Freak, oder?«

Sie zögerte und lachte. »Den größten Freak der Welt.«

Konrad lachte auch und legte für einen kurzen Moment den Kopf in den Nacken. »Der größte Freak der Welt verschwindet jetzt in die Küche und kocht dir noch einen Tee, einverstanden?« Ohne Miriams Antwort abzuwarten, schlüpfte er durch die angelehnte Balkontür.

Miriam sah ihm nachdenklich hinterher. Er war ein Freak, ohne Zweifel. Aber leider war er dabei ziemlich liebenswert …

Die letzte Teepfütze in der Tasse war längst kalt geworden, als Konrad das heikle Thema endlich ansprach. »Hast du einen Arzt in Hamburg?«, fragte er.

Überrascht sah Miriam ihn von der Seite an. »Mein Vater war Arzt …«

»Ich meine einen Gynäkologen«, erklärte Konrad und beugte sich in seinem Sessel vor.

Miriam hielt die Luft an. Sie hatte ja geahnt, dass es irgendwann unangenehm werden würde.

»Du solltest dich untersuchen lassen«, sagte er leise. »Weißt du, in welcher Woche du bist?«

In welcher Woche? Sie wusste ja nicht mal, wer der Erzeuger war! Angespannt presste sie die Lippen aufeinander und schüttelte den Kopf.

Konrad nickte, als wüsste er, wie sie sich fühlte. »In der Frühschwangerschaft musst du Folsäure nehmen, damit sich das Baby richtig entwickeln kann.«

Miriam lachte auf, aber es klang eher wie ein Schnauben. »Hast du das auch beim *Fassadenfernsehen* gelernt?«

Konrad biss sich auf die Unterlippe. »Nein. Das weiß ich, weil Betty mal ein Baby verloren hat.«

Ruckartig wandte Miriam den Kopf und starrte ihn an. »Deine Ex-Freundin war schwanger?«

Konrad nickte. Er vergrub das Gesicht in den Händen und richtete sich dann wie in Zeitlupe wieder auf. »Es war nicht geplant.«

»Dass sie das Kind verliert?«

»Die Schwangerschaft.« Konrad blickte sie ernst an. »Wir haben es in der sechsten Woche erfahren, und in der elften hatte sie die Fehlgeburt.« Er schluckte. »Deshalb weiß ich das alles so genau.«

Miriam lehnte sich zurück und schloss die Augen. So

war das also. Er hatte ein Baby verloren – dachte er jetzt etwa, er könnte ihres haben?

»Habt ihr euch deshalb getrennt?«

Konrad sah sie überrascht an. »Nein, die Schwangerschaft ist schon drei Jahre her. Betty hat sich letztes Jahr in einen Kollegen verliebt.«

»Und das war okay für dich?«

Konrad lachte, aber es klang nicht überzeugend. »Natürlich war das nicht okay für mich, was denkst du denn?«

»Du hättest um sie kämpfen können.«

»Ja, das hätte ich«, sagte Konrad und seufzte leise. »Die Frage ist nur, ob das irgendwas gebracht hätte. Lässt sich Liebe wegradieren?«

»Vielleicht war es gar keine echte Liebe«, erwiderte Miriam. »Vielleicht hat sie nur ein bisschen Nervenkitzel gesucht?«

Konrad legte die Stirn in Falten. »Die beiden heiraten im Herbst.«

Miriam verzog das Gesicht. »Autsch.«

»Autsch, ja«, sagte Konrad und sah nachdenklich auf die Straße. »Aber eigentlich ist es in Ordnung, ich bin darüber hinweg, und vor allem wünsche ich den beiden alles Gute. Es geht schließlich nicht nur um mich, sondern auch um Madame Chanel.«

Miriam schüttelte amüsiert den Kopf, aber Konrad stieß sie von der Seite an. »Lach mich nicht aus. Wenn du erst mal Mutter bist, wirst du verstehen, wie sich das anfühlt.«

Wenn sie erst mal Mutter war? Miriams Lächeln erstarb. Er kannte sie einfach nicht gut genug. Sie würde niemals eine Mutter sein – selbst wenn sie ein Kind zur Welt brachte.

»Habt ihr es noch mal probiert?«

Konrad quittierte ihre Frage mit einem Stirnrunzeln.

»Ein Baby zu kriegen, meine ich«, fuhr sie fort.

Er schüttelte den Kopf. »Nein, wir hatten es ja gar nicht geplant. Und ich denke, dass Betty damals schon irgendwie geahnt hat, dass ich nicht der Richtige bin.«

Miriam kannte diese Betty nicht, aber sie wusste jetzt schon, dass die Frau eine verdammte Idiotin war ... Als sie sich bei diesem Gedanken ertappte, zuckte sie erschrocken zusammen. So ein Blödsinn, das mussten die verfluchten Hormone sein!

Sie suchte nicht nach dem *Richtigen* – im Grunde glaubte sie ja nicht mal daran, dass es ihn gab. Und ganz, ganz sicher würde sie auch niemals eine Mutter sein.

Judith kam erst zwei Stunden nach Miriam nach Hause. Sie war völlig aufgelöst und wirkte rastlos und niedergeschlagen zugleich. Auf dem Heimweg hatte sich Miriam eigentlich vorgenommen, mit ihrer Schwester zu reden und sie um die Adresse ihres Frauenarztes zu bitten, aber das war jetzt ausgeschlossen.

»Wann hast du den Schlüssel zu Eva gebracht?«, blaffte Judith sie an und riss eine angebrochene Flasche Wein aus dem Kühlschrank.

»Gestern. Sie hat angerufen und ... ich war ohnehin

gerade in der Nähe«, log Miriam, um Judith nicht noch mehr auf die Palme zu bringen.

Judith zog den Korken heraus und trank direkt aus der Flasche. »Hat sie was über Mama gesagt?«

»Was …?« Jetzt verstand Miriam gar nichts mehr. Was hatte Hannah denn mit dem blöden Schlüssel zu tun?

»Komm schon, Mimi. Wir wissen beide, dass Eva nicht will, dass sie zurückkommt. Hat sie versucht, dich auf ihre Seite zu ziehen?«

Miriam starrte ihre Schwester fassungslos an. »Falls es dich interessiert: Eva hat gerade ganz andere Probleme als Hannah!«

Judith nahm noch einen wütenden Schluck aus der Flasche und funkelte sie an. »Was willst du damit sagen?«

»Dass es nicht immer um dich oder Hannah geht, verdammt! Jede von uns hat ihre eigenen Baustellen! Und wir sind weiß Gott nicht die ganze Zeit damit beschäftigt, an deinem Unglück herumzugraben – das kannst du nämlich schon wunderbar selbst!«

Judiths Mund klappte auf, während sie Miriam sprachlos anstarrte. Dann presste sie die Lippen wieder aufeinander und wollte offenbar etwas sagen, aber es kam kein Ton heraus. Schließlich ließ sie sich trotzig auf einen der Küchenstühle sinken und schob die Weinflasche zu Miriam hinüber.

Obwohl ihr durchaus danach zumute war, den ganzen Mist in Alkohol zu ertränken, schob Miriam die Flasche dankend zurück.

»Tut mir leid«, murrte Judith schließlich und fuhr sich

mit der Hand durch das widerspenstige Haar. »Ich war bei Agnes …«

»Schon wieder?«

Judith nickte zerknirscht.

»Gab es wenigstens was Vernünftiges zu essen?«, hakte Miriam nach, aber ihre Schwester schüttelte den Kopf.

»Nur Kaffee. Aber sie hat mir ein Geheimnis verraten.«

Miriam runzelte neugierig die Stirn. »Und was ist das für ein Geheimnis?«

»Mama …«, setzte Judith an und verstummte wieder. Sie atmete noch drei Mal tief durch, bevor sie es schaffte, Miriam direkt ins Gesicht zu sehen. »Mama hatte damals vor zurückzukommen.«

»Was?« Miriam glaubte, sie hätte sich verhört.

»Etwa fünf Jahre nachdem sie gegangen war«, fuhr Judith fort und ließ erschöpft die Schultern sinken.

Fünf Jahre nachdem sie gegangen war? Aber das bedeutete ja …

»Da war ich schon sechs«, sprach Miriam ihren Gedanken laut aus.

Judith seufzte. »Eva und ich waren elf, und Katharina war schon ein Teenager.«

»Aber … warum ist sie dann nicht gekommen?«

»Ich hab keine Ahnung«, murmelte Judith zerknirscht. »Mehr wollte Agnes nicht sagen – nur dass es irgendwo einen Brief gibt.«

Miriam musterte ihre Schwester nachdenklich. »Vielleicht wissen Eva und Katharina mehr …«

»Natürlich wissen sie mehr«, schnaubte Judith. »Aber

ich glaube kaum, dass sie so einfach mit der Sprache rausrücken.«

»Und was willst du dann tun?«

Judith zögerte. »Ich werde das ganze Haus auseinandernehmen, um diesen Brief zu finden – und wenn ich dafür einen Stein nach dem anderen abtragen muss.«

Die Entschlossenheit, die bei diesen Worten in ihren Augen funkelte, ließ keinen Zweifel daran, dass sie es todernst meinte.

34

Katharina

Katharina hatte Robin noch nie derart enttäuscht erlebt. Überhaupt hatte sie viele Dinge an ihm noch nie erlebt – bis vor Kurzem hatten sie ja einfach nur Sex gehabt. Jetzt jedenfalls schien er regelrecht verärgert.

»Mein Gott, wenn es dir so wichtig ist, dann komm eben mit zu der blöden Taufe«, versuchte sie die Wogen zu glätten, aber Robin schüttelte nur fassungslos den Kopf.

»Darum geht es nicht. Du hast mich angelogen!«

Katharina stöhnte auf. »Ich hab die Wahrheit ein bisschen verdreht, okay? Aber du tust so, als hätte ich dir ein Messer zwischen die Rippen gerammt.«

»Das hast du auch«, erwiderte Robin. »Es gab nämlich überhaupt keinen Grund zu lügen!«

Katharina stieß ein Lachen aus, bereute es aber augenblicklich, denn Robin schoss vor und griff nach ihrem Handgelenk. Er sah sie so erwartungsvoll an, dass sie den Blick abwenden musste.

»Natürlich gab es einen Grund«, murrte sie.

»Weil du dich für mich schämst?«, hakte Robin nach.

»Nein, verdammt! Weil ich deine Eltern nicht kennenlernen will!«

Robin war derart überrascht von ihrer Antwort, dass er ihr Handgelenk losließ. »Was haben denn meine Eltern mit der Sache zu tun?«

Katharina seufzte und ließ sich aufs Sofa sinken. Sie stützte die Ellenbogen auf die Knie und vergrub ihr Gesicht in den Händen. Konnten sie nicht einfach noch mal zurückspulen? Warum hatte sie Eva nur in die Wohnung gelassen? Und warum hatte sie überhaupt jemanden in ihr Leben gelassen? Es war doch alles gut gewesen, so wie es war, ein bisschen taub vielleicht, aber gut.

Jetzt hatte sie ein Herz, das zu schnell schlug, und zum ersten Mal in ihrem Leben keinen Plan, wie sie das Problem lösen konnte. Wenn man ein Herz operierte, gab es richtig und falsch. Aber wenn man mit einem Menschen sprach, der einem etwas bedeutete, dann gab es so viel mehr Möglichkeiten, so viel mehr Wege, die direkt in den Abgrund führen konnten …

Katharina spürte, wie Robin neben ihr auf das Sofa sank. Er würde nicht lockerlassen, bevor er eine Antwort bekam, das wusste sie.

Angespannt hob sie den Kopf und sah ihm in die Augen. »Deine Eltern sind nicht das Problem, sondern du und ich.«

»Also schämst du dich doch für mich. Ist es, weil ich so jung bin? Oder weil ich nicht studiert habe?«

Katharina schüttelte den Kopf. »Nichts davon. Ich schäme mich nicht für dich, du bist wunderbar.«

»Was ist es dann?«

Katharina schloss die Augen und biss sich auf die Zunge. »Ich bin das Problem, okay?«, platzte es plötzlich aus ihr heraus. »Das einzige verdammte Problem an dir ist, dass du mich magst.«

»Wie bitte?« Robin starrte sie verständnislos an. Dann schüttelte er den Kopf, halb belustigt, halb fassungslos. »Das ist doch Bullshit, Katharina! Du bist die tollste Frau, die ich kenne. Und ich *mag* dich nicht, ich *liebe* dich.«

»Du kennst mich doch gar nicht!«, stieß sie hervor, viel lauter als beabsichtigt.

»Das macht nichts«, erwiderte Robin eindringlich. »Ich liebe dich trotzdem.«

»Ich will deine Liebe aber nicht!«, schrie sie plötzlich und sprang verzweifelt auf, in der Hoffnung, ihre Tränen noch zurückdrängen zu können. »Ich will überhaupt keine Liebe, verstehst du? Von niemandem! Nicht von dir und nicht von meiner Mutter – von niemandem auf der Welt! Ich brauche das nicht, ich brauche eure beschissene Liebe nicht!«

Robin wirkte einen Moment wie versteinert, dann ließ er sich ächzend in die Polster zurücksinken. »Wow.«

»Ja, *wow*. Jetzt weißt du, wer ich wirklich bin.« Katharinas Hände zitterten, nein, ihr ganzer Körper bebte. Ihre Stimme war dünn und messerscharf zugleich, schwankte zwischen Hysterie, Verzweiflung und Verachtung. »Such dir endlich eine nette Frau, Robin.«

»Du *bist* eine nette Frau«, antwortete Robin ernst.

Katharina kniff die Augen zusammen und funkelte ihn an. Wie konnte er immer noch so etwas behaupten?

»Nein«, zischte sie, »ich bin ein Monster. Und ich will dich nicht, hörst du? Ich will nicht, dass du mich liebst.«

Jetzt sah sie, dass auch Robin Tränen in die Augen stiegen. »Ist es … ist das alles zu früh für dich?«

Katharina senkte den Blick und schüttelte den Kopf. »Nein, es ist nicht zu früh für mich. Es ist zu ernst.«

In dieser Nacht machte Katharina kein Auge zu. Sie war müde, und alles tat ihr weh, aber trotzdem fand sie keine Ruhe.

Robin war gegangen, und das war gut so. Und trotzdem ertappte Katharina sich nun bei der heimlichen Hoffnung, dass er wieder zurückkäme.

Aber das hier war nicht echt, das waren nur ihre Gefühle – und ihre Gefühle waren nicht sie selbst! Die Katharina, die sie kannte, war stark und entschlossen, und vor allem war sie immer dann am besten, wenn sie alleine war. Aber warum fühlte sich gerade das Alleinsein jetzt so beschissen an?

An alledem war nur dieses Mädchen schuld, jawohl. Hätte Cleo sie nicht im Materialraum beim Schlussmachen erwischt, dann wäre die Sache längst vom Tisch und sie hätte Robin schon vor Tagen aus ihrem Leben ausgeschlossen – zu einem Zeitpunkt, an dem er ihre Wohnung noch nicht betreten hatte.

Jetzt war alles komplizierter – und schmerzhafter! Sie hatte zugelassen, dass er eintrat, nicht nur in ihre Wohnung, sondern auch in ihr Leben. Sie hatte zugelassen, dass er sie im Arm hielt und ihr Fischstäbchen briet. Und dann hatte er ihr auch noch diesen verdammten Kühlschrank gekauft! Sie musste das Ding unbedingt loswerden, und zwar so schnell wie möglich, sonst würde es sie ewig an ihren Fehler mit Robin erinnern.

Katharina schlug die Bettdecke zur Seite und tapste in die Küche. Am besten erledigte sie die Sache jetzt gleich, sie konnte ja sowieso nicht schlafen.

Als Erstes musste sie den Kühlschrank leer räumen, denn jedes Gramm weniger war Gold wert. Energisch riss Katharina die Tür auf und stapelte Butter, Käse und Eier auf der Arbeitsfläche. Es war zwar schade um all die guten Lebensmittel, die nun verderben würden, aber darauf konnte sie keine Rücksicht nehmen.

Robin hatte sogar das Eisfach gefüllt. Er hatte Tiefkühlgemüse und eine gigantische Packung Schokoladeneis mit Keksstückchen gekauft – und in der hintersten Ecke lag sogar ein Kühlpaket. Katharina biss sich auf die Unterlippe. Dann warf sie die Sachen ins Spülbecken.

Als der gesamte Kühlschrank leer war, griff sie nach dem Stecker auf der Rückseite und zog ihn aus der Dose. Jetzt musste sie das Teil nur noch hier wegschaffen. Entschlossen rieb sie sich die Hände und begann, den riesigen Klotz von der Seite anzuschieben – aber er bewegte sich nicht einen einzigen Zentimeter. Hatte Robin das Ding etwa am Boden festgeschraubt? Katharina zerrte und schob, aber vergebens. Vielleicht musste sie ihn irgendwie anheben und kippen?

Krampfhaft sah sie sich in ihrer Wohnung nach einem Gegenstand um, den sie unter den Kühlschrank klemmen konnte, aber sie fand einfach nichts Geeignetes. Der Besenstiel in der Kammer war zu dick – und würde er unter dem Gewicht des Ungetüms nicht ohnehin brechen? Ihre eigenen Finger wollte sie nicht drunterschieben, die waren viel zu wertvoll. Wenn sie nicht mehr operieren konnte, was sollte sie dann mit ihrem Leben anfangen?

Irgendwann musste Katharina sich frustriert eingestehen, dass sie keine Chance hatte gegen das verdammte Ding. Sie trat ein paar Mal hilflos gegen die glänzende Tür. Dann steckte sie den blöden Stecker zurück in die Dose und räumte die Lebensmittel wieder ein. Nur die große Packung Schokoeis ließ sie draußen. Vermutlich war sie ohnehin schon angetaut, und wenn Katharina sie jetzt noch zurückstellte, würden sich nur diese widerlichen Eiskristalle auf der Oberfläche bilden. Resigniert schnappte sie sich einen Löffel, klemmte sich das Eis vor den Bauch und ließ sich aufs Sofa plumpsen.

Die Hafenlichter tanzten auf dem dunklen Wasser wie Glühwürmchen. Wie konnte alles aussehen wie immer, obwohl nichts mehr so war wie zuvor?

Seufzend löste Katharina den Pappdeckel und stellte überrascht fest, dass die Eispackung schon einmal geöffnet worden sein musste. Robin … Er hatte nicht von dem Eis gegessen, sondern mit Filzstift etwas in den Deckel geschrieben: *Für meine Eisprinzessin – weil ich mir von keiner anderen lieber das Herz hätte stehlen lassen.*

Katharina ließ den Löffel sinken. Robin mochte sie

wirklich, daran bestand kein Zweifel – oder zumindest hatte er sie bis vorhin gemocht. Aber wie konnte das sein? Sie hatte sich doch in den letzten Jahren alle Mühe gegeben, eine Wand zwischen sich und dem Rest der Welt aufzubauen. Nur wenn sie operierte, durchbrach sie das Gemäuer und ließ einen Teil von sich frei – den Teil, der Menschenleben retten konnte.

Wie hatte Robin es geschafft, durch die dicke Wand zu blicken? Wie hatte er sie durchdringen können? Natürlich, durch die Sache mit Hannah war sie unvorsichtig geworden, nachlässig. Sie hatte zugelassen, dass das Mauerwerk Risse bekam.

Und dann war da auch noch die Kleine vom Dach. Das erste Mal seit über zwanzig Jahren hatte Katharina über ihre Mutter gesprochen. Über den Unfall. Über ihre Schuld.

Cleo hatte keine Fragen mehr gestellt, dabei hätte Katharina noch so viele Antworten geben können. Vielleicht wäre Robin der Richtige dafür gewesen. Er hätte ihr ganz bestimmt zugehört, und vermutlich hätte er sie hinterher wieder im Arm gehalten, bis sie eingeschlafen wäre. Ihre Sehnsucht danach war beinahe schmerzhaft. Warum hatte sie ihn noch mal weggeschickt?

Katharina beugte sich vor und griff nach ihrem Handy, das auf dem Couchtisch lag. Sie hatte es stumm geschaltet, doch als sie jetzt den Bildschirm entsperrte, um Robins Nummer zu wählen, sah sie, dass Judith angerufen hatte. Nicht ein oder zwei Mal, sondern ganze dreizehn Mal!

Katharina stöhnte und schloss die Augen. Was war denn jetzt schon wieder los? Wenn sie ganz ehrlich war, wollte sie es gar nicht wissen. Nein, es war sogar am besten, wenn sie gar nichts wusste – auch nicht, ob Robin ihr wohl verzeihen und zurückkommen würde.

Alleine war sie die beste Version ihrer selbst, und daran sollte sich auch jetzt nichts ändern. Entschlossen schaltete sie das Handy aus und fuhr mit dem Löffel ins Schokoladeneis.

35

Eva

Max hatte tatsächlich sofort auf ihre Nachricht geantwortet. Aber Eva war sich nicht sicher, ob sie insgeheim nicht eher auf das Gegenteil gehofft hatte.

Ich arbeite bis sieben. Entweder du kommst vorher in die Klinik – oder ich komme hinterher zu dir?

Zu ihr nach Hause? Auf gar keinen Fall! Eva wusste nicht, was sie eigentlich genau von Max wollte, aber eines wusste sie ganz gewiss: dass Maribelle, Thomas und auch die Kinder dabei rein gar nichts verloren hatten!

Ins Krankenhaus wollte sie aber auch nicht. Dort würde sie mit Sicherheit warten müssen, und vielleicht wäre es am Ende nicht einmal Max, der sie behandelte. *Mach dir keine Mühe*, schrieb sie. *Ich komme einfach gegen halb acht zu dir.*

Keine zehn Sekunden später folgte Max' Antwort: ein *Daumen hoch* und die Adresse.

Allerdings hatte die Geschichte einen entscheidenden Haken: Bis halb acht waren es noch fast drei Stunden. Was sollte sie in dieser Zeit tun? Nach Hause zu gehen war keine Option, immerhin lauerte dort Maribelle. Eva wusste, dass sie nicht darum herumkäme, sich bei ihrer Schwiegermutter zu entschuldigen, aber noch war sie nicht bereit dazu. Irgendjemand musste ihre Seele trösten, bevor sie sich dafür gewappnet sah, und dieser Jemand konnte durchaus Max sein.

Am meisten taten ihr natürlich die Mädchen leid. Jetzt hatte sie sie also doch zurückgelassen, so wie sie es niemals hatte tun wollen. War sie denn viel besser als Hannah, wenn sie einfach so verschwand?

Eva lehnte sich im Fahrersitz zurück und schüttelte den Kopf. Unsinn, das konnte man doch gar nicht vergleichen! Hannah war gegangen, aus ihrem Leben verschwunden, ohne ein Wort zu sagen, und hatte ihre Töchter zurückgelassen wie ausgesetzte Haustiere. Sie hingegen würde ja nur ein paar Stunden weg sein, maximal bis morgen früh. Das würde Thomas einen Denkzettel verpassen, irgendwann musste er schließlich nach Hause kommen und merken, dass sie nicht da war – Maribelle würde mit Sicherheit dafür sorgen.

Gequält blickte Eva auf ihren Verband. Warum musste das verdammte Gelenk nur so wehtun? Und warum um Himmels willen hatte Katharina ihr nicht einfach ein paar Pillen zugesteckt? Ja, sie stillte noch. Aber heute Nacht würde Carla ohnehin von den Reserven aus dem Kühlfach leben müssen. Wenn Eva zum Stillen nicht nach Hause kam, blieb ihnen gar nichts anderes übrig. Thomas würde schon merken, was es bedeutete, wenn sie fehlte. Und vielleicht würde er sie hinterher auch endlich wieder wahrnehmen!

Leider hatte Eva sich nicht sonderlich herausgeputzt, bevor sie gegangen war. Sie hatte ja nur schnell einkaufen und das Kleid aus der Reinigung holen wollen. Wie hätte sie ahnen sollen, dass sie in diesem Aufzug aus der Wohnung stürmen und am Ende ein Date haben würde?

Ein Date? Nein, das war es sicher nicht. Sie wusste immer noch nicht, was sie eigentlich von Max wollte. Er sollte ihren Schmerz lindern, das wäre ein guter Anfang. Trotzdem gefiel Eva der Gedanke nicht, ihm so unter die Augen zu treten.

Außerdem spannten ihre Brüste bereits ordentlich. Sie würde sie gleich ausstreichen müssen, um einen Milchstau zu verhindern. Eine Brustentzündung war so ziemlich das Letzte, was sie gebrauchen konnte. Ja, sie würde jetzt vorsichtig etwas Milch ausstreichen und sich dann einfach ein paar neue Klamotten kaufen. Vielleicht war am Ende sogar noch ein Besuch beim Friseur drin? Immerhin hatte sie auf einmal drei Stunden ganz für sich allein. Daraus sollte sich doch etwas machen lassen!

Eva war ewig nicht mehr im Schanzenviertel gewesen, aber in Eppendorf einzukaufen war keine Option. Viel zu groß war die Gefahr, dass sie dort jemandem in die Arme laufen würde, den sie kannte. Heute hatte sie keine Lust, erkannt zu werden, sie wollte sich neu erfinden – zumindest für ein paar Stunden.

Sie stromerte ziellos durch die belebten Straßen und schlenderte von Schaufenster zu Schaufenster. Erst fiel es ihr schwer, sich einfach treiben zu lassen. Sie konnte sich nicht daran erinnern, wann sie das letzte Mal nicht nur von Punkt zu Punkt auf ihrer To-do-Liste gesprungen war. Aber mit einem Mal war diese Liste leer, nein, sie hatte sie einfach zerknüllt und weggeworfen, und jetzt war sie frei! Es dauerte nur ein bisschen, bis sie diese Freiheit auch genießen konnte.

In den kleinen Straßen, die vom Schulterblatt abgingen, fand sie tatsächlich einige Läden mit vielversprechenden Klamotten. Erst hatte sie Hemmungen, etwas anzuprobieren, aber die Verkäuferinnen berieten sie so herzlich und versorgten sie nebenbei mit den richtigen Größen und Komplimenten, dass sie sich schon bald richtig wohlfühlte in ihrer Haut.

Sie hatte nicht mehr die Figur von früher – aber dafür gab es ja andere Größen! Am Ende konnte Eva sich nicht entscheiden, welches Outfit ihr am besten gefiel, und sie kaufte einfach alle. Die königsblauen Culottes und die rosa Seidenbluse sowie die roten Schuhe mit den Absätzen ließ sie gleich an, den Rest trug sie in schweren Tüten zu ihrem Auto.

Die Verkäuferin im letzten Geschäft hatte ihr noch einen Tipp für Haare und Make-up gegeben, und so landete Eva zwar nicht mehr beim Friseur, aber immerhin bei einem Kosmetiker, der sie schminkte und ihr die Haare legte. Beim Blick in den Spiegel erkannte sie sich kaum wieder. *Sie war schön.* Nirgendwo an ihrem Körper klebte Babykotze, und Haut und Haare strahlten mit der tief stehenden Sonne um die Wette.

Trotzdem war Eva nervös. Sah sie zu gut aus für ein

unverbindliches Treffen? Würde Max nicht denken, sie hätte sich extra herausgeputzt? Unruhig sah sie auf die Uhr. Es war noch immer etwas Zeit übrig …

Um kurz vor sieben, Eva hatte sich gerade zurück in ihr Auto gesetzt, klingelte endlich ihr Handy. Insgeheim hatte sie schon den ganzen Nachmittag damit gerechnet. Es wurde auch höchste Zeit, dass Thomas sich bei ihr, seiner abhandengekommenen Frau, meldete!

Eva zögerte. Sie hatte sich fest vorgenommen, nicht ranzugehen, wenn er anrief – immerhin hatte er es auch nicht für nötig gehalten, sich bei ihr persönlich abzumelden, um vor Theresia den *Löwen* zu mimen! Aber jetzt, als sie seinen Namen auf dem Display sah, wurde sie schwach. Sie rang mit sich, aber zum Glück hörte das Klingeln auf, bevor sie den Anruf annehmen konnte.

Seufzend lehnte Eva sich zurück. Vielleicht war das alles eine blöde Idee gewesen …

Im nächsten Moment piepte ihr Handy, und eine Textnachricht leuchtete auf dem Display auf. *Sorry, dauert länger heute. Geht auch halb neun? MX*

Eva stöhnte. Halb neun? Das war ja eine ganze Stunde später! Vermutlich sollte sie wirklich einfach nach Hause fahren und die ganze Sache vergessen. Ihre Brüste spannten ohnehin schon wieder – und die Mädchen vermissten sie mit Sicherheit.

Doch dann fiel ihr Blick auf die vielen Tüten auf dem Beifahrersitz. Was hatte sie schon zu verlieren? Sie sah so fantastisch aus wie schon lange nicht mehr, und Thomas würde das vermutlich nicht einmal bemerken. Außerdem hatte er es nicht verdient, erlöst zu werden, bevor nicht auch er diesen Schmerz gespürt hatte.

Entschlossen antwortete sie Max, dass halb neun in Ordnung sei, schaltete das Handy aus und stieg wieder aus dem Wagen. Sie würde einfach in eine der netten kleinen Bars hier in der Gegend gehen und sich etwas Mut antrinken.

Als Eva pünktlich um halb neun an Max' Tür klingelte, hatte sie schon ordentlich einen sitzen. Der Barkeeper in der kleinen Bar hatte es ein bisschen zu gut mit ihr gemeint, zu gut zumindest dafür, dass sie heute fast nichts gegessen hatte.

Zuerst war es ihr schwergefallen, überhaupt einen Tropfen Alkohol zu trinken, schließlich hatten sich Schwangerschaften und Stillzeiten in den letzten fünf Jahren beinahe nahtlos abgewechselt. Vertrug sie überhaupt noch etwas? Doch dann hatte sie sich einen Ruck gegeben und das erste Glas Gin einfach auf ex geleert. Es hatte in der Kehle gebrannt, aber dann war ihr endlich wieder warm geworden, und sie hatte sich ein zweites bestellt. Carla würde morgen einfach auch noch abgepumpte Milch bekommen, jetzt hatte Eva die Schwelle ja ohnehin schon übertreten.

Dass sie betrunken war, hatte sie erst gemerkt, als sie bezahlt hatte und aufgestanden war. Die Neonlichter hinter der Bar zogen seltsame Bahnen in ihrem Blickfeld, und Eva hatte permanent das Gefühl, dass sie kichern musste, obwohl nichts an ihrer Situation wirklich witzig war.

»Bist du betrunken?«, fragte Max verblüfft, als er sie auf der Fußmatte hin und her schwanken sah.

»Unsinn!« Eva winkte ab und stolperte beim Eintreten ohne Umschweife in seine Arme. »Hatte nur einen klitzekleinen Feierabend-Gin.« Sie zwinkerte ihm zu, hatte aber keine Kontrolle darüber, ob sich dabei wirklich nur ein Auge schloss oder gleich beide.

Max runzelte die Stirn. »Sag mir bitte, dass du so nicht Auto gefahren bist.«

Ertappt schlug sie sich die Hand vor den Mund. »Willst du mich jetzt verhaften?«

»Ich bin Arzt und kein Polizist«, erwiderte Max und schob sie ein entschiedenes Stück von sich.

Eva wusste, dass all das hier lächerlich und falsch war, und sie verstand auch, dass sie nicht nüchtern genug war, um sich unfallfrei durch den Abend zu manövrieren – aber Aufgeben war irgendwie auch keine Option. Obwohl sie nicht genau wusste warum, machte sie einen Schmollmund. »Kannst du dir wenigstens meine Hand ansehen, Herr Doktor?«

Max zögerte und stieß ein leises Seufzen aus. Er sah süß aus, fand Eva, so *richtig, richtig süß*. Aber bevor sie ihm das sagen und sich damit vollends blamieren konnte, schob er sie vorsichtig ins Wohnzimmer.

»Setz dich da hin«, sagte er und dirigierte sie zum Sofa.

Eva kicherte wieder und ließ ihren schwankenden Blick durch den Raum schweifen. Als Max kurze Zeit später mit Verbandszeug und Salbe zurückkam, deutete sie auf das Bettzeug, das am Sofaende lag. »Schläfst du etwa auf der Couch?«

»Die Wohnung ist klein. Ein Schlafzimmer ist eben nicht drin.«

»Ich dachte, du bist Arzt«, gluckste Eva und ließ zu, dass er die alte Bandage löste.

»Assistenzarzt«, murmelte Max. »Ich verdiene jedenfalls nicht so gut wie Katharina.«

»Aber du siehst viel besser aus.« Eva beugte sich kichernd vor, um ihn zu küssen, verpasste dabei aber dummerweise seine Lippen und stieß stattdessen mit der Stirn gegen seine Nase.

»Verdammt, Eva, was soll das?« Max fuhr zurück und funkelte sie verärgert an.

»*Was soll das?*«, imitierte sie ihn feixend, merkte aber, dass er das alles noch immer nicht lustig fand. Ein bisschen beleidigt lehnte sie sich auf dem Sofa zurück. »Du hast mir doch deine Karte gegeben!«

»Ja, für den Fall, dass du Hilfe brauchst mit deiner Hand!«

Eva verzog das Gesicht und schüttelte den Kopf. »*Oder auch sonst* – so hast du es ausgedrückt. Ich erinnere mich genau, also streite es ja nicht ab!«

Max hielt für einen Moment die Luft an, dann stand er auf. Anscheinend hatte sie tatsächlich einen wunden Punkt getroffen.

»Das hast du falsch verstanden«, murmelte er schließlich und fuhr sich verlegen mit der Hand durch die braunen Locken. »Ich … hab es zumindest anders gemeint.«

»Anders gemeint?« Mit einem Mal war Evas gute Laune wie weggeblasen. »Was soll man daran schon anders meinen? Du hast gesagt, ich sehe gut aus.«

Wieder stieß Max ein Seufzen aus. Mit seinem typischen Dackelblick von damals sah er Eva in die Augen. »Du siehst ja auch gut aus, aber …« Wieder hielt er die Luft an und fuhr sich mit der Hand übers Gesicht. »Eigentlich habe ich gedacht, ich könnte vielleicht Judith wiedersehen. Ich denke noch oft an sie, und …« Er hielt inne und blickte sie mitfühlend an. »Tut mir leid, Eva. Ich wollte dir wirklich keine falschen Hoffnungen machen …«

Max hatte darauf bestanden, ihr wenigstens noch das Handgelenk neu zu bandagieren, aber sie hatte ihm nur ihren Mittelfinger entgegengestreckt und war mit großen Schritten zur Wohnungstür hinausgestampft.

Als sie aus dem Haus stolperte, war sie plötzlich stocknüchtern. Die Abendluft war frisch, aber in Evas Innerem braute sich ein Feuersturm zusammen. Was für eine … Demütigung! *Was für eine entwürdigende Situation!* Eva wusste nicht, ob sie schreien oder heulen sollte, und entschied sich am Ende für beides.

Judith, er hatte sich einfach nur Chancen bei Judith erhofft! Warum denn immer noch Judith? Sah sie selbst denn nicht auch gut aus – zumindest jetzt in den neuen Klamotten? Was hatte Judith, was sie nicht hatte?

Eva beugte den Oberkörper vor und stützte die Hände auf die Oberschenkel, vergaß dabei aber erneut ihr Handgelenk. Der Schmerz ließ sie wieder in die Höhe schießen.

Bis vor ein paar Minuten war der Alkohol noch Herr über ihre Sinne und Gedanken gewesen – jetzt aber waren es Wut, Verzweiflung und Scham! Sie musste weg von hier, und zwar so schnell wie möglich! Leider hatte sie keinen blassen Schimmer, wo sie geparkt hatte. Sie würde einfach laufen, weglaufen, immer weiter, und alles vergessen, was hinter ihr lag.

Und so marschierte sie los. Die neuen Schuhe mit den Absätzen erwiesen sich dabei als Hindernis, deshalb streifte Eva sie von den Füßen und pfefferte sie auf die Straße. Dann lief sie weiter, immer schneller. Um sich herum nahm sie nichts und niemanden mehr wahr, bewegte sich wie durch eine Filmkulisse, die zwar täuschend echt wirkte, aber keine wirkliche Bedeutung hatte. Zum Glück waren kaum noch Autos unterwegs, denen sie hätte vor die Kühlerhaube laufen können. Eva lief und lief, die Demütigung war ihr Motor, und der wurde nicht müde – im Gegenteil! Mit jedem Schritt wuchs die Verzweiflung, die Wut. Sie hatte das alles nicht verdient – nichts davon! Sie war doch kein schlechter Mensch, sie trennte sogar ihren Müll! Wieso rammte ihr das Leben dann immer wieder den Ellenbogen in den Bauch?

War das etwa die Strafe für all die Spitzen, die sie gegen Judith ausgeteilt hatte? Natürlich war es nicht nett, sie an den Kindertisch zu setzen – und auch die Sache mit Max war zweifelsohne fies gewesen. Aber sie selbst hatte in all den Jahren doch am allermeisten gelitten – unter ihren Schuldgefühlen! Mit ihrem eigenen Schmerz hatte sie doch längst Buße getan!

Der Schweiß rann ihr über den Rücken, die neue Seidenbluse klebte an ihr wie eine zweite Haut. Zum Glück war die Hose weit geschnitten. Eva war außer Atem und schnaufte, aber sie konnte nicht aufhören zu laufen, genauso wie sie nicht aufhören konnte zu weinen.

Sie hatte es weiß Gott nicht beabsichtigt, aber ihr Weg hatte sie nach Hause geführt. Vor der Haustür blieb sie stehen und schüttelte ungläubig den Kopf. Warum hatten ihre Füße sie ausgerechnet hierher getragen? Hätten sie sie nicht zu Judith bringen können, damit sie ihrer Schwester all ihre Verzweiflung ins Gesicht schreien konnte?

Aber dann fiel ihr etwas anderes ein. Auch in diesem Haus gab es jemanden, den sie anschreien konnte …

Kaum hatte sie den Schlüssel ins Schloss gesteckt und die Tür aufgestoßen, kam Thomas aus der Küche geschossen. »Wo warst du?«

Er wirkte nicht besorgt, sondern vielmehr empört, und das verlieh Evas Wut noch einmal neuen Schwung.

»Willst du nicht lieber mal fragen, wie es mir geht?«

»Verdammt, Eva, du bist einfach …«

Mit einem Knall schlug Eva die Wohnungstür hinter sich zu. Thomas zuckte zusammen.

»Scheiße geht es mir, danke der Nachfrage! Es ging mir nie beschissener!« Ihre Stimme klang schrill und hysterisch, aber darauf konnte sie jetzt keine Rücksicht nehmen.

Thomas blinzelte sie erschrocken an. »Nicht so laut, die Kinder …«

»Die Kinder schlafen, die Kinder haben Hunger, die Kinder haben sich vollgeschissen und damit die Wände eingeschmiert!«, fiel Eva ihm ins Wort. »Irgendwas ist doch immer mit den Kindern, Thomas! Aber hast du dich vielleicht schon mal gefragt, was mit *mir* ist?«

Thomas runzelte überrascht die Stirn. »Bist du etwa betrunken?«

Betrunken? Eva schüttelte fassungslos den Kopf. Sie versuchte zu lachen, aber es klang eher wie ein Ächzen. Vor zwei Stunden war sie vielleicht noch betrunken gewesen, aber jetzt war sie einfach nur wütend! Wütend auf das Leben, wütend auf sich selbst – und wütend auf ihren Mann!

Sie biss die Zähne zusammen und funkelte Thomas an. »Ich bin es leid, dass du mich für dumm hältst, du und deine verfluchte Familie!« Wild entschlossen stürmte sie an ihm vorbei ins Arbeitszimmer.

Thomas hastete hinter ihr her. »Ich halte dich nicht für dumm!«

»Du tust es schon wieder!« Sie griff nach einem der Modellflieger auf dem Regal neben seinem Schreibtisch. »Aber weißt du was? Ich kann dir auch wehtun – so wie du mir wehtust!« Mit einem Mal brannten wieder Tränen in ihren Augen.

Thomas starrte sie verständnislos an. Er tat noch immer so, als wüsste er nicht, was hier vor sich ging.

Mit einem Aufschrei krallte Eva die Finger um sein blödes Spielzeug und zerschmetterte es auf dem Parkettboden. Der Flieger zerbrach in tausend Einzelteile, und

Eva bezweifelte, dass man ihn jemals wieder würde zusammensetzen können. Aber das war ihr egal, es war ihr verdammt noch mal egal! Thomas sollte leiden, er sollte verdammt noch mal bluten, so wie sie es die letzten Tage getan hatte!

Allerdings sah er noch immer nicht wütend aus, sondern eher verwirrt. »Was machst du denn da …?«

»Was ich mache?« Evas Stimme wurde wieder schrill. »Ich zeige dir, was ich hier mache!«

Bevor sie noch weiter darüber nachdenken konnte, griff sie sich ein weiteres Liebhaberstück aus dem Regal und zerschmetterte es auf dem Boden. *Tat das gut!*

»Das hier – das ist für den Sohn, den ich dir nicht geboren habe! Und das hier …« Sie packte mit der unverletzten Hand ein weiteres seiner Spielzeuge und warf es beherzt durch den Raum. »Das ist für deine Mutter, die in mir immer nur die beschissene Sekretärin sieht! Und wo wir schon mal dabei sind: Das ist für *meine* Mutter, die uns einfach verlassen hat und jetzt zurückkommen will!«

Tränen schossen aus Evas Augen, während sie das Schauspiel fortsetzte. Ein Flugzeug nach dem anderen zerbrach auf dem Boden.

»Das hier ist dafür, dass du nicht mehr mit mir schläfst! Und für deine Freunde, die mich nicht mögen! Dafür, dass ich euch allen nicht gut genug bin, niemals gut genug! Und für die beschissenen Nachbarn, die mich für eine schlechte Mutter halten!«

Erst als sie mindestens zehn Modelle zerstört hatte,

sprang Thomas vor und packte sie an den Schultern. »Verflucht, Eva, hör auf!« Jetzt schrie auch er, offenbar war er endlich aufgewacht.

Eva befreite sich schluchzend aus seinem Griff. »Nein, ich höre nicht auf! Ich höre nicht auf, bevor nicht jedes einzelne Teil kaputt ist! Ich höre erst auf, wenn du genauso leidest wie ich!«

Einen Moment lang schien die Zeit wie eingefroren. Thomas betrachtete ihre verweinten Augen, und sie konnte nicht sagen, was in seinem Kopf vorging. Doch dann verzog er plötzlich das Gesicht. »Ist gut. Wenn es das ist, was du willst.«

Mit zwei Schritten stand er selbst vor dem Regal und griff sich eines der verbliebenen Modelle. Ohne mit der Wimper zu zucken, schmetterte er es auf den Boden und wirkte dabei beinahe noch entschlossener als Eva selbst.

Jetzt war es Eva, die verständnislos zusammenzuckte. Was tat er da nur? Ein Liebhaberstück nach dem anderen zerschellte auf dem Boden.

Als auch das letzte Modell in Kleinteile zerlegt war, stemmte Thomas die Hände in die Hüften und funkelte sie an. »Dieser ganze Scheiß bedeutet mir doch gar nichts!«

»Was …?« Mit einem Mal war Evas Kehle staubtrocken.

»Das sind einfach nur Erinnerungen, alte Spielzeuge!«, fuhr Thomas fort und sah sie ernst an. »Aber mir ist scheißegal, ob wir irgendwann einen Sohn kriegen oder nicht, und mir ist auch scheißegal, ob diese Flugzeuge in meinem Regal stehen!« Er seufzte und senkte die Lider. Erst nach einer gefühlten Ewigkeit hob er den Blick wieder und sah Eva in die Augen. »Das Einzige, was für mich zählt, bist du.«

Eva taumelte zurück. Warum sagte er so etwas? Warum gab er nicht endlich alles zu, warum log er noch immer?

Plötzlich fühlte Eva, wie ihre Kräfte schwanden. Sie hatte nicht mehr genug Energie, um wütend zu sein. Im Grunde hatte sie nicht einmal mehr die Energie, aufrecht zu stehen oder zu atmen. Immer mehr stumme Tränen liefen über ihre glühenden Wangen.

»Warum …?«, setzte sie an, aber ihre Stimme versagte. Dabei musste es doch gesagt werden, sie musste es endlich wissen – und deshalb holte sie tief Luft und sammelte all ihre Kraft, um es endlich auszusprechen: »Warum schläfst du dann mit Theresia?«

Kaum waren die Worte gesagt, wurde ihr Körper von einem Zittern gepackt. Sie bebte unter der Wahrheit, die endlich nicht mehr unter den Teppich gekehrt werden konnte. Eva zitterte und weinte und spürte, wie sich die Leere in ihrem Inneren mit jedem verzweifelten Atemzug weiter ausbreitete.

Thomas starrte sie fassungslos an. »Was redest du denn da?« Er wirkte verstört, und wenn Eva die Wahrheit nicht gekannt hätte, hätte sie ihm seine Verwirrung vielleicht sogar abgenommen.

Doch das konnte sie nicht. Sie konnte seine Lügen nicht mehr ertragen!

Als er ein paar Schritte auf sie zu tat und seine Arme

um sie legen wollte, stieß sie ihn von sich. »Fass mich nicht an! Fass mich nie wieder an!«, brüllte sie.

Und dann verschwand sie mit einem ohrenbetäubenden Türenknallen aus der Wohnung.

36

Judith

Judith fühlte sich nicht einmal schlecht dabei, zu lügen und sich in der Schule krankzumelden. Sie konnte ohnehin an nichts anderes denken als an Agnes' Worte – wie sollte sie sich da auf den Unterricht konzentrieren?

Natürlich schrieb Martina eine beunruhigte Nachricht, als sie von Judiths Abwesenheit erfuhr. *Muss ich mir Sorgen machen???*

Und als Judith nicht sofort antwortete: *Falls Mister Windkanal dich gefangen hält, gib mir ein Rauchzeichen! Aber wenn du einfach nur blaumachst, um dir die Seele aus dem Leib zu vögeln – GO, GO, GO GIRL!*

Judith verdrehte die Augen, obwohl Martina sie gar nicht sehen konnte. *Ich muss dringend raus zum Haus, das kann nicht warten*, schrieb sie.

Es dauerte zwei Minuten, bis Martinas Antwort kam. *Uffz. Hättest du mich nicht in dem Glauben lassen können, dass wenigstens EINE von uns ihr Leben in vollen Zügen auskostet?!*

Judith schüttelte grinsend den Kopf und schloss die App mit den Kurznachrichten. Einen kurzen Moment schwebte ihr Finger über dem Icon des Dating-Portals. Ob Laurenz wohl geschrieben hatte? Seit ihrem Nicht-Date am Dienstag hatte sie die App nicht mehr geöffnet. Sie wollte sich keine Hoffnung machen, aber wenn sie ganz ehrlich war, hatte sie es auch schlichtweg vergessen. Im Moment hatte sie einfach keine Zeit, sich um ihr Liebesleben zu kümmern, es gab Dinge, die wichtiger waren. Ja, vermutlich war es sogar besser, gar nicht erst nachzusehen.

Entschieden schob sie ihr Mobiltelefon in die Reisetasche, die sie für heute gepackt hatte. In aller Frühe hatte sie bereits unzählige Brote geschmiert und Obst in mundgerechte Stückchen geschnitten. Sie wusste nicht, wie lange sie im Haus bleiben musste, auf keinen Fall aber wollte sie abbrechen, weil sie Hunger bekam. Für den Notfall hatte sie sogar ein paar Wechselklamotten und eine Zahnbürste eingepackt, dann konnte sie sich zwischendurch frisch machen oder sogar die Nacht im Alten Land verbringen.

Mimi grunzte auf der Gästecouch, als Judith den Kopf ins Arbeitszimmer steckte, um sich zu verabschieden. Sie hatte keine Ahnung, ob ihre kleine Schwester sie in ihrer Schlaftrunkenheit überhaupt hörte, aber sie zweifelte daran, dass Mimi mitkommen wollte. Vielleicht wollte insgeheim auch sie selbst gar nicht, dass ihre jüngste Schwester sie begleitete? Judith konnte es nicht mit Sicherheit sagen.

Überhaupt wusste sie plötzlich nicht mehr, was richtig oder falsch war, sie hatte ja nicht einmal eine Ahnung, was sie bei alledem fühlen sollte. Nur eines wusste sie ganz sicher: Sie würde diesen Brief finden, von dem Agnes gesprochen hatte, und herausbekommen, was damals passiert war – und wenn es das Letzte war, was sie tat!

Erst als sie in dem altbekannten Carsharing-Wagen saß und bereits durch den Elbtunnel brauste, fiel ihr ein, dass sie die Glühbirnen vergessen hatte. So ein Mist! Wenn es hart auf hart kam, würde sie also doch noch einen Laden aufsuchen müssen, um in der Dunkelheit weitersuchen zu können. Aber vielleicht hatte sie ja Glück und fand vorher schon, was sie suchte?

Entschlossen trat Judith aufs Gaspedal.

Seit ihrem letzten Besuch vor ein paar Tagen hatte sich nicht viel verändert. Die Apfelbäume auf den tristen Feldern trugen noch immer keine Blüten und ragten wie krumme Hexenfinger in den grauen Morgennebel. Es war kühl hier draußen, kühler als in der Stadt. Als Judith aus dem Auto stieg, schlang sie die Arme um sich, als könnte sie sich damit selbst Halt geben und Mut zusprechen. Dann öffnete sie den Kofferraum und warf sich die Reisetasche über die Schulter.

Der Kies knirschte vertraut unter ihren Schritten, und auf den Apfelfeldern klagte eine Krähe heiser ihr Leid. Ihr Ruf zerschnitt die Morgenstille und hallte in Judiths Ohren nach, und plötzlich fühlte sie sich unbehaglich. War das ein Warnruf? Wenn ja, wovor? Und warum verspürte sie auf einmal Angst?

Judith schüttelte den Kopf und schloss die Finger um

den kalten Schlüssel in ihrer Hand. Gar nichts zu wissen war in all den Jahren viel einfacher gewesen, als nun plötzlich ein bisschen zu wissen. Die wenigen Informationen, die sie mittlerweile hatte, machten die Vorstellung, die Wahrheit niemals zu erfahren, schier unerträglich. Die Wahrheit war wie eine Droge – wenn man einmal damit angefangen hatte, konnte man nicht aufhören, bis der Rausch perfekt war. Scheitern war keine Option – zumindest nicht, wenn sie endlich ihren Seelenfrieden finden wollte.

Judith schob den Schlüssel ins Schloss und hielt überrascht inne, als sich die Tür bereits nach einer halben Drehung aufdrücken ließ. Hatte sie sie beim letzten Mal etwa nicht richtig abgeschlossen? Oder war Katharina in der Zwischenzeit hier gewesen? War sie es am Ende noch immer?

Behutsam trat Judith über die Türschwelle und lauschte. In der Eingangsdiele fanden sich keine Spuren, die darauf hindeuteten, dass jemand hier gewesen war. Sie schloss die Haustür hinter sich und schob sich so leise wie möglich durch den Flur. War da nicht ein Geräusch? Sie war sich nicht sicher und hielt noch einmal inne. Im Keller schien es jedenfalls still zu sein …

Judith zögerte noch einen Augenblick und ließ dann mit einem Seufzen ihre Reisetasche auf den Boden gleiten. In diesem Moment wurde die Tür zur Stube aufgerissen.

»Keinen Schritt weiter, oder ich schieße!«

Judith taumelte zurück, stolperte dabei über ihre Tasche

und landete mit einem dumpfen Knall auf dem Boden. Als sie hochblickte und sah, wer da vor ihr stand und hilflos einen Schuhlöffel in die Luft streckte, klappte ihr fassungslos der Mund auf. »Bist du verrückt geworden? Was fällt dir ein, mich so zu erschrecken?«

Eva ließ verlegen den Schuhlöffel sinken. »Ich wusste ja nicht, dass du es bist ...«

Sie sah schaurig aus, irgendwie zerknittert und aufgedunsen, und ihre dunkelblonden Haare standen wild in alle Richtungen.

Judith rappelte sich ächzend vom Boden auf. »Wer sollte ich denn bitte sonst sein? Die *Zahnfee?*«

Eva legte den Schuhlöffel auf die Kommode und zuckte verlegen mit den Schultern. »Es gibt genug Menschen, die mich hier suchen könnten ...«

»Ach ja? Und wer bitte?« Judith funkelte sie wütend an und klopfte sich verärgert den Staub vom Hintern.

Eva zögerte einen Moment und presste dann kurz die Lippen aufeinander. »Geht dich nichts an. Was machst du hier eigentlich um diese Uhrzeit? Musst du nicht unterrichten?«

»Hab mich krankgemeldet«, murrte Judith. Was passierte hier gerade überhaupt? Sie musste sich vor Eva nicht rechtfertigen – im Gegenteil! »Und darf ich fragen, was *du* hier tust?«, holte sie zum Gegenschlag aus. »Ich dachte, du bist damit beschäftigt, den Rest des Alphabets in die Welt zu setzen? Daniela, Ella und Frieda wären an der Reihe, oder?«

Eva schnappte nach Luft und starrte sie sprachlos an.

Judith rechnete damit, dass sie sich gleich wieder den Schuhlöffel schnappen und mit Beleidigungen um sich werfen würde – aber stattdessen brach sie in bitterliche Tränen aus.

Es dauerte eine ganze Weile, bis Judith ihre Zwillingsschwester so weit hatte, dass ihr Heulen nicht mehr jedes einzelne Wort unverständlich machte. Judith hatte sie auf einen Stuhl in der Küche verfrachtet und ihr eines ihrer Brote in die Hand gedrückt, und endlich beruhigte Eva sich ein kleines bisschen.

Was sie dann aber erzählte, verblüffte Judith noch viel mehr als ihr heftiger Gefühlsausbruch. Thomas betrog sie, ihre Ehe lag in Trümmern.

Evas Leben war also bei Weitem nicht so perfekt, wie Judith es all die Jahre angenommen hatte und wie Eva es ihrer Schwester hatte weismachen wollen … Eigentlich hätte Judith jetzt Schadenfreude und Genugtuung empfinden können, und irgendwie beschlich sie das Gefühl, dass Eva genau das von ihr erwartete. Aber erstaunlicherweise war da kein Hochgefühl, als Judith in sich hineinhorchte, im Gegenteil. Sie hatte Mitleid mit Eva.

»Und du bist dir ganz sicher, dass es so ist?«, hakte sie nach und stellte ihrer Zwillingsschwester eine Tasse Tee hin.

Eva nickte und schniefte, während sie gierig in ihr Brot biss. »Hat Mimi dir denn gar nichts erzählt?«

Mimi? Was hatte die denn nun mit der ganzen Sache zu tun?

Eva kaute, sprach aber trotzdem weiter. »Die Sache mit dem Schlüssel neulich, das … war nur eine Notlüge. Ich brauchte Gewissheit, ob Thomas in der Kanzlei ist, wie er behauptet hatte. Und Mimi war am Tag danach noch in einem Hotel für mich …«

Jetzt ging Judith ein Licht auf. Deshalb hatte Miriam den Schlüssel also schon zurückgebracht. Ihre beiden Schwestern hatten tatsächlich unter einer Decke gesteckt – allerdings ganz anders, als Judith es erwartet hatte.

Beinahe erleichtert ließ sie sich auf den Stuhl gegenüber von Eva sinken. »Und ich dachte, du ziehst sie in die Sache mit Mama mit rein.«

»Was?« Eva verzog irritiert das Gesicht.

»Na ja«, fuhr Judith fort, auch wenn sie sich dabei plötzlich ein bisschen albern vorkam. »Du willst nicht, dass Mama zurückkommt – und ich habe befürchtet, dass du versuchst, Mimi auf deine Seite zu ziehen.«

Eva schnaubte und schob müde das angebissene Brot von sich. »Mama hat damit nichts zu tun. Zumindest ist sie nicht schuld daran, dass Thomas mich mit dem aufgeblasenen Hühnerknochen betrügt.«

Ein Lächeln stahl sich auf Judiths Gesicht.

»Findest du das etwa lustig?«, blaffte Eva sie an, und Judith schüttelte schnell den Kopf.

»Nein. Du hast sie nur zum ersten Mal *Mama* genannt und nicht *Hannah*.«

Eva zögerte und senkte den Blick. Dann strich sie über ihr geschwollenes Handgelenk. »Bist du ihretwegen hier?«

Judith nickte und trank einen Schluck Tee. Er war heiß und viel zu süß und schmeckte ein bisschen wie ganz früher. »Wusstest du, dass sie zurückkommen wollte? Fünf Jahre nachdem sie weggegangen ist?«

Eva blickte sie überrascht an. »Wer sagt das?«

»Agnes.« Judith seufzte. »Du wusstest also auch nichts davon.«

»Nein!« Eva wirkte geradezu empört. »Aber … da … da waren wir schon elf. Wir müssten uns doch erinnern, wenn so etwas im Gespräch gewesen wäre!«

»Ganz offensichtlich ist sie am Ende doch nicht gekommen«, erwiderte Judith leise.

»Aber wieso nicht?« Eva lehnte sich fassungslos zurück. Sie brauchte offenbar einen Augenblick, um ihre Gedanken zu sortieren. »Ich … ich verstehe das alles einfach nicht. Bis sie gegangen ist, war sie doch … sie war doch keine schlechte Mutter, oder?«

Der Blick, den sie Judith zuwarf, wirkte hilflos, geradezu flehend.

»Ich glaube nicht«, murmelte Judith. »Aber ehrlich gesagt kann ich mich kaum noch an sie erinnern.«

Eine Weile saßen sie beide schweigend am Tisch und vermieden es, einander anzusehen. Dann öffnete Eva plötzlich den Mund.

»Ich hab sie wahnsinnig vermisst damals …« Ihre Stimme war leise, klang verletzlich und schwach. So hatte Judith ihre Zwillingsschwester noch nie erlebt.

Eva schluckte und fuhr dann fort. »Die Lieder, die sie uns zum Einschlafen gesungen hat. Wie sie uns immer auf die Stirn geküsst hat. Ihr Geruch, wenn sie uns in den Arm nahm …« Eva biss sich auf die Lippe. »Als sie weg war, hat plötzlich so viel gefehlt. Mein ganzer Körper hat wehgetan …«

Auch Judith musste schlucken. »Warum hast du nie was gesagt?«

Eva rang sich ein Lächeln ab, aber es konnte ihre Unsicherheit nicht verbergen. »Ich weiß nicht, ich …« Sie schloss die Augen. »Ich dachte, wenn ich es mir nur stark genug wünsche, dann kommt sie zurück. Aber sie kam nicht zurück. Und dann hab ich dich gesehen, und du … du hast einfach weitergelebt. Du hattest den gebrochenen Arm und später diese Narbe, an der du dich festhalten konntest, und ich habe dich darum beneidet. Ich hatte nur eine blöde Gehirnerschütterung – nichts, was mir langfristig Schmerzen bereiten durfte …«

Judith sah, wie ihrer Schwester erneut Tränen in die Augen stiegen. Es waren Tränen der Erschöpfung und der Trauer, Trauer um ein Stück Kindheit, das ihnen versagt geblieben war, das erkannte Judith sofort.

»Ich hab es gehasst, dass du etwas von ihr behalten durftest und ich nicht. Und dann habe ich es gehasst, dass dich alle mochten, dass du fröhlich sein konntest, obwohl wir doch das Wichtigste verloren hatten.« Eva ließ müde die Schultern sinken. »Ich hab so vieles an dir gehasst …«

Auch Judith stiegen mit einem Mal Tränen in die Augen. »Aber ich konnte doch nichts dafür.«

»Ich weiß«, sagte Eva leise. »Und als ich alt genug war, um das zu verstehen, habe ich *mich* deswegen gehasst.«

Ungläubig vergrub Judith das Gesicht in den Händen. Sie war heute Morgen hergekommen, um Antworten zu finden, die Wahrheit – aber mit dem, was sich ihr jetzt offenbarte, hatte sie im Leben nicht gerechnet. Sie versuchte wütend zu sein, ihren Groll gegen Eva zu richten, aber sie konnte nicht. Alles, was sie fühlte, waren Mitleid und Erleichterung. Vielleicht hatte sie ihre Mutter noch immer nicht zurück – aber dafür hatte sie endlich ihre Schwester gefunden.

»Ist schon gut«, flüsterte sie und legte ihre Hand auf Evas.

Diese Geste brachte bei Eva endgültig den Knoten zum Platzen, und sie begann wieder hemmungslos zu schluchzen.

Judith stand auf, legte die Arme um sie und hielt sie, bis sie sich etwas beruhigt hatte. »Warum bist du heute Nacht eigentlich hierhergekommen?«, fragte sie nach einer Weile.

Eva zuckte mit den Schultern und wischte sich mit der linken Hand über das tränennasse Gesicht. »Als ich im Taxi saß, wusste ich nicht, wo der Fahrer mich hinbringen sollte. Das fühlt sich ganz schön scheiße an, weißt du? Wenn man seinen Mann verlässt und keine Ahnung hat, wo man stattdessen hinsoll …«

Ein erschöpftes Lächeln huschte über ihr Gesicht, und auch Judith musste grinsen. »Wenn du schon mal hier bist, kannst du mir vielleicht helfen?«

Eva zögerte, aber dann nickte sie, und Judith drückte sie noch einmal fest an sich.

Im Badezimmer fand Judith altes Verbandszeug und eine schmerzlindernde Salbe, die erst in ein paar Wochen ablaufen würde. Der frische Verband, den sie Eva verpasste, sah eher stümperhaft aus, aber er würde dem geschundenen Handgelenk zumindest ein wenig Linderung verschaffen. Eva jedenfalls wagte es nicht, sich zu beschweren.

Als Judith fertig war und das Material wieder wegpacken wollte, hielt Eva ihre Hand fest. »Da ist noch etwas …«

Judith blickte ihre Zwillingsschwester überrascht an. Nach all dem, was Eva ihr gerade offenbart hatte, konnte sie sich kaum vorstellen, dass noch mehr auf ihrer Seele lastete.

»Ich … ich habe …« Eva begann zu stammeln und benötigte noch zwei tiefe Atemzüge, bevor sie endlich einen vollständigen Satz über die Lippen brachte. »Ich habe Max getroffen.«

»Max?« Mit dieser Information hatte Judith nun wirklich nicht gerechnet. Sie spürte, wie ihr Herz kurz aus dem Takt stolperte, sich aber schnell wieder fing. »Du meinst Max aus …?«

»Max aus dem Dorf, ja«, beendete Eva ihren Satz und blickte beschämt auf den Boden. »Es war nur ein Zufall. Er ist mittlerweile Arzt und hat mein Handgelenk behandelt. Ich war auch bei ihm zu Hause, weil … weil ich dachte, dass …« Wieder versagte Eva die Stimme.

»Dass was …?«, hakte Judith leise nach.

Eva hob den Blick, und Judith sah, wie sehr sie sich

quälte. »Ich dachte, er mag mich«, flüsterte Eva. »Dabei denkt er in Wahrheit noch immer an dich …«

Max … dachte noch an sie? Er mochte sie noch immer? Judith hielt einen Moment die Luft an. Vor ein paar Wochen noch hätte diese Information sie völlig aus dem Gleichgewicht gebracht. Jetzt aber stellte sie überrascht fest, dass sie kaum etwas dabei empfand.

Sicherlich, es war schön zu wissen, dass eine alte Liebe noch an sie dachte. Aber diese alte Liebe hatte einst ihr Herz gebrochen – und daran war weiß Gott nicht allein ihre Zwillingsschwester schuld. Verblüfft stellte Judith fest, dass sie Max nicht brauchte, um glücklich zu sein.

»Ist schon in Ordnung«, sagte sie und schloss Eva ein weiteres Mal in die Arme. »Ich hab dir längst verziehen.«

Es war bereits früher Nachmittag, als endlich alle Tränen getrocknet waren und sie mit der eigentlichen Arbeit loslegen konnten. Eva übernahm das Obergeschoss, während Judith sich die untere Etage vornahm. Wo mochte ihr Vater den geheimnisvollen Brief wohl versteckt haben?

Die Stube hatte Judith bereits bei ihren letzten Besuchen auf den Kopf gestellt, hier gab es nicht ein einziges Staubkorn, das sie noch nicht umgedreht hatte. Auch die Küche hatte sie gründlich unter die Lupe genommen, und die Diele schien ihr zu unspektakulär für große Geheimnisse.

Blieben also noch die Praxisräume und der Keller.

Theos ehemalige Praxis hatte zwar einen separaten

Eingang, aber es gab auch eine Verbindungstür zu den Wohnräumen, die am Ende des Flures lag. Als Kinder hatten sie die schwere Holztür nur im absoluten Notfall öffnen dürfen, denn sie führte direkt in Theos Behandlungszimmer.

»Ich will nicht, dass ihr aus Versehen hereinstolpert und plötzlich vor einem halbnackten Herrn Meyerhut steht«, hatte ihr Vater sie immer gewarnt und dabei eindrucksvoll die Stirn in Falten gelegt.

Herr Meyerhut war ihr alter Sachkundelehrer an der Grundschule gewesen, er wog schätzungsweise zweihundert Kilo und hatte die Liebenswürdigkeit einer fleischverschlingenden Jauchegrube. Die Vorstellung, auch nur einen nackten großen Zeh von ihm zu erblicken, hatte die Mädchen derart abgeschreckt, dass Judith selbst heute noch Herzklopfen bekam, wenn sie die Tür zur Praxis öffnete.

Auch jetzt hielt sie inne, die Hand auf der Türklinke. Doch dann gab sie sich einen Ruck. Es brauchte keine Notfälle mehr. Theo war tot, die Praxis geschlossen, und soweit Judith wusste, genoss Herr Meyerhut seinen Lebensabend mittlerweile in einem Seniorenwohnheim auf der anderen Elbseite in Wedel. Das hatte Agnes zumindest erzählt. Dennoch drückte Judith die Tür nur äußerst behutsam auf und trat andächtig ins Zimmer.

Irgendjemand hatte die Vorhänge zugezogen. War es Agnes gewesen, oder hatte Theo das noch selbst erledigt? Judiths Blick schweifte durch den verdunkelten Raum und blieb am Schreibtisch hängen. An diesem Platz war ihr Vater verstorben, hier am Tisch hatte er seinen Herzinfarkt gehabt.

Damals hatte Judith mit der eigenen Trauer gerungen und gleichzeitig Agnes getröstet, aber jetzt fragte sie sich plötzlich, was Theo hier wohl getan haben mochte, an jenem Märzmorgen im vergangenen Jahr. Die Praxis hatte er längst aufgegeben, Patientenakten konnte er also nicht mehr gewälzt haben. Hatte er einen Brief geschrieben, Rechnungen beglichen?

Unsicher trat Judith an den großen, schweren Tisch heran. Es gab keinen erkennbaren Hinweis darauf, was Theo am Tag seines Todes in der Praxis getrieben haben könnte.

Mit zwei Schritten war Judith an der Wand und betätigte den Lichtschalter, aber auch hier war die Birne durchgebrannt. So ein Mist! Warum hatte sie vorhin nicht gleich auf der Strecke angehalten und noch unterwegs für Ersatz gesorgt?

Judith zog die Vorhänge zurück. Dichter Nebel hing über den Feldern, und graues Licht strömte ins Behandlungszimmer. Es fühlte sich merkwürdig an, hier einzudringen, dieser Ort hatte immer Theo und seiner Arbeit gehört. Der einzige Hinweis auf sein Privatleben waren die drei gerahmten Fotos, die auf seinem Schreibtisch standen: eines von einer blutjungen Hannah zur Zeit der Apfelblüte, eines von seinen Eltern und eines von den Mädchen.

Außerdem hing noch immer Judiths Keramikschild an der Wand hinter dem Schreibtisch, dort, wo es alle Patienten auf den ersten Blick hatten sehen können. Judith musste lächeln und trat näher an ihr kindliches Kunstwerk heran. Das Schild hatte etwas Staub angesetzt, aber als sie ihn wegwischte, glänzte die Glasur noch immer wie ein Stück Speckschwarte. Nachdenklich fuhr Judith über die Vornamen ihrer Schwestern und ihrer Eltern. Dann seufzte sie und wandte sich wieder dem Schreibtisch zu.

Die Arbeitsfläche gab rein gar nichts preis, was in irgendeiner Weise von Interesse hätte sein können. Theo war immer schon ein ordentlicher Mensch gewesen, etwas anderes war ihm mit vier Töchtern gar nicht übrig geblieben. Auch die Ablagefächer auf der rechten Seite des Schreibtisches waren leer, er hatte keine Angelegenheiten unerledigt gelassen – bis auf diese eine jedenfalls. Selbst die Bleistifte im Becher waren tadellos angespitzt.

Judith ließ sich stöhnend auf den ledernen Drehstuhl sinken und erschrak, als er mit einem Quietschen nachgab und ein Stück zurückrollte.

Die Schubladen unter dem Tisch waren nicht verschlossen. In der obersten fand Judith den teuren Füllfederhalter, den Theo von seinen Eltern zur Promotion geschenkt bekommen hatte, und ein paar persönliche Briefe. Keiner davon hatte etwas mit Hannah zu tun.

Aus der mittleren Schublade quollen Judith haufenweise Stofftaschentücher entgegen. Theo war zeit seines Lebens altmodisch geblieben, er hatte sich nie viel aus diesen Wegwerfdingern gemacht.

Die unterste Schublade war leer. Judith war derart enttäuscht, dass sie sie immer weiter herauszog, in der Hoffnung, in der allerhintersten Ecke vielleicht doch noch etwas zu finden. Sie zog so hartnäckig daran, dass sie irgendwann auf den Hintern fiel und die ganze Schublade in der Hand hielt. Aber sie war und blieb frustrierend leer.

Seufzend kniete Judith sich hin, um sie zurückzuschieben, da fiel ihr Blick auf die Dielen unter dem breiten Tischbein. War da etwa ein Loch im Boden?

Umgehend begann Judiths Herz, aus dem Takt zu tanzen. Sie legte die Schublade zur Seite und stand auf. Mit aller Kraft stemmte sie sich gegen den schweren Tisch. Er gab nur zentimeterweise nach, und so dauerte es eine ganze Zeit, bis Judith die entsprechende Stelle freigelegt hatte.

Aber dann erkannte sie, dass sie sich nicht getäuscht hatte. Ein Stück der alten Holzdiele war tatsächlich herausgebrochen, und darunter war ein Hohlraum zu erkennen. Theo musste den massiven Schreibtisch bewusst an dieser Stelle positioniert haben.

Als Judith sich erneut auf den Boden kniete, rauschte das Blut in ihren Ohren. Ihr Atem ging flach, und sie konnte nicht sagen, ob es von der Anstrengung des Schiebens kam oder aber von der Aufregung, die sie plötzlich verspürte. Wie in Zeitlupe beugte sie sich tief über das kleine Loch. Da unten war etwas, jawohl – aber die Dunkelheit machte es leider unmöglich zu sagen, was genau es war. Nervös zog Judith ihr Handy aus der Hosentasche und schaltete die Taschenlampe an.

Als sie sich nun zum zweiten Mal über das Loch in der

Diele beugte, fiel das grelle Licht ihres Telefons auf einen Gegenstand, den sie sofort erkannte, obwohl sie ihn seit vielen Jahren nicht mehr gesehen hatte.

Ihre Finger zitterten, und ihr Herz pochte wild, als sie sich aufrichtete. »Eva!«, rief sie und ließ das Handy ungläubig in ihren Schoß sinken. »Ich glaube, ich hab was gefunden …«

37

Katharina

Sie vermisste Robin mit jeder Faser ihres Körpers, daran änderte auch der beinahe lückenlose OP-Plan nichts. Er hatte ihr vorhin auf dem Flur kurz zugenickt, aber in seinem Blick hatte sie nichts Liebevolles erkennen können.

Vielleicht hatte sie ihm die Liebe tatsächlich ausgetrieben – und eigentlich war das sogar ganz gut so. Im Grunde hatte sie es doch genau so gewollt, oder?

Aber warum fehlte er ihr dann jetzt so schrecklich? Oder war am Ende gar nicht ihr Herz schuld an ihrem Unwohlsein? War sie vielleicht einfach nur krank, brütete eine Erkältung aus? Als Katharina spürte, dass sie ihrer Arbeit nicht gerecht werden konnte, wälzte sie zwei Operationen kurzerhand auf einen neuen Kollegen ab, der sein Glück kaum fassen konnte.

Es gab jetzt nur einen Menschen, der sie irgendwie von alledem ablenken konnte …

Katharina hoffte inständig, dass sie da sein würde, aber als sie auf dem Dach ankam, war von Cleo nichts zu sehen. Sie hatte extra ein paar Schokoriegel aus dem

Automaten besorgt, aber die würde sie jetzt wohl alleine essen müssen.

Seufzend ließ sie sich an der Wand neben dem Treppenaufgang herabgleiten und sah hinauf in den Himmel. Heute war es deutlich kälter als die letzten Tage. Der Wind hatte aufgefrischt, und ein fahler Schleier lag über der Stadt.

Katharina hörte ein Geräusch und drehte sich hoffnungsvoll zur Treppe um, aber es war nicht Cleo, sondern nur eine Möwe, die energisch an einem kleinen Zweig zerrte. Enttäuscht lehnte Katharina sich zurück und öffnete einen der Schokoriegel. Er war ein bisschen warm geworden in ihrer Kitteltasche, und die Karamellmasse klebte an ihrem Gaumen, aber insgesamt schmeckte das Zeug erstaunlich gut.

Doch auch als sie den Riegel aufgegessen hatte, blieb in ihrem Inneren eine Leere zurück. Das hier machte nur dann Spaß, wenn man es teilen konnte.

Mühevoll erhob Katharina sich vom Boden und tastete in ihrer Tasche nach den restlichen Süßigkeiten. Sie musste sie Cleo vorbeibringen, bevor sie alle geschmolzen waren.

Katharina hatte die Kinderstation erst ein einziges Mal betreten. Damals hatte sie einen Jungen mit einer Insuffizienz untersucht und eine ihrer Kolleginnen beraten, aber die Operation selbst hatte sie nicht durchgeführt.

Irgendwie bereitete ihr die ganze Abteilung Unbehagen. Sie war viel bunter als die anderen Stationen und seltsam lebendig. Katharina hatte es bei der Arbeit gerne nüchtern und vor allem professionell. Wie konnte man mit voller Konzentration bei der Sache sein, wenn einem von den Wänden Clowns entgegenlachten und aus den Zimmern lustige Lieder schallten?

Angespannt umklammerte sie ihre Schokoriegel. Sie hätte nie gedacht, dass ihr die nervigen Fragen der Kleinen jemals fehlen würden – vor allem aber hätte sie nie im Leben damit gerechnet, irgendwann auf der Kinderstation nach dem Quälgeist zu suchen. Wo sollte sie denn eigentlich anfangen?

Außer Cleos Vornamen wusste sie nur, dass sie Probleme mit dem Knie und ein paar Unverträglichkeiten hatte – wie sollte sie nun herausfinden, in welchem Zimmer das Mädchen lag? Natürlich konnte sie einfach eine der Schwestern ansprechen und darauf hoffen, dass sie wusste, von welchem Kind Katharina sprach. Aber war das nicht irgendwie peinlich? Was sollte sie denn sagen? *Ich kenne sie im Grunde kaum, hab aber ein paar Mal mit ihr auf dem Dach abgehangen und bringe ihr jetzt Schokoriegel, damit sie mir Beziehungstipps gibt?*

Katharina schüttelte den Kopf. Das war doch lächerlich! Die ganze Idee war von Anfang an dämlich gewesen. Sie würde Cleo nicht finden, weil sie nicht nach ihr suchen würde – und damit Schluss! Ein Kind konnte sie nicht über ihren Herzschmerz hinwegtrösten, keiner konnte das.

Doch als Katharina sich gerade zur Aufzugtür umdrehen wollte, entdeckte sie plötzlich etwas an einem der

Türgriffe am Ende des Flurs. War das nicht …? Konzentriert kniff sie die Augen zusammen, und bevor sie darüber nachdenken konnte, setzten sich ihre Beine auch schon in Bewegung. Als sie nah genug dran war, erkannte sie, dass sie recht hatte: Das war tatsächlich Cleos Regenschirm, der dort an der Türklinke eines Patientenzimmers hing.

Katharina musste lächeln. Die Kleine wollte gefunden werden, anders konnte es gar nicht sein. Sie nahm den Schirm, klopfte vorsichtig an die Tür und trat ein, bevor jemand antworten konnte.

Das Bett in dem Einzelzimmer war ungemacht und leer, und Katharinas Blick wanderte zu dem kleinen Schild am Fußende: *Liebermann, Cleo*. Sie hatte also tatsächlich das richtige Zimmer erwischt.

Erst im nächsten Moment bemerkte sie das junge Ehepaar. Die Frau saß an einem kleinen Tisch auf der linken Raumseite und umklammerte mit beiden Händen ein Buch, ohne darin zu lesen, und der Mann hatte bis eben noch am Fenster gestanden und hinausgesehen.

»Gibt es was Neues?«, fragte er jetzt, nachdem er sich nervös zu Katharina umgedreht hatte. Beide starrten sie erschrocken an.

Katharina musste schlucken. Doch bevor sie etwas sagen konnte, breitete sich ein müdes Lächeln auf dem Gesicht der Frau aus.

»Sie haben ihr den Schirm also doch noch abgenommen?«

Irritiert sah Katharina an sich herab. Der Schirm,

natürlich, sie hielt immer noch Cleos kleinen Schirm in der Hand.

Als die junge Frau aufstand und auf sie zukam, konnte Katharina erkennen, dass nicht nur Erschöpfung in ihrem Blick lag, sondern auch große Traurigkeit. Und Angst, ja, es war definitiv Angst.

»Was ist denn nun?«, fuhr der Mann sie ungehalten an. »Ist die OP schon vorbei?«

Die Frau wandte sich vorwurfsvoll zu ihm um. »Jetzt sei doch nicht so unhöflich! Sie bringt uns nur den Schirm, oder?« Dann sah sie wieder zu Katharina und blickte sie mit geradezu flehenden Augen an. »Die OP ist noch nicht vorbei, richtig? Das wäre viel zu früh.«

Katharina wusste noch immer nicht, was sie sagen sollte. »Ich … bringe nur den Schirm«, wiederholte sie schließlich die Worte der Frau und hielt ihr den Schirm hin.

Cleos Mutter drückte ihn an sich wie einen Rettungsring. Sie versuchte zu lächeln, aber im selben Augenblick lief ihr eine Träne übers Gesicht. »Sie wollte ihn bis zuletzt nicht aus der Hand geben. Ihre Kollegen haben mir versichert, dass sie ihn ihr abnehmen würden, sobald die Narkose wirkt.«

Katharina nickte unsicher, tat so, als wüsste sie, wovon die Frau sprach. Dabei hatte sie in Wirklichkeit keine Ahnung – und mit einem Mal beschlich sie das ungute Gefühl, dass sie schon viel zu lange keine Ahnung hatte.

Ihre Kehle schnürte sich zusammen. Irgendetwas stimmte hier nicht. »Alles Gute«, presste sie mühevoll hervor und verschwand dann mit klopfendem Herzen aus Cleos Zimmer.

Auf dem Flur versuchte sie, sich wieder zu beruhigen, aber es klappte nicht. Sie brauchte Gewissheit – und zwar jetzt sofort!

Sobald eine Schwester an ihr vorbeilief, hielt sie sie entschlossen am Arm zurück. »Dieses Mädchen …« Sie deutete auf das Zimmer und rief sich den Namen vor Augen, den sie auf dem Schild gelesen hatte. »Cleo Liebermann.«

Die Schwester hob fragend die Augenbrauen.

»Wird ihr Knie noch operiert?«, fuhr Katharina fort und bemühte sich dabei, möglichst nüchtern zu klingen. In Wahrheit aber rauschte ihr das Blut in den Ohren wie ein Wildbach.

Sie merkte, wie die Schwester zögerte und unsicher auf das Namensschild an Katharinas Brust schielte. »Ich weiß nicht, ob ich Ihnen Auskunft geben darf.«

Katharina spannte sich reflexartig an. Noch nie war ihr eine medizinische Information vorenthalten worden, sie war es nicht gewohnt, zurückgewiesen zu werden.

Scheinbar gelassen versuchte sie, darüber hinwegzulächeln. »Ich habe sie vor ein paar Tagen noch untersucht …«, log sie, aber die Schwester quittierte ihre Worte mit einem Stirnrunzeln.

»Dann wüssten Sie aber, dass Cleo nicht am Knie operiert wird.«

Also doch. Katharina hatte es geahnt. Sie senkte den Kopf und rieb sich über das Gesicht. Offenbar merkte die

Schwester nun, wie nah ihr das alles ging, und hatte Erbarmen.

»Sie hat einen Tumor im Kopf, groß wie ein Tischtennisball«, flüsterte sie und drückte flüchtig Katharinas Hand. »Die Chancen stehen fifty-fifty …« Dann drehte sie sich um und verschwand eilig den Flur hinab.

In diesem Moment verlor Katharina den Halt.

Obwohl sie mit beiden Beinen fest auf dem Boden stand, fiel sie auf einmal, tiefer und immer tiefer. Das Loch unter ihr war bodenlos und schwarz, und die Wände um sie herum schienen sich aufzulösen, genau wie alles andere, an dem sie sich hätte festhalten können. Sie spürte, wie ihr Atem immer schneller ging und irgendwann nicht mehr genug Luft da war, um überhaupt zu überleben.

Sie durfte jetzt nicht umfallen, denn dann würde sie vermutlich nie wieder aufstehen. Und deshalb tat Katharina das Einzige, wozu sie sich in der Lage fühlte: Sie begann zu rennen.

Sie rannte über den Flur, stieß die Tür zum Treppenhaus auf und hastete die Stufen nach oben. Als sie endlich auf dem Dach ankam, fiel sie auf die Knie und stieß einen Schrei aus, den man vermutlich bis ins Alte Land hören konnte. Tränen schossen aus ihren Augen und strömten über ihr Gesicht, und Katharina rollte sich auf dem kalten Boden zusammen, um kleiner zu werden, kleiner und immer kleiner.

Am liebsten hätte sie sich aufgelöst.

Sie hatte keine Ahnung, wie lange sie hier oben gelegen

und geheult hatte. Der Pager in ihrer Tasche hatte ein paar Mal Alarm geschlagen, aber wie sollte sie jetzt jemandem helfen? Sie konnte ja nicht mal sich selbst retten.

Cleo war krank, nicht ein bisschen, sondern schwerkrank, und vielleicht würde sie sterben.

Erschöpft richtete Katharina sich auf und lehnte sich mit dem Rücken gegen die kalte Wand. Wieso hatte die Kleine ihr nicht einfach die Wahrheit gesagt? Auf einmal erschienen ihr all ihre Gespräche in einem anderen Licht. Was hatte Cleo genau gesagt? Hatte es Hinweise gegeben, die Katharina übersehen hatte? Hatte sie sie vielleicht übersehen *wollen* …?

Am meisten aber überraschte sie, dass das alles sie so sehr mitnahm. Sie kannte Cleo doch gar nicht! Im Grunde war das Mädchen eine Fremde – aber warum tat die Vorstellung, sie zu verlieren, dann so weh?

Sie hatte die Grenze überschritten, natürlich, das war das Problem. Dabei lautete Regel Nummer eins doch, seine Patienten nicht zu nah an sich heranzulassen! Katharina hatte diese Regel ignoriert, und jetzt bekam sie die Quittung dafür.

Auf einmal kam ihr ein Gedanke, der sie zornig machte. *Robin.* Er arbeitete auf der Kinderstation. Warum hatte er nichts erzählt? Warum hatte er sie nicht gewarnt?

Mit Tränen in den Augen kämpfte Katharina sich zurück auf die Beine und taumelte ins Treppenhaus.

»Warum hast du nichts gesagt?«

Robin saß im Pausenraum über eine Brotdose gebeugt,

an seiner Seite zwei blutjunge Kolleginnen. Alle drei blinzelten Katharina irritiert an.

»Katharina …«, murmelte Robin überrascht, aber sie schnitt ihm augenblicklich das Wort ab.

»*Cleo Liebermann!* Warum hast du mir nicht von ihr erzählt? Und gesagt, dass sie todkrank ist?« Ihre Stimme klang viel schriller, als sie es beabsichtigt hatte, aber sie hatte jetzt einfach keine Kontrolle mehr darüber. Sie war wütend, wütend und verzweifelt. Robin hätte es niemals so weit kommen lassen dürfen!

»Wir gehen dann mal …« Die beiden Schwestern rangen sich ein unsicheres Lächeln ab und verabschiedeten sich mit einem kurzen Nicken.

Katharina war egal, was sie von ihr dachten. Die *Eisprinzessin* war ein brodelnder Vulkan!

Robin verzog fragend das Gesicht. »Ich wusste nicht, dass du Cleo kennst …«

»Ich kenne sie auch nicht, verdammt!«, stieß Katharina hervor und schlug mit der Hand auf den Tisch. Wieder strömten Tränen über ihr Gesicht. »Aber so was erzählt man doch! Wenn ein kleines Mädchen stirbt, dann …« Sie hielt inne und biss sich auf die Zunge. Hilflos blickte sie Robin an. »Ich dachte, du erzählst mir solche Dinge.«

Robin presste für einen kurzen Augenblick die Lippen zusammen. »Bei unserem letzten Gespräch hatte ich nicht den Eindruck, dass du überhaupt an wesentlichen Ereignissen in meinem Leben teilhaben möchtest.« Dann hielt er inne und senkte den Blick. Offenbar spürte er, dass dies nicht der richtige Zeitpunkt war, um Katharina

Vorwürfe zu machen. Er stand auf und legte die Arme um sie.

Erst versuchte sie, ihn von sich zu schieben, aber dann gab sie es auf und drückte sich schluchzend an ihn.

Fürsorglich strich Robin über ihr Haar. »Ich hab dir mal von ihren Eltern erzählt«, murmelte er plötzlich.

Katharina sah überrascht auf.

»Du weißt schon. Die, die sich immer streiten, obwohl es doch eigentlich Wichtigeres gibt.«

Richtig, jetzt erinnerte Katharina sich. Auch Cleo hatte erzählt, dass ihre Eltern sich ständig trennten und wieder zusammenfanden. Hätte sie da nicht einen Zusammenhang herstellen können? Aber was hätte das schon geändert? Schniefend lehnte sie sich wieder an Robins Brust.

»Außerdem sagt ja keiner, dass sie stirbt«, flüsterte Robin.

Katharina blickte ihn skeptisch an.

»Ich meine das ernst. Cleo ist ein ziemlich zäher Knochen.« Er grinste schief. »Du hättest sehen müssen, wie sie sich an ihrem Regenschirm festgekrallt hat, als wir sie in den OP schieben wollten.«

Katharina löste sich unsicher aus seiner Umarmung. »Weißt du, was es mit diesem Schirm auf sich hat?«, fragte sie.

Robin lächelte stolz. »Es hat etwas gedauert, aber dann hab ich es aus ihr rausgekitzelt.«

Katharina sah ihn erwartungsvoll an, aber er zierte sich noch.

»Ich hab ihr versprochen, nichts zu sagen!«

Sie stieß ihn in die Seite. »Aber ich bin ihre Freundin!«

Robin runzelte skeptisch die Stirn. »Ich wusste nicht, dass du überhaupt Freunde hast.«

Katharina sah ihn wütend an. »Ich hab ihr mein altes Aufnahmegerät gegeben – und ich bewahre sogar ihre Kassetten für sie auf!«

Jetzt wirkte er ernsthaft überrascht. »Von dir hat sie das Teil also …«

Sie nickte, und er zögerte noch einen Augenblick. Dann stieß er ein leises Seufzen aus. »Mit dem Schirm will sie fliegen, wenn es so weit ist …«

»Wie weit?« Katharina hielt instinktiv die Luft an.

Robin rollte mit den Augen. »Cleo ist nicht dumm. Sie weiß, dass die Möglichkeit besteht, dass sie stirbt. Sie hat einfach vorgesorgt – und wir nehmen ihre Wünsche ernst. Keiner würde auf die Idee kommen, ihr den Schirm wegzunehmen.«

Katharina musste schlucken. »Und die Kassetten?«

Robin fuhr sich mit der Hand über die Augen und zögerte wieder. »Ich weiß es nicht genau …«

Katharina glaubte ihm kein Wort und sah ihn eindringlich an.

»Okay, okay«, lenkte er schließlich ein. »Die Aufnahmen sind für ihre Eltern.«

»Für ihre Eltern?«

»Die beiden streiten in einer Tour. Cleo glaubt, dass sie es nicht gemeinsam schaffen, wenn sie mal nicht mehr da sein sollte. Also wollte sie ihnen diese Aufnahmen machen, damit sie auch hinterher für sie da sein kann.«

Sprachlos ließ Katharina sich auf einen Stuhl fallen.

»Sie muss dich wirklich mögen, wenn sie dir ihre Kassetten anvertraut hat«, sagte Robin und strich ihr über das Gesicht.

Katharina ergriff seine Hand und schmiegte ihre Wange hinein. Sie mochte Cleo auch, sehr sogar. Und wenn sie nach der OP wieder aufwachen würde, würde sie ihr das auf jeden Fall sagen …

»Ich liebe dich, Robin«, flüsterte sie, als wäre es keine große Sache.

»Ich weiß«, antwortete er leise. Und sie fand, er hätte nichts Schöneres sagen können.

Sie wusste, dass sie heute nicht mehr würde arbeiten können, deshalb meldete sie sich krank. Ihr Chef runzelte misstrauisch die Stirn, aber Katharina war das egal. Sie brauchte Ruhe und Zeit, selbst wenn es sie den nächsten Schritt auf der Karriereleiter kosten würde.

Robin hatte angeboten, ebenfalls zu gehen, aber sie hatte abgelehnt. Er sollte vor Ort bleiben und sie über den Verlauf der OP informieren.

Als Katharina ihren Spind öffnete, fiel ihr Blick auf Cleos Kassetten.

Wenn der Kleinen etwas zustoßen würde, dann sollten ihre Eltern mit Hilfe ihrer Worte überleben. Katharina fand den Gedanken grausam, aber rührend zugleich. Sie selbst hatte Worte verschwiegen und versteckt, Worte, die ihren Schwestern in all den Jahren vielleicht Trost hätten spenden können. Katharina schloss einen Moment die Augen.

Als Eva anrief, um zu berichten, dass sie etwas gefunden hatten, war sie beinahe erleichtert …

38

Miriam

»Ich kann dir einen Arzt empfehlen, wenn du noch keinen hast«, sagte Konrad und wischte sich den Milchschaum von der Oberlippe.

Miriam hatte schon geahnt, dass ein gemeinsames Frühstück nicht die beste Idee war, aber er war wie immer hartnäckig geblieben.

»Weil du neuerdings regelmäßig zum Gynäkologen gehst?«

Konrad sah sie ertappt an und hob entschuldigend die Hände. »Ich will wirklich nur helfen. Du musst das ja nicht annehmen, wenn du nicht willst.«

Miriam kaute unsicher auf ihrem Toast herum. Das Problem war, dass sie nicht wusste, was sie wollte.

Judith war schon weg gewesen, als sie aufgewacht war, und Konrad hatte mit seinem Vorschlag, zusammen frühstücken zu gehen, nicht lockergelassen.

»Ich hab mir schon einen Arzt rausgesucht«, murmelte sie und biss ein weiteres Mal lustlos in das trockene Brot.

»Hast du schon einen Termin gemacht?«, fragte

Konrad überrascht. »Ich kann dich vielleicht begleiten, wenn …«

»Ich geh da alleine hin, okay?«, fiel Miriam ihm ins Wort.

Konrad merkte offenbar, dass er ihr zu nahe getreten war. »War nur ein Angebot.«

»Deine Angebote sind mir einfach zu viel.« Sie hatte nicht vorgehabt, derart energisch zu werden, aber nun war es eben passiert. »Das alles ist nicht einfach für mich.«

Konrad nickte. »Natürlich nicht.« Er legte verständnisvoll seine Hand auf ihre. »Aber manchmal wird eine Sache leichter, wenn man sie teilt.«

Teilen? Was sollte das denn jetzt schon wieder bedeuten? Miriam spürte, wie wieder Wut in ihr aufwallte. Entschieden zog sie ihre Hand unter seiner weg.

»Dieses Baby gehört nicht dir! Und ich teile es auch garantiert nicht, nur weil deine Ex-Freundin eins verloren hat!« Die Worte sprudelten nur so aus ihr heraus und prasselten auf Konrad ein wie kleine Steine aus einer Schleuder.

Überrascht zuckte er zurück. »Du denkst, ich will dir dein Baby wegnehmen?«

Verunsichert sah sie ihn an. Wie sollte sie das denn *nicht* denken bei allem, was er sagte und tat?

Seufzend lehnte sie sich zurück. »Ich weiß ja nicht mal, ob ich es haben will«, flüsterte sie schließlich. Dabei wusste sie im Grunde genau, dass sie es nicht haben wollte. Oder etwa doch …?

Konrad sah sie noch immer ungläubig an. »Ich will dein Baby nicht, Miriam. Ich dachte nur, dass es vielleicht schöner ist, wenn du da nicht alleine durchmusst.«

Miriam presste die Lippen aufeinander. »Dann hast du offenbar falsch gedacht.«

Konrad blickte sie noch einen Augenblick sprachlos an. Dann stand er auf und legte einen Zwanziger in die Mitte des Tischs.

»Als du mir auf die Füße gekotzt hast, warst du mir irgendwie sympathischer …«

Ohne ein Wort des Abschieds verschwand er aus dem Café.

Es war besser so. Es war auf jeden Fall besser so, fand Miriam und versuchte krampfhaft, daran zu glauben.

Die Ärztin war nett, aber irgendwie fühlte Miriam sich die ganze Zeit, als würde jemand mit dem Finger auf sie zeigen und ihr Fehlverhalten für jedermann vernehmbar in die Welt hinausposaunen.

»Sie sind in der achten Woche, das Herz schlägt schon«, sagte die Gynäkologin und zeigte auf den Bildschirm, auf dem man eine kleine Kidneybohne pochen sah. Sie war offenbar zufrieden und druckte gleich ein paar Bilder aus.

Miriam konnte beim besten Willen nichts darauf erkennen außer einer Erdnuss mit winzigen Auswüchsen. Das Ding hier sollte ihr Kind sein? Dieses winzige Etwas stellte ihr Leben derart auf den Kopf?

»Nehmen Sie schon ein Folsäurepräparat?«

Miriam schloss die Augen und lehnte sich wieder auf dem Stuhl zurück. *Folsäure.* Konrad hatte also recht gehabt.

»Nein«, sagte sie. »Ich wusste nicht …« Ihre Stimme versagte.

»Also war die Schwangerschaft nicht geplant?« Die Ärztin ließ den Stuhl herunterfahren und wies Miriam mit einem Kopfnicken an, sich wieder anzuziehen.

»Nicht so richtig …«

»Gibt es einen Vater?«

Was war denn das für eine Frage? Natürlich gab es einen Vater, sie war schließlich nicht die Heilige Jungfrau! Miriam hatte nur keinen blassen Schimmer, wer es war …

Beinahe beschämt schüttelte sie den Kopf, aber der Blick der Ärztin war keinesfalls abwertend oder verurteilend, sondern eher besorgt.

»Sie können sich Hilfe holen. Es gibt Unterstützung vom Mutter-Kind-Werk und einigen anderen Institutionen. Finanzielle Hilfe, aber auch psychologische. Und Sie könnten natürlich auch …«

»Abtreiben?«, fiel Miriam ihr ins Wort.

Die Ärztin zögerte. »Die Schwangerschaft abbrechen, ja. Bis zur zwölften Woche ist das ohne Begründung möglich. Sie müssten sich allerdings vorher beraten lassen.«

Miriam biss sich auf die Lippe. »Und diese Beratung … kann ich nicht bei Ihnen machen?«

»Nein, dafür gibt es ausgebildete Fachkräfte. Ich gebe Ihnen eine Kontaktadresse, dann können Sie sich immer noch in Ruhe entscheiden.«

Als sie ihr zum Abschied die Hand reichte, sah die Ärztin Miriam noch einmal tief in die Augen. »Sie müssen damit nicht alleine sein, Frau Albrecht. Keiner muss das.«

Miriam nickte und trat durch die Tür.

Draußen musste sie erst einmal tief Luft holen.

Was dachte diese Frau denn? Natürlich war sie allein mit der Sache, sie war immer allein gewesen – weil sie es genau so gewollt hatte! Doch ausgerechnet jetzt, wo ein zweites Herz in ihr schlug, fühlte sie sich einsam wie nie zuvor.

Miriam betrachtete das grobkörnige Ultraschallbild, das sie immer noch in der Hand hielt. Ihr Kind, das war also tatsächlich ihr Kind …

»Bist du ein Mädchen oder ein Junge?«, flüsterte sie gedankenversunken, gab sich dann aber einen Ruck. Was spielte das schon für eine Rolle? Sie war keine Mama, daran änderte auch eine Erdnuss mit Beinen nichts.

Entschlossen zog sie die Visitenkarte aus ihrer Tasche. Sie würde einen Termin bei dieser Beratungsstelle machen und die Sache hinter sich bringen, je eher, desto besser. Mit jedem Tag, der jetzt noch ins Land zog, würde es schwerer werden, alles würde immer schwerer werden.

Als sie gerade dabei war, die Nummer in ihr Handy zu tippen, rief Judith an. Miriam stöhnte auf. Ihre Schwester hatte wirklich ein beschissenes Timing …

»Was ist denn?«, blaffte sie ins Telefon.

»Du solltest herkommen«, sagte Judith und klang irgendwie atemlos. »Wir haben was gefunden.«

Miriam runzelte die Stirn. »Was habt ihr gefunden?«

Sie hörte, wie Judith ein leises Seufzen ausstieß. »Eva hat Katharina bereits erreicht. Sie kommt aus der Klinik und kann dich mitnehmen, wenn du ihr sagst, wo du bist.«

Dann legte Judith auf – ohne ein weiteres Wort und vor allem, ohne Miriams Antwort abzuwarten.

Verdammt. Sie hatte doch schon genug Probleme – musste denn jetzt ernsthaft noch Hannah dazwischenfunken? Auf der anderen Seite hatte sie morgen ja immer noch Zeit. Sie war erst in der achten Woche, hatte die Ärztin gesagt, und bis zur zwölften musste sie sich nicht einmal eine Ausrede ausdenken.

Miriam atmete tief durch und rief Katharina an.

Die Frühlingssonne senkte sich bereits in Richtung Horizont, als Miriam endlich zu Katharina ins Auto stieg.

»Alles in Ordnung bei dir?«, fragte ihre große Schwester, und Miriam nickte einfach, weil alles andere jetzt viel zu kompliziert gewesen wäre.

Dabei fiel ihr auf, dass Katharina selbst übel aussah. Ihre Augen waren irgendwie gerötet, und ihr ganzes Gesicht wirkte geschwollen. »Hast du geheult?«

Katharina warf ihr einen warnenden Blick zu, sagte aber nichts.

Miriam hob entschuldigend die Hände und lehnte sich in ihrem Sitz zurück. Sie hatte ihre Schwester noch nie derart derangiert gesehen. Katharina war ein Fels, sie war unverrückbar, und das war sie schon immer gewesen. Was hatte sie wohl derart aus der Fassung gebracht?

Plötzlich kam ihr ein Gedanke, der ihr ein wenig Mut machte. Wenn Katharina nicht so gefasst war, wie Miriam immer gedacht hatte, dann war es doch möglich, dass auch sie selbst nicht so unfähig und allein war, wie sie immer angenommen hatte …

Nachdenklich legte sie eine Hand auf Katharinas Knie. Und war erstaunt, als ihre große Schwester sie nicht wegschob.

39

Judith

Wann kamen sie nur? Judith tigerte angespannt im Flur auf und ab. Es war schon über eine Stunde her, dass Eva Katharina erreicht hatte, und kurz danach hatte Judith Miriam angerufen. Selbst wenn Katharina sie am anderen Ende der Stadt eingesammelt hatte, müssten sie doch langsam hier sein, oder?

Mittlerweile war die Sonne hinter dem Horizont abgetaucht, und es wurde mit jeder Minute dunkler.

»Wir brauchen Licht«, rief Eva aus der Stube.

Judith biss sich auf die Lippe. Natürlich, Eva hatte recht. Es war ja jetzt schon viel zu finster hier drinnen, um noch klar sehen zu können. Für das, was sie vorhatten, würden sie auf jeden Fall Licht brauchen.

Trotzdem behagte ihr der Gedanke nicht, jetzt noch einmal aufzubrechen, um Glühbirnen zu besorgen. Was, wenn Katharina und Miriam ausgerechnet dann kamen, wenn sie unterwegs war?

»Vielleicht können wir einfach ein paar Kerzen anzünden?«

»Kerzen?« Eva kam aus der Stube und runzelte die

Stirn. Dann erriet sie wohl, was in Judiths Kopf vor sich ging, und streckte ihr die Hand entgegen. »Gib mir den Autoschlüssel, dann besorge ich die Glühbirnen.«

Judith sah skeptisch auf ihren Verband. »Kannst du damit überhaupt fahren?«

»Ich habe drei Kinder ohne Betäubung durch meine Vagina gepresst«, erwiderte Eva mit einem Grinsen. »Glaub mir: Ich könnte vermutlich sogar ganz ohne Arme Auto fahren!«

Judith musste lächeln und überließ ihrer Schwester erleichtert den Autoschlüssel. Als sie den Wagen draußen aus der Einfahrt fahren hörte, fiel ihr ein, dass die Läden im Dorf vermutlich schon geschlossen hatten. Würde Eva am Ende bis nach Hamburg fahren müssen, um noch Glühbirnen zu bekommen? Für den Fall der Fälle würde sie einfach trotzdem ein paar Kerzen aufstellen, das konnte ja nicht schaden.

In der kleinen Abstellkammer neben der Küche fand sie eine beträchtliche Sammlung an Teelichtern und halb abgefackelten Kerzenstümpfen. Theo war zwar ordnungsliebend gewesen, aber nicht besonders gut darin, sich von alten Dingen zu trennen, und jetzt war Judith ihm dafür ziemlich dankbar. Sie schnappte sich so viele Kerzenstummel wie möglich und trug sie zusammen mit den Streichhölzern aus der Küchenschublade in die Stube.

Als sie den blauen Kinderkoffer in der Mitte des Raumes sah, machte ihr Herz sofort wieder einen Satz. Gemeinsam mit Eva hatte sie das Dielenbrett in Theos Sprechzimmer mühevoll herausgestemmt und dann den kleinen Koffer aus seinem Versteck gehoben. Obwohl er von Staub bedeckt war, hatte Judith das Kobaltblau darunter sofort erkannt: Es war Katharinas Koffer, den ihre große Schwester als Kind so geliebt hatte. Aber warum hatte Theo ihn hier unter dem Boden seiner Praxis versteckt?

Judith hatte sofort gewusst, dass es dafür nur eine Erklärung geben konnte. Dieser Koffer musste irgendetwas mit Hannahs Verschwinden zu tun haben. Leider hatte er ein eingebautes Zahlenschloss und ließ sich nicht so einfach öffnen.

»Wir könnten ihn aufbrechen«, hatte Eva vorgeschlagen. »Das Ding ist so alt, da reicht bestimmt ein Obstmesser oder eine Nagelfeile.«

Aber Judith hatte den Vorschlag abgelehnt. »Wir sollten Katharina anrufen.«

»Meinst du, sie weiß den alten Code immer noch?«, hatte Eva skeptisch gefragt.

»Selbst wenn nicht«, hatte Judith erwidert. »Sie sollte dabei sein, wenn wir ihn öffnen. Und Mimi am besten auch.«

Weil sie sich selbst nicht in der Lage gesehen hatte, mit Katharina zu sprechen, hatte Eva ihr diese Aufgabe abgenommen. Immerhin hatte sie es hinterher geschafft, Mimi zu informieren.

Judith versuchte, ihre Unruhe zu bezwingen, und ging in einem weiten Bogen um den alten Koffer herum. Vielleicht war das alles nur Blödsinn, versuchte sie sich einzureden. Vielleicht hatte der Inhalt des Koffers gar keine Bedeutung?

Aber warum lag er dann nicht bei all den anderen Erinnerungsstücken im Keller oder in Katharinas Zimmer, dort, wo er eigentlich hingehörte? Nein, irgendetwas musste es damit auf sich haben, wenn ihr Vater das Ding derart aufwendig versteckt hatte …

Angespannt verteilte Judith die Kerzenstümpfe im Raum. Zwei stellte sie auf das alte Klavier, drei auf die Fensterbänke, einen ins Bücherregal und zwei besonders große auf den Fußboden. Als sie die Dochte reihum mit Streichhölzern entfacht hatte, stellte sie fest, dass das flackernde Licht geradezu romantisch anmutete. Wäre das alles hier nicht so verdammt ernst gewesen, hätte man es direkt als schön bezeichnen können.

Judith setzte sich auf die alte Couch und verschränkte nervös die Finger. Ihr Herzschlag ging immer noch viel zu schnell. Gerade als sie dachte, sie würde die Aufregung nicht mehr aushalten, hörte sie, wie ein Wagen in die Einfahrt fuhr. Sie schloss die Augen und lauschte.

Nacheinander fielen zwei Autotüren ins Schloss – es war also nicht Eva, die mit den Glühbirnen zurückkam, es waren Katharina und Miriam. Und eine von ihnen, da war sich Judith sicher, brachte Antworten mit.

Trotzdem – oder gerade deswegen – schaffte Judith es nicht, vom Sofa aufzustehen und ihre Schwestern an der Haustür in Empfang zu nehmen. Erst als sie Mimis unsichere Stimme im Flur hörte, schlug sie die Augen wieder auf.

»Judith? Eva? Seid ihr hier?«

Judith räusperte sich und erhob sich von der quietschenden Couch. »Ich bin in der Stube.« Ihre Stimme klang wie eingerostet, so als hätte sie tagelang kein Wort hervorgebracht. Warum in Teufels Namen konnte sie nicht gelassener mit all dem umgehen?

Katharina und Mimi betraten das Zimmer, und ihre Gesichter wurden vom warmen Schein der Kerzen beleuchtet.

Mimi sah Judith fragend an. »Was soll das denn werden? Wollen wir jetzt Geister beschwören?«

»So was in der Art …«, sagte Judith und musste schlucken. Sie deutete auf den kleinen Koffer in der Raummitte, aber Katharina hatte ihn längst entdeckt und starrte ihn regungslos an.

»Was ist das?«, fragte Mimi und verschränkte die Arme vor der Brust.

Weil Katharina keine Anstalten machte zu antworten, übernahm Judith diesen Part für sie. »Der Koffer gehört Katharina …«

Mit einem Mal erwachte ihre älteste Schwester aus ihrer Starre und fuhr sich mit der Hand über das Gesicht. Lag es am Kerzenlicht, oder sah Katharina tatsächlich furchtbar müde und erschöpft aus?

»Wo habt ihr ihn gefunden?«

»Papa hat ihn versteckt.«

»Versteckt?« Miriam runzelte die Stirn. »Das alte Ding?«

Judith nickte und sah unsicher zu Katharina. »Ja. Und nun frage ich mich, warum er das getan hat …«

Katharina hielt ihrem Blick einen Moment lang stand,

dann senkte sie die Lider und stöhnte leise. Aber bevor sie etwas sagen konnte, platzte Miriam dazwischen.

»Wo ist eigentlich Eva?«

»Die holt Glühbirnen«, antwortete Judith.

Mimi lehnte sich ächzend an den Türrahmen. »Ich hoffe, sie bringt auch was zu essen mit. Ich hab den ganzen Tag noch nichts Richtiges gefuttert. Vielleicht können wir wieder Pizza bestellen?«

»Verdammt, Mimi!«, fuhr Katharina sie plötzlich an. »Kannst du mal die Klappe halten? Es geht nicht immer nur um dich!«

Miriam zuckte erschrocken zusammen. »Dann sag mir doch bitte, worum es hier geht!«, sagte sie beleidigt. »Und wenn es dir irgendwie möglich ist, schrei mich dabei nicht an.«

Katharina presste die Lippen zusammen und schloss die Augen. Jetzt war Judith sich sicher, dass ihre Schwester tatsächlich unfassbar müde war.

»Da drin finden wir Mama, oder?«, wagte sie zu fragen.

Katharina schlug die Augen wieder auf und grinste ironisch. »Das klingt ja, als hätte ich sie umgebracht und in Einzelteile zerlegt.«

Weder Judith noch Miriam lachten. Stattdessen sahen sie ihre Schwester erwartungsvoll an.

Katharina verdrehte die Augen. »Ich hab sie *nicht* umgelegt, okay? Da drin sind nur …« Mit einem Mal wirkte sie beinahe hilflos. »Ein paar Erinnerungen. Alte, dumme Kindersachen …«

»Kindersachen?« Judith sah sie misstrauisch an.

Katharina zuckte verlegen mit den Schultern. »Kaum zu glauben, aber ich war auch mal ein Kind.«

Judith konnte nicht fassen, dass sie noch immer nicht mit der Wahrheit rausrückte – jetzt, wo ein Teil davon doch ganz offensichtlich zu ihren Füßen lag. So langsam reichte es ihr. »Du willst also behaupten, dass wir in diesem Koffer keine Antwort darauf finden, warum Mama verschwunden ist?«

Katharina zögerte einen Moment zu lange.

Auch Miriam schien plötzlich genug von der ganzen Farce zu haben und trat entschlossen vor. »Wunderbar, dann lasst uns das Ding doch einfach aufmachen und die ganze Sache beenden! Ob ihr es glaubt oder nicht: Ich habe noch ein paar andere Baustellen im Leben.«

Sie schnappte sich den Koffer und wollte ihn auf das Sofa werfen, doch Katharina stürmte auf sie zu und riss ihr den Griff aus der Hand.

»Wir sollten das nicht heute tun.«

»Wie bitte?« Miriam starrte sie verständnislos an.

Katharina atmete tief durch. »Wir sind alle ein bisschen durcheinander heute.«

»Ich bin nicht durcheinander«, widersprach Mimi und wollte sich den Koffer zurücknehmen, aber Katharina hielt ihn fest.

»Du bist immer durcheinander, Miriam! Wenn man unter *durcheinander* im Lexikon nachschlägt, findet man dein Bild.«

Sprachlos starrte Mimi ihre Schwester an, dann presste sie wütend die Lippen zusammen. »Und weißt du, welchen Begriff man nachschlagen muss, um dein Bild zu finden, Katharina? *KOTZBROCKEN!*«

Katharina runzelte die Stirn und blickte zu Judith. »Siehst du, sie ist aufgebracht. Wir öffnen den Koffer morgen.«

»Nein«, widersprach Judith. »Mag ja sein, dass Mimi Hunger hat, und ich bin vielleicht auch ein bisschen von der Rolle. Aber wir haben ein Recht darauf, endlich die Wahrheit zu erfahren.« Sie streckte die Hand aus, um Katharina den Koffer abzunehmen, doch auch diesmal zog sie ihn weg.

»Die Wahrheit ist ein Arschloch, Judith«, murmelte sie.

»Aber ich will ihr trotzdem persönlich ins Auge sehen!«

»Das kannst du ja – aber bitte nicht heute!« Mit einem Mal wurde Katharinas Stimme laut und beinahe herrisch. »Wir essen in Ruhe etwas, und vielleicht schlafen wir alle eine Runde.«

»Ich will nichts essen«, erwiderte Judith bestimmt.

»Und ich will nicht schlafen!« Mimi verschränkte die Arme vor der Brust.

»Aber ich will das, okay?« Katharina funkelte ihre Schwestern energisch an. »Ich hatte nämlich einen echt beschissenen Tag, und ich vertrage jetzt nicht noch einen Haufen Scheiße!«

Judith starrte sie sprachlos an. Was dachte Katharina sich eigentlich dabei, sich derart über sie zu stellen? Wie kam sie darauf, entscheiden zu dürfen, was wann und wo richtig war für ihre Schwestern? Damit war jetzt Schluss – ein für alle Mal!

Entschlossen packte Judith den Griff des Kinderkoffers. »Gib ihn her!«

Doch Katharina dachte nicht daran. Mit aller Kraft zog sie ihrerseits an dem Plastikhenkel. »Der Koffer gehört mir!«

»Aber die Wahrheit gehört uns allen!«, brüllte Judith und zerrte heftig an dem Griff, aber Katharina ließ einfach nicht locker. Judith starrte sie wütend an. »Hör endlich auf, uns anzulügen!«, rief sie und umklammerte jetzt den ganzen Koffer.

»Ich lüge euch nicht an!« Im Licht der Kerzen sah Katharinas Gesicht aus wie eine Fratze. »Ich habe euch doch immer nur beschützt!«

»Beschützt?« Mit ihrem vollen Körpergewicht hängte Judith sich an den kleinen Koffer und zog daran. »Hast du vielleicht mal darüber nachgedacht, dass wir gar nicht beschützt werden wollen?«

Plötzlich stieß Katharina einen Schrei aus, der tief aus ihrem Inneren zu kommen schien. Tränen schossen aus ihren Augen, und noch immer klammerte sie sich an den kleinen blauen Griff, als hinge ihr Leben davon ab. »Es ist meine Schuld«, stammelte sie unter Tränen. »Nur meinetwegen ist Hannah weggegangen – und nur meinetwegen ist sie nicht zurückgekommen!«

»Was?« Vor Schreck ließ Judith den Koffer los.

Katharina hatte das offenbar nicht kommen sehen und verlor das Gleichgewicht. Mit ein paar großen Schritten taumelte sie rückwärts. Dabei prallte sie mit dem Hinterkopf an das alte Klavier und schlug mit einem dumpfen Poltern auf dem Boden auf. Dort blieb sie regungslos liegen.

Judith starrte sie fassungslos an. War das wirklich passiert?

»Verdammt, was hast du gemacht?« Mimi beugte sich hektisch über Katharina.

Judith hatte keine Ahnung. Was hatte Katharina eben gesagt? Nur ihretwegen sei Hannah verschwunden und nicht zurückgekommen? Benommen sah Judith auf ihre Narbe, die man im Kerzenschein allenfalls erahnen konnte.

Miriam beugte sich dicht über Katharinas Mund und versuchte, ihren Atem zu erspüren. »Jetzt mach doch was!«, fuhr sie Judith mit schriller Stimme an. »Ruf einen Krankenwagen!«

Doch Judith hatte Mühe sich zu bewegen. Um sie herum drehte sich alles, der Boden schwankte unter ihren Füßen. Das alles hier – das war doch nicht echt! Wann kam Eva endlich mit den Glühbirnen zurück?

»Verdammt, Judith! Beweg deinen Arsch!«, schrie Mimi. Sie drehte Katharina auf die Seite und fühlte nach ihrem Puls, und Judith konnte sehen, dass ihr dabei Tränen über das Gesicht liefen.

Judith taumelte zurück. Sie musste sich abstützen, an irgendetwas festhalten, sonst würde sie … Mit halb geschlossenen Lidern tastete sie hinter sich, und endlich fanden ihre Hände die Fensterbank. Luft, sie brauchte Luft!

Doch da stieß Mimi bereits den nächsten Schrei aus. »Judith, nein!«

Verständnislos sah Judith sie an, dann erkannte sie, dass ihre kleine Schwester entsetzt auf die Fensterbank hinter ihr starrte.

Als Judith sich umdrehte, bemerkte sie die Flammen. Einer der Vorhänge hatte Feuer gefangen – offenbar hatte sie eine der Kerzen umgestoßen. Die Flammen züngelten an dem alten Stoff empor wie hungrige Schlangen. Judith schloss für einen Moment die Augen und dachte, wie gut sich die Wärme anfühlte.

Aber dann erwachte sie endlich aus ihrer Starre.

Als hätten die knisternden Flammen ihr einen Tritt verpasst, stürmte sie in die Küche und füllte einen Eimer mit Wasser. Schwer atmend schleppte sie ihn zurück in die Stube und schüttete seinen Inhalt dem Feuer entgegen – aber das zeigte sich davon ziemlich unbeeindruckt.

Das Haus war alt und trocken, es gab sich dem Feuer geradezu bereitwillig hin. Innerhalb von Sekunden sprangen die Flammen auf das Sofa über und breiteten sich auf der anderen Seite über die Gardinenstange bis zum Bücherregal aus. Immer mehr Bücher fielen den hungrigen Flammen zum Opfer.

»Nein!«, rief Judith und taumelte zurück in die Küche.

Mimi ließ Katharina auf dem Boden liegen und stürzte hinter ihr her. Aber beiden wurde schnell klar, dass dieser Kampf aussichtslos war.

»Wir müssen sie hier rausbringen!«, schrie Mimi und deutete auf Katharina, die sich noch immer nicht regte.

Judith riss sich zusammen und nickte ihrer jüngsten Schwester auffordernd zu. Mimi schob ihre Arme unter Katharinas Achseln und hob ihren Oberkörper an, während Judith sich die Beine schnappte. Gemeinsam zerrten sie ihre Schwester in den Flur und legten sie dort für einen Moment ab. Sie war viel schwerer als erwartet.

Als sie Katharina erneut anheben wollten, fiel Judith etwas ein: »Der Koffer!« Er war Katharina aus der Hand gerutscht, als sie gestürzt war, und lag noch immer auf dem Dielenboden neben dem Klavier!

»Der Scheißkoffer ist jetzt egal!«, brüllte Mimi, aber Judith hatte sich bereits umgedreht und stolperte zurück in die Stube.

Mittlerweile brannten das Sofa und die Schrankwand lichterloh, selbst das Klavier hatte bereits Feuer gefangen.

Sie musste den Koffer retten, bevor die Flammen auch auf ihn übersprangen! Wild entschlossen presste sich Judith den Ellenbogen vor die Nase und preschte auf den kleinen blauen Kasten zu. Der Rauch brannte in ihren Augen, und die Hitze drang auf sie ein, aber am schlimmsten war der Lärm. Das Knistern, Zischen und Knallen des Feuers war unerträglich laut.

Hustend fasste Judith nach dem Plastikgriff, presste den Koffer an sich und hastete zurück in den Flur. Auch hier war der Rauch mittlerweile so dicht, dass sie kaum etwas sehen, geschweige denn atmen konnte.

Mimi hatte es noch immer nicht nach draußen geschafft. Hilflos zerrte sie an Katharinas Armen und versuchte sie über den Flur zur Haustür zu schleifen. Die

Flammen züngelten jetzt schon um den Türrahmen der Stube und bahnten sich ihren Weg in die Diele.

»Raus hier!«, rief Judith ihrer kleinen Schwester zu, aber die konnte nicht antworten. Sie hustete und würgte und klammerte sich dabei an Katharinas Schultern fest, bis sie selbst kraftlos auf den Holzboden sank.

Judith ließ den Koffer fallen und stürmte auf die beiden zu. Sie zog Mimi vom Boden hoch und griff nach einem von Katharinas Armen.

»Auf drei!«, schrie sie und wartete darauf, dass Mimi mit anpackte.

Einen Moment lang sah es so aus, als würde ihre kleine Schwester gleich wieder zu Boden sinken, aber dann gab sie sich einen Ruck und fasste nach Katharinas anderem Arm.

Der Rauch wurde immer dichter, und Judith war sich nicht sicher, ob die Luft in ihrer Lunge tatsächlich bis nach draußen reichen würde – aber dann stieß sie endlich mit dem Rücken an die Haustür!

Mit letzter Kraft rissen sie die Tür auf und schleppten Katharina über die Schwelle nach draußen bis auf die Einfahrt.

Mimi fiel auf die Knie und hustete und röchelte, und auch Judith rang nach Luft.

»Du … musst sie noch ein Stück vom Haus wegziehen«, presste Judith mühevoll hervor.

Miriam sah sie irritiert an. »Und du …?«

»Ich hole den Koffer.«

Mimi riss ungläubig die Augen auf. »Verdammt, Judith,

lass den Scheiß! Du kannst da nicht wieder rein! Der Flur brennt, das siehst du doch!«

Aber Judith hatte sich schon auf den Weg gemacht. »Ich versuche es durch die Praxis«, rief sie ihrer Schwester zu und rannte ums Haus herum.

Zum Glück hatte sie ihren Schlüssel in der Hosentasche. Ihre Finger zitterten, als sie die Praxistür aufschloss, und ihre Lunge krampfte noch immer vor lauter Rauch. Vermutlich war es tatsächlich nicht schlau, noch einmal ins Haus zu gehen – aber hatte sie eine Wahl? Sie konnte den Koffer doch nicht den Flammen überlassen, nicht jetzt, wo sie der Wahrheit derart nahe gekommen waren!

Außerdem würde es ja nicht lange dauern. Sie wusste genau, wo der Koffer lag. Mit etwas Glück hatten die Flammen ihn bisher verschont, und sie konnte kurz durch die Verbindungstür der Praxis huschen, um ihn sich zu schnappen.

Doch als sie die Tür zum Sprechzimmer aufstieß, sah sie, dass der dichte Rauch bereits aus dem Flur hervorquoll. Judith versuchte, noch ein letztes Mal tief Luft zu holen, aber der Husten machte ihr einen Strich durch die Rechnung.

Wenn sie überhaupt noch eine Chance haben wollte, den Koffer zu retten, musste sie sehr schnell sein. Entschlossen schoss sie auf die Verbindungstür zu und riss sie auf. Doch im nächsten Augenblick taumelte sie zurück und stürzte zu Boden. Hungrige Flammen und beißender Rauch schlugen ihr entgegen.

Sie würde es nicht schaffen. Der Koffer war verloren, und mit ihm die Wahrheit über ihre Mutter. Judith wollte weinen, aber ihr fehlte die Kraft dazu – es war einfach viel zu heiß hier drinnen! Sie musste raus – und zwar schnell!

Mühsam kam sie zurück auf die Beine und taumelte ein Stück rückwärts. Durch den Rauch fiel ihr Blick auf das Namensschild an der Wand. Hustend stolperte sie darauf zu und riss es an sich. Wenigstens diese Erinnerung würde sie retten!

Als sie sich wieder zum Ausgang wandte, hatten die dichten Schwaden sich überall im Raum ausgebreitet und verschleierten ihre Sicht. Judith presste sich noch einmal den Ellenbogen fest vor Mund und Nase und kniff die Augen zusammen. Ein Fuß vor den anderen, sie musste einfach nur einen Fuß vor den anderen setzen, dann würde sie irgendwann nach draußen finden! Aber die Hitze, der Lärm und der dichte Qualm machten es ihr schier unmöglich, sich auf ihr Ziel zu konzentrieren. Sie prallte blind gegen Theos Schreibtisch – und dann brach plötzlich der Boden unter ihr weg.

Verdammt! Sie hatten die Diele nicht wieder zurückgelegt, nachdem sie den Koffer aus seinem Versteck gezogen hatten – und jetzt war Judith mit dem rechten Fuß in das Loch getreten. Ihr Knöchel schmerzte. Hustend versuchte sie, das Bein aus der Falle zu ziehen, aber mit einem Mal machten ihre Muskeln schlapp.

Sie war müde, unfassbar müde. Hatte das alles denn überhaupt einen Sinn? Vielleicht sollte sie sich einfach hinlegen und schlafen, und …

Nein! Judith gab sich einen Ruck.

Sie musste raus hier, musste an die frische Luft und zu ihren Schwestern! Sie biss die Zähne zusammen und zog mühevoll ihr Bein aus dem Loch. Auf allen vieren kroch sie dorthin, wo sie die Tür nach draußen vermutete. Ihre Lider wurden schwer.

Nur noch ein Stück. Sie musste raus, sie musste …

40

Eva

Schon von der Straße aus hatte Eva die Rauchschwaden über den Apfelfeldern gesehen, aber als sie das Ende der langen Auffahrt erreichte, traute sie ihren Augen nicht.

Das war nicht nur ein kleines Feuer. Nein, das ganze Haus stand in Flammen! Wie zum Teufel hatte das passieren können?

Evas Blick fiel auf Katharinas Wagen in der Einfahrt. Also waren Katharina und Miriam inzwischen angekommen. Und plötzlich kam ihr ein schrecklicher Gedanke: Waren ihre Schwestern etwa noch *da drin*?

Panisch riss Eva die Fahrertür auf und stürmte auf die Haustür zu. Je näher sie dem Haus kam, desto dichter wurde der Rauch. Irgendetwas knallte in den Flammen, und Eva duckte sich instinktiv weg.

Dann hörte sie eine Stimme. »Eva? Wir sind … hier …«

Eva sah sich um und entdeckte ihre Schwestern am Rand des benachbarten Felds. Gott sei Dank! Erleichtert stolperte sie auf sie zu. Doch als sie näher kam, sah sie, dass es für echte Erleichterung keinen Anlass gab.

Katharina lag regungslos im Gras, und Mimi kauerte erschöpft an ihrer Seite.

»Was ist passiert?« Eva versuchte, Miriam auf die Beine zu helfen, aber sie sackte immer wieder zurück auf den Boden.

»Wir ... sie ist ...« Mimi gab sich Mühe, aber mehr als ein paar Wortfetzen und eine Menge Husten kamen nicht über ihre Lippen.

»Wir müssen die Feuerwehr und einen Krankenwagen rufen!«, schrie Eva und zog ihr Handy aus der Tasche. Doch dann fiel ihr etwas auf, und ihre Augen weiteten sich vor Panik. »Judith! Wo ist Judith?«

Energisch packte sie Mimi an den Schultern und schüttelte sie, aber ihre Schwester war offenbar noch immer nicht in der Lage zu sprechen.

»Ist Judith noch im Haus?«, schrie Eva ihr ins Gesicht, und Mimi brachte endlich ein Nicken zustande.

»In der ... P ... Praxis«, hustete sie.

Nein. Nein, nein, nein! Evas Herz stolperte aus dem Takt. Das durfte nicht wahr sein – das *konnte* nicht wahr sein! Wenn Judith tatsächlich noch immer im Haus war, dann ... Sie mochte nicht einmal daran denken!

»Ruf die Feuerwehr!«, brüllte sie Mimi an und drückte ihr das Handy in die Hand. Dann rannte sie los.

Auch aus dem Eingang der Praxis drangen dichte Rauchwolken. Das Feuer hatte tatsächlich das ganze Haus fest im Griff.

Eva trat mit dem Fuß die Tür auf und versuchte, dahinter irgendetwas zu erkennen – aber vergebens.

»Judith!«, brüllte sie gegen das Prasseln des Feuers an, und noch einmal: »Judith!« Aber sie bekam keine Antwort.

»Scheiße!« Eva fuhr sich verzweifelt über das Gesicht. Sie hatte keine andere Wahl: Sie musste da rein und Judith finden! Schwer atmend presste sie sich den Arm vor Mund und Nase und taumelte in die Dunkelheit hinein.

»Judith!« Immer wieder rief sie den Namen ihrer Schwester. Die Flammen und der Rauch waren übermächtig. Ihre Augen tränten, und in ihrer Lunge brannte der erbarmungslose Qualm. Sie wusste, dass sie es nicht lange hier drin aushalten würde.

»Judith, verdammt! Wo bist du?«

Am hinteren Ende des Sprechzimmers ertönte wieder ein Knall. War das Judith, oder hatte nur einer der Schränke den Kampf gegen das Feuer verloren?

»Gib mir ein Zeichen, Judith! Wo zum Teufel bist du?« Tränen brannten auf Evas Wangen.

Und dann stieß sie plötzlich mit dem Fuß gegen etwas. War das nicht …? Verdammt! Das war tatsächlich ihre Zwillingsschwester!

Eva ging in die Hocke und schüttelte sie, aber Judith rührte sich nicht. Sie mussten hier raus – sofort!

Obwohl ihr verletztes Handgelenk höllisch wehtat, packte sie Judith an den Schultern und begann zu ziehen. Woher sie die Kraft dazu nahm, konnte Eva nicht sagen, aber es gab keine andere Möglichkeit. Sie musste es schaffen, sie musste Judith irgendwie hier rausbekommen!

Erst als sie draußen die drei Treppenstufen hinuntertaumelte und mit Judith auf dem Kies landete, spürte sie den Schmerz wieder. Ihre linke Schulter brannte, und ihr Handgelenk war unter dem Verband auf die Größe einer Orange angeschwollen. In ihrer Lunge war kaum noch Luft – und trotzdem musste sie plötzlich lachen.

Das Haus brannte, aber sie hatte Judith das Leben gerettet – ausgerechnet sie! Sie hatte mehr zustande gebracht, als sie es sich selbst jemals zugetraut hätte, und diese Erkenntnis verlieh ihr plötzlich ein noch viel größeres Gefühl: Sie konnte alles schaffen – mit Thomas, aber auch alleine! Sie war gut genug, *alles* auf dieser Welt zu schaffen!

Erst als sie die Sirenen der Feuerwehr hörte, schloss Eva die Augen und ließ sich zurücksinken, Judiths Kopf noch immer in ihrem Schoß.

Miriam, Judith und Katharina hatten schwere Rauchvergiftungen, und Katharina außerdem noch eine heftige Gehirnerschütterung und eine leichte Schädelfraktur, weshalb sie mit starken Betäubungsmitteln ruhiggestellt wurde und fast durchgehend schlief. Trotzdem waren die Ärzte zuversichtlich, dass alle drei die Sache ohne Folgeschäden überstehen würden.

Sie selbst würde von den Verbrennungen vermutlich eine großflächige Narbe an der Schulter behalten, aber die war ein Zeichen des Mutes und der Liebe, deshalb konnte Eva sie mit dem reinsten Herzen annehmen. Ihr Handgelenk war mittlerweile gebrochen, kein Wunder, und musste geschient werden.

Nachdem man sie zurück in ihr Zimmer gebracht hatte, ging plötzlich die Tür auf: Es war Thomas …

Eva biss sich auf die Lippe und hatte das Gefühl, ihr Herzschlag würde aussetzen. Thomas sah blass aus, aschfahl sogar, und Eva konnte sehen, dass er geweint hatte. Für einen Augenblick trafen sich ihre Blicke – dann stürmte er auf sie zu und ließ seinen Tränen freien Lauf.

Er drückte sie an sich, als könnte er sie damit vor dem Ertrinken retten, und übersäte ihr Gesicht mit hilflosen Küssen. »Was … was machst du nur für Sachen?«, stammelte er.

Eigentlich hatte Eva sich fest vorgenommen, nicht einfach nachzugeben, aber jetzt ließ sie sich erschöpft in seine Arme sinken. »Ich … Judith war noch im Haus, und …«

»Aber du kannst da doch nicht einfach reinlaufen, als wärst du Superwoman!«

»Sie ist meine Schwester!«, erwiderte Eva und sah ihn entrüstet an.

Thomas erwiderte ihren Blick, dann trat ein ungläubiges Grinsen auf sein Gesicht. »Ich liebe dich – das weißt du, oder? Ich liebe dich, Superwoman!«

Er küsste sie, und Eva hatte keine Kraft zu protestieren. Vielmehr fühlte es sich an, als würde sie sich auflösen in seinem Kuss – dabei war doch genau das Gegenteil der Fall! Durch diesen Kuss wurde sie endlich zu sich selbst. Und durch das, was sie getan hatte.

Vorsichtig löste sie sich von Thomas' Lippen. »Wenn du mich wirklich liebst, warum hast du mir dann all das angetan?«, fragte sie.

Thomas sank zu ihr auf die Bettkante und umfasste ihre Hände. »Ich schlafe nicht mit Theresia, Eva.«

Für einen kurzen Moment flackerte so etwas wie Hoffnung in ihr auf, aber dann wurde sie wütend. Er verkaufte sie immer noch für dumm!

»Ich habe die Nachrichten gelesen. *Im Schlösschen wie immer, du Löwe!* Gib endlich zu, dass du mit ihr im Hotel warst!«

Thomas sah sie einen Augenblick verständnislos an, aber dann trat ein Grinsen auf sein Gesicht.

»Was ist daran so witzig?«, fuhr Eva ihn an. Jetzt reichte es ihr langsam!

Thomas schüttelte ungläubig den Kopf, dann legte er liebevoll seine Hände an ihre Wangen. »Nichts davon ist witzig, Eva. Es ist alles ein Missverständnis, und ich schäme mich dafür, dass du meinetwegen solche Qualen ausstehen musstest. Ich würde dich niemals mit Theresia betrügen – mit keiner Frau der Welt!«

Eva blinzelte ihn skeptisch an. »Ein Missverständnis …?«

Thomas hielt unsicher die Luft an, dann atmete er tief aus. »Mit ›Schlösschen‹ war nicht das Hotel gemeint. Sondern das Haus, das ich für uns gekauft habe.«

»Wie bitte?« Eva hatte keinen blassen Schimmer, wovon er sprach. »Du … hast ein Haus gekauft?«

Thomas schluckte und griff erneut nach ihren Händen, doch diesmal fühlte es sich eher so an, als sollte sie ihm Kraft und Trost spenden und nicht andersherum. Er öffnete den Mund, brachte aber kein Wort heraus. Irgendetwas musste ihm tatsächlich schwer auf dem Herzen liegen …

Erst als Eva behutsam seine Finger drückte, gab er sich einen Ruck. »Ich möchte aus der Kanzlei aussteigen.«

»Was?« Eva starrte ihn überrascht an.

»Ich will mich endlich befreien von den Erwartungen, die meine Familie an mich richtet, freimachen von meinen Eltern. Aber das ist schwer, wenn wir in einer Wohnung leben, die ihnen gehört.«

Eva konnte nicht glauben, was er da sagte. Er wollte sich von seinen Eltern befreien, von seiner Arbeit?

»Aber … ich dachte, du magst deinen Job? Ich dachte, du bist glücklich?« Ihre Stimme war kaum mehr als ein Flüstern.

Thomas zögerte. »Ich hatte nie wirklich die Möglichkeit zu entscheiden, wohin mein Weg mich führt. Immer war klar, dass ich Jura studieren und irgendwann die Kanzlei übernehmen würde. Dabei hatte ich im Grunde gar keine Ahnung, ob mich das glücklich macht.« Er hob den Blick und sah ihr in die Augen. »Nur eins weiß ich ganz genau: Du und die Kinder – ihr macht mich glücklich.«

Eva wusste nicht, was sie sagen sollte. Wieder stiegen ihr Tränen in die Augen. »Aber … Theresia …?«

Zerknirscht hob Thomas die Augenbrauen. »Du hast das Haus noch nicht gesehen. Es ist eine ziemliche Bruchbude, hinter der Stadtgrenze …«

»Eine Bruchbude?«

Thomas vergrub das Gesicht in den Händen, bevor er

weitersprach. »Ich hatte Angst, dass du dich weigerst, dort einzuziehen. Mit den Immobilien meiner Eltern kann das Haus nicht mithalten. Deshalb habe ich Theresia gebeten, mir beim Umbau zu helfen. Du solltest es erst sehen, wenn es fertig ist. Unser Budget ist nicht besonders groß – meine Eltern sind nämlich nicht gerade begeistert von meinen Plänen. Theresia hat das Haus *Schlösschen* getauft – weil es das Zuhause für meine Prinzessinnen werden soll: für dich und die Mädchen.«

Eva war sprachlos. Ergab das alles Sinn? Wollte Thomas tatsächlich noch einmal ganz von vorne anfangen, auf eigenen Füßen stehen, mit ihr und den Kindern? Unschlüssig nagte sie an ihrer Unterlippe. »Und warum nennt sie dich *Löwe?*«

Thomas verzog gequält das Gesicht. »Sie hat einmal gesehen, wie ich eine der Wände eingerissen habe. Das sah derart lächerlich aus, dass sie sich seitdem bei jeder Gelegenheit über mich lustig macht …« Er stieß ein Seufzen aus und sah Eva zerknirscht an. »Ich … war mir einfach nicht sicher, wie du auf all das reagieren würdest. Dieser Schritt bedeutet einen Neuanfang mit weniger Komfort und Geld. Jede freie Minute habe ich genutzt, um zu dem Haus zu fahren und selbst Hand anzulegen. Weil ich gehofft habe, dass ich es so herrichten kann, dass es dir am Ende auch gefällt und du mir nicht gleich einen Vogel zeigst …« Er zog Evas Hand auf seinen Schoß. »Es tut mir wahnsinnig leid, dass du gedacht hast, ich würde dich betrügen. Ich hätte einfach ehrlich sein sollen …«

Ungläubig sank Eva in ihr Kissen zurück. Das war es

also – auf einmal passte alles zusammen. Die nächtlichen Überstunden, seine körperliche Erschöpfung – sogar die Nachrichten von Theresia.

Thomas wirkte alles andere als glücklich. »Meine Eltern sind ziemlich wütend auf mich. Sie können meinen Wunsch nicht verstehen und kommen nicht damit zurecht, dass ich mit euch eigene Wege gehen möchte, die nicht in die Familientradition passen.« Er seufzte. »Ich habe versucht, meiner Mutter klarzumachen, dass sie die Kinder immer noch sehen kann und ich sie nicht aus unserem Leben aussperren will – deshalb habe ich ihr auch den Schlüssel nachmachen lassen. Als Zeichen dafür, dass sich nicht alles ändert. Aber ich möchte in Zukunft eben nicht mehr ihr Leben führen, sondern meins – nein: unseres.«

Unsicher führte er Evas Hand an seinen Mund und küsste zärtlich ihre Fingerknöchel.

Ein warmer Schauer lief ihr über den Rücken, und noch immer verschleierten Tränen ihren Blick. »Ich … dachte, du liebst mich nicht mehr«, flüsterte sie.

»Du bist wunderschön, Eva«, erwiderte er leise. »Und ich habe dich nie so sehr geliebt wie jetzt!« Seine Lippen legten sich behutsam auf ihre. Dann löste er sich wieder von ihr und blickte ihr in die Augen. »Aber versprich mir bitte, dass du nie wieder in ein brennendes Haus stürmst!«

Obwohl ihr die Tränen nun hemmungslos übers Gesicht liefen, musste Eva plötzlich lachen. »Du … stehst also wirklich nicht auf Theresia?«

»Ich bitte dich«, erwiderte Thomas und wirkte beinahe empört. »An der ist doch nichts dran, woran ich mich festhalten könnte.«

Jetzt war es Eva, die ihn an sich zog und küsste.

41

Katharina

Katharina schloss die Augen, aber das machte den dumpfen Schmerz nicht besser. Sie hatte keine Ahnung, wie lange sie geschlafen hatte, ob es nur ein paar Stunden gewesen waren oder doch ein paar Tage. Was war eigentlich passiert?

Einzelne Erinnerungsfetzen drangen zurück in ihr Gedächtnis – aber entsprachen sie wirklich der Wahrheit, oder waren sie dem Wahn der Bewusstlosigkeit entsprungen?

Sie hatte eine Rauchvergiftung, eine Gehirnerschütterung und einen feinen Riss in der Schädeldecke, so viel war aus dem letzten Gespräch mit dem Oberarzt bei ihr hängen geblieben. Die leichte Schädelfraktur war kein Problem, aber die Gehirnerschütterung konnte durchaus gefährlich werden. Vermutlich hatten die Ärzte sie deshalb mit Betäubungsmitteln vollgepumpt und ruhiggestellt. Katharina versuchte sich zu konzentrieren und die Erinnerungsfetzen zusammenzusetzen. Die Verletzungen mussten von dem Sturz herrühren …

Sie hatte mit Judith um den Koffer gestritten, das

wusste sie noch. Irgendwie musste sie dabei gestürzt sein und das Bewusstsein verloren haben. Aber woher war das Feuer gekommen?

Und neben alledem schlummerte noch ein anderer Schmerz in ihrer Brust, und es dauerte eine ganze Weile, bis Katharina sich erinnerte, wem dieser Schmerz galt.

Cleo …

Ihr Herz zog sich zusammen. Katharina wollte weinen, um etwas von dem Druck loszuwerden, aber ihre Kraft reichte nicht aus, um Tränen zu produzieren. Vielleicht hatte aber auch das Feuer ihre Tränendrüsen trockengelegt …

Irgendwie musste sie ein weiteres Mal eingeschlafen sein, denn als sie die Augen wieder aufschlug, spürte sie eine Hand auf ihrer. Sie blinzelte vorsichtig gegen das Licht. Robin saß an ihrer Seite. Als er bemerkte, dass sie aufwachte, strich er ihr liebevoll eine Haarsträhne aus dem Gesicht.

»Hey, Prinzessin …«, flüsterte er.

Katharina versuchte zu sprechen, aber es war nicht mehr als ein leises Krächzen, das sie über die Lippen brachte. »Eisprinzessin meinst du wohl …«

Robin lächelte und schüttelte den Kopf. »Das Eis ist spätestens im Feuer geschmolzen.«

Das Feuer, richtig. Wieder dieses Feuer, an das sie sich nicht erinnerte.

»Ist … das Haus …?«

Robin nickte und verzog unglücklich das Gesicht.

»Euer Haus ist abgebrannt. Aber ihr seid alle einigermaßen unversehrt davongekommen.«

»Alle … drei?«, hakte Katharina nach, und Robin grinste.

»Alle vier sogar. Eva ist auch noch in die Flammen gestürmt, aber sie hat es rechtzeitig wieder rausgeschafft.« Er hob einen Becher mit Wasser an ihre Lippen. »Ich muss schon sagen: Ihr Albrecht-Schwestern habt im wahrsten Sinne des Wortes Feuer unterm Hintern.«

Katharina trank einen Schluck und versuchte zu lachen, aber sofort schoss der Schmerz zurück in ihren Kopf. Ächzend ließ sie sich wieder ins Kissen sinken. Trotzdem war sie erleichtert. Sie hatten es alle geschafft, das Feuer hatte keine Opfer gefordert – außer dem Haus. Und mit einem Mal überkam Katharina doch noch ein wenig Wehmut. Ihr Elternhaus, die Zimmer, in denen sie aufgewachsen war – für immer verloren. Und damit auch die alten Geschichten.

Ob auch ihr Koffer verbrannt war? Katharina biss sich auf die Unterlippe. Und plötzlich wurde ihr klar, dass es keinen Unterschied machte. Es war egal, ob der Koffer verbrannt war oder nicht, weil sie ihren Schwestern so oder so endlich die Wahrheit sagen musste. Das alles hier musste aufhören, selbst wenn die Wahrheit ein schlechtes Licht auf sie werfen würde. Katharina war es leid, sich schuldig zu fühlen, sie war unendlich müde. Welcher Teil der Schuld auf sie zurückfiel, sollten Eva, Judith und Miriam entscheiden.

»Sind meine Schwestern …?«

Robin hielt ihr noch einmal den Wasserbecher an die Lippen. »Ja, sie sind auch hier im Krankenhaus. Sie haben darauf bestanden, sich ein Zimmer zu teilen.« Wieder wanderte sein linker Mundwinkel zu einem schiefen Grinsen nach oben. »Eva hätte eigentlich schon gestern nach Hause gehen dürfen, aber sie kann ziemlich überzeugend sein …«

Katharina lächelte erschöpft. Sie konnte sich vorstellen, wie Eva dem Krankenhauspersonal gegenüber ihren Willen durchgesetzt hatte – darin war sie schon immer gut gewesen. Mühevoll versuchte sie, auf dem Bett ein Stück nach oben zu rücken. »Kannst du mich …?«

Robin runzelte die Stirn. »Sag bloß, du willst auch bei ihnen einziehen?«

Eigentlich hatte Katharina sie nur besuchen wollen, aber im Grunde klang Robins Vorschlag gar nicht so verkehrt. Sie nickte, so gut es der Kopfschmerz erlaubte.

Robin stieß ein Stöhnen aus, lächelte aber dabei. »Ihr seid wohl alle aus demselben Holz geschnitzt, was?«

»Von wegen Holz«, witzelte Katharina heiser. »Wir Albrecht-Schwestern sind härter als Stahl.«

Robin lachte und gab ihr einen Kuss auf die Fingerknöchel. »So hart bist du gar nicht. Aber ich rede mit den Ärzten, versprochen. Du solltest vorher allerdings noch ein bisschen schlafen.«

Schlafen, das klang nach einer guten Idee … Katharina schloss die Augen, doch dann fiel ihr plötzlich noch etwas ein. Unsicher blinzelte sie Robin an und klammerte sich an seiner Hand fest.

»Wie … geht es Cleo?«

»Die OP ist gut verlaufen«, erwiderte Robin und sah dabei ziemlich zufrieden aus. »Natürlich müssen wir noch abwarten, wie es weitergeht. Aber ich habe es ja gleich gesagt: Cleo ist zäh – genau wie du.«

Katharina schloss die Augen wieder und spürte, wie sich eine warme Welle der Erleichterung in ihr ausbreitete. Cleo hatte es geschafft, sie hatte die OP überstanden, und das war gut. Ein Schritt nach dem anderen, so würde es weitergehen, immer ein Schritt nach dem anderen.

Ohne zu wissen, woher der Impuls kam, zog sie Robins Hand an ihre Brust. »Es tut mir leid, Robin. Alles … alles tut mir so leid …«, murmelte sie, ohne die Augen zu öffnen.

Robin strich mit dem Daumen über ihren Handrücken. »Ist schon in Ordnung. Solange du wieder ganz die Alte wirst …«

Ganz die Alte? Katharina hielt inne. Konnte sie das werden – wollte sie das überhaupt? Nein, es war Zeit für einen Neuanfang, das wusste sie. Aber das würde sie Robin erklären, wenn sie wieder aufwachte, denn jetzt war sie zu müde. Unfassbar müde …

Als Katharina ins Zimmer geschoben wurde, saß Eva auf Judiths Bett und war schwer damit beschäftigt, ihrer Zwillingsschwester Zöpfe zu flechten – was ziemlich umständlich wirkte, weil mittlerweile nicht nur Evas Handgelenk, sondern auch ihre Schulter verbunden war.

»Na endlich«, krächzte Judith und bemühte sich

krampfhaft, den Kopf nicht zu drehen. »Wir dachten schon, du lässt dich hier gar nicht mehr blicken.«

Katharina musste grinsen. Sie war nie ein Herdentier gewesen und hatte auch nie viel Wert auf Geselligkeit gelegt, aber jetzt spürte sie plötzlich, dass es zum Gesundwerden keinen besseren Ort für sie gab. Mehr noch: Sie spürte, dass sie hierhergehörte, zu ihren Schwestern.

»Bild dir nur nicht ein, dass du das Bett am Fenster bekommst.« Eva warf ihr einen warnenden Blick zu. »Das ist nämlich mein Revier!«

Jetzt tauchte auch Miriam hinter ihrer Zeitschrift auf und mischte sich ein. »An deiner Stelle würde ich noch schnell die Flucht ergreifen. Nachmittags kommen immer ihre Mädchen her und nehmen die Bude auseinander.«

»Ach komm«, erwiderte Eva und warf umständlich ein Kissen nach Mimi. »Wer macht denn bitte den allergrößten Quatsch mit den dreien?«

Mimi hob ertappt ihre Hände und tauchte dann lachend wieder hinter ihrer Lektüre ab.

»Ich glaube, Sie kommen ganz gut zurecht, oder?«, fragte der Pfleger, der Katharinas Bett mit einem Augenzwinkern an seinen neuen Platz schob.

Katharina nickte und sah lächelnd zu ihren Schwestern. Ja, sie würden zurechtkommen – irgendwie würden sie es schon schaffen. Trotzdem zog sich ihr Brustkorb zusammen, als sie daran dachte, dass sie Eva, Mimi und Judith endlich die Wahrheit sagen musste. Aber musste es denn wirklich jetzt sein? Die Stimmung war gerade so ausgelassen – das wollte sie doch nicht unnötig gefährden!

Nein. Katharina schüttelte die Ausrede ab. Die ganze Geschichte duldete keinen Aufschub mehr! Ihre Schwestern mussten endlich erfahren, was ihr seit siebenundzwanzig Jahren auf dem Herzen lag! Sie öffnete schon den Mund, da räusperte sich plötzlich Miriam in ihrem Bett.

»Ich muss euch was sagen – jetzt, wo wir unter uns sind …«

Sie hatte ihre Zeitschrift in den Schoß gelegt und knetete ihre Bettdecke. Katharina sah sie neugierig an.

Mimi senkte die Lider. Offenbar war sie nervös. »Also ich … wollte euch sagen, dass ich …«

»Du bist schwanger«, fiel Eva ihr nüchtern ins Wort und fixierte Judiths Zopf mit einem Gummiband.

Wie bitte? Katharina starrte Mimi fassungslos an, und auch Judith kippte fast von ihrer Matratze. Am erschrockensten wirkte aber Mimi selbst. Auf einmal war sie noch viel blasser als zuvor.

»Woher … weißt du das?«, stotterte sie und starrte Eva ungläubig an.

Eva zuckte mit der unverbundenen Schulter und grinste. »Die Ärzte haben darüber gesprochen, als wir eingeliefert wurden. Du warst nicht richtig ansprechbar – und sie mussten die richtige Medikation abklären.«

Miriam hielt einen Augenblick die Luft an und ließ sich dann seufzend zurück in ihr Kissen fallen.

Alle sahen sie erwartungsvoll an.

»Willst du …?«, wagte Judith schließlich den Vorstoß, traute sich aber offenbar nicht, den Satz zu beenden.

»Es behalten?« Miriam schlug die Augen nieder und

biss sich auf die Unterlippe. »Ich … war mir eigentlich sicher, dass ich es nicht haben möchte. Ich meine, mal ehrlich: Könnt ihr euch mich als Mutter vorstellen?« Als sie den Blick wieder hob, konnte Katharina sehen, dass sich Tränen in ihren Augenwinkeln gesammelt hatten. »Aber dann …«, fuhr Mimi fort, verstummte jedoch gleich wieder. Offenbar rang sie mit ihren Gefühlen. »Als ich hier aufgewacht bin und nicht wusste, was passiert ist, da … da war mein erster Gedanke, ob es dem Baby gut geht …« Sie lachte unsicher, und gleichzeitig strömten Tränen über ihr Gesicht. »Ich schätze, das heißt, dass … ich vielleicht doch keine so schlechte Mutter wäre, oder?« Verunsichert sah sie in die Gesichter ihrer Schwestern, als hoffte sie, darin eine Antwort auf ihre Frage zu finden.

Auch Katharina merkte, dass ihr Tränen in die Augen traten. Ausgerechnet Mimi – die kleine Mimi mit einem Baby? Am liebsten wäre sie aufgestanden und hätte sie an sich gedrückt, aber sie konnte das Bett noch nicht verlassen. Judith und Eva hatten denselben Impuls. Sie setzten sich zu Miriam auf die Matratze und legten die Arme fest um ihre schluchzende kleine Schwester.

»Du wirst eine wunderbare Mutter sein«, flüsterte Eva und nahm Mimis Gesicht in ihre Hände.

»Und wir helfen dir dabei«, ergänzte Judith lächelnd. »Also nur wenn du das willst, natürlich.«

»Unsinn!«, fiel Eva ihr ohne Umschweife ins Wort. »Sie hat überhaupt keine Wahl. Natürlich helfen wir ihr – wir sind schließlich Schwestern.«

Eva ergriff Judiths Hand und drückte mit der anderen

die von Miriam, während sie gemeinsam lachten und weinten.

Katharina stimmte von ihrem Bett aus mit ein, aber plötzlich spürte sie ein Ziehen in der Brust, als sie sich an etwas erinnerte: Sie musste jetzt mit allem aufräumen, damit die Sache endlich vom Tisch war. Wenn Miriam sich auf derart unbekanntes Terrain wagte, dann würde sie es auch schaffen!

Bevor sie es sich noch einmal anders überlegen konnte, begann sie zu reden. »Mama hatte Depressionen …«

Judith, Eva und Miriam wandten sich überrascht zu ihr um. Katharina wusste, dass sie jetzt schnell weitersprechen musste, bevor sie der Mut verließ.

»Sie hatte immer schon depressive Phasen, genau wie ihre eigene Mutter. Aber nach den Geburten war es jedes Mal besonders schlimm.«

»Wochenbettdepressionen?«, fragte Eva leise, und Katharina nickte.

»Ja, so nennt man es heute, aber im Grunde war es noch viel mehr als das. Sie war überfordert, hat sich nie gut genug gefühlt.« Sie holte Luft und blickte ihre Schwestern an. »Papa hat sie wirklich geliebt, aber er war ihr keine große Hilfe. Er hat das alles eher … medizinisch betrachtet. Als Arzt und nicht als Mensch.« Katharina stockte, dann fuhr sie fort. »Es war schon schwierig genug, als sie noch mit mir alleine war – aber dann hat Papa sie zu einem zweiten Kind überredet …«

»Und dann kamen wir im Doppelpack«, murmelte Judith mit tonloser Stimme.

Katharina versuchte vergeblich, ihre Tränen zu unterdrücken. »Sie hat uns wirklich geliebt, uns alle. Aber sie war ja vorher schon am Limit, und dann …« Ihre Stimme brach.

»Aber warum haben sie dann noch mich bekommen?« Miriam legte unwillkürlich die Hand auf ihren Bauch.

Katharina schluckte. »Ich schätze, du warst nicht geplant …« *Ich muss mich zusammenreißen und das hier zu Ende bringen,* dachte sie und schloss die Augen. »Nach deiner Geburt war es besonders schlimm. Mama war gereizt, müde, überfordert – und sie hat ständig geweint.«

Katharina spürte, wie sich die Matratze unter ihr bewegte, und als sie die Augen aufschlug, sah sie, dass Eva sich zu ihr gesetzt hatte.

»Aber … Depressionen sind doch kein Grund, seine Familie zu verlassen.« Evas Stimme klang dünn.

Katharina biss sich auf die Lippe. »An dem Tag war das Apfelblütenfest. Sie hatte mir versprochen, dass wir hinfahren, schon Wochen vorher. Aber dann …« Wieder brach ihre Stimme, und die Tränen schnürten ihr die Luft ab. Warum war das alles so schwer? »Sie hatte einen schlechten Tag, wollte plötzlich mit uns zu Hause bleiben. Aber ich … ich hab Stress gemacht, hab ihr vorgehalten, dass sie es mir versprochen hatte. Irgendwann hat sich Papa eingemischt und sie ebenfalls gedrängt. Er selbst musste noch einen Hausbesuch machen und wollte nachkommen, aber dann … dann ist einfach alles schiefgegangen.« Sie schluchzte auf. Eva griff nach ihrer Hand, aber Katharina konnte ihre Schwestern jetzt nicht mehr ansehen. »Im Auto hat Mimi nur geschrien, weil sie Hunger hatte, und ihr beide habt euch gestritten. Irgendwann hat Mama selbst angefangen zu weinen, und dann hat sie sich zu euch umgedreht. Und in diesem Moment …«

»Das Auto …«, flüsterte Judith und sah auf ihre Narbe hinab.

Katharina hob den Blick und nickte. »Es kam von der Straße ab, und Mama hat geschrien und das Steuer herumgerissen. Aber es war schon zu spät. Wir sind frontal gegen einen Baum gekracht …« In diesem Moment hatte Katharina das Gefühl, als erlebte sie den Unfall ein zweites Mal. Das Heulen, den Schrei, das Quietschen der Bremsen. Und dann den Ruck und den Knall, als wären es zwei eigenständige Ereignisse, die nichts miteinander zu tun hatten.

Im Zimmer war es eine ganze Weile still. Aber Katharina hatte noch nicht alles erzählt.

»Es war ein Wunder, dass keine von uns schwer verletzt wurde. Aber Mama konnte sich das alles nicht verzeihen. Obwohl Papa sie getröstet hat, war sie geradezu besessen von dem Gedanken, dass sie eine Gefahr für uns wäre.«

»Dann ist sie also gegangen, weil sie …«, begann Miriam, und Katharina beendete den Satz für sie.

»… weil sie uns vor sich selbst beschützen wollte! Und im Grunde ist das alles … es ist alles meine Schuld.« Jetzt konnte Katharina sich nicht mehr zurückhalten. Mit einem Mal brachen die Schuldgefühle der letzten Jahrzehnte über sie herein. Sie zitterte am ganzen Körper und heulte, und daran konnte auch Evas Hand nichts ändern, die sich fester um ihre Finger schloss.

»Aber das ist doch Blödsinn«, sagte Eva. »Mama ist nicht deinetwegen weggegangen!«

»Doch!«, widersprach Katharina ihr schluchzend. »Ich habe sie überredet, zu dem bescheuerten Fest zu fahren – dabei wusste ich, dass es ihr nicht gut ging. Nur meinetwegen ist sie ins Auto gestiegen. Ich bin schuld, nur ich allein!«

»Das bist du nicht.« Judith kam herüber und setzte sich ebenfalls auf ihr Bett. »Du warst noch ein Kind, Katharina. Und Mama eine erwachsene Frau. Du darfst dir nicht die Schuld geben an alledem, nur weil du für dein Alter besonders schlau warst und alles mitbekommen hast!«

Katharina hielt inne und kaute auf ihrer Unterlippe. »Ich … ich habe noch etwas anderes getan. Ein paar Jahre später …«

»Der Brief, von dem Agnes gesprochen hat«, murmelte Judith und ließ die Schultern sinken.

Katharina nickte beschämt.

»Er war in deinem blauen Koffer, oder?« Trotz allem ergriff Judith Katharinas freie Hand.

»Ja, zusammen mit ein paar anderen Erinnerungen. Ich habe ihn damals von Papas Schreibtisch gestohlen, bevor er Mama antworten konnte. Ich dachte, in meinem Koffer wäre der Brief sicher, aber offenbar hat Papa ihn gefunden. Er wusste, was ich getan habe, er hat alles gewusst …«

Katharina spürte immer noch, wie sie zitterte. Ihr Vater hatte es all die Jahre gewusst und sie nicht verraten, nein, er hatte sie nicht mal darauf angesprochen. Er hatte ihr Geheimnis stillschweigend bewahrt – und Katharina wusste nicht, ob sie ihm dafür dankbar sein sollte oder ob sie sich deshalb nur noch mehr schämte.

Nun kam auch Miriam zu Katharinas Bett. »Und was stand in diesem Brief?«, fragte sie.

»Mama wollte zurückkommen«, flüsterte Katharina, nachdem sie sich wieder gefasst hatte. »Sie wollte kommen und uns sehen, aber …« Erneut drängten sich heiße Tränen ihre Kehle hinauf. »Aber ich war so wütend, ich war so unfassbar wütend, als ich den Brief gelesen habe! Sie hatte uns verlassen, jahrelang hatten wir keine Ahnung, wo sie überhaupt steckte – und dann wollte sie einfach zurückkommen? Ich wollte nicht, dass sie uns das alles noch einmal antut, deshalb habe ich den Brief gestohlen und ihr geantwortet. Ich hab ihr gesagt, dass sie niemals zurückkommen soll, niemals, und dass keine von uns sie jemals wiedersehen will! Ich wollte … ich …« Sie konnte nicht weitersprechen.

»Du wolltest uns beschützen«, erkannte Eva.

»Ich bin schuld, dass sie gegangen ist«, stieß Katharina verzweifelt hervor. »Und ich bin schuld, dass sie nicht zurückgekommen ist. Und ihr … ihr habt jedes Recht, mich dafür zu hassen …« Sie gab es auf, gegen das Schluchzen anzukämpfen.

Endlich hatte sie es ausgesprochen, hatte alles gesagt, was schon viel zu lang wie ein schwerer Zementsack auf ihren Schultern gelastet hatte. Sie war nicht ohne Schuld, aber jetzt war sie frei – nach siebenundzwanzig Jahren.

Natürlich rechnete sie damit, dass Eva, Judith und Miriam sich von ihr abwenden und ihr Vorwürfe machen würden, aber es geschah nichts dergleichen. Die drei sagten nicht ein einziges Wort, sondern legten nur ihre Arme um Katharina und drückten sie an sich.

Und so saßen sie zu viert auf Katharinas Bett und weinten gemeinsam, so wie sie es schon viel früher hätten tun sollen.

42

Miriam

Konrad saß neben ihr auf der Bank im Innenhof der Klinik und hielt ihre Hand. Er hörte ihr zu und unterbrach sie nicht einziges Mal. Nicht, als sie von ihrer Mutter erzählte und von dem, was Katharina ihnen gestern gebeichtet hatte. Und auch nicht, als sie von ihren eigenen Gefühlen und Zweifeln berichtete.

Zwischendurch befürchtete sie sogar kurz, er wäre vor Langeweile einfach eingeschlafen, aber als sie zur Seite sah, war sein Blick wach und aufmerksam.

Als Miriam nichts mehr zu sagen hatte und einfach den Kopf an Konrads Schulter lehnte, legte er seine Hand auf ihr Knie. Es war ihr egal, dass die Ärzte und Patienten, die an ihnen vorbeispazierten, sie für ein Pärchen halten würden – die Schwestern oben auf der Station hatten ihn vorhin ja ohnehin schon als ihren *Freund* angekündigt.

»Du verzeihst deiner Schwester also?«

Miriam hielt inne und drehte ihm das Gesicht zu. »Meinst du Katharina?«

Konrad nickte. »Sie hat euch all die Jahre im Dunkeln gelassen und euch die Wahrheit vorenthalten.«

Miriam wog seine Worte einen Augenblick ab und seufzte. »Sie hat es getan, um uns vor Verletzung zu schützen. Vor Verletzung und falscher Hoffnung, weil sie selbst so enttäuscht wurde damals. Und außerdem hat sie von uns allen am meisten unter dieser Lüge gelitten. Ich muss ihr nichts verzeihen.« Zerknirscht blickte sie Konrad an. »Aber ich würde mich sehr freuen, wenn *du* mir verzeihst.«

Konrad runzelte überrascht die Stirn.

Miriam verzog unglücklich das Gesicht. »Ich hab mich nicht gerade von meiner besten Seite gezeigt …«

»Ach, das meinst du«, sagte er und lächelte. »Ich schätze, damit komme ich klar. Solange ich mich zwischendurch auch mal wie ein Idiot verhalten darf.«

»Auf jeden Fall!« Miriam erwiderte sein Lächeln. »Du kriegst sogar ein ganzes Gutscheinheft voller Idioten-Momente von mir, inklusive Vor-die-Füße-Kotzen!«

Konrads Lachen klang herzlich und echt. Miriam wartete darauf, dass er noch irgendetwas Witziges sagen würde, aber stattdessen blickte er ihr tief in die Augen. Und dann küsste er sie.

»Na endlich«, murmelte Miriam, als sich ihre Lippen wieder voneinander lösten. »Ich hab schon befürchtet, das würde niemals passieren.«

Statt einer Antwort küsste er sie einfach ein zweites Mal. Dann sah er sie ein bisschen verlegen an. »Ich weiß, ich bin nicht der Vater des Babys, aber … ich bin für dich da. Wenn du also Hilfe brauchst …«

Miriam zögerte. Sie war noch nie die Frau gewesen, die Hilfe brauchte oder gerne welche annahm. Aber jetzt griff sie nach seiner Hand und drückte sie sanft. »Darüber würde ich mich sehr freuen.«

Ein erleichtertes Lächeln huschte über Konrads Gesicht. Mit Miriams Hand in seiner lehnte er sich zurück. »Weißt du schon, wo du das Baby großziehen willst?«

Miriam quittierte seine Frage mit einem Stirnrunzeln.

»Na ja«, erläuterte er. »Italien, Südsee – in der Tundra?«

Miriam lachte auf. Dann senkte sie kurz den Blick. »Ich hatte ehrlich gesagt an Hamburg gedacht.«

»Hamburg?« Konrad starrte sie verblüfft an. »Das ist nicht ganz so exotisch, wie ich erwartet hatte.«

»Ich weiß«, erwiderte Miriam. »Aber meine Schwestern sind hier. Und ich denke, dass ich ihre Unterstützung ganz gut gebrauchen kann.«

»Unterstützung mit dem Baby?«

Miriam nickte. »Das auch – aber auch mit dem ganz normalen Leben. Ich glaube, so was kann ich gar nicht ...«

Konrad lächelte und wagte vorsichtig einen weiteren Vorstoß. »Bei mir im Haus wird übrigens eine Wohnung frei. Sie ist renovierungsbedürftig, aber ...«

Miriam sah ihn überrascht an. »Bist du denn sicher, dass du mich so nah bei dir haben willst?«

Konrad zuckte mit den Schultern. »Wenn du das willst ...?«

Miriam zögerte. Dann zog sie ihn zu sich heran und küsste ihn. Und wie sie wollte!

Erst als sie sich vor dem Krankenhaus von Konrad verabschiedet hatte, fiel ihr ein, dass sie schon ewig kein Bild mehr auf Instagram gepostet hatte. Wenn sie wirklich sesshaft werden und eine Wohnung mieten wollte, musste sie in Zukunft mit irgendetwas Geld verdienen. Vielleicht war es also an der Zeit, ein paar Werbeanfragen anzunehmen?

Doch als sie unten im Erdgeschoss auf den Aufzug wartete und ihr Insta-Postfach öffnete, zuckte sie zusammen: Toni hatte sich gemeldet!

Nach über einer Woche Funkstille hatte er wieder ein Lebenszeichen von sich gegeben! Offenbar hatte es ein Problem mit dem Internet gegeben …

Die Nachricht, die nun auf ihrem Display aufleuchtete, war lang, sehr lang sogar, und Miriam hatte Schwierigkeiten, sich auf den Text zu konzentrieren. Ihr Blick blieb nämlich fassungslos an dem Foto hängen, das der Nachricht beigefügt war …

»Hannah ist aus dem Koma aufgewacht«, platzte es aus ihr heraus, als sie zurück zu ihren Schwestern ins Zimmer stürmte.

Katharina, Eva und Judith saßen gemeinsam auf Katharinas Bett und sahen sie ungläubig an.

»Dann geht es ihr besser?«, fragte Judith, die ihre Stimme als Erste wiederfand.

»Ja, es geht ihr deutlich besser«, berichtete Miriam mit klopfendem Herzen. »Es ist sogar schon ein paar Tage her, und ihr Zustand ist seitdem stabil. In Kathmandu hat es ein Unwetter gegeben, das die Internetverbindung für eine Weile lahmgelegt hat.«

»Ein Unwetter?« Eva runzelte die Stirn. »Was soll denn das bitte für ein Unwetter sein, das das gesamte Internet ausschaltet?«

»Sie sind in Nepal, das ist nicht wie bei uns«, belehrte Miriam ihre Schwester. »Ich bin selbst schon an Orten gewesen, an denen es wochenlang kein Netz gab.« Sie ließ sich auf das Fußende von Katharinas Bett sinken. »Das ist aber noch nicht alles …«

»Nicht alles?« Katharina hob fragend die Augenbrauen.

Miriam zögerte. Dieses Bild veränderte alles – und sie musste es ihren Schwestern endlich zeigen! Mit zitternden Fingern fischte sie ihr Handy aus der Tasche. »Toni … hat ein Foto geschickt.«

»Ein Foto von Hannah?«, fragte Judith.

»Ein Foto von Hannah und sich selbst«, erwiderte Miriam.

Eva richtete sich irritiert auf. »Und wo ist das Problem?«

Miriam hielt einen Augenblick inne und biss sich auf die Lippe. Dann öffnete sie das Bild und hielt es ihren Schwestern hin.

Katharina verzog als Erste das Gesicht. »Aber … das ist …«

»Toni ist eine Frau, ja«, fiel Miriam ihr ins Wort. »Und nicht nur das.« Unsicher blickte sie in die völlig verwirrten Mienen der anderen. »Antonia ist unsere Schwester.«

Hamburg, Mai 2019

Judith hielt Carla auf dem Arm und rieb über den kleinen Fleck, der auf ihrem Taufkleid prangte.

»Wenn du mich jetzt fragst, ob das Scheiße oder Schokolade ist, tauche ich deinen Kopf ins Taufbecken«, zischte Eva ihr zu, und Judith musste grinsen.

Sie konnte noch immer nicht glauben, dass Eva ausgerechnet sie gebeten hatte, Carlas Patentante zu werden. Am Tag der Entlassung aus der Klinik hatte Eva ihr einen kleinen, säuberlich gefalteten Brief zum Ankreuzen zugesteckt, einen von der Sorte, wie sie sie damals in der Schule zuhauf unter den Tischen durchgereicht hatten. Als Judith den Zettel aufgefaltet und Evas Frage gelesen hatte, wäre sie beinahe noch einmal zurück in ihr Krankenbett getaumelt.

»Meinst du das ernst?«, hatte sie ihre Zwillingsschwester ungläubig gefragt.

Anstatt zu nicken, hatte Eva mit einem breiten Grinsen auf die drei Antwortmöglichkeiten am Ende des Briefes gedeutet. Auf die Frage, ob sie Carlas Patentante werden wollte, konnte Judith nicht etwa zwischen JA, NEIN und VIELLEICHT wählen, sondern musste sich zwischen AUF JEDEN FALL, MEHR ALS ALLES ANDERE und NUR WENN ICH DIR DAFÜR BEIM RENOVIEREN HEL-

FEN DARF entscheiden. Mit Tränen in den Augen und einem Lächeln auf den Lippen war Judith ihrer Zwillingsschwester um den Hals gefallen.

Während der Pastor nun etwas Wasser auf die Stirn der Kleinen laufen ließ, wanderte Judiths Blick zu den Sitzbänken. Nur eine Handvoll Leute hatten dort Platz genommen und freuten sich mit der jungen Familie. Eva und Thomas hatten das große Event kurzfristig abgeblasen und stattdessen eine kleinere, spätere Feier angesetzt. Das Geld, das sie dadurch einsparten, konnten sie gut gebrauchen für ihr neues Leben.

Das Haus war eine Bruchbude, aber es hatte einen gewissen Charme, und Judith zweifelte nicht daran, dass ihre Schwester und Thomas etwas daraus machen würden. Eva hatte den Gesamtzustand erstaunlich gefasst aufgenommen – genau wie Thomas den Umstand, dass seine Schwiegermutter entgegen aller bisherigen Annahmen doch nicht tot war.

Einen kurzen Moment bedauerte Judith, dass sie Laurenz nicht mitgebracht hatte. Er hatte sich gemeldet, immer wieder, bis sie sich endlich einen Ruck gegeben und ihm unverbindlich geantwortet hatte. Seitdem telefonierten sie fast täglich, aber Judith hatte ihm auch klargemacht, dass sie nichts überstürzen wollte.

So viele Jahre hatte sie sich nach Liebe gesehnt – jetzt aber hatte sie verstanden, dass sie sich erst selbst lieben musste, bevor sie sich auf die Liebe anderer verlassen wollte. Auf diesem Weg konnte Laurenz sie gerne begleiten, aber er sollte nicht das Ruder in die Hand nehmen. Dieses Ruder gehörte ihr ganz allein!

In der vordersten Reihe saßen Thomas' Eltern. Die Mutter wirkte wie immer etwas verkniffen, aber der Vater lächelte milde, während sein Blick auf seinen drei Enkeltöchtern ruhte. Judith wusste, dass Maribelle und Wilhelm die Pläne ihres Sohnes nicht guthießen, dass sie sogar enttäuscht waren – aber auch diese Wunde würde irgendwann heilen.

Auf der anderen Seite des Ganges saßen ihre Schwestern. Katharina hatte Robin mitgebracht und Miriam ihren neuen Freund. Es war ungewohnt, sie alle hier zusammen zu sehen, aber es fühlte sich auch verdammt gut an. Konrad, Mimis Freund, hatte tatsächlich eine Wohnung für sie gefunden, und Mimi würde bereits Ende des Monats dort einziehen.

Ein bisschen wehmütig wurde Judith bei diesem Gedanken schon. Sie hatte sich daran gewöhnt, ihre kleine Schwester ganz dicht bei sich zu haben – auch wenn Mimi noch immer nicht zuverlässig gelernt hatte, den Abwasch zu machen. Aber im Grunde wusste sie, dass es gut war, wenn Mimi nun auf eigenen Beinen stand. Außerdem waren Katharina, Eva und sie selbst ja weiterhin da, um sie zu unterstützen. Judiths Wohnung war nur einen Katzensprung entfernt, Katharina arbeitete in der Nähe, und Eva konnte im Zweifelsfall innerhalb einer halben Stunde vor Ort sein. Judith konnte es selbst kaum glauben: Verwandt waren sie schon seit ihrer Geburt – aber nun waren sie endlich auch eine Familie.

Und dann war da auch noch Antonia.

Nach der erlösenden Nachricht, dass es Hannah besser ging, hatten sie tatsächlich mit Toni telefoniert, alle gemeinsam. Und sie hatten erfahren, wie es kam, dass sie noch eine Schwester hatten.

Hannah war bei ihrer überstürzten Abreise damals, ohne es zu wissen, schon wieder schwanger gewesen. Sie war davongelaufen, weil sie dachte, als Mutter versagt zu haben – dabei hatte sie bereits wieder ein neues Leben in sich getragen.

Über Umwege und Zufälle war sie auf ihrer Flucht vor sich selbst in Nepal gelandet. Erst dort hatte sie realisiert, dass sie schwanger war. Zu diesem Zeitpunkt war sie bereits im fünften Monat gewesen …

Antonia Albrecht war kurz vor Weihnachten in Kathmandu geboren worden. Erst als sie mit fünf Jahren anfing, Fragen zu stellen, hatte Hannah sich einen Ruck gegeben, ihre Scham überwunden und Theo einen Brief geschrieben. Doch statt einer Antwort ihres Mannes hatte sie einen Brief von Katharina erhalten und war nicht, wie ursprünglich geplant, zurückgereist …

Sie hatte das Leben ihrer Töchter nicht noch einmal auf den Kopf stellen wollen. Ihrer Tochter Toni hatte sie später sogar das Versprechen abgenommen, sich nie bei ihren Schwestern zu melden. Erst als die Ärzte in Nepal Antonia damit konfrontiert hatten, dass Hannah ohne bessere Versorgung sterben könnte, hatte sie sich über den Wunsch ihrer Mutter hinweggesetzt.

Jetzt würde sie also nach Hamburg kommen – sie beide würden kommen: Hannah und Toni! In wenigen Tagen schon würden Eva, Katharina, Mimi und Judith sie am Flughafen in Empfang nehmen.

Hannahs Zustand hatte sich in den letzten Wochen deutlich verbessert. Die Ärzte in Kathmandu machten riesige Fortschritte mit der Behandlung und bezeichneten diese über-

raschende Entwicklung gar als ein Wunder. Mittlerweile ging es Hannah sogar so viel besser, dass nicht klar war, ob sie sich in Deutschland überhaupt noch würde behandeln lassen müssen. Vielleicht würde sie auch einfach nur ein paar Wochen bleiben und dann wieder nach Nepal zurückreisen.

Egal, was die Zukunft mit sich brachte: Judith konnte es kaum erwarten, ihre Mutter endlich in die Arme zu schließen und ihren Teil der Geschichte zu hören. Und natürlich wollte sie ihre jüngste Schwester kennenlernen!

Das Leben steckt voller Überraschungen, *schoss es Judith plötzlich durch den Kopf, und sie gab der kleinen Carla liebevoll einen Kuss auf die Stirn. Natürlich wusste sie, dass diese Überraschungen nicht immer nur schön waren und dass sie sie auch in Zukunft vor die ein oder andere Herausforderung stellen würden. Aber das schaffe ich schon, dachte sich Judith zuversichtlich und blickte reihum in die Gesichter ihrer Schwestern:* Nein, *wir schaffen das schon.*

Mit einem zufriedenen Lächeln griff sie nach Evas Hand, drückte sie sanft und flüsterte: »Weil wir Schwestern sind.«

Danke …

Im Leben einer Autorin gibt es unzählige Geschichten: Es gibt erfundene und wahre Geschichten, heitere und tragische, schnell heruntergeschriebene und auch solche, die sich quälend langsam ihren Weg aufs Papier bahnen. Es gibt besonders laute Geschichten und auch leise, solche, die sich nur mit viel Mühe und Aufmerksamkeit aus ihrem Versteck hervorlocken lassen, und andere, die einem direkt ins Gesicht springen. In meinen vielen Jahren am Schreibtisch sind sie mir alle schon begegnet – aber keine Geschichte war bisher wie diese hier.

Ich glaube nicht an Magie und kann es trotzdem nicht anders ausdrücken: Das Schreiben dieser Geschichte war *magisch*!

Es fühlt sich an, als hätte nicht *ich* sie geschrieben, nein, vielmehr haben sich Judith, Eva, Katharina und Miriam neben mich an den Schreibtisch gesetzt und mir ihre Geschichte ins Ohr geflüstert: Wort für Wort, Satz für Satz, Seite für Seite. Das Niederschreiben dieser besonderen Familiengeschichte war mir ein riesengroßes Vergnügen, ein Geschenk, vom ersten Tastenanschlag bis zum letzten Punkt …

Aber natürlich gab es neben all dieser Magie auch ein

paar ganz reale Menschen, die mich auf meinem Weg unterstützt haben – und diesen Menschen möchte ich hier meinen aufrichtigen Dank ausrichten:

Lena Schäfer – ich bin unfassbar glücklich, dass du die Geschichte und ihre vier Frauen sofort verstanden und erkannt hast! Du hast uns zu jeder Zeit ein herzliches Verlagszuhause geboten und uns – wo immer es nötig war – einen Schubs in die richtige Richtung gegeben. Vielen Dank für deine uneingeschränkte Unterstützung und deinen Einsatz!

Anne Fröhlich – danke für deine Begeisterung und deine sehr hilfreichen Anmerkungen, Korrekturen und das Nachbohren an den richtigen Stellen. Unsere Zusammenarbeit war mir wieder ein großes Vergnügen!

Franziska Hoffmann – du bist das Auffangnetz unter meinem professionellen Drahtseilakt! Danke für die Sicherheit, die du spendest – und für den Spaß zwischendurch!

Renate und Reinhard Astner – danke fürs Immer-da-Sein – auf die eine oder eben andere Weise …

Leni, Lotti, Emil, Anton und Philipp – es gibt gar keine Worte für den Dank, den ich euch schulde. Durch euch bin ich so viel besser, als ich es mir jemals zu erträumen gewagt hätte. Danke, dass ihr mich seht. Danke, dass ihr mir eure Liebe schenkt. Danke, dass ich ein Teil von uns sein darf!

Und nicht zuletzt geht mein Dank an alle *Evas, Judiths, Miriams und Katharinas* da draußen – diese Geschichte hier gehört euch! Ihr seid nicht allein, nein: Wir sind verdammt viele …

Unsere Leseempfehlung

464 Seiten
Auch als E-Book erhältlich

Die Weltenbummlerin Toni ist überall und nirgends zu Hause – bis ein Anruf ihres Vaters sie zurück an die Nordsee führt. Für viele ist St. Peter-Ording das Paradies auf Erden. Doch Toni hat sich hier, wo der Wind das ganze Jahr um die Häuser pfeift, nie richtig wohlgefühlt. Auch jetzt macht ihre alte Heimat es ihr nicht leicht. Ihre Eltern werden immer schrulliger, und alles erinnert sie an ihre erste große Liebe. Während sie auf dem Ferienhof der Familie aushilft, begreift Toni, dass sie das Leben anpacken muss, um ihm eine neue Richtung zu geben. Und dabei ist sie nicht allein …

Unsere Leseempfehlung

400 Seiten
Auch als E-Book erhältlich

Claire Durant hat sich auf der Karriereleiter nach oben geschummelt. Niemand ahnt, dass die Französin weder eine waschechte Pariserin ist noch Kunst studiert hat – bis sie einen Hilferuf aus der Bretagne erhält, wo sie in Wahrheit aufgewachsen ist. Claire reist in das kleine Dorf am Meer und ahnt noch nicht, dass ihre Gefühlswelt gehörig in Schieflage geraten wird. Denn neben ihrem Freund Nicolas aus gemeinsamen Kindertagen taucht auch noch ihr Chef auf. Claire muss improvisieren, um ihr Lügengespinst aufrechtzuerhalten – und stiftet ein heilloses Durcheinander in dem sonst so beschaulichen Örtchen Moguériec …

Um die ganze Welt des
GOLDMANN Verlages
kennenzulernen, besuchen Sie uns doch
im Internet unter:

www.goldmann-verlag.de

Dort können Sie
nach weiteren interessanten Büchern ***stöbern***,
Näheres über unsere ***Autoren*** erfahren,
in ***Leseproben*** blättern, alle ***Termine*** zu Lesungen und
Events finden und den ***Newsletter*** mit interessanten
Neuigkeiten, Gewinnspielen etc. abonnieren.

Ein ***Gesamtverzeichnis*** aller Goldmann Bücher finden
Sie dort ebenfalls.

Sehen Sie sich auch unsere ***Videos*** auf YouTube an und
werden Sie ein ***Facebook***-Fan des Goldmann Verlags!

www.goldmann-verlag.de
www.facebook.com/goldmannverlag

GOLDMANN
Lesen erleben